BLAUE REIHE

Von Joe Gores
sind als Heyne-Taschenbücher erschienen:

Der Killer in dir · Band 02/2216
Unbekannt verzogen · Band 02/2222
Dashiell Hammetts letzter Fall · Band 02/2231
Runyan's Coup · Band 02/2258
Überfällig · Band 02/2276
Zur Kasse Mörder · Band 02/2279

JOE GORES

DIE RACHE DES JÄGERS

Polit-Thriller

Aus dem Amerikanischen übersetzt
von Jörg Ingwersen

Deutsche Erstausgabe

WILHELM HEYNE VERLAG
MÜNCHEN

HEYNE BLAUE REIHE
Nr. 02/2312

Herausgegeben von
Bernhard Matt

Titel der Originalausgabe
WOLF TIME

Printed in Germany 1990
Umschlagfoto: Michael Nischke/die KLEINERT/München
Umschlaggestaltung: Atelier Ingrid Schütz, München
Gesamtherstellung: Elsnerdruck, Berlin

ISBN 3-453-04063-5

Dies ist ein Buch für
DORI
gemeinsam pflücken wir
die silbernen Äpfel des Mondes
die goldenen Äpfel der Sonne

und einen letzten Jägergruß an
MEINEN VATER
sanft gegangen in jene gute Nacht

Brüder werden kämpfen und einander fällen,
und der Schwestern Söhne eigenes Blut besudeln;
Rauh ist es auf Erden, mit ungeheurer Hurerei;
Axtzeit, Schwertzeit, die Schilde gespalten,
Windzeit, Wolfzeit, eh die Welt zusammenstürzt;
Nie mehr werden Menschen einander schonen.

Das Schicksal spricht zu Wotan;
Liederedda der alten Wikinger

Die Zitate auf den Titelseiten der einzelnen Teile sind *The Tender Carnivore an the Sacred Game* von Paul Shepard (1973) entnommen.

I

Auf der Lauer

Der Jäger muß die Gewohnheiten, den Lebensraum und die Charakteristika jedes einzelnen Tieres kennen. Er muß die Hinweise wahrnehmen, die dessen unmittelbare Nähe verraten, noch bevor er es sieht – Spuren, Rufe, Kot, die Warnrufe anderer Tiere.

I

Hollis Fletcher hatte so lange über seinen eigenen Tod nachgedacht, daß er – als dieser kam – nicht darauf vorbereitet war. Zwei Minuten vor seinem letzten Moment sagte er laut zu sich selbst: »Hab' ihn verjagt.« In der kalten nordischen Luft kamen die Worte als Schnaufer von Dampf heraus.

Seine tiefliegenden, braunen Augen prüften die Fährte des Hirsches. Die schwachen Hufspuren des großen, weißschwänzigen Tieres im Schnee zeigten ihm, daß dieser herumspaziert war und gegrast hatte. Dann hatte er ihn gewittert oder gehört und war in die sichere Deckung des sumpfigen Indianergrases westlich von seiner Hütte getrabt.

Fletcher richtete sich langsam aus seiner bewegungslosen Hocke auf. Er war ein schlaksiger Mann von sechsundfünfzig Jahren, mit einem angespannten, nußbraunen Gesicht, das seine tote Frau trotz seines schottischen, walisischen und deutschen Blutes aus Spaß gerne mongolisch genannt hatte. Attila, der Hunne, fegt herab aus der Steppe des Ostens.

»Längst weg«, sagte er laut über den Hirsch, eine Gewohnheit vieler Männer, die freiwillig in einer abgeschlossenen Umgebung leben.

Es war keine Sonne zu sehen, aber er schwitzte unter seinem Parka. Als er das Pfeifen des aufgeschreckten Tieres gehört hatte, war er in einen leichten Trab verfallen, um ihm den Weg abzuschneiden. Diese Fährte hier zeigte, daß er keine Chance gehabt hatte.

Fletcher ließ die Spuren zurück und knirschte durch kniehohen Schnee, fort von den blattlosen, gelben Birken, die das Marschland umgaben, in das der Hirsch gelaufen war. Ziellos wandernde Schneeflocken trieben herab, als er seinen vertrauten Weg durch die Himbeeren und Gelbholzbäume machte, niedriges, dichtes Unterholz, das aufgeschossen war, nachdem einige Jahre zuvor der Brand nach einem Blitzschlag die Mastbaumkiefern und Balsamtannen vernichtet hatte.

Abrupt blieb er stehen, vollkommen überrascht. Hier war sein Hirsch wieder aus dem Schutz des Grases in die offene Brandfläche hinausgetreten. Nicht wirklich in Panik, da er seinen Hinterhuf bei jedem Schritt beinah genau in den Abdruck des Vorderfußes gesetzt hatte, aber er schritt mit Nachdruck voran.

Fletcher sah nach Westen zu der strauchbedeckten Krone niedriger Hügel hinüber, die hinter dem gefrorenen Marschland zu sehen waren. Dort bewegte sich ein Jäger, ein letzter, flüchtiger Sonnenstrahl, der auf seinem Gewehrschloß glänzte? Es würde genügen, den Bock zu verscheuchen, den Fletcher längst verscheucht hatte. Aber bis zur Dämmerung blieben nur noch dreißig Minuten, und welcher Jäger fand schon Geschmack daran, eine Winternacht in Minnesota im Freien zu verbringen?

Heute nacht jedenfalls würde niemand diesen Bock überraschen. Ein Bogenschütze mußte sich vollkommen geräuschlos gegen den Wind bis auf zehn Meter an seine Beute heranpirschen, um sichergehen zu können, daß der Schuß sein Opfer bewegungsunfähig machte, und schon als Kind hatte Fletcher gelernt, niemals einen Krüppel zurückzulassen.

Keine Krüppel zurückzulassen war sowohl zweckmäßig als auch ehrenvoll, wenn man für Fleisch auf den Bogen angewiesen war. Immer noch markierte er seine Pfeile mit den blitzschnellen Kerben, die Old Charlie ihn gelehrt hatte. Das Blut eines verwundeten Tieres lief die Kerben hinab, tropfte auf den Boden und hinterließ eine erkennbare Blutspur.

Wie immer blieb er an einer vom Feuer versengten Fichte stehen, dreihundert Meter weit unterhalb seiner Hütte auf der Brandfläche, um seine Fäustlinge auszuziehen und seinen Bogen abzuspannen. Der Wald, in völliger Stille unter dem unstet treibenden Schnee, war in den wenigen Minuten, seitdem er die Fährte des Hirschen gekreuzt hatte, düster und ruhig geworden.

Er machte einen Schritt weg von dem Baum und wurde von einem furchtbaren Schlag gleich unterhalb des linken Knies getroffen. Er wirbelte ihn herum. Er fiel auf den Rükken. Irgendein kaltes, unerschüttertes Zentrum seines Gehirns registrierte – eine ganze Sekunde, nachdem er getroffen war – das Krachen eines Gewehres.

Irgendein idiotischer Jäger oben auf der Krone des Hügels war so verzweifelt auf der Suche nach einem Hirsch, daß er sich selbst davon überzeugt hatte, Fletcher wäre einer. Hatte einen Schuß abgegeben, getroffen, und hatte ihn wahrscheinlich schon wieder im Visier. Fletcher begann, die Arme in der Luft über sich zu schwenken.

»Hey!« schrie er. *»Nicht schießen!«*

Seine Stimme würde nicht ankommen, aber die winkenden Arme mußten durch das Visier als etwas Menschliches zu erkennen sein, das...

Seine linke Hand wurde von einem hart aufprallenden Schlag zur Seite gerissen. Salziges Blut spritzte ihm über die Lippen. In seiner Verzweiflung rollte er auf die Büsche zu, gesplitterte Enden von Knochen, die aus dem zerrissenen Hosenbein herausragten, knirschten, ohne zu schmerzen. Das waren keine zufälligen Schüsse.

Eine riesenhafte Faust zerschmetterte seine Brust. Er spürte, wie Knochen und Muskeln und Fleisch nach innen hin nachgaben, zerrissen, zerbrachen. Blut und Galle füllten seinen Mund. Vielleicht schrie er. Er wußte es nicht. Er wußte überhaupt nichts mehr.

Der Killer stieß die Luft aus seinen halbgefüllten Lungen und legte eine Wange gegen den Schaft der 30.06 Remington, als wäre es ein Schenkel seiner Geliebten. Er hatte es *getan!* Zehn Minuten zuvor, als er den Hirsch in den Sumpf hatte hinaustrotten sehen, war er sicher gewesen, daß er nicht hätte abdrücken können, wenn ein Mensch in seiner Schußweite gewesen wäre. Dann war einer da, und er tat es.

Und 367 Meter entfernt lag Fletcher tot am Boden.

Als der Killer aufstand, stieg ihm der Brechreiz die Kehle hinauf. Am Ende hatte er tränende Augen und keuchte, rieb sich das Gesicht mit einem Handschuh voll Schnee, bis es rot war. Mit dem Fuß schob er Laub über die Schweinerei, die er gemacht hatte.

Im Visier hatte er den tödlichen Schuß gesehen, der Fletchers Parka durchschlagen hatte, aber dennoch wandte er sich im schwächer werdenden Licht der Fichte zu, bevor er mit zitternden Händen eine Zigarette anzündete. Mußte sicher gehen, als steckte er seine Zunge in das Loch, wo sein Zahn gewesen war, bevor der Zahnarzt ihn herausgenommen hatte.

Er stapfte hinunter zu dem feuergeschwärzten Baum, auf den er zwei Monate zuvor an einem sonnigen Herbstnachmittag gezielt hatte.

»In der scheiß Infantrie pumpst du deinen scheiß Karabiner leer, Kleiner, un was hassu davon? Einen Haufen alter Kleider, die in einen scheiß Graben fallen. Aber ein *Heckenschütze*, Kleiner...« Die Flüche waren plötzlich verschwunden. »Der *sieht* seinen Mann. Der Bursche ist gleich da vorn, du könntest ihn in einem Haufen von Menschen erkennen. Nur ist da kein Haufen von Menschen. Nur dieses Gesicht, direkt vor dir, die Augen ganz entsetzt, wenn der Schlag den Brustraum trifft...«

Ex-Sergeant Jerzy Hrock beschwor seine Erinnerungen als Heckenschütze in Korea, das Schnapsglas winzig in seiner massigen Hand.

Die Hände in den Fäustlingen des Killers ließen seine Zigarette fallen, als er über einen Haufen aus Dreck und eishartem Gras stolperte und beinah fiel. Er fummelte eine andere hervor und taumelte weiter, jetzt durch graues, totes Timotheus- und Indianergras, das Wind und Schnee zu stacheldrahtartigen Hindernissen geformt hatten. Es war beinah dunkel. Er schwitzte unter seinem neuen Mantel.

Der Sarge hatte geschwitzt, als seine stumpfen, schwarzen Augen sich anstrengten, die toten Gesichter zu sehen, die er niemals vergessen konnte.

»Muß man schon eine bestimmte Art Kerl sein, wenn man sich hinterher an diese Gesichter erinnern will, Kleiner... und trotzdem noch rausgehen und es immer wieder tun.«

Als er erst die Hindernisse im Gras hinter sich hatte, bog er über die Brandfläche ab zu der geschwärzten Fichte. Er wußte, daß er nicht so eine Art Kerl war. Einmal war alles, was er aushalten konnte.

Noch mehr Schnee, leichteres Gehen, aber bei jedem

Schritt knirschte er laut durch die Kruste. Er blieb stehen. Lauschte dem Wald. Nichts. Nerven. Er ging weiter. Unheimlich hier bei Nacht, so anders als der sonnige Herbstnachmittag, an dem er das Gewehr eingerichtet hatte. Er hatte nicht gedacht, daß er es wirklich jemals tun würde. Damals nicht. Da war es nur eine Übung im Was-wäre-wenn gewesen.

Das Licht seiner Taschenlampe tanzte in plötzlicher Panik um die tote Fichte herum. Kein Fletcher. Aber er *hatte* doch so geschossen, wie er es dem betrunkenen Gefasel des Sarge entnommen hatte, und...

Er stöhnte vor Erleichterung laut auf, als er unter einem leichten Puder frischen Schnees den Haufen mit dem Gesicht nach unten entdeckte. Nicht so schlimm, wie seine Fantasie ihn hatte glauben lassen, nicht, wenn man nicht allzu genau auf den schrecklichen weißen Knochen sah, der unter dem linken Knie glänzte. Nur Sergeant Hrocks Haufen alter Kleider, mit einer mächtigen, dunklen, feuchten Masse darunter, einem ausgestreckten Arm und einem Gesicht, das im Schnee begraben lag.

Der Killer wandte sich ab, knirschte durch die Schneekruste. Nur ein toter Mann rekelte sich mit derart leichtfertiger Hingabe am Boden.

Der tote Mann rührte sich.

Irgendeine Ecke seines toten Hirns hatte die knirschenden Schritte gehört, das schwere Atmen, hatte dem Organismus zum Stillhalten geraten. Hatte schließlich den Rückzug menschlicher Laute gehört, hatte von den offenen, aufnahmefähigen Ohren die gewöhnlichen Geräusche der Nacht vernommen. Mürrisches Stachelklappern eines Stachelschweins, das schon vor dem Winterschlaf vom unerwartet frühen Schnee überrascht wurde. Helles, vogelähnliches Trillern einer Weißfußmaus über einen Schatz von getrockneten Beeren. Weiter entfernt, vielleicht in den Zedern zur Hütte hin, das prahlerische Trampeln eines Schneehasen.

Aber es gab keine weiteren menschlichen Geräusche, die ihre Alarmsignale in das kleine, wachsame, animalische

Zentrum im toten Hirn schickten. Und deshalb rührte sich der tote Mann und stöhnte.

Andere Zentren des Hirns kämpften sich durch die schützende Droge des Schocks hindurch und begannen von neuem, die sensorischen Daten aufzunehmen. Der Kopf wandte sich ein wenig von der Mulde ab, die sein Atem in den Schnee geschmolzen hatte. Die Augen öffneten sich in das Grau der Nacht hinein. Schmerz begann.

»Gütiger Gott«, sagte Fletcher.

Aber Schmerz bedeutete, daß zumindest einige Teile von ihm noch lebten. Der Großteil der Blutung hatte nach den ersten massiven Ergüssen aufgehört. Der Winterkälte sei Dank. Er erinnerte sich, daß der erste Schuß sein Bein getroffen hatte. Die Augen wanderten seinen Ärmel hinab zu den verkürzten Fingerstümpfen, die seine Augen sogar in der beinah vollständigen Dunkelheit erkennen konnten. Daran konnte er sich ebenfalls erinnern.

Aber nicht an den dritten Schuß. Wo war der eingeschlagen? Brust höchstwahrscheinlich, denn darauf würde ein Jäger zielen. Und wegen der Menge blutdurchtränkten Schnees unter ihm.

Mußte es wissen. Hatte die Erste-Hilfe-Handbücher studiert, denn er war klug genug zu wissen, daß ein Mann, der allein in den Wäldern lebte, dumm war, sie nicht zu studieren. Langsam zog er seinen unverletzten rechten Arm unter sich hervor. Behutsam tastende Finger berührten rohes Fleisch, dann Knochen. Zurückgeschreckt. Ratten der Panik nagten an seinem Hirn. Wenn auch die Kugel in einem Winkel getroffen hatte, in dem sie abgeprallt und nicht durchgeschlagen war, so zeigten die gesplitterten Knochenenden, die die Haut durchstoßen hatten, einen offenen Bruch.

Er ließ die nackte Hand weiter tasten. Die Kugel war abgeprallt, das war sicher, aber vielleicht hatten sich ihm Knochensplitter in die... Er hielt den Atem an – ganz vorsichtig. Die forschenden Finger waren von einer Rippe in den Brustraum abgeglitten, in den seine kostbaren Lungen gebettet waren. Ein Husten, ein tiefer Atemzug, beinah alles konnte diese Lungen kollabieren lassen, wenn man sie mit Luft komprimierte, die von außen durch die offene Wunde eintrat.

Wie konnte er die Brust luftdicht – oder wenigstens beinah – verschließen, ohne Kompresse oder Bandagen? Fausthandschuhe. Er hatte sie ausgezogen, um den Bogen abzuspannen, sie mußten noch in seinen Taschen sein. Wenn er einen davon erreichen und dann irgendwie seinen Gürtel abschnallen konnte, vielleicht war es möglich, den Fausthandschuh mit dem Gürtel gegen die Wunde zu pressen.

Er machte eine Bewegung, um nach dem Fäustling zu greifen, und starb von neuem.

Cochrane. Die Hauptstraße war überhäuft vom schmutzigen Schnee des ersten Wintersturms. Wilmot's General Store hatte schon handgearbeitete Weihnachtsfiguren aus Kreppapier in den Fenstern. Wind trieb Schnee gegen die Markise des Kinos und verfinsterte die ausgeblichenen filmischen Vergnügungen des letzten Sommers. Zwei Meilen hinter dem Ort war der Landeplatz, aber einer plötzlichen Eingebung folgend riß der Killer das Lenkrad dorthin herum, wo Dutch's Tavern goldenes Licht über den schmutzigen Schnee des Gehweges goß. Bevor er hineinging, setzte er seine gelbe Skibrille auf.

Sieben Männer waren über die Bar verteilt, zwei fette Farmersfrauen brachten weiter hinten eine der hölzernen Sitzgruppen zum Überlaufen. Ein Goldfischglas voll hartgekochter Eier mit einem handgeschriebenen Schild: ›2 Stück 50 Cents‹.

»Was soll's sein, Mister?«

Nicht anrufen. Sie würden sich hier an den Anruf erinnern. »Whiskey«, sagte der Killer.

Keine Jäger da, vielleicht ein Fehler herzukommen. Nur schwerfällige, harte Farmer, schwielige Hände hielten Gläser mit gezapftem Bier und Schnapsgläser voll Whiskey, als hielten sie am Sonntagmorgen ihre Gesangsbücher. Latzhosen, dreckige Jeansjacken, an den Ellbogen blaß und dünn gewaschen, schwere matsch- und mistüberzogene Gummiüberzüge auf ihren Stiefeln.

»Danke.« O Gott, wie er das gebraucht hatte. »Noch einen, bitte.«

»Einen Hirsch erwischt?«

Der Killer wechselte unsicher seine Position, und er spähte ein Stück von sich im Spiegel hinter der Bar. Goldene Gläser gepflegter Spitzbart, gestutzter Oberlippenbart. Er entschloß sich zu einem gequälten Achselzucken als Antwort.

»Ja, dies Jahr sind sie träge«, stimmte ihm der massige Barkeeper zu, denn er deutete das Achselzucken als Kommunikation. Er trocknete die haarigen Hände an seiner von Feuchtigkeit grau gewordenen Schürze ab.

»Schlechte Getreideernte wegen der Dürre, deswegen bleiben sie oben bei den Weißeichen und fressen Eicheln.«

»Dürre, Blödsinn!« ging einer der Farmer dazwischen. Wütende Stimme, Gesicht wie ein Steingarten. »Der verfluchte Hirsch ist überhaupt erst der Grund, warum das Korn schlecht wächst.«

Der Killer lächelte idiotisch, murmelte etwas und ging hinüber zur Herrentoilette und dem öffentlichen Telefon nah dem Hintereingang. Er durfte nicht in Panik geraten, mußte Gesprächen aus dem Weg gehen, mußte daran denken, daß sie nicht in seine Gedanken sehen konnten. Sich an einer Tatsache festhalten: Fletcher war tot.

Fletcher hustete. Drehte sich nach links in den Schnee und schrie, als ihm Knochennadeln ins Fleisch stachen. Aber der Schmerz hatte ihn wieder zu Bewußtsein gebracht.

Im Handbuch – geordnet und übersichtlich wie der Bericht eines Geographen – stand, man solle mit aller Kraft ausatmen, die Bandage fest andrücken, um die Wunde luftdicht abzudecken, und dort festbinden. Realität: Ächzen, stöhnen, warten, wenn die Schwärze vor seinen Augen aufstieg. Dennoch schaffte er es, sich mit einer Hand den Gürtel in kurzen, ruckartigen Bewegungen von der Taille zu zerren. Jetzt die Fäust...

Sein Dad zog den Fäustling aus und ließ sich auf ein Knie herab, um Wildspuren gleich hinter dem Draht zu betasten. Vorsichtig blies er verwehten Schnee aus den herzförmigen Abdrücken.

»Zwei Tage alt. Hab' noch keine Menschenspur gesehen, jedenfalls keine frische.«

»Ist das nicht gut?« fragte der Junge.
»Nicht für unsere Art zu jagen. Nicht genug Jäger rundherum, die ihn aufscheuchen und zu uns herüberschicken. Stell dich auf den Baumstumpf da und beweg dich nicht mehr als nötig. Ich werde runter zu der Stelle am Kornfeld gehen und im Bogen durch den Wald zurückkommen.«

Mit seltsam sägenden Bewegungen zerrte Fletcher den breiten Ledergürtel weiter und immer weiter den Körper hinauf, bis er um seine Brust lag. Dann fummelte er den Fäustling an die richtige Stelle über die Wunde, schob das freie Ende des Gürtels mit seiner rechten Hand durch die Schnalle, bereit, ihn mit einem Ruck an der richtigen Stelle festzuzurren. Er zögerte, wie in jenem erstarrten Moment zwischen dem Anbeißen des Schwarzbarsches, dem reflexartigen Ruck, den Haken zu setzen.

Dann begannen die Schüsse, hohl, gedämpft und weit entfernt, wie die Schläge eines Hammers in der Ferne. Der Junge zählte dreizehn. Sein Vater blieb auf halbem Weg durch den Drahtzaun stehen.
»Sie haben ihn von den Bäumen weggelockt, draußen auf die freie Fläche«, sagte er. »Heute nacht wird Blut auf dem Schnee sein.«

Fletcher atmete aus und riß den Gürtel fest. Hustete Blut in den Schnee und wurde ohnmächtig.

2

Nicole Ross machte einen Schritt zurück unter die Dusche, um sich Seife aus ihrer linken Achselhöhle zu waschen. Geistesabwesend massierte sie eine Brust, während sie sich unter dem anderen Arm einseifte. Ein Mädchen im College hatte einmal bewundernd bemerkt, daß sie große, weiche Brüste besaß; erst viel später hatte Nicole verstanden, daß es ein versteckter Annäherungsversuch gewesen war. Damals war es ihr nur wie ein bedrückender Einbruch in ihre Privatsphäre vorgekommen.

Vor acht Jahren und mehreren schweren Diätkuren! Die Brüste waren jetzt fest und wohlgeformt, und so sollten sie bleiben.

Nicole kam tropfend aus der Dusche und wickelte sich in ein riesiges Frotteehandtuch. Mit ihr trat Dampf aus der Kabine, um das Spiegelbild ihres herzförmigen, sinnlichen Gesichts so gespenstisch wie ein doppelt belichtetes Negativ aussehen zu lassen. Aus dem Schlafzimmer hörte man das Klingeln des Telefons. Als sie die Tür öffnete, hörte sie das vorpubertäre Brüllen ihrer Stieftochter die Treppe herauf.

»Nicole, es ist Daddy. Er sagt ...«

»Sag ihm, ich nehm' es hier oben an.«

Auf dem Weg zum neuen Telefon mit Doppelanschluß auf dem Nachttisch aus Walnußholz neben dem Riesenbett ließ sie zwei sehr deutliche nasse Fußabdrücke auf dem Teppich zurück, zwei blassere, dann keinen mehr.

Davids Stimme in ihrer neuen Geheimleitung klang leicht anklagend. »Ich hab' schon vor zwanzig Minuten angerufen. Keiner hat abgenommen.«

»Du weißt doch, daß Robbie Baseball hat und daß ich Katie freitags vom Ballett abhole.« Ihr Blick fiel auf die Uhr neben dem Bett. »Erzähl mir nicht, du bist noch im Büro.«

»Jarvis wollte eine Liste für eine persönliche Briefsendung.«

Kent Jarvis, momentaner Berater des Gouverneurs, vielleicht demnächst schon Wahlkampfleiter. Es war gut möglich, daß das Treffen des heutigen Abends entschied, ob es einen Wahlkampf geben würde, der geleitet werden mußte. Sie merkte, daß David noch immer redete.

»... nicht mal selbst hier, rief nur an und sagte, er wollte eine Liste von Leuten, die außerhalb des Staates Schlüsselstellungen einnehmen, nicht unbedingt politisch aktiv oder nicht mal unbedingt Demokraten sind, die aber den Gouverneur –«

»David, was faselst du denn da? Wir sollten in weniger als zwei Stunden verdammt nah bei Wayzata sein, und dieser Schnee –«

»Ich komme so schnell ich kann nach Hause.«

»Vielen Dank.« Aber er hatte schon aufgelegt. Der Teufel sollte ihn holen.

Aber wenigstens war er ihr jetzt etwas schuldig. Und sie würde ihm nicht sein Hemd aussuchen und ihm versichern müssen, daß dieser Schlips perfekt war, genau in dem Moment, wenn sie sich selbst anziehen wollte.

Sie sah sich in dem großen Spiegel auf der Rückseite der Tür, riß die schlaffe Badekappe vom Kopf und schüttelte ihr goldenes Haar darunter hervor, daß es im Glas schimmerte. Sie hatte eine kurze Nase und einen Kußmund und feuchte blaue, intelligende Augen, Züge, die ihrem Gesicht die Schönheit der Schauspielerin gaben, die sie einmal hatte werden wollen, bevor ihr überragender Verstand ihre Unsicherheiten bezwungen und sie vom Theater weg in den Mechanismus der Politik gestoßen hatte.

Sie ließ das Handtuch herabgleiten, zog den Bauch ein und legte die Hände über ihre Brüste. Nicht schlecht für neunundzwanzig. In ihrem ersten Ehejahr hatte David ihre Brüste jeden Morgen geküßt, bevor sie den BH anzog.

Gary, der seinen Mund auf ihre Brüste herabsenkte, als sie nackt auf dem Bett des Motelzimmers lag...

Sie riß ihre Hände abrupt weg, schnappte den BH und begann ihn anzuziehen. Ihr war kalt, als sie sich eilig ankleidete.

Die Kälte ließ Fletchers Zähne klappern. Jeder Schauer stieß eine Lanze des Schmerzes durch seinen Körper. Konzentrieren. Irgendwie mußte er das zersplitterte Bein an das andere binden, damit er kriechen konnte. Er ließ seine unversehrte Hand leicht über die Brustwunde gleiten. Die behelfsmäßige Bandage schien fest an ihrem Platz zu sitzen.

Kalt. So kalt.

Also kriechen. Hütte. Telefonieren. Überleben. Wie weit? Tausend Fuß? Zähl sie. Zähl alles das, was dir gegeben. Alle Wunden sind auf derselben Seite des Körpers, also *kannst* du kriechen. Er begann, im Schnee nach der Bogensehne zu tasten. Konnte er sie vom Ende des Bogens abziehen, damit er seine Beine zusammenbinden und das unverletzte als

Schiene benutzen konnte? Seine unversehrte Hand arbeitete daran, der Schweiß lief ihm in Strömen. Er sah vor sich, wie all diese Aktivitäten die Höhle seines Rippenfells mit hellem, arteriellem Blut füllte.

Denk nicht daran.

Denk an das Eichhörnchen, das den Jungen vom Ast herunter über dem Stumpf, auf dem er stand, verfluchte. Seine Überschuhe hatten die Oberseite des Stumpfes vom Schnee hartgetreten und rutschig werden lassen. Das Eichhörnchen war grau, machte mit seinem feinen, buschigen Schwanz bei jedem empörten Schrei eine ruckartige Bewegung.

»Du bist still«, sagte der Junge zu ihm. Ein großer, durchnäßter Meteor aus etwas Weißem fiel von einem Ast, rauschte in das Laub am Boden,

und riß Fletcher ins Bewußtsein zurück, hustend und spukkend in seiner Angst zu ersticken.

Er lag auf der rechten Seite, zog sein unverletztes Bein hoch und legte das andere darauf, indem er den Teil unterhalb des Bruches mit der Hand in die richtige Lage brachte. Er wickelte die Bogensehne unbeholfen um beide herum, schluchzte über den Mißerfolg, bevor er sie schließlich festgebunden hatte.

Hab Mut, Mann. Der Schmerz kann nicht so mächtig sein.

Nein, nicht tief wie ein Brunnen, noch breit wie eine Kirchentür. Er mißt in etwa tausend Fuß.

Stoß dich mit dem heilen Ellbogen ab, heb dich mit der heilen Schulter an, schieb mit dem heilen Fuß nach. Wie weit? Ein Fuß. Tausend solcher Mühen. Gütiger Gott.

Er hob seinen Kopf, um sich im dunklen Wald umzusehen, falls dies das letzte Mal sein sollte, daß er ihn sah. Ein riesenhafter, ausgezehrter Wolf stand zwei Meter vor ihm entfernt. Er hatte seine Kopf leicht gesenkt, starrte ihn mit goldenen Augen an. Die Ohren gespitzt. Der Wolf! *Der* Wolf! Sein... Was? Sein Totem? Wie der Bär es für Old Charlie gewesen war?

Keine Wölfe in diesem Teil von Minnesota. Halluzination?

Starb er? Er schüttelte den Kopf und sah noch einmal hin. Kein Wolf.

Eins... zwei... drei...

Anheben. Ausruhen. Anheben ausruhen. Anhebenausruhen. Anhebenausruhenanhebenausruhen.

Schulterkrampf: 122. Ellbogen taub.

Füße taub. Wackel mit den Zehen. Klopf mit dem Gewehrkolben darauf, um den Blutkreislauf zu wecken. Ein einzelner, entfernter Schuß zerriß die stille Kälte, eine Stimme rief, dünn in der Ferne.

Aus dem Gebüsch direkt vor ihm explodierte ein riesiger Bock hervor, und er riß das Gewehr hoch, löste die Sicherung, hielt drauf, knack knack knack, ein einziger Fluß unüberlegter Bewegung, die dennoch wie eine Zeitlupe erschien.

»Ihr Burschen seid der Film in Zeitlupe«, bellte Hodge. Fletch und Gary hatten beide einen Kater und haßten den Güterwagen voll Bauholz, den sie abladen sollten. Zeitlupe.

Einhundertneunundneunzig... 2.0.0... 2.0.1...

Nach einiger Überlegung wählte Nicole das Ted-Lapidus-Wollkleid, das sie auf ihrem Europatrip im letzten Sommer in einem kleinen Laden beim Münchner Hilton gekauft hatte. Eine zarte Naturfarbe, sehr feminin, modisch und bescheiden, wobei es ihre exzellente Figur besonders hervorhob. Wenn der Gouverneur sich entschloß zu kandidieren, würden sie und David mit ihm gehen. Den ganzen Weg.

Sie war mit David bei ihrer ersten Verabredung den ganzen Weg gegangen. Er war sechs Jahre älter als sie und hatte gebettelt wie ein Heranwachsender.

Das Telefon klingelte erneut. Sie ging um das Bett herum, nahm ab und hörte die Stimme ihres Mannes.

»Katie, sag Nicole, daß...«

»Ich bin am Apparat, David.«

Sie hörte, wie ihre Stieftochter den Küchenanschluß auflegte. David sagte: »Wir sollten uns lieber an Olafs Haus treffen. Bis ich da bin, um dich abzuholen, sind wir so...«

»Kannst du eigentlich überhaupt nichts richtig machen?«

Diesmal kam sie ihm zuvor, knallte den Hörer auf, bevor er es tat. Sie setzte sich auf die Bettkante und gab einen tiefen Seufzer von sich. Mal wieder die kleine, gereizte Lady, die mit ihrem Mann im gleichen Ton redete, den sie manchmal Katie gegenüber benutzte. Aber Katie war erst neun. Sie spürte einen Augenblick unterdrückter Panik. War *dies* das Pferd, das sie nach Washington reiten sollte? Und sie hatte Gary nicht mehr gesehen, seit sie sich getrennt hatten, und...

Ganz ruhig. David war ein verdammt guter Leiter der Öffentlichkeitsarbeit gewesen, und er war gut in seinem Job für den Gouverneur. Die Sache war nur, daß Jarvis sie alle aufgrund seines eigenen Ehrgeizes zu hart antrieb. Und wenn sie miteinander sprachen, würde Gary ihr Zusammentreffen mit perfekt selbstsicherem Auftreten durchstehen. Er war ein großartiger Gouverneur. Wenn er kandidierte und es schaffte, wäre er ein großartiger Präsident. Washington! Eine andere Welt. Ein anderer *Planet*. Sie spürte eine leicht flatterige Anspannung in der Magengrube, als stünde sie am Beginn eines sexuellen Vorspiels.

Bevor sie sich zu lieben begannen, machten sie stets eine winzige Messinglampe mit einer Zehn-Watt-Birne an, die ihr schwaches, warmes Licht über das Schlafzimmer warf. Es gefiel ihnen, sich zu sehen, in des anderen Gesicht zu schauen, wenn der Moment kam, auch wenn Fletcher Terrys Körper unter Tausenden allein an seiner Beschaffenheit erkannt hätte. Die gestreckte Eleganz der Schenkel, die gewölbte Eleganz der Hüften, die unerwartete Sinnlichkeit von Fleisch unter der im Mädchenpensionat anerzogenen Strenge der Kleider.

Vierhundertfünfundzwanzig... 426... 427...

Zu schmerzhaft. Sein Gesicht sackte in den Schnee. Er wollte schlafen. Womöglich um zu träumen? Um zu weinen. Verlust. Terry. Blut.

»Ich... muß vorbeigeschossen haben.«
»Jagdfieber«, sagte sein Vater.
Aber dennoch schoben sie sich durch das niedergetrampelte Dickicht am Fuße der Anhöhe.
»So, so.« Die Stimme seines Vaters war sehr sanft.

Mühsam, langsam wie eine Schildkröte drehte er seinen Kopf zu dem Weg zurück, den er gekrochen war. Der eben aufgegangene Mond zeigte ihm die Flecken im Schnee wie die Blutgerinsel auf der Schleifspur, an deren Ende der große Hirsch vor einundvierzig Jahren zu Boden gegangen war.

»Das erste Blut«, sagte sein Vater mit derselben, sanften Stimme.
Der Hirsch lag am Ende der vier Meter langen Schleifspur, die sein Sturz hinterlassen hatte. Der Kopf war am Stamm einer Eiche verkeilt, und seine Augen glänzten schon. Die heraushängende Zunge war blutbespritzt. Die Geweihsprossen waren schimmernde Krummsäbel aus polierten Knochen, die Nase war schwarz und feucht und schön vor dem Schnee.
Der schönste Hirsch auf der Welt. Sein Hirsch.

Seine Blutspur. Keine Gottlosen in Fuchslöchern – oder auf Schleifspuren. Darum bete. Beute. Er war Beute. Jemand hatte auf ihn geschossen und ihn als Krüppel zurückgelassen.

Einmal hatte er einen Hirschen zweieinhalb Tage lang verfolgt, weil Old Charlie gesagt hatte, richtige Jäger würden keine Krüppel zurücklassen. Der hatte schließlich aufgehört zu bluten und war ihm einfach weggelaufen, hatte vielleicht sogar ein Wildgehege gefunden, in dem er sich verstecken konnte. Er hatte sich immer wieder gesagt, daß es wohl so wäre und der Bock seinen immensen Energieverbrauch wieder hatte erneuern können, so daß er nicht an den Folgen verhungert war.

Es war so weit gekommen, daß er dieses Tier mehr liebte als die meisten Leute, die er in seinem Leben gekannt hatte.

Fünfhundertsechsundfünfzig... 557...

Verlorenes Blut und verlorene Zeit hielten sich die Waage, als seine Kräfte nachließen und der Energieverlust wuchs. Genau wie sein geliebter Hirsch ihn bezwungen hatte. Wie er es tun würde, um ... um wen zu bezwingen?

Irgendein schwachsinniger Jäger, der Krüppel zurückließ.

Geh zur Hütte. Warum? Konnte sich nicht erinnern. Und warum hatte er den sehnenlosen Bogen mitgeschleppt, wenn ... Riegel. Nimm ihn, um den Riegel hochzuschieben. Eingebaut, um die Stachelschweine auszusperren, die an das Salz wollten, aber er konnte auch einen Mann aussperren, der gerade genug Kraft zum Kriechen hatte. Im letzten Jahr hatten die Stachelschweine, um an das Salz zu kommen, den Griff seiner Axt aufgefressen.

Sechshundertneunundachtzig ... 690 ... 691 ...

Wenn er den Kopf hob, konnte er dann die Hütte im kalten Mondlicht vor sich sehen? Er hob seinen Kopf, wenige Meter vor ihm auf dem Weg, ihm zugewandt, mit heraushängender Zunge, die Ohren gespitzt, stand wieder sein großer, grauer Wolf. Mußte Schritt gehalten haben, neben ihm geschlichen sein, als er ...

Nein. Nicht real. Er blinzelte. Hütte in Sicht? Oder machte er ziellose Schleifen und Arabesken unter den Büschen wie ein Maulwurf unter dem Moder von Blättern?

Einmal, als er im Wald gewesen war, hatten die Blätter unter seinen Füßen zu rascheln begonnen. Dann wurden sie angehoben und durcheinandergewühlt. Und plötzlich war aus der Mitte ein langer, schwarzer, haariger Klumpen mit kleinen, schimmernden weißen Schaufelhaken hervorgekommen und direkt über seine Stiefel gerollt. Dort hatte sich der Klumpen in zwei Hälften gespalten und war hastig in entgegengesetzte Richtungen geflüchtet, und er hatte erkannt, daß es zwei im Kampf ineinander verkrallte Maulwürfe gewesen waren. Blinde Wesen, im blinden Kampf. Waren sie an der Grenze ihrer jeweiligen Territorien aneinandergeraten? Oder war es wegen eines Weibchens?

Siebenhundertfünfundzwanzig ... 726 ...

Wenn er es schaffte, würde er Victor zu Hause anrufen, für den Fall, daß er innerlich blutete. Wie Victor anrufen? Wie konnte er ...

Der Bogen. Nimm ihn, um das Telefon vom Tisch zu stoßen. Victor würde einen Krankenwagen rufen, der zur Hütte kam.

Falls Fletcher es bis zur Hütte schaffte.

Als er die Kabine der Beechcraft vom Trittbrett auf dem Flügel her betrat, hörte der Killer das Heulen einer entfernten Sirene. Er befestigte seinen Sicherheitsgurt. Neben ihm drückte der schlaksige rothaarige Pilot die Startautomatik. Der Propeller begann zu schwirren, und der Motor hustete und sprang an.

Die Sirene. Der Sheriff hatte die Leiche gefunden, er war gestellt.

Die Maschine röhrte, das Flugzeug holperte voran. Der Killer schloß die Augen. Als er sie wieder öffnete, konnte er hinuntersehen und entdeckte einen Krankenwagen, der unten vorbeiraste, als sie sich über der Straße in die Kurve legten und für den Flug zurück nach Minneapolis an Höhe gewannen. Ein Krankenwagen, nicht die Polizei. Er lehnte sich zurück und schloß die Augen wieder. Der sanftäugige Pilot, der glaubte, der Killer wäre ein Immobilienmakler aus Minneapolis, der in Cochrane außerhalb der Saison zur Erholung einen sehr vertraulichen Grundstückshandel abschließen wollte, sagte etwas ins Mikrofon und korrigierte ihren Kurs.

Krankenwagen. Vielleicht auf dem Weg, eine Frau in den Wehen abzuholen. Dem Killer gefiel diese Vorstellung. Ein Leben, das Leben zu ersetzen, das er... das zu Ende gegangen war. Der ewige Kreislauf: Geburt, Leben, Tod. Er öffnete die Augen und setzte sich auf. Es war vorbei.

»Gibt es Kaffee?«

»In der Thermoskanne«, sagte der Pilot. »Bedienen Sie sich.«

Angenommen, sie fanden Fletchers Leiche nach der Schneeschmelze im nächsten Frühjahr, dann wäre er nur ein weiterer Punkt in der Statistik der vorangegangenen Jagdsaison. So viele Hirsche, so viele Kühe der Farmer, weil sie braun wie Hirsche waren, so viele Jäger, weil sie vergessen hatten, rot zu tragen. Alle Teil der Jagd.

3

Mit seinen dreiundfünfzig Jahren war Gouverneur Garrett Westergard ungemein gutaussehend, und er wußte es. Nicht gutaussehend wie Kennedy-Politiker, die seit Jahren das Maß gewesen waren, nach dem die Ambitionen eines Präsidentschaftskandidaten gemessen wurden. Eher gutaussehend wie professionelle Quarterbacks, die sich zur Ruhe gesetzt hatten und Sportmoderatoren geworden waren. Für seinen innenpolitischen Stil war die Stimmung genau richtig. Die Öffentlichkeit war der charismatischen Männer mit chaotischem Privatleben überdrüssig. Seines war jetzt mustergültig.

»Gentlemen«, sagte er und warf einen scharfen Blick auf die fünfundsiebzig handverlesenen Finanziers, die in einem Vorort von Minneapolis unte den massiven Eichenholzbalken in Olaf Gavles Wohnzimmer zusammengezwängt saßen. »Sie alle kennen mich und das, wofür ich stehe. Es stellt für mich kein Problem dar, von den Wählern in Minnesota wiedererkannt zu werden. Aber nicht viele Leute außerhalb des Farmgürtels wissen tatsächlich, wer ich bin. Unglücklicherweise gibt es außerhalb des Farmgürtels noch weniger Leute, die es wissen wollen.«

Für das Lachen legte er eine Pause ein, mit einem Gespür für den Zeitpunkt, ausgefeilt während des Vierteljahrhunderts, seitdem er den Sitz in der Abgeordnetenversammlung gewonnen hatte, als er noch Student an der juristischen Fakultät war. Die Männer in diesem Millionen-Dollar-Haus mit Blick auf den Lake Minnesota hatten ihn während der meisten dieser Jahre gekannt, oder hatten gewußt, wer er war. Dennoch hatten sie heute abend fünfzehnhundert Dollar pro Kopf bezahlt oder versprochen, um ihn reden zu hören. Ihre Reaktionen in der nächsten Stunde konnten ihn in der nationalen politischen Szene aufbauen oder einbrechen lassen.

»Sie alle kennen die Statistiken über meine Wiederwahl als Gouverneur vor drei Jahren. Dreiundsechzig Prozent der Wähler – eine Mehrheit von vierhundertzwanzigtausend Stimmen über meinen republikanischen Gegner. Ein Beweis, so glaube ich, daß ich die Wählerschaft wachrütteln kann.«

Er unterbrach sich für Gavles sorgsam einstudierte Frage. Sie waren '53 und '54 zusammen Stürmer im Hockey Team der University of Minnesota gewesen und hatten '56 im US-Olympia Team gespielt, das die Russen in Cortina d'Ampezzo geschlagen hatte.

»Wir bezweifeln keineswegs Ihre Fähigkeit, Stimmen zu sammeln, Mr. Governor. Aber ich glaube, die meisten von uns in diesem Raum würden gern wissen, welchen Zeitplan wir von Ihnen zu erwarten haben, wenn Sie sich zu einer Kandidatur entschließen.«

»Sollte man mich ernsthaft als Bewerber aufstellen, dann werde ich ebenso im Februar an den Vorwahlen von New Hampshire teilnehmen müssen, wie an der Wahlversammlung im Januar in Iowa. Was uns weniger als drei Monate Vorbereitungszeit gibt.«

»Nun, Gary, planen Sie einen Sieg in New Hampshire?«

Eine weitere, sorgfältig spontane Frage, diesmal von LeClerc, dem Landesvorsitzenden der demokratischen Farmer- und Arbeiterpartei. Fritz Mondale hatte LeClercs Organisation vor vielen Jahren auf den nationalen politischen Plan gebracht, und er hoffte offensichtlich, daß Westergard Mondales Blitz gleich zweimal über Minnesota würde aufleuchten lassen.

»Gut abschneiden will ich. Iowa ist ein Staat der Landwirtschaft, wir können davon ausgehen, daß wir da gut abschneiden, aber in New Hampshire sind die Yankees – und die erste nationale Vorwahl. Sie wird eine Publicity bekommen, die in keinem Verhältnis zu den Delegiertenstimmen steht. Es gibt zwanzigtausend eingetragene Demokraten in diesem Staat, und wir werden fünfundneunzig Prozent von ihnen ansprechen müssen, um eine gute Vorstellung abzugeben.«

Gavle stellte ihm die letzte vorbereitete Frage. »Wird das nicht eine Menge Geld kosten und eine Menge persönlichen Einsatz vieler Leute erfordern, Mr. Governor?«

»Deshalb sind wir heute abend hier, Olaf«, sagte Westergard. »Die Wähler von New Hampshire sind konservative Arbeiter, und die Medien haben mich aufgrund meiner fortschrittlichen Programme hier in Minnesota als ›liberal‹ eingestuft. Also werde ich an die sagenhafte Freiheit des Geistes der Yankees appellieren müssen. Edith und ich werden einen großen Teil des Wahlkampfes persönlich bestreiten – in Geschäften, in Einkaufszentren, bei Festveranstaltungen, in Schönheitssalons und Schuhfabriken.«

Er beugte sich nach vorn, ließ seine Stimme tiefer und rauher werden, als brächte er eine Zusammenfassung vor einem Geschworenengericht. In gewissem Sinne tat er das auch.

»Ich kann Ihnen meinen uneingeschränkten Einsatz geben. Ich kann Ihnen mein physisches Durchhaltevermögen für einen jahrelangen Wahlkampf geben. Was ich brauche, ist Geld. Einen Fond für eine Fernsehkampagne, um ein nationales Wählerbewußtsein für all das zu schaffen, wofür Garrett Westergard als Präsident der Vereinigten Staaten stehen wird...«

Beinah die erste Person, die Nicole sah, als sie auf der Party ankam, war Westergard. Es war, als hätten ihre Augen die Menge wie mit Supermans Röntgenblick durchdrungen, um ihn aus allen anderen herauszusuchen. Er wirkte kräftig und teuflisch gutaussehend in dem dreiteiligen, mitternachtsblauen Anzug, den sie auf einem Einkaufsausflug für ihn ausgesucht hatte, von dem seine Frau nichts wußte.

Sein bloßer Anblick ließ nach all den Monaten ihr Herz höher schlagen. Aber es war aus, vorbei, zu Ende. Ganz gemächlich wandte sie sich ab – beinah in die Arme von Edith Westergard, die sie immer an eine prallbrüstige Meise erinnerte. Würden Meisen ein Pfund pro Stück wiegen, sagte ihr Vater, dann könnten sie die Welt regieren. Edith war in den früheren Fünfzigern Cheerleader der University of Minnesota gewesen und hatte sich diesen vor Offenheit sprühenden Gesichtsausdruck und ihre unbarmherzige Energie bewahrt.

»Nicole! Wir bekommen viel zu wenig von Ihnen zu sehen, seit Sie das Büro des Gouverneurs verlassen haben.« Sie umarmte Nicole und ließ sie schnell wieder los, den Kopf herausfordern angehoben, wie ein Vogel. Sie war leicht übergewichtig, gerade richtig, mit lebhaften Augen und einer Stupsnase und einem entschlossenen Mund. »Ich nehme an, David parkt den Wagen...«

»Wir sind hier verarbredet. Irgendein Bericht für Jarvis.«

Sie war nie vollkommen sicher gewesen, ob Edith Westergard nicht von ihrer ehemaligen Affäre mit Gary gewußt oder zumindest einen Verdacht gehabt hatte. Und sie wußte außerdem, daß Ediths oberflächliche Freundlichkeit einen eisernen Willen verbarg.

»Dieser verfluchte Kent! Er treibt alle so hart an! Ich glaube, manchmal wäre ich froh, wenn Gary am Ende doch nicht kandidieren würde.«

Wohl kaum, meine Liebe, dachte Nicole, als sie Edith zur Küche folgte. Du willst es genauso sehr wie er, vielleicht noch mehr. Du würdest ziemlich bluten, wenn er aufgeben müßte.

»Es sieht nicht so aus, als wenn er viel geblutet hätte, Doktor.«

»Er ist ein gutes Stück zur Hütte gekrochen. Ich schätze den Blutverlust allein von seinem Bein auf fast einen Liter, die Hälfte davon akut.«

Es mußte wohl der große Kanadier gewesen sein, der auf dem Eis den Mittelstürmer für Duluth spielte, dachte Fletcher. Er hatte Fletcher mit einem wirklich bösartigen Cross-Bodycheck an die Bande geschickt, so daß ihm im letzten Drittel die Gehirnerschütterung in den Ohren summte. Nicht ernst genug, um ihn hierher zu bringen – diese gepolsterte Decke über seinem Kopf war mit Sicherheit der Innenraum eines Krankenwagens. Was ging hier vor sich?

Fletcher versuchte, sich aufzusetzen um zu fragen, aber die Lichter eines entgegenkommenden Wagens schwollen an und prallten gegen die runde Decke und verschwanden wie Seifenblasen. Genau wie er.

»Er hat wieder das Bewußtsein verloren, Doktor...«

Nicole war bei ihrem zweiten Margarita und ihrem dritten schwedischen Fleisch-Appetithappen und dachte gerade, daß die riesigen Haufen *crudites* zur Fütterung der Gäste in etwa so geschmackvoll waren wie die Blumenarrangements bei der Beerdigung eines Gangsters, als sie eine schwere Hand auf ihrem Hinterteil spürte. Diese glitt über ihre Rundungen, so daß die Finger fachmännisch den Spalt durch das dicke Material ihres Kleides hindurch suchen konnten.

Außerdem bemerkte sie eine Wolke von Zigarrenrauch und drehte sich um, wobei sie den Drang, Jarvis ihren Drink in sein grinsendes Gesicht zu schütten, unterdrückte. Er war stämmig und kraftvoll und haarig, mit krausem, schwarzem Haar und Augen, die so blau waren wie ihre eigenen.

»Na, übst du noch, Kent?« fragte sie trocken.

»Ich träume das Unmögliche.«

»Denk dran, daß es das ist.«

»Für manche, aber nicht für alle, stimmt's, Süße?«

Er grinste und tätschelte ihr absichtlich noch einmal den Hintern, dann verschwand er in der Menge. Er hatte den breiten Rücken und den dicken Hals eines Mannes, der sechs Stunden die Woche an der Nautilusmaschine verbrachte. Sie beobachtete, wie er seine immer griffbereite Zigarre von einer Hand in die andere wechselte, damit er einen Arm um die Taille einer vollbusigen Blondine mit cremefarbener, skandinavischer Haut legte.

Wahrscheinlich hatte er einen kleinen Dummkopf im Bett, bevor der Abend vorüber war. Schon als sie sich zum erstenmal getroffen hatten, war er ihr gegenüber zudringlich geworden. Sie war niemals auf seine Annäherungsversuche eingegangen, aber trotzdem hatte er einige Monate später David als Redenschreiber des Gouverneurs eingestellt. War das vielleicht auf Garys Anweisung hin geschehen, so daß es, wenn ihre Affäre zu Ende ging, keine Gegenbeschuldigungen und schmutzige Wäsche von ihrer Seite gab?

Wenn es so war, dann hatten sie einen ausgezeichneten Gegenwert bekommen: David war verdammt gut bei dem, was er tat. Aber das war auch Jarvis. Seine oberflächliche Art machte ihn zu einem Mann, den man leicht unterschätzte. Für das Wohl von Davids Zukunft mußte sie bedenken, daß Jarvis so gerissen und ehrgeizig war, wie man nur sein konnte.

Sie schnappte sich einen weichen Ritz-Cracker mit einer Art Fleischpastete darauf von einem Tablett, das vorbeigetragen wurde, schlenderte durch die Menge und fing Gesprächsfetzen auf.

»Rigatoni *puttanesca* – Hurenpasta. Weil man nur ein paar Minuten brauchte, um sie zuzubereiten, wenn die Mädchen beschäftigt waren.«

Sie wußte, daß es nicht die korrekte Erklärung für den Namen war, aber in gemischter Gesellschaft war diese sicher besser als die richtige. Sie glitt an den Lachsalven vorbei und schnappte die Diskussion irgendeines Künstlers auf, dessen Arbeiten in einer Galerie in der Innenstadt ausgestellt wurden.

»... die beste Malerin unserer Generation. Ihre Farben brennen einem in den Augen, wie die von Gauguin es einmal getan haben.«

Taten Gauguins Farben das nicht immer noch? dachte sie und stellte dann fest, daß man beide Gespräche auch in New York oder Los Angeles hören konnte, ohne ein Wort daran zu ändern. War das, was Männer wie Gary bewegte, ein Drang, sich diesen Willen nach Veränderung zunutze zu machen und ihn in die richtigen Kanäle zu lenken? Oder in das, was sie für die richtigen Kanäle hielten?

Sie stellte fest, daß sie von zwei Beratern des Gouverneurs umgeben war, dem Meinungsforscher Hastings Crandall und dem Medienberater Pete Quarles. Quarles, wie üblich mit einem Drink in der Hand, war ein rundlicher, zuvorkommender Mann von etwa fünfundzwanzig Jahren. Er war mehr oder weniger jeden Tag mit der Presse beschäftigt, aber seine hauptsächliche Aufgabe bestand im Austeilen von Hochglanzmagazinen des Gouverneurs an die Presse und andere, die sich dafür interessierten.

»Hey, Nicole, schön, dich wiederzusehen!« rief er. Sie bemerkte, daß er – um seinen Lieblingsausdruck zu verwenden – seinen Schnabel an diesem Abend einige Male zu oft eingetaucht hatte. Er hatte etwas von seinem Drink über die Jacke verschüttet, und auf seiner Krawatte hatte er Asche verschmiert. »Kommst du wieder zurück, um für den Gouverneur zu arbeiten?«

»Dafür geht's mir zu gut.« Sie lächelte.

»Warum bist du eigentlich so plötzlich gegangen?« fragte Crandall.

Er war ein Jahr jünger als Quarles, aber Lichtjahre älter an

Intelligenz, Antriebskraft und Ehrgeiz. Ein etwas dunkler, gutaussehender Mann, ein bißchen wie Montgomery Clift in jüngeren Jahren, sauber, mit sich selbst scheinbar vollkommen ausgefüllt. Aber Nicole wußte aus Erfahrung, daß es dumm war, ihn in dieser Hinsicht zu unterschätzen. Er trug einen dunklen, konservativen Brooks-Brothers-Anzug, und selbst in dieser Menge glänzten seine Schuhe wie beim Appell. Sein Einfluß auf den Gouverneur hatte abgenommen, seitdem Jarvis hinzugekommen war, und das gefiel ihm nicht.

»Ich hatte keine Lust mehr, am Telefon zu sitzen«, sagte sie leichthin.

»Wir könnten dich gut gebrauchen, um das Büro zu organisieren. Jarvis ist so verflucht schlampig...« Das Licht der Eingebung trat in seine Augen. »Vielleicht sollte ich es dem Gouverneur gegenüber mal erwähnen? Teilzeit...«

»Ein Mitglied der Familie im Stab ist genug. Und da wir gerade von David sprechen...«

»Hab ihn nicht gesehen«, sagte Quarles fröhlich. »Ich weiß, daß Jarvis hier ist, aber...«

»Ja, auf den guten, alten Kent bin ich schon gestoßen«, sagte Nicole. »Beinah buchstäblich. Wenn ihr David seht, schickt ihn doch zu mir, ja?«

Sie machte sich von ihnen frei und schlenderte durch die Menge. Es war ein ziemlicher Schock gewesen, sie zu sehen und festzustellen, daß sie sie noch immer darum beneidete, mittendrin zu stehen. Besonders jetzt, da Gary jederzeit seine Kandidatur für die Präsidentschaft bekanntgeben konnte.

Dann standen sie sich mitten in der Menge gegenüber. Genau das Treffen, das sie hatte verhindern wollen, solange David nicht an ihrer Seite war – und wo war er, wenn sie ihn brauchte?

»Nicole! Wie wundervoll, dich zu sehen!«

Westergard umarmte sie, küßte die Luft neben ihrer Wange und ließ sie genauso schnell wieder los. Er trug sein Politikergesicht, wofür sie dankbar war, hier vor Gott und der Welt.

»Dich auch, Gary«, sagte sie ernst. »Und meinen Glückwunsch für heute abend. Ich hab' gehört, es ist prächtig gelaufen.«

Er nickte, sein Gesichtsausdruck jetzt warm. Er senkte seine Stimme ein wenig. »Es ist so lange her, Nicole...«

»Sieben Monate...«

»Kommt mir vor wie ein Jahr.«

»...und zehn Tage.«

Sein Gesichtsausdruck wandelte sich erneut. Er sah aus, als ob er gleich etwas sagen würde, was sie eigentlich gar nicht hören wollte. Aber dann erstarb das Licht in seinen Augen, und wieder erschien das Politikerlächeln.

»Du siehst wunderschön aus. Die Rolle der Frau und Mutter bekommt dir ganz offenbar. Aber wir vermissen dich, Nicole.« Er beugte sich herüber und fügte mit sanfter Stimme hinzu: »*Ich* vermisse dich – Nikki.«

»Glaubst du nicht, du hast das Recht verloren, diesen Namen zu benutzen, als du...« Dann, als sie Edith Westergard durch die Menge näherkommen sah, unterbrach sie sich und sagte: »Ich habe hier *irgendwo* einen verlorengegangenen Ehemann.« Mit etwas lauterer Stimme fügte sie hinzu: »Hast du David schon gesehen, Edith?«

»Nein, hab' ich nicht.« Edith hakte ihren Arm besitzergreifend durch den ihres Mannes. »Aber in dieser Menschenmenge...«

»Ich werde ihn lieber suchen gehen, bevor die Jungs alle wieder anfangen, über Politik zu reden.«

Sie lächelte die beiden an und verschwand in der Anonymität der Masse. Es schien ihr, als wäre jeder Satz, den sie ausgetauscht hatten, voll versteckter Gefahren gewesen, aber sie hatte das wilde Wasser ohne Zwischenfall überwunden. Sie merkte, daß sie Kopfschmerzen bekam. Sie hatte wieder einmal mit dem Rauchen aufgehört und bekam von dem dicken, bläulichen Dunst einen Nikotinschock.

Verflucht, er war so spät dran, daß sie den Kombi wieder hatte aus der Garage holen müssen, um hierher zu kommen, und dann war er nicht da, wenn sie ihn brauchte, um ihre Gedanken von dem Treffen mit Gary abzulenken...

David tauchte plötzlich neben ihr auf, nahm ihre Hand

und drückte sie so fest daß sie den kalten Druck seines Eherings auf ihrer Handfläche spürte.

»*Verdammt*, bin ich froh, dich zu sehen, Liebes.«

Es klang so offenkundig glücklich, daß sie im selben Augenblick vergaß, wie böse sie ihm war, daß er sie nicht zu Hause abgeholt hatte. Tatsächlich war sie ihm beinah dankbar, daß er sie von Gary ablenkte.

»Hast du deinen Bericht fertiggemacht?«

»Ja, und dann ist Jarvis überhaupt nicht ins Büro zurückgekommen, um ihn sich anzusehen. Kannst du das glauben?«

Er sah sehr jung aus, war gutaussehend und männlich, mit vollen Lippen, einer aufrechten, irischen Nase, hoher Stirn und lockigem Haar. Seine dunklen Augen durchmaßen ruhelos den Raum.

»Ziemliches Arschloch, oder? Ist Jarvis schon da?«

»Ja. Und es war mein Arsch, über den er sich hergemacht hat. Zuletzt gesehen in Begleitung einer Blondine mit dem Hirn in der Bluse.«

Wie immer hatte David nicht zugehört. »Ich werde mal lieber da rübergehen und helfen, über das Schicksal der Nation zu entscheiden.«

Sie beobachtete, wie er sich durch die Menge schob, hinüber zu den Panoramafenstern mit Blick über den See, wo, wie er vermutet hatte, Westergard, LeClerc und Gavle gerade eine improvisierte Manöverkritik zum politischen Teil des Abends abhielten. Sie sah, daß Jarvis in die gleiche Richtung strebte und die Blondine für seinen Ehrgeiz opferte. Crandall und Quarles drängten sich ebenfalls durch die Menge in Richtung auf Macht und Entscheidung.

Bewegung ohne Fortschritt, Menschen ohne Bedeutung, dachte sie und war selbst von der Bitterkeit ihrer Reaktion überrascht. Plötzlich wollte sie nur noch gehen. Sie würde einfach gehen und David den Abschied überlassen. Sie hatte das erste Treffen mit Gary nach dem Ende ihrer Affäre überlebt. Das war die Hauptsache.

Aber als sie zum Foyer ging, um ihren Mantel abzuholen, sah sie ein sehr lebhaftes Bild von Gary vor sich, wie er sie in ›ihrem‹ Hotelzimmer liebte. Sie zwang sich, an ihren Mann und seine Liebeskunst zu denken. Er war konventionell und fordernd im Bett, ein guter Liebhaber, abgesehen davon, daß sie sich beim Orgasmus manchmal so anstrengen mußte, daß sie es noch am nächsten Tag im Hintern und auf der Rückseite ihrer Oberschenkel spüren konnte.

Vielleicht, wenn sie heute nacht nach Haus kamen. Ja, das würde die Bilder von Gary aus ihren Empfindungen drängen. Absichtlich rief sie sexuelle Bilder von David herbei, plante ihren Liebesakt mit klinischer Gleichgültigkeit.

4

Die Stimme sagte mit klinischer Gleichgültigkeit: »Es hat den unteren Kniebereich am Ende von Oberschenkelarterie und -vene abgetrennt, die Sehne des Oberschenkelmuskels, einen Teil des Wadenmuskels und etwas vom Kopf des Wadenbeins.«

»Wird er sein Bein verlieren, Doktor?«

Sein Bein verlieren? Eine Sekunde mal eben!

Fletcher versuchte, sich auf der Bahre aufzurichten, um ihnen zu sagen, daß sie es ganz falsch verstanden hätten, der Kanadier hatte ihn mit dem Schläger am Kopf erwischt, nicht am Bein, aber dann knallte ihm etwas unters Knie, und das Bein knickte unter ihm zusammen, und seine Hände fuchtelten in der Luft herum, und das letzte, entfernte Krachen eines Gewehres war zu hören...

Was für Kopfschmerzen. Dieser verfluchte Kanadier.

Edith erschien in einem formlosen Flanellnachthemd mit winzigen Blumen darauf im Türrahmen, dazu ein grüner Morgenmantel aus Chenille, der schon bessere Nächte gesehen hatte. Aber sie war in diesen Wintern im Norden aufgewachsen, und es war schon wieder Winter, und selbst, wenn die meisten Häuser in Minnesota nicht mehr winterkalt waren, konnte die Verführung doch bis zum Frühling warten.

»Gary, es ist schon nach Mitternacht.«

Westergard ging quer durch sein Arbeitszimmer eilig auf sie zu, bewegte sich wie ein zwanzig Jahre jüngerer Mann. Er trug noch immer die Hosen und die Weste seines konservativen Dreiteilers, den er vor seinen Geldgebern getragen hatte. Er nahm ihr Gesicht in beide Hände und küßte sie auf die Lippen. Sie war es, die schließlich die Umarmung löste.

»Manchmal frage ich mich, warum du es tust, Liebling.«

Er fing an, im Zimmer auf und ab zu gehen. »Wie Hillary mit dem Everest vielleicht – weil er da ist.« Er sah zu ihr hinüber. Seine Ärmel waren aufgekrempelt, und seine Krawatte saß schief. Er sah sehr gut aus. »Wir haben eine Geldspritze bekommen, Edith. Eine echte Geldspritze.«

»Und danach?« fragte sie beinah argwöhnisch.

»Laß uns zuerst um das ›vorher‹ Sorgen machen. Ich habe noch keinen Job gehabt, der mich umbringen konnte. Ich bezweifle, daß dieser es kann.«

Nachdem Edith hinauf ins Bett gegangen war, schenkte er sich an der Anrichte einen kleinen Cognac ein und schürte das Feuer, das Lawson während ihrer Abwesenheit angezündet hatte. Funken prasselten den Schornstein hinauf. Die Scheite aus Eichenholz knackten und knisterten. Wieder fing er an, im Zimmer auf und ab zu gehen.

Also gut, laß uns um das ›vorher‹ sorgen.

Vor über einem Jahr hatte Jarvis in seinem Memo die Schritte umrissen, die Westergard unternehmen mußte, wenn er Präsident werden wollte, und Westergard hatte sie unternommen: Er mußte versuchen, ein nationales Image aufzubauen, jeden Tag die New York *Times* und die Washington *Post* lesen, Akten zu nationalen Fragen anlegen, die einen Schwerpunkt auf für die Vorwahlen wichtige Staaten legen, jemanden auswählen, der ein komplettes Wahlkampfbudget aufstellt und David Ross frühzeitig als leitenden Redenschreiber anstellen, damit Ross genügend Zeit hatte, die relevanten Themen der Zeit zu untersuchen.

Dann, unerwarteterweise im letzten April:

Es regnete heftig, und doch waren die Lichter dunkel im Arbeitszimmer mit der dunklen Holztäfelung, einem Raum, der einmal den äußersten Endpunkt seiner Ambitionen dargestellt hatte. Westergard saß in dem schweren, drehbaren Ledersessel zurückgelehnt, den er mit nach Washington nehmen wollte, wenn er es geschafft hatte, einen Schuh Größe 44 auf den Rand des Tisches gelegt. Mit einem Drink in der Hand starrte er durch die Vorhänge auf die endlosen Pfeile des Regens hinaus. Er genoß, was die Harris-Umfrage am Morgen ergeben hatte.

Unbeschriebenes Blatt tonangebend.

Im Jahr zuvor mit Nichts angefangen, und dann, an jemem Aprilmorgen *unbeschriebenes Blatt tonangebend* in der Vorumfrage für die Präsidentschaftswahl. Ein paar vorsichtig feierliche Drinks hatten sie getrunken, und seine Zunge und seine Gedanken hatten sich gerade so weit gelöst, daß er es sagen konnte.

»Die Präsidentschaft. *Die Präsidentschaft der Vereinigten Staaten.*« Er ballte seine große rechte Hand zur Faust. »Gleich hier. Und da draußen ist ein Mann, der könnte, wenn er wollte...« Und er hatte seine Faust geöffnet und sich die Präsidentschaft für immer aus den Fingern gleiten lassen. »Einfach so.«

Außerdem hatte er Fletchers Namen preisgegeben, wenn auch natürlich nicht den Grund, aus dem Fletcher gefährlich war... Niemand außer ihm und Fletcher – dem Freund seiner jungen Männlichkeit – würde es jemals erfahren. Er hatte ihn allerdings seit beinah vierzig Jahren nicht mehr gesehen. Nicht mehr seit jener betrunkenen Nacht...

Er verwarf den Gedanken. Er hatte sich unbehaglich dabei gefühlt, Fletchers Namen erwähnt zu haben. Es hatte den Beigeschmack von Henry Plantagenets Worten über den Freund *seiner* Knabenzeit gehabt, der *seinen* Ambitionen im Weg gestanden hatte:

Welch Bande von Narren und Feiglingen habe ich in meinem Haus genährt, daß nicht ein einziger von ihnen es diesem emporgekommenen Sekretär heimzahlen mag!

Nicht, daß Fletch ihm wissentlich im Wege war wie Becket für Henry, aber die Parallele war auffällig genug, so daß er, als man ihm heute abend unauffällig erzählt hatte, daß Fletcher tot war, einige furchtbare Augenblicke durchlebt hatte. Schließlich waren Henrys Handlanger gefällig gewesen, die nicht verstanden hatten, daß er nur einen Wunsch ausgesprochen und keinen Befehl gegeben hatte.

Gott sei Dank war Fletchs Tod nur ein Jagdunfall gewesen, schlicht und einfach. Aber er war immer noch moralischer Feigling genug, einen heimlichen Seufzer der Erleichterung darüber auszustoßen, daß Nicole bereits gegangen war, bevor er ihr sein Beileid ausdrücken konnte. Merkwürdig, wenn er so darüber nachdachte, daß sie die Party zu diesem Zeitpunkt verlassen hatte. Beinah gleich, nachdem sie miteinander gesprochen hatten. Aber es gab wirklich keine Möglichkeit, daß sie vom Tod ihres Vaters wissen konnte...

Er richtete seine Aufmerksamkeit von den unangenehmen Gedanken zu seinem Treffen mit Nicole. Irgendwie war er in der Lage gewesen, seine Gefühle unter Kontrolle zu halten, oder zumindest ihre Äußerung. Vielleicht wurde aus ihm am Ende ein Politiker, in Wahrheit wie dem Namen nach.

Westergard schenkte sich einen weiteren Fingerhut voll Cognac ein. Damals, im April, hatte er ihrem Vater gedankenlos den Tod gewünscht, und jetzt, im November, war ihr Vater tot. Er hatte gewußt, daß sie und Fletch sich seit Terrys Tod für fünf Jahren ziemlich entfremdet hatten, trotzdem war er nach seinem abscheulichen Ausrutscher an jenem Tag im April nie mehr in Nicoles Bett zurückgekehrt. Vielleicht hatte dies auf seltsame Weise den Startpunkt seiner ernsthaften Bewerbung um die Präsidentschaft markiert.

Er hätte sich schämen sollen, daß er heute abend, als man ihm versicherte, es wäre nur ein Jagdunfall gewesen, nichts als Erleichterung verspürt hatte, frei von jeder Trauer über Fletchs Tod. Aber er tat es nicht.

Fletcher, der sich mehr tot als lebendig fühlte, hatte auf dem Operationstisch, kurz bevor das Betäubungsmittel seine Wirkung tat, einen vollkommen klaren Moment. Das Problem war, daß er nicht sprechen, nur zuhören konnte.

»Wahrscheinlich ist die Kugel getaumelt, als sie die Kleidung durchschlagen hat, ist schräg aufgetroffen und wieder ausgetreten.« Victors Stimme. Seine linke Seite fühlte sich irgendwie eisig an. »Sehen Sie? Hat die siebte Rippe zertrümmert, einen Zwischenrippenmuskel beschädigt und eine Blutung hervorgerufen. Ein paar hundert Kubikzentimeter, würde ich sagen, größtenteils innerlich.«

»Keine Lungenpenetration, Doktor?«
»Überhaupt keine. Sein Fausthandschuhverband war ein Prachtstück.«

Zum ersten Mal in sechsunddreißig Jahren hatte auch Kent Jarvis Penetrationsprobleme. Scheiße, du weißt, daß es anderen passiert, in Umkleidekabinen machst du Witze darüber, aber wenn *du selbst* mit einer schlaffen Nudel auf der Bettkante sitzt...

Normalerweise ließ ihn der bloße Anblick von ein Paar Milchmädchentitten wie sie die Blonde sorglos über der Decke entblößte, hart wie eine Slalomstange werden. Sie wandte ihm eisig blaue Augen zu.

»Ist das der Moment, in dem ich sagen sollte: Hey, ist okay, du bist müde, dir gehen eine Menge Sachen durch den Kopf?«

»Es tut mir wirklich leid, Kristin, was soll ich sonst dazu sagen? Das ist mir vorher noch nie passiert. Ich...«

Sie drückte die Zigarette aus, warf die Decke zurück und stieg aus dem Bett. Rundliche Hüften, kräftige Schenkel, eine Blondine von Kopf bis Fuß. Anfang der Woche hatte er sie im Schreibpool des Parlamentsgebäudes entdeckt und fachmännisch von der Meute in Olaf Gavles Haus getrennt. Und dann das.

»Du weißt, wie man ein Mädchen glücklich macht, Kent.«

»Hey, so hab' ich es nicht gemeint... Es tut mir wirklich leid...«

Sie zog hellblaue Reizwäsche über das blonde Bollwerk ihrer Scham, das er nicht hatte durchbrechen können, warf ihr Kleid über den Kopf und sah ihn an, als sie es sich über den Hüften glattstrich. Ihr Gesicht wurde sanfter. In ein paar Jahren würde sie massig und träge sein, aber in diesem Augenblick war sie süß wie Pfirsiche in Schlagsahne.

»Mir tut es auch leid. Ich dachte, es würde...« Sie unterbrach sich und zuckte mit den Schultern. »Vielleicht bist du *wirklich* nur müde.« Sie ging zu dem Stuhl hinüber und nahm ihren Mantel und ihre Brieftasche an sich. Ihr kalter Blick ließ ihn sich seiner impotenten Nacktheit bewußt werden, aber er wollte ihr nicht die Genugtuung gönnen, zurück unter die

Decke zu kriechen. Sie drehte sich zu ihm um. »Ich nehm' mir ein Taxi. Wir sehen uns.«

Er nickte und zündete sich eine Zigarette an, als er sie beim Hinausgehen beobachtete. Kalte Luft wehte herein, als sie die Tür hinter sich schloß. Scheiße. Er mußte eine Möglichkeit finden, sie rauswerfen zu lassen, ohne daß sie erfuhr, daß es von ihm kam. Er wollte nicht, daß sie mit den anderen Mädchen über den heutigen Abend sprach. Aber man konnte ihm sein Versagen nicht wirklich vorwerfen, oder? Nicht nach all dem, was er heute durchgemacht hatte.

Er seufzte, stand auf und ging ins Badezimmer, um zu urinieren, bevor er sich anzog und selbst das Zimmer räumte. Wenigstens dafür war es noch gut.

Nicole hatte ihre Zähne zuerst geputzt, lag im Bett unter der Decke und lauschte Davids Schrubben und Plantschen.

»Es sind nur noch drei Tage bis Thanksgiving«, rief sie.

Er tauchte im Türrahmen auf, Zahnbürste in der Hand, in dem weißen Pyjama mit den roten Herzen, den sie ihm aus Spaß geschenkt hatte, der aber sein kurzfristiger Wink geworden war, daß sie sich lieben sollten. Beim Schlummertrunk vor dem Schlafengehen hatte sie darauf geachtet, daß ihm der Gedanke in den Sinn kam. Sie brauchte seine Liebe, und zwar jetzt. Gary war noch immer übermächtig in ihren Erinnerungen und Gefühlen.

»Und? Es sind drei Tage bis Thanksgiving.«

»Ich hab' überlegt, ob ich meinen Vater anrufen und ihn zum Essen einladen sollte.«

Einen Moment stand er unbeweglich da, von hinten beleuchtet, dann zuckte er mit den Achseln. »Jeden Thanksgiving, Weihnachten und Ostern lädst du ihn ein. Jeden Thanksgiving, Weihnachten und Ostern sagt er nein.«

»Also lade ich ihn trotzdem ein und lasse ihn teilhaben am Dank.«

Er schüttelte den Kopf, wandte sich wieder dem Badezimmer zu, und trotz ihrer sexuellen Bedürfnisse in diesem Moment dachte sie wütend: Das war's dann wohl, Chef. Aber als er ins Bett kam, zitterte er – offenbar vor Kälte –, und deshalb durfte er sie in den Arm nehmen. Dann kam eins zum anderen, bis er plötzlich auf ihr lag, sie in die Laken preßte und in sie hineinrammte.

Grob, beinah viehisch. Manchmal machte es sie an, aber heute abend nicht. Heute abend hatte sie Gary gesehen. Gary, der ein zärtlicher Liebhaber war, rücksichtsvoll, der den Genuß mit ihr teilte, bis der Genuß zur Lust, bis die Lust zur Ekstase, bis die...

Und sie ging ab wie eine Rakete, so plötzlich, so intensiv, wenn auch ungebeten, war Gary für sie real geworden. In solchen Augenblicken der Hingabe war es er, nicht David, der in ihr war. Diesesmal jedenfalls hatte David aufgehört, für sie zu existieren.

5

Fletcher war nicht sicher, wie viele der fußgroßen, quadratischen Kacheln die Decke seines Krankenhauszimmers bedeckten, geschweige denn, wie viele kleine Punkte auf jeder Kachel waren. Sie schienen sich zu bewegen und zu verändern. Seine Mutter hatte, wenn sie krank war, jedesmal kleine Männchen gesehen, die an den Deckenausformungen ihrer Krankenstube entlangliefen. Diese hatte sie entsetzlich gefunden, aber ihren Beschreibungen nach hatten sie gar nicht den Eindruck gemacht.

Als er im Fieber lag, erinnerte er sich an ein vergessenes Gedicht:

Um Mitternacht wohl auf dem Meer
Die Straßenbahn war nicht in Sicht
Ich trat in einen Laden ein
Und holte mir ein Licht

Was er schrecklich fand, war seine Müdigkeit – und sein Durst. Auf der Suche nach etwas zu trinken in dem unbekannten Zimmer reckte er den Hals und stellte fest, daß in seinem rechten Handrücken ein Infusionsschlauch steckte, der von einem Netzröhrchen über der Hand aufrecht gehalten wurde. Wären Ziermünzen daran gewesen, hätte es ausgesehen, wie der Handschuh von diesem Popstar – Michael Jackson – genau.

Wieder bewegte er seinen Kopf, blickte hinauf und sah verschiedene Plastikbeutel und Flaschen, die kopfüber an einem Metallständer neben dem Bett hingen und in den Infusionsschlauch tropften. Sechsundfünfzig Jahre alt, und es war das erste Mal, daß er eine Infusion bekam. Nicht schlecht. Das einzige Mal, daß er als Erwachsener eine Nacht im Krankenhaus verbracht hatte, war vor fünfundzwanzig Jahren in Kisumu, Kenia, gewesen. Bandscheibe ausgerenkt. Land-Rover-Rücken nannte man das dort.

In einer Woge von etwas, das Übelkeit hätte werden können, wenn er nicht so müde und durstig gewesen wäre, stellte er fest, daß dort, wo seine linke Hand sein sollte, sich statt dessen ein festes Rechteck aus Bandagen und Heftpflastern befand. Laut sang er:

»Der Mann dort hinterm Tresen war
Ein Weib ganz alt und grau,
Die handelte mit Schnüren
Am Weg nach Mandalay.«

Das häßliche Gesicht von Victor Kroonquist, M. D., dem praktischen Arzt in Cochrane, kam hinter den Bandagen ins Blickfeld. Fletcher hob, was seine Hand sein sollte, zu etwas an, das ein Gruß sein sollte, aber Victor verstand es als Frage.

»Ich hatte befürchtet, daß du das fragen würdest«, sagte er fröhlich.

Er entfaltete seine Arme und richtete sich von dem Türrahmen auf, gegen den er sich gelehnt hatte.

»Du hast zwei Finger verloren, den vierten und fünften, wenn man vom Daumen aus zählt. Die Kälte hat die Blutung gestoppt, also haben wir sie hauptsächlich verbunden. Wenn sie erstmal verheilt sind, nähen wir einen Lappen von deiner eigenen Haut drüber, und dann hast du ein paar niedliche kleine, bewegliche Stümpfe. Im Augenblick hast du keine Schmerzen, weil wir dir unter vielen anderen Nettigkeiten durch die Infusion Morphium eingeben.«

(Z W I S C H E N D U R C H :)

Fletcher ist schwer verwundet und hilflos ans Bett gefesselt – doch er lebt. Und er verspürt Müdigkeit und Durst. Wird es ihm gelingen, wieder auf die Beine zu kommen? Wie wird er sich für den Anschlag rächen? Mit diesen Gedanken können wir jetzt ruhig das Buch einmal zur Seite legen und uns für die kommende Hochspannung stärken: etwas Heißes für zwischendurch wäre nun genau das Richtige. Etwas wie die…

(*Z W I S C H E N D U R C H :*)

Der vierte Finger, vom Daumen aus gezählt, war der Ringfinger. Er hatte seinen echt goldenen Ring, den Terry vor einunddreißig Jahren auf diesen Finger gesteckt hatte, niemals abgenommen – bis jetzt. Er spürte einen plötzlichen, fast hysterischen Lachzwang. Der Ring war nicht vom Finger. Der Finger war von Fletcher.

Er winkte mit einer sehr langsamen und unkoordinierten Bewegung mit der Bandage, die eine Hand sein sollte. Victor näherte sich dem Bett beinah vorsichtig. Fletcher bedeutete ihm, noch näher zu kommen. Victor beugte sich herab und hörte die ersten Worte des verwundeten Mannes.

»Mein Gott, bist du häßlich«, flüsterte Fletcher heiser.

Victor richtete sich auf und ragte über ihm: ein ein Meter achtundneunzig großer, magerer, empörter Skandinavier. »Der Zustand des Patienten hat sich verschlechtert«, schnaubte er verächtlich. »Der Arzt erstickte ihn mit einem Kissen.«

Er drehte sich um und stolzierte majestätisch aus dem Zimmer. Draußen im Gang bellte er einen einzelnen, mächtigen Lacher heraus, aber Fletcher war längst wieder eingeschlafen.

Aber während der Nacht wachte er wiederholt auf, schwitzend und verwirrt, und er verstand ein wenig vom Entsetzen seiner Mutter über die winzigen Männchen aus ihren Fieberträumen. Seine Halluzinationen, vom Morphium hervorgerufen, waren bruchstückhafte, verzerrte, deprimierende Traumscherben. Er sah Terrys geliebtes Gesicht – nur ihre Nase war gebrochen und ins Gesicht gedrückt, so daß sie eine Knollenspitze zu haben schien, wie von einem lädierten Boxer oder dem Schauspieler, der Robert Shaws Bodyguard in *Der Clou* gespielt hatte.

Aber dann war es Rusty, der geliebte Irish Water Spaniel seiner jungen Jahre auf Entenjagd. Der Kopf des Hundes, Vorder- und Hinterteile waren in Ordnung. Aber sein Rumpf – Rücken, Bauch und Brust – waren ein rechteckiges U, so daß der Bauch und die Brust, das Unterteil vom U, nur Zentimeter vom Boden entfernt waren.

Ein anderer Traum handelte von den offenen Seiten eines Buches, das er unter allen Umständen lesen mußte, denn es war das Buch seines Lebens. Aber als er sich die Geschichte genau ansehen wollte, lösten sich die Buchstaben zu neuen Gruppierungen auf, die nichts bedeuteten und von denen er wußte, daß sie keine dem Menschen bekannte Sprache darstellten. Wenn irgendein Teil der Bruchstücke lang genug war, um eine Handlung zu beginnen, wandte sich dieser umgehend gegen sich selbst, Tat leugnete Tat, Möglichkeit leugnete Möglichkeit, bis alles aufgetrennt war und vage und bedeutungslos wurde.

Am nächsten Morgen bat er darum, das Morphium abzusetzen. Schmerz zog er dem schwitzenden Alptraum der Halluzinationen vor.

Fletcher entpuppte sich als idealer Rekonvaleszent, abgesehen von einer plötzlichen und unvorhergesehenen Lungenentzündung, die ihn beinah umbrachte. Zwei Wochen später war er immer noch am Leben und wußte genau, wie viele Kacheln an der Decke waren. Er arbeitete daran, die einzelnen Kacheln voneinander unterscheiden zu können, als die Tür geöffnet wurde und seine Tochter Nicole ins Zimmer kam. Kroonquist ragte hinter ihr auf, das Gesicht voll wohlwollender Bosheit.

»Ich fand, sie sollte es wissen, Fletch.«

Nicole setzte sich neben das Bett. Das Licht vom Fenster fiel auf eine Seite ihres Kopfes. Sein Jägerauge registrierte ihren Liebreiz, so anders als die eher rauhe Schönheit ihrer Mutter, ebenso, wie es das unglaubliche Aufblitzen der Brautente in den düsteren, herbstlichen Wäldern registrieren würde. Er war von dem Gedanken überrascht. All die Schwierigkeiten nach Terrys Tod hätten lyrische Empfindungen bei einem Treffen mit Nicole weit von ihm weisen sollen.

»Beinah haben wir ihn schon verloren gegeben«, sagte Kroonquist mit scheußlichem Behagen. »Er hatte eine Bronchopneumonie aufgrund der Unterkühlung, und eine Zeitlang stand er auf der Kippe, wenn Sie den Ausdruck entschuldigen wollen. Aber jetzt...« Seine große knochige Hand klopfte fest gegen Fletchers Beingips. Er gluckste. »Gesund wie ein Pferd.«

Er nickte Nicole zu und schob sich schweigend aus dem

Zimmer, ein ausgezehrter grauer Wolf, der eins wurde mit dem schneebedeckten Winterholz. Nicole hatte ihre Hände wie ein Schulmädchen in den Schoß gelegt, Knie ordentlich zusammen. Wieder hätte es ihn irritieren sollen, Terrys Haltung bei seiner Tochter zu finden, die alles andere als zimperlich war und ihm in den ersten paar Jahren nach dem Tod ihrer Mutter die Hölle heiß gemacht hatte. Aber er stellte fest, daß ihr Besuch ihn aufrichtig bewegte.

Es überraschte ihn umso mehr, als er sagte: »Ich wußte nicht, daß du blond bist.«

»Dieses Jahr. David mag es.«

»Wie geht's David?«

»Arbeitet zuviel, seitdem der Gouverneur kandidieren will.« Ihre Gedanken schienen nicht bei David zu sein. »Warum hast du uns nichts gesagt?«

Er wedelte mit einem Arm. »Für das Wohl aller Geschöpfe wird gesorgt.«

»Und auch bezahlt?« Als er nach Cochrane gekommen war, hatte er das Haus in Minneapolis auf Nicoles Namen überschrieben, so daß sie jedesmal, wenn sie Gelegenheit dazu hatte, Bemerkungen zu seinen Finanzen machte.

»Ich werde für Victor auf Lebenszeit einen Hirsch pro Jahr wildern. Jagen und Fallenstellen *ist* schließlich das, was ich mache, und der Tauschhandel ist in Cochrane noch immer weit verbreitet.«

Nicole fummelte an ihrer Handtasche herum. Sie trug einen bodenlangen, wattierten Mantel mit einem hochklappbaren Kragen, der wahrscheinlich die neueste Mode war.

»Dad, was ist passiert? Wirklich?«

»Es war spät, es wurde dunkel, irgendein Jäger konnte besser schießen als sehen. Das ist alles, was dran ist.«

Sie legte vor Aufmerksamkeit beinah die Stirn in Falten. »Wird es...« Sie unterbrach sich. »Wirst du...?«

»Victor hat es noch nicht für angebracht gehalten, mich darüber aufzuklären.« Bevor sie antworten konnte, fügte er hinzu: »Wie geht es ›Katie der Katze‹ und Robbie?«

»Sie wollten mitkommen, als Victor heute morgen anrief.« Wut ließ ihre Stimme undeutlich werden. »Fast zwei Wochen, nachdem es passiert ist...«

Sie kam zum Kopfende des Bettes herum und küßte ihn ernst auf die Stirn, wie sie es als Kind auf dem Weg ins Bett getan hatte. Wieder spürte er diesen unerwarteten Anflug von Wärme für sie. Er schloß die Augen, damit sie nicht die Tränen sah, die in ihnen aufstiegen.

»Dad, wenn es irgend etwas gibt...«

Er schüttelte schnell den Kopf. »In einer Woche bin ich draußen.«

»Dann kommst du über Weihnachten zu uns. Und bleibst ein paar Tage.« Sie nahm eine Karte aus ihrer Handtasche und kritzelte etwas auf die Rückseite. »Hier ist unsere neue Geheimnummer – die Kinder halten die andere Leitung ständig belegt, und David möchte mich erreichen können, wenn er vom Büro aus anruft, jetzt, wo der Gouverneur im Rennen ist...«

»Ich bin mir nicht sicher«, sagte er ausweichend. Sie steckte die Karte zwischen die Seiten seines augenblicklichen Buches, der neuesten endgültigen Sammlung von Hemingways Kurzgeschichten. »Der Doktor...«

»Wird alles sagen, was du von ihm hören willst.«

»Er hat dich angerufen, obwohl ich es nicht wollte.«

Plötzlich lachte sie düster. »›Ich bin alle Töchter in meines Vaters Haus. Und alle Brüder außerdem.‹ Victor hat sich daran erinnert, auch wenn du es vergessen hast.«

Bis zu ihrem dritten Jahr im College, als sie sich abrupt der politischen Szene zugewandt hatte, war es Nicoles Plan gewesen, Schauspielerin zu werden. Noch immer spielte sie öfter kleine Rollen und hatte für jede Gelegenheit ein Zitat.

»Du weißt, was ich meine. Hier heraufzufahren...«

»Ich hätte nicht zulassen sollen, daß David mir ausgeredet hat, dich zum Thanksgiving einzuladen. Du wärst nicht rangegangen, und ich hätte im Krankenhaus angerufen und Bescheid gewußt.«

»Nicht so schlimm.«

Nachdem sie ihn noch einmal geküßt hatte und ohne das Versprechen auf einen Weihnachtsbesuch gegangen war, kam Victor ein bißchen seitwärts zurück ins Zimmer getrottet, wie ein argwöhnischer Fuchs. Er ging zu dem Fenster und blickte hinaus in den kalten Sonnenschein. Das Licht glänzte kalt auf dem Stethoskop, das er sich um den Hals geklemmt hatte.

»In zehn Tagen ist Vollmond«, sagte Fletcher zu ihm. »Kommst du mit auf Hasenjagd, wenn wir Schnee haben?«

»Weihnachten ist in zehn Tagen, und sie erwartet dich, Fletch.« Fletcher reagierte nicht, daher wandte sich Victor vom Fenster ab und sah ihn scharf an. »Du wirst noch eine ganze Weile nicht über die Hecken springen.«

Fletcher schob sich mit den Armen und seinem unverletzten Bein in eine aufrechtere Position. Die Krankenschwester mußte täglich eine Lotion auf die spitzen Stellen seiner Schulterblätter geben, um Reibungswunden von den Laken zu verhindern.

»Es wird wohl noch dauern?«

Victor nickte. Licht von hinten, dachte Fletcher, damit sein Gesicht nichts verrät.

»Ich habe gute Nachrichten und schlechte Nachrichten, Fletch. Die gute Nachricht ist, daß du keine geknickte Gebärmutter hast. Die schlechte Nachricht ist, daß ein unkultivierter Scheißkerl dreimal auf dich geschossen hat. Von den Fingern weißt du. Da es nicht Daumen und Zeigefinger sind, ist dieses Problem eher kosmetischer als medizinischer Natur. Ein leichter Verlust an Geschicklichkeit natürlich – und es wird einige Monate dauern, bis sie vollkommen verheilt sind.«

Fletcher nickte. »Was noch?«

»Wir entfernen ganz allmählich die Drainage in deinem Bein, je weiter das Gewebe zusammenwächst und sich die Gefahr einer Infektion verringert. Das ganze hat sich durch deine Lungenentzündung verzögert. Da der Kopf des Knochens gebrochen war, mußten wir die Sehne kurz unterhalb der beschädigten Fläche anbringen. Wenn der Gips erst einmal ab ist, kannst du die Geschwindigkeit des Heilungsprozesses bis zu einem gewissen Grad selbst bestimmen, je nachdem, wie sehr du dich darum bemühen willst. Aber...«

Er zögerte. Fletcher machte eine ungeduldige Bewegung mit seiner gesunden Hand.

»Du wirst hinken. Da geht kein Weg dran vorbei, auch

wenn du vollkommen geheilt bist. Damit wirst du leben müssen.«

»Okay«, sagte Fletcher. »Machen wir reinen Tisch.«

»Die Brustwunde. Sie ist sauber verheilt, keine Infektion. Keine Lungenpenetration. Hast du schon mal von dem Phänomen ›Splinting‹ gehört?«

»Nein.«

»Die Unfähigkeit, richtig tief einzuatmen, aufgrund von Schmerzen im Brustkasten.« Unbewußt holte er tief Luft und stieß sie wieder aus. »Du wirst keine Hirsche mehr zur Strecke bringen, Fletch. Jetzt nicht und nie mehr.«

Fletcher reagierte nicht sofort. Er starrte direkt geradeaus. Victor zappelte herum wie ein langbeiniger Reiher, der vor einem Kanu zitterte, das gegen den Wind in seine Richtung steuerte, und er es sehen, aber nicht wittern konnte. Schließlich drehte Fletcher den Kopf ein Stück weit herum und starrte seinen Freund an.

»Hätte man mich in Minneapolis niedergeschossen«, sagte er, »wäre vielleicht ein Doktor in der Nähe gewesen, um mich zu behandeln.«

Victor grinste sein wunderbar dreckiges Grinsen. »Aber du mußt zugeben, daß der Preis unschlagbar ist.« Er wurde wieder ernst. »Noch etwas, Fletch.«

Fletcher wartete. Sie waren Freunde, beinah schon seit dem Tag, an dem er in Cochrane angekommen war und das Land einige Meilen nördlich des Ortes gekauft hatte, das nur über eine Straße für Holztransporter, und nach heftigen Schneefällen im Winter oder der Schneeschmelze im Frühjahr selbst dann nicht zu erreichen war. Als er anfing, seine Hütte zu bauen, hatte er sich die Wade mit der Axt aufgeschnitten.

»Warum wolltest du nicht, daß ich dem Sheriff die Schießerei melde?«

»Weil es ein Jagdunfall war.«

»Drei Schüsse. Ein Mann, der auf seinem Irrtum beharrt.«

Nachdem Victor gegangen war, dachte Fletcher: Was sollte man denn sonst glauben? Daß jemand willentlich versucht hatte, ihn zu töten? Das machte absolut keinen Sinn. Den größten Teil seines Lebens als Erwachsener hatte er als Ingenieur verbracht, hatte Brücken und Straßen in entfernten Gegenden der Welt gebaut – die von den Umweltschützern jetzt eher als Fluch und nicht als Segen betrachtet wurden, aber trotzdem, nichts, wofür man ermordet wurde. Abgesehen davon waren seit seinem letzten professionellen Vertrag als Ingenieur über fünf Jahre vergangen.

Drei Monate weg, sechs Monate, ein Jahr am Stück, zwischen den Jobs zurück zu Terry... Sie war schon eine Woche begraben, als sie endlich die Nachricht zu ihm durchbrachten, daß sie tot war. Er war in ein leeres Haus und zu einer wütenden Tochter heimgekehrt. Fast zwei Jahre lang wollte sie nicht mit ihm sprechen, denn sie gab ihm die Schuld daran, daß er am Ende nicht dagewesen war.

Er hatte in all den Jahren nicht gerade viel Zeit mit Terry verbracht, aber als sie tot war, hatte er festgestellt, wie tief sein Sinn für das Leben und die Zukunft in ihr verwurzelt gewesen waren. Auf sehr reale Weise war sein Leben mit dem Unfall zu Ende gegangen, der sie das Leben gekostet hatte. Es gab für ihn nicht mehr viel, wofür es sich zu leben lohnte, aber da er soviel Leben gesehen hatte, das viel zu hart ums Überleben kämpfen mußte, blind, gegen unsäglichen Schmerz, konnte er sich irgendwie niemals dazu entschließen, von eigener Hand zu sterben.

Abgesehen davon hatte es ihm sein Schuldgefühl für ihren Tod unmöglich gemacht, in seinem Beruf weiterzuarbeiten. Aber sich mit Anfang Fünfzig einfach zur Ruhe zu setzen, war ebenso unmöglich gewesen. Mit seinem lebenslangen Widerwillen oder zumindest seiner Gleichgültigkeit gegenüber der Menschheit im allgemeinen hatte er die Liebhaberei seiner Jugend wieder aufgenommen: Jagen und Fallenstellen, um sich ein oberflächliches Leben zu ermöglichen.

Fünf Jahre lang hatte es ihm genügt. Und es bedeutete, daß er jetzt ein Mann mit wenigen Freunden und keinen Feinden war, überhaupt keinen. Einfach kein Mann, der jemanden verärgern konnte, jemandem im Weg war oder irgend jemanden bedrohte. Kein Mann, von dem man sich vorstellen konnte, daß jemand seinen Tod wollte.

Wie wäre es mit einem, der einfach jemanden erschießen wollte?

In gewisser Weise machte es Sinn. Hier oben in den Wäldern jemanden aus Spaß erschießen, seine Leiche wurde gefunden, es war nur ein Jagdunfall. Er hatte überlebt, aber es gab keinen Grund, dem Sheriff davon zu erzählen. Der Sheriff würde sowieso niemals herausfinden, wer es getan hatte.

Fletchers Problem mit dieser Rekonstruktion lag darin, daß man auf ihn geschossen hatte, weil er die Warnsignale des großen Hirschen über jemanden ignoriert hatte, der... Seine Gedanken versuchten angestrengt, Fakten zu sammeln, die er über die Schüsse gekannt hatte, und die jetzt unter dem schützenden Nebel des Schocks verborgen blieben. Jemand oben... Verflucht, es war tatsächlich weg.

Aber er *hatte* die Unruhe ignoriert, und weil er sie ignoriert hatte, war er jetzt ein Krüppel, der humpelte und nicht mehr durchatmen konnte. Warum hatte sich der Angreifer, als er nach seinem Opfer sah, nicht mit einer letzten Kugel ins Hirn abgesichert? Weil der Killer zimperlich war? Weil die Schüsse es als gezielten Mord verraten hätten?

Aber wäre ein Killer aus Vergnügen nicht einfach herumgewandert und hätte vorgegeben, Wild zu jagen, bis er zufällig auf einen einsamen Jäger stieß? Klar. Ihn einfach wegpusten und dann weggehen. Ende der Geschichte.

Aber dieser Killer hatte hundertdreißig Meter weit entfernt im Hinterhalt gelegen, als wäre er sicher gewesen, daß seine Beute diesen Weg nehmen würde. Irgend etwas in Fletchers Gedanken drehte sich wie der silberne Blitz, wenn ein großer Bär unter der Schneide seiner lilienweißen Pfote auf der Suche nach deiner Kugel träge herumwirbelt.

Im Hinterhalt gelegen. Woher hatte er es gewußt? Woher hatte er gewußt, daß es hundertdreißig Meter waren? Weil... Verflucht, er konnte sich nicht erinnern. Aber nach der Schlußfolgerung mußte man es als irgendwie gegeben annehmen. Ein Schuß auf hundertdreißig Meter hieß, ein furchtbares Risiko einzugehen. Der Schütze konnte danebentreffen, er konnte vielleicht jemanden verkrüppeln, das Opfer konnte vielleicht sogar das Feuer erwidern...

Es sei denn...

Es sei denn, man hatte die hundertdreißig Meter anvisiert. Es sei denn, man hatte einen festen Halt und ein klares Schußfeld. Es sei denn, man war *sicher*, daß die Beute diesen Weg nehmen mußte. Es sei denn, man schoß durch ein *Zielfernrohr*.

Was alles reiner Unsinn war.

Oder?

6

Jarvis redete immer noch, als David Ross heimlich auf die Uhr sah und ein Gähnen herunterschluckte, bevor es sein Gesicht erreichte. Seit drei Stunden gingen sie wieder und wieder das immer gleiche Material durch, wie Maschinen, die Golfbälle wickelten, was er in einer Dokumentation des öffentlichen Fernsehens gesehen hatte. Fast nichts davon war relevant, falls er Nicoles bissigen Kommentaren glauben konnte, wann immer er ihr von diesen wöchentlichen strategischen Zusammenkünften erzählte, auf die der Gouverneur so sehr zu bauen schien.

Sie hatte angerufen, keine Nachricht, und er hatte sie seitdem nicht erreichen können. Wieder sah er Jarvis an. Er wünschte, er hätte gewußt, was den Mann quälte. Mit Sicherheit würde es auf die eine oder andere Weise Ross' Zukunft beeinflussen, und er hätte gern gewußt, wie.

»Wir reden nicht vom Image, Herrgott noch mal«, tobte Jarvis. Während der Arbeitszeit hatte er eine Vorliebe für dreiteilige Anzüge, wobei er die Jacken auszog und die Westen aufknöpfte, die unvermeidliche Zigarre in der Faust. »Wir reden über die Substanz.«

»Substanz hilft dir nicht weiter, wenn keiner es wissen will.« Es war Nicoles Text, wie die meisten von Ross' Bemerkungen.

»Was heißt das, Herrgott noch mal?«

»Das heißt, daß es Mitte Dezember ist, wir haben die Kandidatur bekanntgegeben, wir müssen bis Weihnachten für New Hampshire bereit sein, und drei Tage später für Illinois.

Das heißt, wir projizieren das liberale Image des aufrechten Mannes, aber wir haben keine *Tiefe* in der Projektion.«

Westergard nahm auf Jarvis' Seite wieder an der Auseinandersetzung teil.

»Ich glaube, meine Leistungen sprechen für sich. Ich habe die Eigentums- und Einkommensteuergesetze dieses Staates gründlich zugunsten der arbeitenden Unterschicht und der Alten überholt. Ich habe Steuereinkünfte an die örtlichen Verwaltungen zurückgeführt. Wohnungswesen, Familienfarmen ... Im nationalen Rahmen kommt dabei eine ziemlich beeindruckende Leistung zusammen, wenn ich so sagen darf.«

»In New Hampshire verlieren die Favoriten ihre Hufeisen«, sagte Ross. »Und die Außenseiter holen auf. Wir wollen dieser Außenseiter sein, also müssen wir ...«

»Wir können zeigen, daß der Guv die Probleme in den Städten kennt, die Wirtschaft, Steuern, und die arbeitende Unterschicht«, sagte Jarvis und wärmte sich an seinem eigenen Gerede. »Er hat in der Öffentlichkeit einen freimütigen Standpunkt zu AIDS bezogen, und für die Notwendigkeit, die Schwulen mit Kondomen auf Kosten der Regierung und die Drücker mit sauberen Nadeln zu versorgen,um die Flut dieser Krankheit einzudämmen.« Ohne eine Spur von Ironie breitete er die Arme aus und rief: »Mein Gott, was brauchen wir denn sonst noch?«

Ross dachte: Kondome auf Kosten der Regierung – das wäre ein brauchbarer Punkt, wenn wir zu dem alten innenpolitischen Parteiprogramm kommen.

»Der Mann«, intonierte der junge Hastings Crandall ziemlich aufgeblasen, »der heute die Regierung dieses Staates neu belebt hat und der morgen die Bürokratie der Bundesregierung neu beleben wird.«

»Reagan ist schon auf diesen Punkten herumgeritten«, ging Ross dazwischen, »und Carter vor ihm. Was ist, wenn das rote Telefon klingelt?«

»Der Gouverneur war Mitglied im Exekutivausschuß des demokratischen Nationalkomitees. Kenntnis der Außenpolitik und der Verteidigung aus erster Hand. Er war in China und Rußland. Während der Geiselkrise im Libanon war er Unterhändler hinter den Kulissen, der ...«

»Wie viele Leute außerhalb des demokratischen Nationalkomitees wissen davon?« unterbrach ihn Ross.

»Verdammt noch mal!« platzte Westergard heraus. »Meine Leistungen sprechen...«

»Zu *wem?* Alles, was ich sage, ist, daß wir zwischen jetzt und New Hampshire einen ganzen Haufen Geld ausgeben müssen, um sicherzugehen, daß jeder Ihre Leistungen *kennt*. Erst *dann* kann ich sie mit Hilfe Ihrer Reden für sich selbst sprechen lassen...«

Es war schon seit drei Stunden dunkel, als Nicole beim Einbiegen in ihren Block auf den elektronischen Toröffner für ihre Garage drückte. Es war so gut, nach Hause zu kommen. Sie war müde bis in die Knochen. Wie würde David darauf reagieren, daß Dad im Krankenhaus war? Die wenigen Male, bei denen sich die beiden Männer begegnet waren, hatten sie sich nicht viel zu erzählen gehabt. Aber wer hatte sich mit ihrem Vater schon viel zu erzählen? Während dieser Stunde im Krankenzimmer hatte sie sich ihm näher gefühlt als jemals seit ihrer Collegezeit.

Als sie sich drinnen an der Hintertür die Schneestiefel mit ihren Schuhspitzen von den Fersen trat, rief sie: »Hey! Ich bin wieder da! Noch jemand?« Wo *war* David? Es war fast sieben Uhr.

Dann fiel ihr ein: Katie blieb über Nacht bei einer Freundin, Robbie war noch bei seinem Basketballtraining. Sie ging durch das Wohnzimmer, machte Licht und schenkte sich eine fertig gemixte Margarita aus der Dose ein, als Scheinwerfer über die Vorderseite des Hauses huschten. Sie hörte, wie sich das Garagentor öffnete, während sie in der Küche war, um Eis zu holen.

David kam ins Wohnzimmer und legte seinen Mantel ab.

»So einen könnte ich auch brauchen«, sagte er. »Ein höllischer Tag.«

Sie gab ihm einen flüchtigen Kuß auf die Wange, als sie eine weitere Dose Margarita öffnete. »Ich hab' angerufen, aber du warst zum Essen.«

»Und ich hab' keinen erreicht, als ich versucht habe, zurückzurufen. Weihnachtseinkäufe?«

Sie gab ihm seinen Drink, ließ sich mit einem Seufzer auf die Couch fallen und schloß die Augen. Sie schüttelte kurz den Kopf. »Ich hab' heute eine Rundreise von fast fünfhundert Kilometern auf vereisten Straßen gemacht und bin hundemüde.«

»Fast fünfhundert Kilo...«

»Cochrane.«

Ross hielt in seinen Bewegungen inne. »Ich versteh' nicht.«

»Dads Doktorfreund da oben in Cochrane rief an. Dad ist im Krankenhaus.«

Ross ließ beinah seinen Drink fallen. »Dein Vater ist...«

»Im Krankenhaus. Offensichtlich hat irgendein verdammter Idiot vor zwei Wochen auf ihn geschossen, weil er dachte, er wäre ein Hirsch.«

»Was? Wie? Wer...«

Ross begann zu stottern. Als sie den Ausdruck der Fassungslosigkeit auf seinem Gesicht sah, stand sie auf, stellte ihren Drink auf das Klavier und ging zu ihm, gerührt von seiner Reaktion.

»Er ist okay, David, ehrlich.«

Ross nickte und setzte sich langsam auf die Lehne der Couch. »Ja, aber... *angeschossen!*« setzte er an. »Ein Jagdunfall, oder...«

Sie spürte, daß ihr überraschend Tränen in die Augen stiegen, als sie sich erinnerte, wie bleich und hohläugig ihr Vater in seinem Krankenbett ausgesehen hatte. Er war immer dunkel wie ein Indianer gewesen. Entschlossen nahm sie ihren Drink, und anstatt David eine Antwort zu geben, sagte sie: »Der Doktor hat angerufen, nicht er. Er ist beinah an einer Lungenentzündung gestorben – Unterkühlung beim Kriechen einer unvorstellbaren Strecke bis zur Hütte, nachdem er angeschossen war...«

Ross stieß einen langen Atemzug aus. Er wirkte immer noch mitgenommen. Sie sprach weiter.

»Ich glaube, ich bin mir bis heute niemals darüber im klaren gewesen, wie sehr er Mom geliebt hat, bis ich ihn heute dort liegen sah. Da hab' ich verstanden, daß er sich da oben in den Bergen vergraben hat, weil er sich schuldig fühlte, daß er im Ausland war, als sie starb.« Sie seufzte. »Daß ich mich damals beschissen verhalten habe, hat wahrscheinlich auch nicht besonders geholfen.«

Als sie sah, daß David noch immer erschüttert war, legte sie einen Arm um seine Schultern.

»Komm mit mir in die Küche. Ich erzähl dir alles, während ich Spaghetti mache.« Sie stellte ihren Drink wieder auf das Klavier, sagte zu ihm: »Von dir will ich später mehr«, steuerte auf die Küche zu und sagte über ihre Schulter hinweg: »Ich habe Dad zu Weihnachten eingeladen.«

Ross blieb stehen, um seinen Drink runterzustürzen und schnappte sich die nächste Dose. Er folgte ihr und sagte: »Je mehr, desto besser.«

Victor hielt den Chrysler an und stellte den Motor ab, dunk, dunk, gadunk. Ohne Schneeketten wären sie auf dem Weg abseits der Hauptstraße nie so weit gekommen.

Fletcher faßte nach dem Türgriff. »Deine Zündung müßte eingestellt werden.«

»Er läuft auch so«, sagte Victor. »Du weißt, ich halte dich für einen verdammten Dummkopf, daß du so früh wieder hier draußen sein willst.«

»Hier wohne ich. Hier werde ich mich daran gewöhnen müssen.«

»Entdecke ich da einen Unterton von Selbstmitleid?«

»Entdecke, was du willst.«

Victor hob seine Hände. »Fletch, du bist unmöglich.«

Fletcher brummte und trat behutsam hinaus in den kalten Sonnenschein des Morgens. Es würde grausam werden, mit dem Gips im Schnee, aber das würde er vor Victor niemals zugeben. Er balancierte unbeholfen auf seinem unversehrten Bein und dem Gehstock, auf dem Victor glücklicherweise bestanden hatte.

»Ich muß mich nicht bedanken.«

Victor lachte in sich hinein. »Zahl einfach deine Rechnung.«

»Jedes Weihnachten einen Sechsender.«

»*Dieses* Weihnachten bist du bei deiner Tochter in der Stadt. Ich meine es ernst, Fletch – als Arzt *und* als Freund.«

Fletcher brummte noch einmal, schloß die Tür mit Schwung und pflügte sich ungleichmäßig einen Weg durch den kniehohen Schnee, wobei er unbewußt die Spuren las, die ihm sagten, wer während seiner Abwesenheit hier gewesen war. Hunderte von Vögeln, Dutzende von Kaninchen und Eichhörnchen, zwei... nein, drei Weißwedelhirsche, ein *Vielfraß*, um Gottes willen, vielleicht hatte er Glück, daß er in diesem Jahr keine Fallen aufstellte, sie konnten eine ganze Reihe von Fallen ausräubern, ohne jemals geschnappt zu werden...

Victor, der sein Fenster heruntergekurbelt hatte, rief hinter ihm her: »Du kennst unsere Telefonnummer.«

Fletcher winkte, ohne sich umzusehen – Victor gehörte bereits der Vergangenheit an – und ging um die Ecke herum zu der unverschlossenen Tür. Erstaunlich, wie sehr er hier oben in seiner eigenen Hütte hatte sein wollen, wie ein verwundetes Tier das Bett hüten, bis es sich entweder erholte oder starb.

Er lehnte sich gegen die Mauer gleich neben der offenen Tür. Sein Herz schlug wie wild von dieser unbedeutenden Anstrengung. Er spürte ein Stechen in der Seite. Sein Bein schmerzte dumpf unter dem Gips. Seine Fingerstümpfe juckten unter den Bandagen.

Der Scheißkerl hätte ihn umbringen sollen.

Er humpelte zu der Holzkiste hinüber, in die man durch die Wand hindurch greifen konnte, und stützte sich dabei mehr auf den Birkenholzstock, als er sich zugestehen mochte. Glücklicherweise hatte er die Kiste, kurz bevor man auf ihn geschossen hatte, mit genügend großen Eichenscheiten nachgefüllt, die ihn warmhalten würden, bis er wieder besser auf den Beinen war. Mit der unverletzten Hand zog er einen heraus, trug ihn hinüber zum Kamin und ließ ihn auf die Feuerstelle fallen, die er selbst gemauert hatte, Stein für Stein.

Irgendwo hatte er gelesen, daß sich ein Mensch von einer beruflichen Niederlage niemals wieder erholt, weil er keinen Biß mehr hat. Hatte Fletcher keinen Biß mehr? Irgend etwas Grundlegendes, das er unbedingt brauchte? Nicht einmal der Verlust von Terry hatte das getan. Ihr Tod hatte ihm einfach seine Freude genommen, seinen Glauben daran, daß der Plan des Universums etwas Mildtätiges in sich trug.

Er hinkte zur Tür hinüber, öffnete sie, trat hinaus und verlor das Gleichgewicht, so daß er einen Sturz nur verhindern konnte, indem er die Spitze seines Stocks zwischen die abgeblätterten Baumstämme der Hütte rammte. Sein Atem kam in weißen Schnaufern hervor. Kleinen, weißen Schnaufern. Splinting.

Scheißkerl.

Wäre er jemals wieder dazu in der Lage, hinunter zu der verkohlten Fichte auf der Brandfläche zu laufen, ohne sich vor Schmerz zu krümmen?

Würde er jemals wieder mit seiner früheren Selbstsicherheit gehen können?

Entdecke ich da einen Unterton von Selbstmitleid?

Entdecke, was du willst.

Er trat in die Hütte zurück, gründlich durchgefroren, und knallte die Tür zu. Holte mehr Holz aus der Kiste, mühsam einen Scheit nach dem anderen, zündete einen Brenner auf dem Propanherd an und stellte den Teekessel darauf. Wenn er kurz zuvor noch durchgefroren war, dann schwitzte er jetzt vom Herumlaufen in der Hütte. Oder vor Schwäche. Aber er mußte noch Feuer machen, ein paar Dosen öffnen, etwas Tee trinken, und...

Und was?

In den anderen Jahren hatte er um diese Zeit seine Fallen aufgestellt und mit der Pelzernte dieser Saison begonnen: Füchse und manchmal Nerze und Marder, die unvorsichtig genug waren, sich fangen zu lassen. Aber nicht in diesem Jahr. In diesem Jahr...

Sein Kessel fing an zu pfeifen. Er kam wankend auf die Füße, verlor das Gleichgewicht, fiel über den Tisch. Er kippte um, ließ ihn mit einem Krachen zu Boden gehen. Er lag da und bedachte die Lage. Nur sein Ellbogen schmerzte vom Sturz auf den Boden. Wenn er sich den angebrochen hatte...

Entdecke ich da einen Unterton von Selbstmitleid?

Er brachte sich durch komplizierte Manöver mit Stock, Stuhl und Tisch wieder auf die Beine, dann humpelte er hinüber, um den Kessel vom Brenner zu nehmen und das Gas abzustellen. Er goß dampfendes Wasser über die Beutel mit Red Rose in der Teekanne aus Keramik, die trotz des dunklen Sprungs auf der einen Seite immer noch das Wasser hielt. Außerdem hatte er einen dreieckigen Splitter aus dem Deckel herausgeschlagen und ihn wieder angeklebt, weil Terry diese Kanne geliebt hatte und sie eine der wenigen persönlichen Dinge war, die er noch von ihr besaß.

Während der Tee aufbrühte, sah er nach der Speisekammer. Dauerbrot, noch frisch – wahrscheinlich genug Konservierungsmittel, daß es bis zum Frühling hielt. Eier. Eine dicke Scheibe Schinken.

In der Küche der Baracke in West Newton war es warm und stickig vom Schinkenbraten. Der Junge pumpte Eiswasser in das grauweiße Emaillebecken der Spüle und versuchte, in dem harten Wasser Seifenschaum zu bilden. Er spritzte sich seifengraues Wasser ins Gesicht und tastete blindlings nach dem Handtuch.

»Hier.«

Sein Vater, der mit einem Spachtel in der Hand neben dem Kerosinofen stand, warf ihm ein Handtuch um die Schultern.

»Puh, ist das kalt!« rief der Junge aus.

An den frühen Morgen vor der Entenjagd kochte sein Vater mit aufgekrempelten Ärmeln, und der Junge konnte sehen, wie die Wölbungen seiner Muskeln an den Unterarmen arbeiteten, wenn er Eier in das Schinkenfett schlug und Salz darüber streute. Jedesmal, wenn ihm heißes Fett über die Handgelenke spritzte, machte er einen Satz und rief: »Autsch, verdammter Mist noch mal.« Ohne Zorn in der Stimme.

»Steh da nicht so rum, Junge. Iß dein Essen.«

Sie saßen an dem alten Tisch Schinken und Eier mit Toastbrot und tranken dampfenden Kaffee aus dicken weißen Bechern. Geschwärzter Toast in der Bratpfanne gemacht und hoch in die Luft geworfen, wenn die erste Seite fertig war, wobei sein Dad nie danebentraf, niemals.

Als Fletcher gegessen hatte, Dauerbrot und kalte Baked

Beans direkt aus der Dose, war sein mühsam aufgelegtes Feuer entfacht und zog sauber ab. Er schob seinen großen Lehnstuhl heran, das einzige Möbelstück, das er nach Terrys Tod mitgenommen hatte, saß da und starrte in die Flammen.

Er war also zurück, hatte sich eingerichtet und war in der Lage, für sich selbst zu sorgen. Vielleicht würde er morgen etwas wirklich Schwieriges tun, etwa ein Stück weit die Brandfläche hinunter und wieder zurück gehen.

Wenn gerade die Rede von Heldenmut war.

7

Tatsächlich kam und ging das Weihnachtsfest, und es dauerte siebzehn Tage, bis Fletcher zum ersten Mal zur Brandfläche hinunterging. Zwischendurch war er – einer Eingebung des Augenblicks folgend – über die Festtage zu Nicole gefahren, nachdem er sich vorgenommen hatte, es nicht zu tun. Was bekam man schon? Krawatten? Kleider? Spielzeug? Bücher? Einen Pullover? Ein Luftgewehr? Die Geschenke hatte stets Terry eingekauft.

Er hatte sich für Geschenkgutscheine entschlossen, die er am Heiligabend nach der Busfahrt nach Minneapolis in einem glitzernden Kaufhaus an der Hennepin Avenue gekauft hatte. Dann hatte er sich vorgenommen, die Nacht in einem Hotel zu verbringen, aber den Fehler begangen, Nicole anzurufen, daß er schließlich doch gekommen war.

»Du bist in der Stadt.« Bei ihr klang es wie eine Anklage. »In einer halben Stunde bin ich da.«

Er hatte sich ins vordere Zimmer geschleppt, wo er das Kreischen und die Umarmungen von Katie – sie liebte es, daß er sie ›Katie die Katze‹ nannte – und einen Wink mit der Hand und einen halb abgewandten Blick von Robbie in Empfang nahm, der mit seinen elf Jahren beschlossen hatte, sich nicht auf unnötiges Zurschaustellen von Gefühlen einzulassen. Die originalgroße Reproduktion eines Edelmannes von Vermeer über dem Kamin rief einen unerwarteten

Erinnerungsschmerz hervor. Es war ein Hochzeitsgeschenk von Terrys Bruder gewesen, vor einunddreißig Jahren.

»Wir hoffen, daß der Weihnachtsmann heute nacht den Baum bringt«, sagte Nicole mit einem warnenden Blick. Katie hing noch immer trotzig und entgegen aller Logik an ihrem Glauben an den Weihnachtsmann.

Robbie führte Fletcher in sein Zimmer hinauf. Es war das Gästezimmer gewesen, als er und Terry das Haus bewohnt hatten, und es würde ein seltsames Gefühl sein, dort zu schlafen. Der Gips war am Tag zuvor für die Reise abgenommen worden, aber er bewältigte die Kletterei mit seinem rechten Bein und trug noch immer seinen Gehstock bei sich.

»Ich glaube, sie tut nur so«, sagte Robbie vertraulich.

»Tut nur so?«

»Katie. Ich glaube, sie weiß, daß es keinen Weihnachtsmann gibt.« Robbies kleines, ernstes, sommersprossiges Gesicht war vor Konzentration ganz verkniffen. »Ich wußte schon vor zwei Jahren, daß er nicht echt war, aber ich mußte so tun als ob, um Nicole nicht zu enttäuschen.«

Es war zu spät, sich davor zu drücken, als Fletcher erfuhr, daß Nicole ›ein paar Leute‹ zu Eierflip und Munchies eingeladen hatte. David verspätete sich, und so standen sie am Ende in der Küche, stellten Sachen auf Tabletts und holten Flaschen und Gläser und Eis hervor, während die Kinder im Wohnzimmer saßen und sich im Fernseher Weihnachtssendungen ansahen.

»Ich glaube, wir haben das letzte Mal richtig geredet, als ich im ersten Semester am College war«, sagte Nicole schließlich. Sie schüttelte den Kopf und lachte. »Ich erinnere mich, daß ich im Zwischenzeugnis in Altphilologie sechsundsiebzig von hundert Punkten hatte und in Tränen aufgelöst war.«

Sie schnitt Hickory Farm Beefsticks, ganz miserabel, und rief damit bei ihm einen tüchtigen Schmerz hervor. Terry hatte kaltes Fleisch stets auf die gleiche ungestüme Art und Weise geschnitten, als wären Finger entbehrlich. Fletcher hatte gelernt, wie wirklich *unentbehrlich* Finger waren, und hatte, da er das Messer mit seiner rechten Hand führte, außerdem schon gelernt, daß seine eigenen fehlenden Finger ein größeres Ärgernis waren als alles andere. Er nahm das Messer, und mit der Präzision eines Mannes, der in seinem Leben schon eine ganze Menge Tiere gehäutet und zerteilt hatte, begann er, dünne, gleichmäßige Scheiben zu schneiden.

Nicole fuhr fort: »Du hast mir gesagt, daß Noten *nur damals* wichtig waren, und wenn ich keine Studentin mehr wäre, dann hätten sie keine Bedeutung mehr. Du hast gesagt, ich sollte die Vergangenheit in Erinnerung behalten, auf die Zukunft hoffen und in der Gegenwart leben.« Sie begann, Tüten mit Kartoffelchips und Büchsen mit gemischten Nüssen zu öffnen. »Ich habe das nie vergessen, auch wenn ich in der Praxis immer wieder in der Gegenwart festsitze.«

»Du hast mich überrascht, als du einen Mann mit zwei Kindern geheiratet hast.«

»Ich habe wirklich Glück mit ihnen. Sie finden mich in Ordnung. Manche von den Horrorgeschichten, die man über das Verhältnis von Leuten zu ihren Stiefkindern hört...«

Fletcher arrangierte Cracker, Käse und Beefstick auf einer Platte und gab ein Grunzen von sich, daß auch ein Glucksen hätte sein können.

»Ich erinnere mich, daß wir ein paar Jahre lang nicht gerade besonders gut miteinander ausgekommen sind.«

»Ich habe dir die Verantwortung für Moms Tod gegeben. Weil du nicht hier warst, als es passierte.«

»Ich habe mir auch die Verantwortung gegeben. Jetzt immer noch. Ich weiß, daß es ein betrunkener Autofahrer war, aber...«

»Also hast du dich da oben in den Bergen vergraben.«

Er nickte. »Ein natürlicher Hang zu Misanthropie, der schließlich an die Oberfläche kam.«

Schon als er es sagte, wußte er, daß es unpassend war. Sein ganzes Leben lang hatte er sich auf diese Weise geschützt. Wogegen? Wer kümmerte sich denn überhaupt um sein Leben? In den Wochen, nach dem man auf ihn geschossen hatte, war eine leise Veränderung in ihm vorgegangen. Kein Suchen nach einer Zukunft, aber vielleicht das Eingeständnis, daß es irgendwo da draußen für die meisten Menschen so etwas wie eine Zukunft gab.

»Und du?« fragte er. »Warum hast du plötzlich aufgehört, für Gary zu arbeiten?«

Nicoles Abschied hatte ihn überrascht, denn schon seit der Highschool war sie an Politik interessiert gewesen und hatte mit siebzehn Jahren als Freiwillige in ihrem Wahlbezirk mitgearbeitet. Während ihres zweiten Jahres am College war sie Wahlkreisleiterin in Westergards Wiederwahlkampagne gewesen und hatte direkt nach ihrem Abschluß angefangen, für ihn als Sekretärin zu arbeiten. Ein Jahr später war sie seine Chefsekretärin.

Wieder überraschte sie Fletcher. Wäre sie ein Tier gewesen, hätte er es als Warnzeichen gedeutet.

»Mit den Kindern wurde es zuviel«, sagte sie kurz.

Eine Lüge, oder zumindest ein Versuch, ihn abzulenken, eine weibliche Spottdrossel mit Nestlingen, die einen gebrochenen Flügel vortäuscht, um das Raubtier vom Nest ihrer Geheimnisse wegzuführen.

Es klingelte an der Haustür. Sie machte eine schnelle, erleichterte Geste.

»Unsere Gäste warten.«

Fletcher kam diese Unterbrechung genauso gelegen wie ihr. Er hatte weiß Gott so viele DURCHGANG-VERBOTEN-Schilder in seinem Leben aufgestellt, daß er sie auch bei anderen respektierte.

Entgegen aller Voraussicht genoß er die Party. Er stand vor der stattlichen Standuhr, die ebenfalls ein Hochzeitsgeschenk – diesmal von Terrys Eltern – gewesen war, und lächelte auf Nicoles Freundin Iris herab, die Patin von Davids beiden Kindern war, eine gutaussehende Blondine mit großen, offenen, blauen Augen und einem fröhlichen Lächeln. Außerdem konnte sie reden – gütiger Gott, konnte sie reden!

»Ich kannte David und seine erste Frau, die, wie Sie wissen, nach England gegangen ist, um sich selbst zu finden und statt dessen irgend so einen Engländer gefunden hat, und ein schrecklicher Ausbund an Langeweile war und... Wo war ich?« Fletcher, der nicht die leiseste Ahnung hatte, wurde davon gerettet, daß sie rief: »Oh, ja. Als David Nicole geheiratet hat, habe ich zu Norman gesagt: Gott sei Dank jemand Interessantes. Es gibt so wenige – ganz wenige – interessante Leute, und Nicole ist ein wahrer Schatz. Besonders in Minneapolis.«

»Sie sind nicht von hier?« fragte Fletcher höflich, obwohl ihr Akzent es ihm schon verraten hatte.

Sie lachte auf ihre offenherzige Art. »Ich bin auf einer Farm in Texas aufgewachsen und hab' von Gottes freier Natur mehr als genug.« Sie legte ihm vertraulich eine Hand auf den Arm. »Das ging so weit, daß der einzige offene Platz, der mir gefiel, das Erdgeschoß von Neiman-Marcus war. Man muß trampen, wenn man von Saks Fifth Avenue zu Lord & Taylor will.« Sie fuhr herum, hob einen Arm und schrie: »*Norman*, hier ist Nicoles Dad!«

Fletcher hob den Kopf und sah, daß Norman Bergman in ihre Richtung steuerte. Er war ein schmächtiger, sanftmütiger Mann, dessen Ehrgeiz es gewesen war, eine Million zu verdienen, bevor er dreißig wurde. Mit neunundzwanzig hatte er es geschafft (wußte Fletcher von Nicole) als Illustrierten- und Buchgroßhändler und hatte sich dann auf die Suche nach einer Frau gemacht. Er hatte Iris gefunden, damals Werbechefin der Minneapolis Daytons: einen halben Kopf größer als er, laut und erstaunlich klug. Ihre lachende Spontanität hatte die Türen seiner eigenen dunklen, stillen Zurückhaltung weit aufgerissen.

Norman entdeckte die Standuhr und seufzte wie ein Mann, der nach einem harten Tag im Büro nach Hause kommt. Seine zarten, kleinen Hände öffneten die Verkleidung der Uhr wie aus eigenem Willen. Er machte Fletcher liebevoll auf die Details des Uhrwerks aufmerksam.

»Ein Kunstwerk. Kiefernholzstanduhr, zylindrische Antriebswelle, hölzernes Acht-Tage-Gangwerk.« Seine Hände zitterten über das Holz wie übermütige Schmetterlinge. »Sehen Sie – in Amerika hergestellt, nicht in Deutschland. Die früheren amerikanischen Uhrwerke waren aus Holz gemacht, weil man kein Eisen bekommen konnte, und die Messingindustrie gab es noch nicht. Aber es gab diese wunderbaren Harthölzer, Hölzer, die schon vor Jahrhunderten aus europäischen Wäldern verschwunden waren. Mein Vater konnte solche Hölzer in Deutschland nicht bekommen.«

»›Die wundersame Einspänner‹«, sagte Fletcher.

»Genau!« sagte der begeisterte Norman. Er deklamierte: »›Die stärkste Eiche, die nicht zu spalten, zu biegen, zu brechen war...‹«

»›Die Streben aus Esche, Paneele aus Weißholz...‹«

»›Die Naben der Stämme vom Ellum der Siedler‹!« Er begann, die Verkleidung wieder zu schließen und gluckste vor Freude über das Gedicht. »Uhrmacher haben die Uhrwerke während der Wintermonate fertiggestellt und sie dann im Sommer an die Möbeltischler im ganzen Land verkauft. Jedes davon ist einzigartig. Wie Sie. Wie ich. Wie die Frauen, die wir lieben.«

Fletcher war seltsam bewegt von dieser Danksagung des kleinen, dunklen, sanftmütigen Mannes an seine Jahre mit Terry.

Normans Augen wanderten zu Iris und funkelten ganz plötzlich. Er schüttelte Fletchers Hand, sie umarmte ihn herzlich, und auf Fletchers Wange blieb ein roter Striemen der Gemütsbewegung, als sie vollbusig ihrem Mann durch die Menge hinterhersegelte.

Plötzlich tauchte Nicole mit einem gequälten Lächeln und einem Eierflip in der Hand neben Fletchers Ellbogen auf.

»Der Gastgeber ist angekommen, eine Stunde zu spät, wenn du das glauben kannst. Er hat Jarvis und Crandall und Quarles und Doyle mitgebracht, also möchte ich wetten, daß es eine Weihnachtsparty war, die ihn so lange im Büro aufgehalten hat.«

»Nur wenn man das Rumsitzen mit dem Guv und diesen Idioten eine Weihnachtsparty nennt«, schnaubte Jarvis eine halbe Stunde später verächtlich.

Einige Pärchen gingen schon, riefen ›Fröhliche Weihnachten‹, bevor sie in der Nacht verschwanden. Quarles und Crandall waren gegangen, und John Doyle, ein Mann von fünfzig Jahren mit schläfrig wirkenden Zügen versuchte, *The Night of the Jabberwock* zu rezitieren, während er sich mit einem leeren Glas in der Hand in einem Sessel lümmelte. Er hatte Lederflicken an den Ellbogen, rauchte Pfeife und war bis zu den ›Outgrabing mome raths‹ gekommen, bevor er den Faden verloren hatte und in bezechtes Schweigen verfiel.

Nicole flüsterte Fletcher zu, daß er einer der besten Frontmänner im ganzen Geschäft war – der herumlief und sicherstellte, daß alles an seinem Platz war, bevor der Kandidat an dem verabredeten Ort für Versammlungen oder Wahlkampfreden ankam.

Jarvis hielt seinen dritten Eierflip in der Hand und wirkte locker und gelöst. Er und Fletcher hatten sich beim letzten Osterfest kennengelernt, als er mit David die Kinder am Ende ihrer Ferien in der Hütte abholte. Jetzt musterten seine Augen Fletcher ausgesprochen leidenschaftslos.

»Ich habe gehört, man hätte auf Sie geschossen oder so was.«

»Ich liebe taktvolle Männer«, sagte Nicole. Nach ein paar Drinks gab sie sich keine Mühe mehr, ihre Feindseligkeit ihm gegenüber zu verbergen.

»Wer auch immer es getan hat, der Schuß war gut«, sagte Fletcher und lächelte nachgiebig. »Nur auf das falsche Tier.«

»In diesem Sinne«, Jarvis hob seinen Eierflip und trank ihn aus. »In diesem Sinne.«

Fletcher glaubte, den taktlosen Widerwillen des Mannes verstehen zu können: Die instinktive Reaktion des gesunden Tieres auf den Krüppel. Und Fletcher, an dem der rote, wollene Pendleton herunterhing, und die breiten, knochigen Schultern hervorhob, wußte, daß er aussah wie ein Krüppel.

»Mein Gott, er ist so ein Widerling!« platzte Nicole heraus, als Jarvis ging, um seinen Mantel zu holen. »Die anderen sind ganz lustig – Pete ist ein liebenswerter Wichtigtuer, Hastings ist eine erstaunliche Mischung aus Spießigkeit und nacktem Ehrgeiz, und Johnny Doyle erzählt die besten schrecklichen, schmutzigen Witze in der Stadt. Aber wenn Kent schon sehr lange beim Gouverneur gewesen wäre, als ich noch da war, dann hätte ich wahrscheinlich erheblich früher gekündigt, als ich es getan habe.«

»Was macht er?« fragte Fletcher.

»Wahlkampfleiter natürlich.« Dann schüttelte sie den Kopf und lachte in sich hinein. »Ich vergesse immer, daß nicht jeder diese Sache so lebt und atmet wie wir. Hastings und Pete hatten mich auf Olaf Gavles Finanzierungstreffen im letzten Monat fast soweit, daß ich wieder eingestiegen wäre.«

»Wo eingestiegen?« wollte Ross wissen und brachte die Kälte von draußen mit, nachdem er die letzten Gäste lautstark verabschiedet hatte, abgesehen von Jarvis, der auf dem Klo saß.

»Den Wahlkampf. Die Erregung... die Hoffnung...« Sie stieß ein wehmütiges kleines Lachen aus. »Politik. Sehr viel anders als *Hausfrau*. Da wir gerade davon sprechen, Freunde, ich sage es nicht gern, aber wir müssen noch den Baum schmücken.«

»Ich mix' uns ein paar Tom und Jerrys, sobald ich Jarvis in die Nacht hinaus geschickt habe«, sagte Ross. Jarvis war etwas betrunken von den starken Drinks und brauchte ein bißchen Hilfe.

Gott im Himmel, dachte der Killer. *Wie kann der Mann noch leben?* In Gedanken sah er durch das Fernrohr, wie Fletchers Körper mit dem Gesicht voran zu Boden ging, als die Kugel in seine Brust schlug. Dann dachte er: War Fletcher so eiskalt, daß er in dem Bruchteil einer Sekunde, als die Kugeln ihn bis ins Mark erschütterten und sein Fleisch zerfetzten, wissen konnte, daß seine einzige Hoffnung zu überleben darin bestand, sich tot zu stellen? Selbst wenn er dabei eine Kugel in den Hinterkopf bekommen konnte?

Nein. Kein Mensch konnte eine derart eiserne Selbstbeherrschung besitzen.

Allerdings war Fletcher offenbar während eines Wintersturmes den Schlitzaugen entkommen, unten in Korea in den Fünfzigern. Der Gouverneur hatte ihm davon erzählt. Und jetzt lebte er immer noch, obwohl er tot unter dem Schnee liegen sollte. Der Killer wußte, er würde nie wieder den Mut zu einem weiteren Versuch haben, Fletcher dorthin zu bringen.

Das Schmücken dauerte bis zwei Uhr morgens. Fletcher reihte die Lichter auf, Nicole und Robbie hängten den Schmuck an, bis Robbie, der wieder heruntergeschlichen war, als seine Schwester im Bett lag, mittendrin im Halbschlaf protestierend weggebracht wurde. Fletcher und Nicole befestigten den Glitzerschmuck, und alle gemeinsam warfen das Lametta – außer Nicole, die jeden Strang einzeln aufhängte.

Als sie fertig waren, lümmelten sich die beiden Männer im Wohnzimmer mit den letzten Drinks des Abends und badeten im warmen, rötlichen Glanz des Baumes.

»Ich weiß, was alle hinter meinem Rücken sagen werden«, knurrte Ross. »Sie werden sagen: Sieh mal, wie der verdammte Idiot diesen Baum geschmückt hat.«

Die Bemerkung suchte nicht nach einer Antwort, und Fletcher bot auch keine an. Ross gähnte und schüttelte den Kopf.

»Oh, Gott, ich bin todmüde. Wie man sich abhetzen muß...«

»Warum denn?«

»*Warum?* Weil wir nicht alle abhauen können, um Einsiedler in den Kiefernwäldern zu werden...« Er schwieg, als wollte er einschlafen – aber dann raffte er sich wieder auf. »Politik, deswegen. Politik und Macht.«

Nicole erschien im Bogengang vor der Treppe. Sie trug ein blaßviolettes Negligé, das die Farbe ihrer tiefblauen Augen hervorhob und sich um ihre prächtigen Schenkel schmiegte.

»Die Kinder werden in etwa vier Stunden aufstehen und die Pakete auspacken wollen«, sagte sie. »Also schlage ich vor...«

»Ich kläre Fletcher gerade über die Politik auf. Politik und Macht und wie man es anstellt.« Ross kam mühsam auf die Beine, verlor beinah das Gleichgewicht, und sah Fletcher herausfordernd an. »*Ich* werde es schaffen. Redenschreiber des Präsidenten, dann der Einstieg zum Pressereferenten des Präsidenten.« Er schwankte, Augen wie cine Eule. »Du weißt nicht, wovon zum Teufel ich rede, oder?«

»Natürlich weiß er das«, sagte Nicole. »Komm ins Bett, Mr. Pressereferent.«

»Fröhliche Weihnachten«, sagte Fletcher. »Euch beiden.«

Er blieb noch eine halbe Stunde länger auf, starrte den Baum an und erinnerte sich an andere Weihnachtsfeste, als Terry noch gelebt hatte. Dann ging er ins Bett. Und lag noch zwei weitere Stunden lang wach, lauschte vergeblich und unbewußt nach den Straßenbahnwagen der Nachtlinie, die in den ersten Jahren ihrer Ehe die Nächte hindurch stündlich vorbeigerattert waren, wenn er nach jedem Auftrag von Übersee zu Terry heimkehrte und sich sagte, daß es der letzte gewesen war. Wenn er neben Terrys warmem, schlafendem Körper gelegen und sie sich unter der Decke an ihn gekuschelt hatte, dann war es dieses vertraute, nächtliche Geklapper gewesen, das ihm mehr als alles andere versichert hatte, daß er wirklich und tatsächlich wieder zu Hause war.

Jetzt war es Nicoles und Davids Zuhause.

»Pressereferent des Präsidenten«, sagte er laut in das halbdunkle Zimmer hinein.

Ross hatte recht. Fletcher wußte *nicht*, wovon zum Teufel er redete. Nicole war seit vier Jahren mit dem Mann verheiratet, und Fletcher wußte fast nichts über ihn. Wußte nichts von seinen Hoffnungen, Träumen, Zielen.

Außer, daß er Pressereferent des Präsidenten werden wollte.

Nun, warum nicht? Irgend etwas mußte jeder sein.

8

An dem Tag, als sich Westergard für die Vorwahlen in Illinois aufstellen ließ, machte Fletcher seinen ersten richtigen Spaziergang von der Hütte hinunter zur Brandfläche. Es war drei Tage nach Weihnachten, und er war begierig darauf, wieder hinaus in die Wälder zu kommen. Mit dem Gips war er nicht in der Lage gewesen, durch den Schnee zu stapfen.

Unbeholfen schnürte er mit einer Hand seine Überschuhe fest, zog seine schwere Jacke über, ging hinaus und schloß die Tür mit einem Ruck. Wer auch immer ihn hatte töten wollen, er war natürlich längst weg, aber immer noch fühlte er, wie sein Puls ein wenig schneller ging, wenn er hinaus in die Verwundbarkeit der relativ buschlosen Brandfläche vor der Hütte kam.

Oh, der Wille, der Wille versetzt Berge. Oder in seinem Falle, dachte er plötzlich, ohne zu wissen warum, Hügel. Die flachen Hügel im Westen, die von hier aus wegen des dazwischenliegenden Bewuchses nicht einmal zu sehen waren. Kaum Hügel, die schroff, schaurig, steil waren, wie Hopkins sie sich vorgestellt hatte.

Er ging die Brandfläche hinab und genoß jeden Atemzug, der ihm wie ein Messer in die Lungen schnitt. Jeden *flachen* Atemzug. Er keuchte selbst nach dieser kleinen Anstrengung, aber schon lernte er, die Schmerzen in seiner Seite zu vermeiden. Es war wie der erste Tag des Footballtrainings, wenn man die Runden von Torpfosten zu Torpfosten mit einem Stechen in der Seite lief, das man, wenn man sich nicht erbrechen müßte, überwinden konnte. Dieses hier würde er niemals überwinden können.

Also gut, er würde lernen, auf dieser Seite zu bleiben.

Ein paar umgekippte, fingerdicke Schößlinge fielen ihm ins Auge. Die abgenagten Enden zeigten die Spuren eines Kaninchens, nicht die einzelnen, sauberen, beilähnlichen Bisse des größeren Hasen. Er blieb stehen, das halbe Lächeln erstarb. Die Spuren im Schnee zeigten, daß das Kaninchen seine Mahlzeit plötzlich zurückgelassen hatte, genau wie der Hirschbock es getan hatte, kurz bevor Fletcher...

Er warf einen schnellen Blick in die Runde, dann wandte er sich beinah eingeschüchtert wieder den Fährten zu. Sie stammten vom gleichen Morgen, nicht älter als eine Stunde. Aber nicht sein Herannahen hatte das Kaninchen verscheucht. Es wäre einfach in das nächstliegende Tannengrün gehoppelt und hätte sich unter den ausladenden, niedrigen Ästen versteckt, bis er vorbeigegangen war.

Statt dessen war es in äußerstem Entsetzen geflohen und mit derart verzweifeltem Zickzack ausgewichen, daß es dabei winzige Schneebälle über die unberührte Oberfläche des Schnees hatte hüpfen lassen. Was die Haare auf den Rückseiten von Fletchers Händen dazu brachte, sich aufzurichten, war der Umstand, daß *es von niemandem gejagt wurde.* Es gab keine anderen Spuren, überhaupt keine.

Er blieb auf einer Seite, um die Abdrücke nicht zu verwischen, und folgte ihnen. Zwanzig Meter weiter blieb er stehen, hockte sich umständlich hin und stützte sich schwer auf seinen Gehstock.

Die Spuren endeten in aufgescharrtem Schnee, auf dem einige hellrote Spritzer und ein münzengroßer Fleck zu sehen waren. Zum ersten Mal tauchten andere Spuren auf, dreizehige Teufelsfährten aus dem Nichts. Zwei Meter weiter und fast einen Meter zu beiden Seiten war der Schnee von einer Reihe gleichmäßiger Hiebe aufgewühlt, als hätte der Angreifer versucht, die Spuren seines Verbrechens mit einem riesigen Besen zu verwischen.

Fletcher richtete sich ächzend auf und benutzte den Gehstock, um auf seinem unversehrten Bein zu balancieren, während er das verletzte Bein vorsichtig einige Male ausstreckte und anspannte, um die Starrheit abzubauen.

Die Geschichte war komplett. Jeder Zickzack des Kaninchens war ein verzweifelter Versuch gewesen, dem Angriff aus der Luft zu entkommen. Die aufgescharrte Fläche kennzeichnete das abschließende Herabstoßen, wo gebogene Klauen tief in Hals und Körper geschlagen hatten. Blut war geflossen. Große, schlagende Schwingen hatten Wolken von Schnee aufgewirbelt, als sie sich abmühten, den beladenen Räuber über die Wipfel der nächsten Bäume zu heben.

Eine große Ohreneule, die einzige Eule mit einer derartigen Spannweite, die im Tageslicht angreifen würde. Schneeeulen vom nördlichen Polarkreis jagten ebenfalls bei Tageslicht, aber sie waren viel kleiner, und man traf sie nur selten soweit im Süden an. Die große Ohreule hatte das Kaninchen hinaus auf die freie Fläche gebracht, fort aus dem schützenden Dickicht, hatte es geschlagen, dann tief in die Kiefernwälder gebracht und dabei nur ein paar Blutflecken im Schnee zurückgelassen.

»Hab' ihn raus ins Freie gebracht, weg von den Bäumen«, sagte sein Vater.

»Heute nacht wird Blut auf dem Schnee sein.«

Fletcher hustete Blut über den Schnee und verlor das Bewußtsein.

Er fühlte sich müde, ausgezehrt, schlagartig durchgefroren. Er drehte sich um und machte sich auf den Weg die

Brandfläche hinauf zu der plötzlich sehr weit entfernten Hütte. Gott im Himmel, wie war er diese Strecke jemals *gekrochen?*

Eine Woche später ging er diese Strecke ohne Schwierigkeiten, blieb zehn Meter vor der verkohlten Fichte stehen, den Bruchteil einer Sekunde bevor er eine blitzartige Bewegung auf dem Stamm bemerkte. Er wartete. Nach einigen Augenblicken stürzte ein großer, schwarzer Vogel hinab und schoß pfeilschnell mit einem wütend schallenden *cyk cyk cuk-cyk* auf und davon. Er war groß wie eine Krähe, hatte jedoch eine auffallend rote Haube und weiße Flecken auf den Flügeln am Hals.

Fletcher war zufrieden. Schopfspechte waren in der Nähe der Hütte nicht gerade selten, aber es war sehr schwierig, sich an sie heranzupirschen, und er war bis auf sechs Meter herangekommen, bis er ihn aufgescheucht hatte. Vielleicht bewegte er sich doch nicht so laut durch den Wald wie er fürchtete.

Dann dachte er: Warum war er hier stehengeblieben? Sonst hätte er die Bewegung des Spechts bemerkt, sie registriert, sie ignoriert. Aber er war abrupt stehengeblieben. Stehengeblieben am Rande der freien Fläche um den feuergeschwärzten Baum. Stehengeblieben, als er noch im Dikkicht war.

Er leerte seine Gedanken, wie es ihm Old Charlie vor so vielen Jahren beigebracht hatte. Sieh *durch* die Spuren hindurch auf die Beute. Er sah. Er war aufgrund von zwei Tatsachen stehengeblieben.

Tatsache: Man hatte dreimal auf ihn geschossen.

Er war hier automatisch stehengeblieben, weil die Bäume Schutz boten, Schutz vor dem entsetzlichen, ekelhaften Knirschen gegen sein Bein. Er wurde von dessen Wucht herumgewirbelt, ging zu Boden. Und . . . *krach.* Der Gewehrschuß, eine ganze Sekunde, nachdem er zu Boden gegangen war. Er hatte es schon damals gewußt, aber der Schock hatte es bis jetzt aus seinen Gedanken verbannt. Der Schall bewegt sich mit dreihundertdreißig Metern in der Sekunde fort, und man stelle sich eine durchschnittliche Jagdladung vor, bei der sich die Kugel mit achthundert Metern in der Sekunde fortbewegt . . .

Vierhundert Meter.

Eine dritte Tatsache: Vierhundert Meter. Keine Tatsache mit der Gewißheit der beiden ersten, aber eine, der er sich dennoch sicher war, genauso wie ihm das Pfeifgeräusch der Flügel sicher sagte, welche Entenart in der vorabendlichen Dunkelheit über seine Deckung hinweggeflogen war.

Er humpelte ein Stück weit an dem Baum vorbei und kehrte dann dorthin zurück. Seine Überschuhe knirschten durch die Schneekruste, wie sie es in jener Nacht getan hatten. Er machte eine Pause und stützte sich mit seiner Handschuhhand auf die rauhe Rinde.

Genau hier war er stehengeblieben, um seinen Bogen abzuspannen. Dann war er weitergegangen, einen, zwei, drei Schritte. Und *zack!*

Er bückte sich und faßte kurz unter sein linkes Knie, wo die Kugel den Kopf des Wadenbeins abgeschlagen und ihn verkrüppelt hatte. Er drehte sich um und blickte nach Westen. Ja, alles war so, wie er es halbwegs in Erinnerung bringen konnte. Oh, die Gedanken, die Gedanken versetzten Berge. Er blickte auf den unverdeckten Gipfel eines der Hügel jenseits des Sumpfes.

Vierhundert Meter entfernt, und der Hirsch war wieder zu Fletcher zurückgetrabt. Fast einen halben Kilometer. Aber das trübe Glänzen von Licht auf dem Gewehrschloß, nur einen kurzen Augenblick lang, hatte genügt, ihn zu warnen. Natürlich war keiner mehr da, wenn aber der Schütze etwas zurückgelassen hatte... *eine Spur?*

Natürlich.

Warum so sicher? *Weil der Tag des Anschlags nicht der erste gewesen sein konnte, an dem er dort war.*

Seltsam unruhig suchte Fletcher mit seinem Fernglas die Hügelspitzen ab. Unterholz, wahrscheinlich vor etwa zwanzig Jahren gefällt. Man brauchte etwas, worauf man sich stützen konnte, etwas, um sich über die Büsche in der Umgegend zu erheben, damit man ein freies Schußfeld hatte.

Von hier war er gekrochen. *Gekrochen.* Für wen? Gottverdammt, für wen?

Ein Jäger? Nein. Ein Vierhundert-Meter-Schuß war ein Schuß mit einem Zielfernrohr, und ein Zielfernrohr hätte ihm gezeigt, daß er einen Menschen tötete, und ein Jäger hätte nicht weitergeschossen. Es sei denn, er jagte Menschen.

Aber selbst ein mörderischer Jäger hätte Fletchers Fährte gesucht, die schon in die Schneekruste getreten war – damit man ihn nicht hörte und er keine Spuren hinterließ, falls sich tatsächlich jemand auf die Suche machte, bevor das nächste Tauwetter oder der nächste Schneefall sie verwischt hatte.

Und ein Jäger, der das vermeintlich tödliche Spiel kannte, konnte, selbst wenn seine Augen glasig geworden waren, aufspringen und weglaufen, aber er hätte nach seinem Opfer gesehen, um sicherzugehen, daß dessen augenscheinlicher Tod eine Tatsache war, und es sich nicht um einen zeitweiligen Scheintod als Folge des Schocks handelte.

Ein Killer aus Vergnügen? Nein. Ein Killer aus Vergnügen wäre niemals vor seiner Tat hierhergekommen, um...

Vor der Tat? Laß es fließen, hatte Old Charlie immer gesagt. Old Charlie, der verrückte, schmutzige Eremit, der mit seinem Hund Spot in dieser Ein-Zimmer-Baracke in der Nähe des West Newton Sumpfes gewohnt hatte. Fletchers Dad hatte ihm alle paar Monate einen Sack Zucker, ein Paket Salz und eine Kilodose Kaffee überlassen. Old Charlie, der beste Fährtensucher, der beste Jäger, im Wald der beste Mann, den Fletcher je gekannt hatte. Laß es fliegen, hatte er immer gesagt.

Also gut, warum setzte er sich dem aus? Weil er dreihundert Meter durch den Schnee gekrochen war, blutend, um sich zu retten? Nein. Weil das die Regeln waren. Die Beute war mindestens so wichtig wie man selbst. Man tötete, man schlachtete nicht. Man aß, was man tötete, oder verwendete, was man nicht essen konnte. Man folgte den Verwundeten, weil man keine Krüppel zurückließ.

Und weil ein Mensch wie jedes andere Tier ein Leben hatte, um sich dessen zu erfreuen, wenn es denn etwas zu erfreuen gab, und ertragen konnte, wenn nicht – der gebrochene Flügel, der zertrümmerte Vorderlauf, die kaputte Pfote, die Schmarotzerameisen, die die Nase hinaufkrochen, bis sie das Gehirn erreichten. Das verkürzte Bein, das Splinting, die versehrten Finger.

Fletcher hätte tot sein sollen. Er war es nicht. Man hatte ihn als Krüppel liegengelassen. Der Abschuß hätte sauber sein sollen.

Wer tötete so nachlässig, mit so wenig Erbarmen?

Kein Jäger. Kein Killer aus Vergnügen. Kein professioneller Killer. Ein professioneller Menschenjäger hätte ihm einen ebensolchen *coup des grace* zuteil werden lassen, wie es ein Tierjäger getan hätte.

Ein Amateur. Ein mörderischer Amateur mit dem Ziel, Hollis Fletcher persönlich zu töten. Woher wußte er das? Weil der Schütze es von langer Hand geplant haben mußte, kalt und mit Berechnung. Mußte die Entfernung von seinem Hinterhalt bis zu der Fichte abgemessen haben, *und mußte dann sein Gewehr auf diese Entfernung eingestellt haben.* Nach all diesen Vorbereitungen konnte es nur ein Amateur gewesen sein, der ihn zum Krüppel gemacht hatte. Nur ein Amateur konnte zu ungeschickt sein, sauber zu jagen und zu töten.

Ein Amateur würde Spuren hinterlassen, wie Amateure es immer taten.

Fletcher besaß noch nicht wieder genügend Kraft, auf den Gipfel des Hügels zu gelangen. Aber er konnte das Nächstbeste tun. Er humpelte zurück zu der Fichte und nahm das leuchtendrote Schweizer Armeemesser hervor, das Terry ihm geschenkt hatte (zusammen mit einem schimmernd neuen 1974er Penny, damit das Messer niemals ihr Liebesband durchschneiden sollte, was es auch nicht getan hatte). Damit begann er, die Kugeln aus der vom Feuer gespaltenen Fichte herauszubohren, die der Mann, der ihn hatte töten wollen, beim Einmessen des Gewehrs verschossen hatte.

9

Der Mann, der Fletcher hatte töten wollen, saß betrunken in der Hotelbar des Algonquin in der Vierundzwanzigsten Straße in New York. Ein paar Minuten zuvor hatte er beinah einen Biß vom Big Apple genommen. Er hatte auf einem Sofa an einem der kleinen, polierten Holztische mit den zarten Silberglöckchen für den Service herumgesessen, Erdnüsse geknabbert und sich abgefüllt. Und ein Mädchen mit hübschen Beinen in einem kurzen Rock, kürzer als man sie in Minneapolis sah, hatte sich dazugesetzt. Offensichtlich hatte die Geschäftsleitung sie noch nicht als Nutte erkannt. Sie waren schon soweit gekommen, über den Preis zu sprechen, als er kniff.

Er sagte sich, es wäre seine Angst vor Herpes oder AIDS, aber er wußte, daß er in Wahrheit immer unruhiger wurde, weil er an Fletcher denken mußte. Er sah sich in der winzigen, mit dunklem Holz furnierten Bar um. Der in Rot gekleidete Barkeeper stritt mit jemandem, der zwei Barhocker weiter saß, über die ›Knicks‹.

»Noch einen Jim Beam, bitte.«

Was war, wenn Fletcher ihn *beobachtet* hatte, als er bei ihm gewesen war? Ihn erkannt hatte?

Nein, unmöglich. Es war dunkel gewesen, er hätte ihn nur als eine Gestalt hinter der Taschenlampe sehen können. Aber Fletcher war ein Jäger. Was war, wenn er sich aufmachte, den Mann zu jagen, der ihn hatte töten wollen?«

Er schüttete den Whisky hinunter, saß einen Moment lang blinzelnd da und fragte sich, ob er ihm wohl wieder hochkommen würde. Er blieb unten. Der kalte Alkohol verbreitete falsche Wärme in seinen Gliedern. Warum, zum Teufel, machte er sich Sorgen? Es gab nichts Greifbares, überhaupt nichts, was Fletcher aufdecken konnte, wenn er versuchte, den Killer aufzuspüren.

Fletcher warf die drei Stücke verformten Metalls auf die Tischplatte. Was hatte er denn schon? Drei Stücke Blei. Da Blei nicht rostete, konnte man nicht wirklich sagen, wie lange sie schon dort gewesen waren. Er hatte nie selbst Patronen geladen, daher besaß er keine Feinwaage, auf der er sie wiegen konnte.

Natürlich konnte er sie zu Les Klumb in Cochrane bringen, der die erforderlichen Klemmen und Zirkel und Eichgeräte und Mikrometer besaß, um ihm das Kaliber zu sagen – wahrscheinlich 30.06. Oder er konnte sie zu einem Gerichtslabor in Minneapolis bringen und dort wahrscheinlich erfahren, daß sie alle aus dem gleichen Gewehr stammten, wenn sie nicht allzu sehr vom Einschlag ins Holz verformt waren. Wenn er ihnen dann irgendwann ein Gewehr zum Vergleich bringen würde, konnten sie ihm vielleicht bestätigen, daß es sich dabei um die Waffe handelte, aus der man sie abgeschossen hatte.

Na und? Das bewies gar nichts. Wissen ohne Weisheit.

Am Tag zuvor war er sehr aufgebracht gewesen, aber es war eine Jagd, bei der er nur seine Zeit verschwendete. Er hatte Wichtigeres zu tun.

Fletcher ließ die Kugeln in seine Tasche gleiten, ging hinüber zum Waffenschrank, holte seinen alten 30–30 Karabiner und ein Handvoll Patronen hervor. Er hatte Victor zum Weihnachtsfest einen Hirsch versprochen, und es war schon Januar. Er würde das Gewehr benutzen müssen, bis seine Wunden besser verheilt waren. Er würde nicht in der Lage sein, verwundeten Tieren zu folgen. Ein sauberer Abschuß oder gar keiner. Die Fehlerquote des Bogens war einfach zu hoch.

Es war ein grauer, naßkalter Tag, an dem der Himmel grobkörnigen Schnee spuckte. Eine Meile von der Hütte entfernt war er auf Spuren gestoßen, die ihn vier 30–30 Patronen in den Karabiner legen und eine davon mit einem scharfen, metallischen *klack* in die Kammer führen ließen, was Tiere so oft vor der Anwesenheit unvorsichtiger Jäger warnt. Dann erst bückte er sich, um die Spuren genauer zu untersuchen.

Ein schwarzer Bär, kein Zweifel, der Größe und der tiefen Abdrücke der Fährte nach ein Männchen. Schlurfte durch den Schnee wie ein Mann mit sehr breiten Füßen in Mokassins. Der warme Abend, mit dem dieser naßkalte Tag geendet hatte, mußte ihn fälschlicherweise aus seinem Bau gelockt haben. Fletcher wollte nicht mit einem schwarzen Bären aneinandergeraten, der noch mißmutig vom Aufwachen war, denn in einer solchen Auseinandersetzung standen die Chancen gut, daß entweder der Mensch oder das Tier dabei den Tod fanden.

Der Junge blickte sich um, fort von den hohen Bäumen, durch die Old Charlie kommen würde, und ein großer Weißwedelhirsch war gerade fünfzehn Meter entfernt,

stand stocksteif und starrte ihn an. Das Problem war, daß der Junge in die falsche Richtung sah und sein Gewehr gesichert hatte.
In unendlich kleinen Schritten drehte er sich um, nahm ganz langsam den alten 30–30 Karabiner auf und brachte ihn in eine Position, aus der er schießen konnte, ohne seinen Standpunkt verändern zu müssen. Jede Bewegung seiner Füße würde die Kiefernnadeln rascheln lassen, und der Hirsch wäre weg.
Langsam zog er den Hahn mit kaum hörbarem metallischem Klicken zurück, und der Bock wirbelte mit einem weiten Satz herum, landete von ihm abgewandt, war schon wieder mit einem Sieben-Meter-Sprung in der Luft, so daß der Schuß des Jungen nichts als Rinde und Kambium von einer Fichte absplitterte.
Als er feuerte, hörte er hinter sich ein lautes Krachen. Er fuhr herum. Ein riesenhafter, schwarzer Schatten sprang zur Seite und kletterte mit langen Sätzen von unglaublicher Kraft und Geschicklichkeit eine kahle Kiefer hinauf, krallte seine scharfen, gebogenen Vorderklauen in den Baum und schob sich mit den Hinterbeinen hinauf. Für einige Augenblicke hing er zehn Meter über dem Kopf des Jungen im Baum.
Er hatte solche Angst bekommen, daß er sein Gewehr fallen gelassen hatte, eine Todsünde für einen Jäger. Und, was für einen Sechzehnjährigen noch schlimmer war; er hatte sich in die Hosen gemacht. Bevor er überhaupt zum Nachdenken kam, schnappte er sich sein Gewehr, schob die nächste Patrone in die Kammer, rammte sich den Kolben an die Schulter und ließ einen Schuß knallen.
Zwei Dinge passierten. Der Bär brüllte und fiel wie ein abgeschossenes Eichhörnchen geradewegs aus dem Baum herab und landete so hart auf dem Boden, das dieser bebte. Und Old Charlie brach aus dem Dickicht hervor und schrie, als er den abgestürzten Bären sah.
Der Bär war schon auf den Beinen, galoppierte in dichtes Unterholz aus Schierlingstannen und Wacholderbüschen und eine Baumfalle aus Kiefern, die in irgendeinem Sep-

tembersturm vor Jahren umgebrochen waren. Berstend und krachend brach er hinein: Dann war alles still.
Der Junge wandte sich für das Lob, das er von Charlie erwartete, um. Charlie war so wütend, daß er dem Jungen das Gewehr direkt aus der Hand schlug.
»Warum hast du auf den Bären geschossen?« schrie er. »Du hast kein Recht, auf diesen Bären zu schießen!«
»Aber ich... Er kam da raus und dann den Baum rauf und...«
»Wir jagen keine Bären. Wir jagen Rotwild.«
»Und ich hatte gerade einen großen Hirsch verfehlt, und...«
Aus dem Dickicht kam ein tiefes Stöhnen, so grauenhaft menschlich, daß sich die Haare im Nacken des Jungen aufstellten. Es wuchs in Tonhöhe und Heftigkeit beinah zu einem Heulen, fiel dann wieder in tiefes Stöhnen ab.
»Ist das... Warum ist er...«
»Er hat Schmerzen«, sagte Old Charlie. Er setzte sich gegen den Stamm des kahlen Baumes, von dem der Bär herabgefallen war, das Gewehr zwischen die angewinkelten Knie geklemmt. Er sah direkt vor sich in den herbstlichen Wald hinein. »Du hattest kein Recht, auf ihn zu schießen. Ich, ich bin vom Bärenclan.« Es war das erste Mal, daß er sich offen zu seinem indianischen Blut bekannte. »Ich bin Charlie Seven Bears.«
Der Junge wußte, daß weder eine Antwort von ihm erwartet wurde, noch daß eine solche toleriert würde. Er setzte sich mit dem Rücken gegen denselben Baum, im rechten Winkel zu dem Indianer, imitierte unbewußt dessen Sitzhaltung. Lange Zeit saßen sie da, keiner sprach. Der Bär stöhnte weiter, dann hörte er auf. Der Junge hatte niemals im Leben eine solche Stille gehört. Nicht einmal die Vögel schienen zu rufen.
»Glaubst du, er ist tot da drinnen?« fragte er schließlich voller Hoffnung. Er spürte Old Charlies Kopfschütteln eher, als daß er es sah. Wehmütig sagte er: »Was sollen wir tun?«
»Wir warten, bis seine Glieder steif geworden sind. Dann gehen wir da rein.«
Das Dickicht war sehr dunkel und verheddert und un-

durchdringlich. Irgendwo da drinnen war ein verwundeter, wütender vierhundert Pfund schwerer, schwarzer Bär. Das Schlucken fiel ihm schwer. »Wenn wir vielleicht einfach weggehen...«
»Sicher. Und ein anderer Jäger kommt vorbei, und der Bär fällt über ihn her.« Charlie war plötzlich, ohne vorher seine Beine unter sich geordnet zu haben, aus der Hocke aufgesprungen. Er sah mit spitzem, verbissenem Blick auf den Jungen hinunter. »Ein *Jäger* läßt keine Krüppel zurück. Niemals.«
Eine Stunde später stieg Charlie dem Bären nach. Der Junge merkte, daß er zu verängstigt war, um mit ihm hineinzugehen. Er schämte sich so sehr, daß sein Gesicht puterrot wurde und ihm Tränen in die Augen stiegen, aber mit sturem Entsetzen saß er da und ließ Charlie gehen.
Charlie bewegte sich vollkommen geräuschlos. Die Falle hatte ihn bei lebendigem Leibe gefressen. Das Buschwerk war so dick und verwunden, daß er sich auf den Bauch legte und sein Gewehr vor sich herschob. Einige Äste bewegten sich leicht. Der seidene Beutel einer Sackträgerraupe hing vom Zweig eines Wacholderbusches und zitterte ein wenig. Das war alles.
Ein Leben, ein Dutzend Leben verstrichen. Plötzlich explodierte Charlies Gewehr, haarsträubend, weil es so nah war. Man hörte ein Brüllen, Prügeln, der Beutel der Sackträgerraupe wurde von seinem durchgeschüttelten Ast gerissen. Und Stille, selbst als der Junge aufsprang und sich mit einem verzweifelten Schrei gegen das Dickicht warf. Es schleuderte ihn zurück. Weinend und rufend begann er, sich darunter hindurchzuschlängeln und zu schieben und zu winden, wie der alte Indianer es getan hatte.
Er fand Old Charlie beim Abhäuten des Bären. Er war so nah herangekrochen, daß seine Gewehmündung das zottige, schwarze Fell berührt hatte, als er seinen einzigen Schuß hinter das Vorderbein und durch den Brustraum ins Herz gefeuert hatte. Den ersten Schnitt von der Brust zum Mundwinkel hatte er schon gemacht, und er fuhr fort, wie man es mit einem größeren Hirschen getan hätte. Aber er weigerte sich, den Jungen helfen zu lassen, während er

den schweren Kadaver beim Abhäuten bearbeitete und die noch dampfenden Gedärme in den roten, kristallinen Schnee fallen ließ, um an das zerrissene Herz zu kommen. Auf der ganzen Fahrt zurück nach West Newton und seiner Baracke aus Teerpappe sagte Charlie kein Wort, kein einziges. Aber er aß das Herz und behielt das Bärenfell. Es war der einzige Besitz, der ihm geblieben war, als er starb.

Fletcher hob seine Augen langsam von der Bärenfährte, überwältigt von der Erinnerung, und sah ein Dutzend Meter entfernt einen Achtender stehen. Er stand gegen den Wind, hatte ihm seine Seite zugewandt und wühlte mit der Schnauze wie ein Schwein nach eßbaren Kräutern unter dem schützenden Schnee am Boden. Er war so unbeweglich gewesen und so sehr in Gedanken, daß der Hirsch ihn nicht gesehen hatte.

Er hatte eine Patrone im Lauf, und der Hahn war schon gespannt. Es würde der leichteste Schuß seines Lebens sein, nicht das Ergebnis einer gezielten Pirsch. Ganz langsam hob er das Gewehr an und begann, den Abzug zu drücken.

Er wurde von einem furchtbaren Schlag gleich unterhalb des linken Knies getroffen. Er wirbelte ihn herum, er fiel auf den Rücken, er begann, die Arme verzweifelt in der Luft über sich zu schwenken.

Er grunzte und ließ das Gewehr sinken. Der Bock war längst wie eine losgelassene Feder auf der Flucht. Fletcher stieß einen lauten Schrei aus und schleuderte den Karabiner hinterher, der wie ein Knüppel herumwirbelte. Er stand stocksteif, japste schnell und flach nach Luft, hieß das scharfe, gleichmäßige Stechen in seiner Seite willkommen.

Ein Krüppel. Verkrüppelt im Geist wie auch an seinem Körper. Er war die Beute *geworden*, war der Bock *gewesen*. Seine eigene Kugel hatte ihm selbst das Fleisch zerfetzt, bevor er abdrücken konnte. Er war in Körper und Geist verstümmelt, ein Jäger, der nicht jagen konnte. Ein Krüppel.

Der Scheißkerl hätte ihn töten sollen.

Harter, körniger Schnee fiel jetzt schneller herab und machte leise, lebhafte Geräusche auf dem blauen Stoff seines Parkas, und ein zorniges Rascheln von kleinen Kratzern, als er auf das Laub und die Nadeln herabfiel. Fletchers Atem dampfte in den fallenden Schnee.

Man hatte auf ihn geschossen, dreimal, aus dem Hinterhalt, absichtlich und persönlich, weil er Hollis Fletcher war – und aus keinem anderen Grund. Angeschossen und zum Sterben zurückgelassen. Zum Krüppel gemacht von jemandem, der sein Gewehr an einem verkohlten Baum eingemessen hatte, den Fletcher auf seinem Weg zur Hütte passieren mußte.

Fletcher hinkte zur Hütte zurück, ohne den Karabiner von dort mitzunehmen, wohin er ihn geschleudert hatte. Warum auch? Er war für ihn so nutzlos wie ein Paar Laufschuhe geworden. Bis vor zehn Minuten war er – abgesehen von Charlie Seven Bears – der verdammt beste Jäger gewesen, den er jemals gekannt hatte.

Und seitdem ein fahrlässiger, betrunkener Rennfahrer Terry zerschmettert und blutend vom Rad des Lebens gerissen hatte, an das er sich selbst noch immer klammerte, hatte er sich ausschließlich als das begriffen. Ein Jäger.

Jetzt konnte er nicht mehr jagen. Er war zur Beute geworden. Sein Biß war weg.

Jemand hatte versucht, ihn zu töten, und er wußte nicht wer, und er wußte nicht warum. Etwas Dunkles und Bitteres stieg in ihm hoch, und er schluckte mehrmals, als wäre es physisch und nicht geistig.

Er mußte es herausfinden: Wer? Warum? Was würde am Ende der Jagd stehen? Er wußte es nicht. Er mußte es nicht wissen. Im Augenblick genügte die Jagd sich selbst.

Er bemerkte, ohne überrascht zu sein, beinah mit einem Gefühl der Unausweichlichkeit, daß es Januar war. Für Old Charlie der Wolfsmond. Der Wolf, der größte Jäger, den es auf dem amerikanischen Kontinent jemals gegeben hatte, der Jäger, dessen Methoden Anthropologen jetzt studierten, um herauszufinden, wie jener andere Jäger, der Mensch, *seine* Arbeit getan hatte, als die Jagd sein Geschäft gewesen war.

Der Wolfsmond.

Der Monat des Jägers.

Und die Jagd hatte begonnen.

II

Auf der Pirsch

»Pirschen« läßt an das Schleichen von Katzen denken, verhalten und abwartend. Das Nutzen des Erdbodens und der Vegetation als Deckung, das Nachahmen der Beute und anderer Tiere, die Geschwindigkeit und die Art der Fortbewegung, das Wissen darum, wann Eile geboten ist, das alles sind komplexe Elemente im Mosaik.

10

Nachdem er nach Minneapolis zurückgekehrt war und festgestellt hatte, daß seine Frau schon unter der Erde lag, war Fletcher noch in derselben Nacht hinunter zur Hennepin Avenue gefahren, zur gleichen Zeit, als dem Polizeibericht nach der Unfall passiert war, und war zwei Stunden lang vergeblich auf der verhängnisvollen Kreuzung herumgelaufen – in der Hoffnung, vielleicht etwas von Terry zu finden. Er fand nichts.

Nur den Traum, der in derselben Nacht begonnen hatte. Heute nacht wiederholte er sich zum ersten Mal seit beinah fünf Jahren.

Wie immer trat Terry aus einem Kaufhaus an der Hennepin Avenue und trug das weiche, enganliegende, taubenblaue Kleid, das er immer so sehr gemocht hatte. Sie hatte keinen Mantel an, aber sie trug eine Kleiderschachtel unter dem Arm. Als sie bei Grün über die Straße gehen wollte, konnte er den Mercury Cougar sehen, der mit hundert Stundenkilometern die Hennepin herunterkam und in sie hineinknallte, als sie vier Schritte vom Bordstein entfernt war.

Sie wurde diagonal über die Kreuzung und in die Luft geschleudert, bis sie gegen die Fassade eines Bürohauses, kurz unter dem Fenster zum zweiten Stock schlug, abprallte und zum Gehweg vier Meter darunter hinabschwebte. Während Autos mit quietschenden Bremsen und lautem Hupen schleuderten und zum Stehen kamen, rannte Fletcher, so schnell er konnte über die Kreuzung. Er wollte sie auffangen, bevor sie auf dem Gehweg aufschlug.

Er kam zu spät. Sie schlug genau in dem Moment auf, als er sie erreichte. Aber dann erhob sie sich mühelos und begann davonzuschweben, den Kopf hocherhoben und heiter, den Rücken aufrecht. Sie bewegte sich sehr schnell, fort von ihm die Straße hinauf. Das Schweben war unmenschlich, aber wenigstens lebte sie wieder und war unverletzt.

Er rannte ihr hinterher, rief ihren Namen. Sie drehte sich

nicht um und wurde auch nicht langsamer. Plötzlich waren sie auf dem Lande, er folgte ihr auf einer Asphaltstraße einen langen, sanft ansteigenden Hügel hinauf, wo der Abstand größer wurde, seine stampfenden Stiefel jetzt ungleichmäßig auf dem Asphalt, sein Rufen schwächer, sein Atem mühsam. Sie bog in einen Kiesweg ein, verschwand zwischen blattlosen Bäumen und war weg.

Er blieb stehen, keuchte, ein Aufflackern von Wut mischte sich unter seine Tränen. Warum war sie weggelaufen? Warum hatte sie ihn nicht beachtet?

Fletcher wachte auf, wie er es an dieser Stelle des Traumes immer tat. Das Feuer war zu rotglühender Asche zerfallen, und es war so kalt, daß er selbst im trüben Licht der Hütte die weißen Nebel seines Atems sehen konnte. Trotz der Kälte glänzte er vor Schweiß. Tränen liefen ihm übers Gesicht.

»Terry...« sagte er, dann nichts mehr. Er sprach nur mit einem Sack voller Erinnerungszellen in seinem Kopf.

Die leuchtenden Zeiger des Weckers zeigten auf fünf Uhr morgens. In einer Stunde würde es hell werden. Er warf das prächtig verarbeitete Bärenfell beiseite, unter dem er im Winter schlief – das einzige materielle Vermächtnis von Old Charlie – und setzte sich auf die Bettkante. Ein paarmal bewegte er sein verletztes Bein, um es zu lockern, dann ging er zum Kamin und legte zwei frische Eichenscheite auf die Glut. Sofort loderten bläuliche Flammenzungen an dem trockenen, abgelagerten Holz hinauf.

Er setzte Teewasser auf den Herd und legte sich wieder unter die Decke, jetzt zitternd, starrte an die vom Feuerschein bewegten Deckenbalken und wartete darauf, daß das Wasser im Kessel kochte. Er hatte sich nicht die Mühe gemacht, die Drucklampe vollzupumpen. Das Licht, das er brauchte, war nicht äußerlich, sondern eine Art innere Erleuchtung, um die Schatten über seinem Entschluß zu verdrängen.

Vor fünf Jahren hatte er beinah jede Nacht diesen Traum geträumt, bis er merkte, daß er tatsächlich zu planen begann, wie er das besoffene Schwein abschießen konnte, das Terry umgebracht hatte. Der Mann hatte mit demselben

Wagen schon im Jahr zuvor jemanden umgebracht, ein Richter hatte seinen Führerschein eingezogen und ihn dann freigelassen, damit er wieder töten konnte.

Außerdem hatte Fletcher schließlich erkannt, daß Terry weniger vor ihm davonlief, als ihm vielmehr den Weg zeigte. Den Weg aus der Stadt, fort von der Gewalt, fort von der Rache.

Als ihm das klargeworden war, hatte er Nicole das Haus überschrieben, war nach Cochrane gezogen, hatte seine Hütte gebaut.

Der Traum hatte an dem Tag aufgehört, als er den ersten Stamm für die Wand der Hütte fällte. Jetzt, in der Nacht des Tages, an dem er beschlossen hatte, den Mann zu finden, der ihn zum Krüppel gemacht hatte, kehrte er zurück.

»Es tut mir leid, Terry«, flüsterte er.

Es tat ihm leid, daß der betrunkene Autofahrer sie das Leben gekostet hatte. Es tat ihm leid, daß sein Amateurkiller zu ungeschickt gewesen war, ihn umzubringen. Es tat ihm leid, daß er ihr nicht einmal folgendes geben konnte: Er hatte ihren Mörder nicht gejagt, aber jetzt war er unfähig, seinen eigenen *nicht* zu jagen.

Ohne zu ahnen, daß die Jagd nach ihm tatsächlich begonnen hatte, befand sich der Killer mit Westergards gerade jetzt flügge gewordener Wahlkampfmannschaft auf Stimmenfang in Iowa, einer aus der bunten, kleinen Schar in dem unbeheizten Minibus auf dem Weg vom Flughafen zu ihrem Hotel in der Innenstadt von Des Moines.

Im hinteren Teil des Transporters drängten sich zwei Sicherheitsleute und vier Medientypen, keiner von den großen Sendern – je ein Reporter vom Minneapolis *Trib* und dem Des Moines *Register,* und zwei ›Fernsehjournalisten‹ von KCCI und WHO. Der dritte Lokalsender war nicht daran interessiert gewesen, vertreten zu sein. Jeder, der mit dem Wahlkampf betraut war, wußte, daß Fiksdahl ohnehin die Wahlversammlung für sich einnehmen würde. Westergard saß vorn mit seinen üblichen Beratern: Jarvis, Ross, Crandall und Quarles. Johnny Doyle, der Frontmann, hatte sie am Flughafen getroffen und fuhr mit ihnen in die Stadt.

»Fiksdahls Leute haben die besten Zimmer im besten Hotel, die besten Wahlkampfbüros, die hübschesten Helferinnen und genug Schnaps, um die US *Constitution* zu Wasser zu lassen«, sagte Doyle. Dann fügte er mit der gleichen Ernsthaftigkeit hinzu: »Aber er hat den Apartmentschlüssel von seiner Geliebten verloren, also wird er kein Schlüsselerlebnis haben.«

Doyle lachte schallend über seinen eigenen Witz und hustete um den Stiel seiner Pfeife herum, die zwischen seinen Zähnen klemmte.

Als der Bus um eine Kurve fuhr und einen Moment lang die Bodenhaftung auf dem vereisten Highway verlor, hob Jarvis seine Stimme, um sicherzugehen, daß die Nachrichtenleute ihn hörten. »Wißt ihr, was Fiksdahl außerdem nicht bekommen wird? Die Stimmen wird er nicht bekommen. Und darauf könnt ihr wetten.«

Westergards Jagd auf die Stimmen aus Iowa hatte fast ein Jahr vor der bevorstehenden Wahlversammlung am 20. Januar begonnen. Spät im letzten Februar waren Westergard und Jarvis nach Des Moines zu einem offiziellen Empfang im besten Hotel am Platze gefahren – demselben, in dem jetzt Fiksdahl das Hauptquartier seines Wahlkampfes aufgeschlagen hatte. Sie hatten Speisen für etwa zweihundert Leute gehabt. Aber abgesehen von ihnen und dem Pärchen, das die Planung übernommen hatte, waren nur drei weitere Leute auf dem Empfang erschienen.

Westergard hatte mit hilfloser Geste auf die Berge nutzloser Kalorien gedeutet. »Vielleicht könnt ihr es den Armen geben. Ich werde mal ins Rathaus gehen, den Knaben da die Hand schütteln und sehen, ob ich nicht *irgendwas* retten kann.«

Jetzt lagen Haufen von ungebrauchten Wahlkampfflugblättern und WESTGARD-Plaketten – eher das Ergebnis eines Rechnungsfehlers beim Drucker und dem Grossisten für Krimskrams als ein Fehler ihrer Wahlkampagne – auf dem abgenutzten Teppich um Ross' momentanen Schreibtisch herum. Etwas glücklos versuchte er, einige letzte Veränderungen in Westergards Fernsehansprache einzufügen.

»Die nackte Wahrheit, Ladys und Gentlemen, ist, daß dieser Mann in Washington *uns* für den Wertverlust der Ländereien, die niedrigen Warenpreise und die hohen Realzinsraten verantwortlich machen will – uns, die amerikanischen Farmer! Können Sie das glauben? Ich nicht.«

Das Fiasko in Des Moines im letzten Jahr war passiert, bevor Ross als Redenschreiber eingestellt wurde, aber Jarvis hatte es *bis zum Erbrechen* wieder aufgewärmt, einschließlich der Tatsache, daß es ihnen nicht geschadet hatte, weil keine Medienleute aufgetaucht waren – Westergards nationaler Wiedererkennungsfaktor hatte damals bei ungefähr zwei Prozent gelegen. Die nationalen Medienreporter wollten eine solide Grundlage, keinen Firlefanz.

»Und noch mal das Ganze«, knurrte Jarvis, als er neben dem Schreibtisch stehenblieb. »Einundzwanzig beschissene Wahlkampftage wegen fünfzig beschissenen Delegierten aus Iowa – dreitausend Deligierte werden auf dem Parteitag in San Francisco sein. Also, was soll's, Alfie?«

»Nationale Wiedererkennung«, sagte Ross pflichtschuldig. Es war sein immer gleiches Schlagwort, mit dem er Javis' rhetorische Klagen beantwortete.

Auf einem handgeschriebenen Schild an der Tür auf der anderen Seite des Zimmers stand NICHT DIE KATZE RAUSLASSEN. Das war wörtlich zu nehmen. Das Büromaskottchen war eine Katze namens Parität. Sie hatte ihren Namen bekommen, nachdem man sich erneut den Farmerzeugnissen zugewandt hatte, um den Forderungen der Farmer aus Iowa zu entsprechen. Daß Westergard aus einem nördlich angrenzenden Nachbarstaat stammte, verlieh ihm Glaubwürdigkeit. Unter den demokratischen Kandidaten kam er dem, was sie hören wollten, am nächsten. Ohne jeden Zynismus war sich Ross darüber im klaren: Westergard glaubte an die gleichen Dinge wie sie.

»Wer hat jemals von einer Katze namens Parität gehört?«, fragte Jarvis düster.

»*Volle* Parität«, sagte Ross grinsend und beobachtete, wie die fette, alte, getigerte Katze zur nächsten milden Junk-Food-Gabe einer der Helferinnen durch den Raum watschelte.

»Das ist kein Scheiß. Acht von zehn Jobs in Iowa sind farmabhängig.«

Jarvis nahm eine Zigarre hervor, fuhr sich damit unter der Nase entlang, leckte sie an und steckte sie unangezündet wieder in seine Hemdtasche. Westergard war, zumindest im Augenblick, sein eigener Medienberater, und er wollte keinen Zigarrenkauer in seinem Wahlkampf. Jarvis sah Ross aus dem Augenwinkel heraus an.

»Hast du von dem Farmer drüben in Ames gehört, den man wegen Kindesmißhandlung angeklagt hat?«

»Nein, was hat er...«

»Hat versucht, seinen Kindern die Farm zu vererben.« Nach einer Pause für das Gelächter fügte er hinzu: »Wann geht das Flugzeug?«

Ross sah auf seine Uhr. »Drei Stunden.«

Es war vorgesehen, daß sie am Abend mit Westergard nach New York fliegen sollten, weil – worauf Jarvis hingewiesen hatte – nur *Midday* um 12.15 Uhr nach ihren Lokalnachrichten aus Des Moines kam. Die *Today*-Show, *Good Morning America*, und *CBS This Morning* kamen alle aus New York. Sie würden die Ergebnisse aus Iowa dort per Telefon erfahren.

Ross hatte den unbewiesenen Verdacht, daß Jarvis nicht so sehr wegen der Medienverfügbarkeit nach einem guten Ergebnis auf einen frühen Flug nach New York gedrängt hatte, sondern weil er eine Frau brauchte. Jarvis beschwerte sich ständig, daß es in Iowa für offenkundig sexuelle Aktivitäten eines Mitglieds der Wahlkampfmannschaft zu viele scharfe Kirchenaugen gab. Westergard hatte es sogar als einflußnehmendes Moment in Iowa erwähnt.

Ross wandte sich wieder der Rede zu.

»Wird der amerikanische Farmer aus dem Geschäft gedrängt, weil er unfähig ist? Wird seinen Kindern die Collegebildung vorenthalten, weil er sein Kapital verschwendet? Nein, Sir. Er wird aus dem Geschäft gedrängt, weil er das, was er tut, *zu gut* macht. Und er kann sich nur noch gigantische Überschüsse von Getreide und Butter und Milch und Honig ansehen, während er auf der anderen Seite der Welt Millionen Menschen Hunger leiden und daran sterben...«

Ross strich das zweite ›aus dem Geschäft gedrängt‹ heraus

und ersetzte es durch ›bis an den Hals verpfändet‹, dann tat er das gleiche mit ›gigantische Überschüsse‹, indem er es durch ›Berge von Überschüssen‹ ersetzte.

Er fragte sich, ob er versuchen sollte, Jarvis' Witz über den Farmer aus Ames einzufügen, aber er entschied sich dagegen. Westergards Zuhörer hätten ihn wahrscheinlich alle schon gehört.

Seine Gedanken schlichen zu Nicole. Würde er eine Gelegenheit finden, sie anzurufen, unbeobachtet, bevor sie abfuhren? Er merkte, daß er immer mehr von ihr abhängig wurde, wenn es darum ging, seine Reden auszufeilen, bevor er Westergard die Entwürfe zeigte. Wenn er es nicht tat, fand der Gouverneur ausnahmslos, daß ihnen die Frische fehlte, die sie brauchten.

Er mußte sie erreichen. Sie machte sich Sorgen um ihren Vater, überzeugt davon, daß mehr hinter den Schüssen steckte, als ihr Vater vor irgend jemandem zugeben wollte, selbst vor seinem Doktorfreund. Es würde ihr guttun, wenn ihre Fantasien von der planmäßigen Gewalt in bezug auf den Jagdunfall ihres Vaters zerstreut und auf die Reden gelenkt wurde, wo sie nützen konnten.

Verdammt noch mal, das *sind keine* Fantasien, sagte Nicole zu sich selbst, als sie den Kombi auf dem Minnesota Highway 169 in Richtung Norden lenkte. Es war ein sonniger Tag, die flache, weiße Landschaft nur von größer werdenden Flächen immergrüner Bäume unterbrochen, die gegen den Schnee beinah schwarz wirkten. Es *gab* Dinge im Zusammenhang mit den Schüssen, die Fletcher ihr nicht erzählt hatte. Als er über Weihnachten bei ihnen gewesen war, hatte sie immer, wenn sie es erwähnte, in seinen Augen ein Wegdriften entdeckt, eine verdeckte Überlegung.

Genau wie bei ihr, wenn er sie fragte, warum sie nicht mehr für Gary Westergard arbeitete. Sie hatte keine Antwort dafür gehabt. Keine, die sie ihrem Vater geben konnte, warum sie und Gary zusammen geschlafen hatten, bevor sie David kennengelernt und geheiratet hatte.

War es nicht Zeit, daß sie sich eine Antwort überlegte, wenigstens für sich selbst? Ein passender psychologischer

Grund mochte sein, daß Fletcher keine wirkliche Bedeutung in ihrem Leben hatte, sie niemals gehabt hatte, und Gary eine wundervolle Vaterfigur darstellte. Oder vielleicht war es tiefgründiger als das. Er war vor fast vierzig Jahren ein enger Freund ihres Vaters, beinah sein Heldenanbeter, gewesen. Wenn sie mit Gary schlief, *zahlte sie es ihrem Vater heim,* daß er niemals dagewesen war, als sie aufwuchs?

Oder vielleicht war es *Liebe,* schlicht und einfach. Oder Besessenheit, weder schlicht noch einfach: Besessenheit mit den Vorgängen politischer Macht und denen, die sie besaßen.

Noch schwierigere Frage: Warum hatte sie drei Monate nach ihrer Hochzeit wieder angefangen, mit Gary zu schlafen? Konnte einfach Davids menschliche Grenzen gegen Garys magnetische Anziehungskraft gestanden haben? David hatte mit seinen überraschend altmodischen Vorstellungen über die Ehe – vielleicht ein Vermächtnis der Frau, die ihn verlassen hatte – sehr bald angefangen, sie innerhalb der Ehe zu unterdrücken. Und da war dann Gary, der sie mit seiner physischen Präsenz und selbstbewußten Kraft blendete und ihr Selbstwertgefühl wiederherstellte.

Wenn sie schon dabei war: Warum hatte sich Gary um sie bemüht? Denn er *war* der Aggressor in der wiederbelebten Affäre gewesen.

Das Spektrum reichte von der Möglichkeit, daß er sie für eine zu fantastische Nummer im Bett hielt, um sie aufzugeben, bis zu der Möglichkeit, daß es Liebe gewesen war oder er es zumindest geglaubt hatte.

Auf der anderen, häßlichen Seite war vielleicht sein Stolz gekränkt, als sie die Affäre abgebrochen hatte, um David zu heiraten. Sein Ego verlangte, daß er sie zurückerobern, sie dazu bringen sollte, genau wie er ihre Eheschwüre zu brechen, so daß sie die Schuld des Betruges teilen konnten, wenn er sich von ihr löste.

Und er hatte sich von ihr gelöst. Jeden Donnerstag nach den Arbeitstreffen hatten sie die Stunden, in diesem Motelzimmer draußen am Flughafen verbracht, bis sie die Kinder aus der Schule holen mußte. Ein Zimmer mit grotesk nachgemachten, rosafarbenen Wollpulver-Tapeten und einem Bett, das vor Freude über ihre Lust an die Wand schlug und lärmte.

Jeden Donnerstag, bis zu jenem Tag vor beinah zehn Monaten, als Gary einfach nicht da war.

Sie sah zu ihrer Linken über die weite, flache, weiße Ebene des Lake Mills Lacs. Rauch kam aus den Ofenrohren mehrerer verstreuter Fischerhütten auf Kufen. Hier und da ließen geduldige Männer ihre Leinen durch Löcher im aufgeschlagenen Eis oder schöpften mit Küchensieben dünne Eisstücke aus ihnen hervor.

Gary war nicht dagewesen und hatte es am nächsten Tag im Büro nicht erwähnt. Statt dessen war er förmlich und übergenau gewesen, zu beschäftigt für jedes persönliche Gespräch. Er war an diesem Freitag früh gegangen, »um ein bißchen mehr Zeit für meine Frau zu haben«.

Durch die blätterlosen Birken und Espen warf sie einen flüchtigen Blick auf eine Eisbahn, für die man den Schnee beiseite geschaufelt hatte. Der Blick aus dem fahrenden Wagen ließ sie zwischen den Baumstämmen wie einen alten Stummfilm flackern. An beiden Enden hatte man für kurzfristig angesetzte Hockeyspiele Tore aufgestellt. Abgesehen von einem großen, anmutigen Mädchen mit einer hohen, roten Strickmütze, die Schleifen und Arabesken und Achten fuhr, war die Bahn leer. Sie schwang sich auf einen Schlittschuh und fuhr in langsamer werdenden Kreisen herum wie ein kreiselnder Ball, der Schwung verliert, den Kopf wie in Ekstase zurückgeworfen, die Arme weit ausgebreitet, als wollte sie das Unbeschreibliche erfassen.

Nicole hatte ihren Abschied auf seinem Notizblock vermerkt, nachdem Gary an jenem Abend zu seiner Frau gegangen war, und hatte dann ihren Schreibtisch geräumt. Dafür war sie gerade noch stolz genug. Sie wußte nicht, ob sie aufgelegt hätte, aber er rief niemals an. Jarvis hatte ihr schließlich den letzten Scheck nach Hause geschickt.

Erst jetzt, als sie über das gefrorene Land nach Norden fuhr, erkannte sie plötzlich, daß Garys Selbstverleugnung nicht mit ihr, sondern mit seinem Entschluß, für die Präsidentschaft zu kandidieren, zusammenhing. Eine Reinigung seiner selbst, ein metaphorisches Nachtgebet um seinen

Schutz, in der Kapelle der Politik am Abend der Ritterschaft.

Von wegen Ritterschaft, sagte sie zu sich selbst. Eine Liebelei mit seiner persönlichen Sekretärin als Gouverneur wäre zerstörerisch, wenn sie herauskäme, nachdem er schon ein ernst zu nehmender Bewerber um die Präsidentschaft war. Sein Spiel war die Macht, und in diesem Spiel war sie nur eine Schachfigur. Aber wenn er ihr gesagt hätte, was er vorhatte, sie hätte es verstanden. Sie hatte seine Motive immer besser verstanden als er.

Sie warf die Erinnerung beiseite, drückte wütend auf die Radioknöpfe und suchte geistlose Rockmusik. Sie fand Politik. »Gouverneur Gary Westergard hat ein erstaunliches Umschlagen der gestrigen demokratischen Wahlversammlung in Iowa, dem ersten Test um politischen Einfluß in diesem jungen Wahljahr, zustande gebracht. Westergards siebenundzwanzig Prozent der Stimmen gegen die dreizehn Prozent seines nächsten Konkurrenten Fiksdahl aus Mississippi machen ihn zum Spitzenreiter in...«

Spitzenreiter – und Gary wäre mit dem zweiten Platz zufrieden gewesen. Ungefähr fünfzigtausend Wähler hatten sich an der Vorwahl in Iowa beteiligt, also hatten etwa vierzehntausend Demokraten für ihn gestimmt. Nicht einmal genug, um ihn ins Rathaus von Oyster Bay, Long Island zu wählen, aber genug, um ihn zum Gewinner der Präsidentschaftskandidatur in Iowa zu machen.

Genug, um ihm die nationale Wiedererkennung zu bescheren, nach der er lechzte. David, der mit dem Gouverneur in New York war, würde an den Stegreifphrasen arbeiten, die die Erinnerung an Westergard bei den Medienauftritten, die dem Sieg folgen würden, verstärken sollten.

11

Fletcher griff nach dem nächsten, spröden, wintertoten Hartriegelbusch und zog sich den Hang hinauf. Neben den jungen Eschen und Walnußbäumen hatten diese Sträucher die

Laubbäume ersetzt, die vor einer Reihe von Jahren gefällt worden waren. Es war ein herrlicher Wintertag, wolkenlos, Temperaturen knapp unter dem Gefrierpunkt, der Himmel ein schmerzhaftes Blau, die Luft frisch wie der Biß in einen grünschaligen Oktoberapfel. Hier unter den Büschen, im Schutz vor dem Zugriff der Sonne, war der Schnee weich und ohne Kruste.

Auf der falschen Krone des Hügels angekommen, keuchte er flach und schnell wegen des verdammten Splinting und drehte sich auf seinem unversehrten rechten Fuß um, damit er einen Blick auf den Weg werfen konnte, den er gekommen war. Der Atem formte Dampfwolken um seinen Kopf. Früher einmal ein paar Minuten sorglosen Spazierens, war es jetzt zu einem schwerwiegenden Unterfangen geworden, bis in jedes Detail geplant. Der gefrorene Streifen Sumpfland war nicht so schlimm gewesen, trotz der unvermeidlichen Grasbüschel, die unter dem Schnee versteckt waren, aber das Klettern den Hügel hinauf hatte ihn tatsächlich seine letzte Kraft gekostet. An diesem 21. Januar war dies die weiteste Entfernung, die er von der Hütte geschafft hatte.

Eine Meise beschimpfte ihn wie ein Miniaturberserker von einem Bitterkirschenbusch herab. Ein Paar Erlenzeisige, gelb leuchtend mit ihren kräftigen kleinen Flügeln, flogen aus dem gleichen, kahlen Busch hervor und beschwerten sich über den Mangel an eßbaren Körnern.

Was wußte er? Was glaubte er zu wissen? Und was glaubte er, herausfinden zu können?

Er wußte: Man hatte aus dem Hinterhalt auf ihn geschossen.

Er wußte: Man hatte auf ihn geschossen, weil er Hollis Fletcher war.

Er glaubte zu wissen: Es war ein Amateur gewesen, der auf dem Gipfel dieses Hügels im Hinterhalt gelegen und auf ihn geschossen hatte – hier hatte er den richtigen Anstellwinkel gehabt.

Diese Unvermeidlichkeit bedeutete, daß der Amateur irgendwann vor dem Anschlag sein Gewehr auf die feuergeschwärzte, tote Fichte unten auf der Brandfläche eingeschossen hatte, über die Fletcher immer auf seinem Heimweg zur Hütte kam.

Er glaubte, herausfinden zu können: Welche verräterische Spur der Amateur vielleicht zurückgelassen hatte, die Fletcher... *irgendwohin* führen konnte. Vielleicht aber wenigstens andeuten konnte, ob der Angreifer aus Cochrane stammte oder von außerhalb gekommen war.

Was einen heiklen Punkt aufbrachte: Wenn er von außerhalb kam, woher hatte er dann gewußt, wo er sein sollte, und wann, um seinen Schuß anzubringen?

Es war später Nachmittag, etwa hundert Meter von der Stelle entfernt, von der aus er auf die Fichte hinab gesehen hatte, als er den gestutzten Strauch fand. Sein Blick fuhr darüber hinweg, verwarf ihn als das Werk von Kaninchen, ruhte dann aber lange genug auf dem weichen Rechteck unter dem Schnee dahinter, um zu verstehen, was er sah.

Ein schneebedeckter Holzabsatz, zwei Meter lang und einen Meter breit, kurz unterhalb der Krone des Hügels. Der Mensch, nicht die Natur, schafft offensichtliche, nicht subtile Symmetrie. Diese rechteckige Form war offensichtlich und daher verdächtig.

Fletcher hockte sich mühsam hin, fegte den Schnee mit dem Handschuh an der einen Hand beiseite. Ein halbes Dutzend Holzscheite, jedes etwa zwei Meter lang und etwa fünfzehn Zentimeter im Durchmesser, waren nebeneinander gelegt worden, als hätte jemand ein Floß bauen wollen. Sie waren nicht zusammengebunden, aber am unteren Ende war ein ähnlicher Balken im rechten Winkel verkeilt und mit einem dünnen Nylonband festgebunden worden. So stellte es eine improvisierte Stütze dar, wenn man auf dem Bauch liegend schießen wollte und von dem dicken Gestrüpp davor absah.

Aber dann war da noch der gestutzte Strauch, der Fletcher zuerst aufgefallen war.

Ächzend manövrierte er sich bäuchlings auf die behelfsmäßige Plattform und bevorzugte dabei seine linke Seite. Wenn er den Kopf über den Querbalken hob, um über die fast vierhundert Meter Sumpfland und Indianergras zwischen ihm und der Brandfläche zu blicken, bildete der gestutzte Strauch ein perfektes Guckloch. Wie durch das Visier eines Gewehrs starrte er direkt auf den Stamm der vierhundert Meter entfernten verbrannten Fichte.

Er hatte den Hinterhalt gefunden.

Fletcher rollte von dem Holzfloß herab in den Schnee und kam schwerfällig auf die Beine, ohne die immer noch verheilende Wunde in seiner Brust einer unnötigen Belastung auszusetzen. Die sinkende Sonne warf seine Schatten lang und blau den Hügel hinab. Er keuchte Rauchsignale der Erregung, nicht der Qual.

Hundertprozentiger Amateur. Einen Meter entfernt stand eine großfruchtige, nachgewachsene Eiche mit einer einssechzig hohen Gabel. Der Killer hatte sein Gewehr für einen ruhigen Schuß nur auf diese Gabel stützen müssen, wie er es mit einem Sandsack auf dem Schießstand getan hätte. Kein Haufen von Balken hätte ausgelegt werden müssen, kein Strauch gestutzt, Zweig für Zweig, für eine Öffnung, durch man feuern konnte. Einfach zielen und abdrücken, wenn das Opfer über die Brandfläche kam.

Amateur, nicht aus Cochrane – nicht, nachdem er diesen undurchdachten Witz einer Stützbank – mit einer perfekten Eichengabel in nur zwei Meter Entfernung – gesehen hatte. Niemand in Cochrane war derart unerfahren mit Schußwaffen. Selbt ein Farmer, der nur Rotwild schoß, um sie aus seinem Getreidefeld zu vertreiben, hätte diese Eichengabel als Stütze benutzt, wenn er diesen Hinterhalt erst einmal gewählt hatte.

Also hatte der Killer geübt, nicht hier oben in den Wäldern, sondern auf einem Schießstand, alles nach den Regeln der American Rifle Association, die Schlinge um den linken Unterarm gewickelt, halb ein- und halb ausgeatmet. Bäuchlings hatte er es gelernt, und bäuchlings würde er es tun, wenn der Zeitpunkt gekommen war.

Es war, als wäre er auf seiner eigenen, übel verpfuschten Hinrichtung. Fast wütend ließ sich Fletcher wieder in die Hocke fallen und begann, den Schnee nach weiteren Anzeichen zu durchstöbern, die der Scharfrichter vielleicht unvorsichtigerweise zurückgelassen hatte.

In der zunehmenden Dämmerung schien Licht durch das Fenster seiner Hütte und gab dem Schnee, auf den es fiel, einen goldenen Glanz. Einen Moment lang stieg Angst wie Galle in Fletchers Kehle hinauf, dann war sie verschwunden. Ungleichmäßig bewegte er sich voran. Ein Guerillero hätte wohl kaum eine Drucklampe angezündet und so seine Anwesenheit verraten. Wahrscheinlich Victor, der kam, um nachzusehen, was sein Patient machte.

Aber als er die Tür aufstieß, kam ihm der Geruch von hausgemachtem Wildbreteintopf wie eine Segnung aus der Vergangenheit entgegen. Für einen kurzen Augenblick lang sah Nicole trotz der blonden Haare von hinten wie ihre Mutter aus. Dann nahm sie den Kessel, der gerade zu pfeifen begann, und wandte sich vom Herd ab.

»Ich dachte mir, daß du um diese Zeit zurückkommen würdest.«

Sie goß Wasser über die Red-Rose-Teebeutel in der Kanne, während er den Schnee von seinen Überschuhen gegen die Kante des Türrahmens abschlug, wobei er sich mit einer Hand am Türgriff abstützte. Die Wärme in der Hütte brachte ihn beinah zum Niesen.

»Welchem Umstand verdanke ich das Vergnügen?«

»Zweifelhaftes Vergnügen?« verbesserte sie. »David ist mit der Wahlkampftruppe in New York, und...«

»Ich dachte, die Wahlversammlung wäre in Iowa.«

»Acht Millionen Geschichten in Naked City, aber nur hundertneunzigtausend in Des Moines. Deshalb sind die Medien in New York.« Sie brachte die Kanne zum Tisch, zusammen mit zwei Bechern. »Du hast mich also am Hals. Ich habe die Kinder bei Iris gelassen und mir selbst eine Erlaubnis ausgestellt, mich über Nacht von Kindern und vom Kochen freizumachen.«

Er spielte ein Schnüffeln. »Riecht für mich, als wenn was kocht.«

»Etwas von dem Wildbret, das du letzten Ostern den Kindern mitgegeben hast. Ich hab' es eingefroren mitgebracht. Ich wärme es gerade auf.«

»Ich habe keine Extradecken.«

»Macht nichts. Ich hab' einen Schlafsack mitgebracht.«

Geschlagen hängte Fletcher seinen Mantel an einen der Haken neben der Tür, ging zum Tisch hinüber und setzte sich schwerfällig hin. Plötzlich war er müde. Müder als ihn die Anstrengung dieses Tages hätte machen sollen. Er merkte, daß sein Widerstand dagegen, daß sie blieb, mehr *pro forma* als wirklicher Widerstand gewesen war.

»Müde?« fragte sie.

»Dieser Eintopf riecht wirklich gut.«

»Es fällt dir enorm schwer, auf eine direkte Frage einzugehen, stimmt's?« Sie knallte die Zuckerschale und eine Dose Kondensmilch für ihren Tee auf den Tisch.

Er legte sich eine Hand hinters Ohr. »Ha?« Als sie beide lachten, fügte er bockbeinig hinzu: »Einfach alt und müde.«

»Früher hast du nie so geredet.«

»Früher bin ich auch nicht alt und müde gewesen.«

»Bist du auf irgendwelche Hinweise gestoßen?« fragte sie scharf.

»Hinweise worauf?«

»Wer auf dich geschossen hat.«

»Ein Jäger!«

»Scheiße.«

»Was würde deine Mutter sagen, wenn sie dich so reden hören könnte?«

Sie legte sich eine Hand hinters Ohr. »Ha?«

Er lachte in sich hinein. Er goß für beide Tee ein, plötzlich froh darüber, daß sie da war. Vielleicht wäre es für diesen einen Abend, als hätte es in den Jahren dazwischen keine Abneigungen und Spannungen gegeben, als wäre sie wieder die Tochter, die sie vor dem Tod ihrer Mutter gewesen war.

»Mein Problem mit jemandem, der absichtlich auf mich schießt, ist offensichtlich«, sagte er. »Wer zum Teufel sollte es *wollen*?«

»Also *hast* du nachgesehen.«

Einen langen Augenblick starrte er sie an, dann griff er in die Brusttasche seines rotschwarzen Wolljankers. Er warf die kalten Metalldinger auf den Tisch, wo sie klimpernd aneinanderstießen und rollten und im zischenden, weißen Licht der Coleman-Laterne glitzerten.

Leere 30.06er Messinghülsen. Acht Stück davon.

»Warum acht, wenn er nur dreimal auf dich geschossen hat?«

Es war eine Stunde später, sie standen an der Spüle, sie wusch die kärglichen Teller im kochendheißem Wasser im Waschbecken, er trocknete sie ab – was bedeutete, daß er die heißen Teller und Bestecke einfach in das kalte Spülwasser hielt und sie – noch immer dampfend – zum Trocknen auf das Bord stellte.

»Fünf davon müssen vom ersten Mal sein, als er da oben war und das Gewehr eingeschossen hat. Irgendwann vor dem ersten Schnee, aber als die Blätter schon gefallen waren. Er hätte eine perfekte Eichengabel als Stütze nehmen können, aber er hat sich eine kleine Bank aus Balken gebaut und für sein Schußfeld ein Guckloch in das Gestrüpp geschnitten. Und war beide Male nicht klug genug, seine leeren Hülsen einzusammeln.«

»Du hast nur drei Kugeln aus der Fichte geholt«, beharrte sie. »Nimm die drei Male dazu, bei denen er tatsächlich auf dich geschossen hat...«

»Wahrscheinlich hat er die drei beim Einschießen voll daneben geschossen, genau wie die beiden anderen. Ich sage doch, der Mann war ein Amateur.«

Er ging zum Kamin und legte Holz auf. Sie saß am Tisch, zündete sich eine Zigarette an und sah ihm zu, wie er den Feuerhaken benutzte.

»Weih mich ein«, sagte sie schroff.

»Da ist nichts dran, Nicole. Ich mach' das nur, um mich zu beschäftigen, bis mein Knie und meine Brust...«

»Mom hat immer gesagt, du wärst ein lausiger Lügner.«

Ein letztes Mal stach er ins Feuer, verschob einen der frischen Scheite, schickte einen roten Funkenschauer den Kamin hinauf, dann ging er wieder zum Tisch zurück, um sich zu setzen. Nicole blinzelte in den Rauch ihrer Zigarette hinein. Als er sie betrachtete, erinnerte er sich daran, daß Terry mit Hilfe einer Gesundheitsgruppe ein Jahr vor ihrem Tod damit aufgehört hatte. Was hatte ihr die Disziplin genützt?

»Du bist zu – angespannt dabei«, sagte Nicole. »Als hättest du etwas verloren, das du wiederfinden müßtest.«

Er hob die Schultern.

»Selbst wenn ich ihn verfolgen wollte, Nicole, ich müßte einsehen, daß die Chancen, ihn zu stellen, gering sind. Er hat kein Gesicht, keinen Namen, keine Form, nicht einmal ein Motiv.«

»Du hast Hirsche zur Strecke gebracht, von denen du genauso wenig wußtest.«

»Old Charlies Training wird mir dabei nicht helfen.«

Aber noch während er es sagte, erinnerte er sich an das erste Mal, als er den alten Einsiedler, mit dem sich sein Vater angefreundet hatte, allein getroffen hatte. Damals hatte er nicht gewußt, daß Charlie ein Indianer war. Er war am steilen Flußufer in der Nähe der West-Newton-Hütte entlang gelaufen und hatte sich angesehen, wie der kalte, braune, herbstliche Mississippi vorüberrauschte. Die Stahlboje mit dem roten Oberteil, die die Flußmitte markierte, tauchte auf und verschwand, wurde von der Strömung herabgezogen und sprang mit dem Auftrieb der darin enthaltenen Luft wieder hervor.

Irgend etwas ließ ihn sich umsehen, und da, drei Schritte hinter ihm, war Old Charlie, der schweigend und unbemerkt in seinen Fußspuren stapfte. Charlie blieb stehen und deutete auf den Weg, den sie gekommen waren.

»Komm«, sagte er. »Ich zeig' dir was.«

»Was denn?« Auch der Junge war stehengeblieben, aber jetzt stahl er sich davon. Der alte Mann war seltsam im Kopf und roch seltsam, beißender Schweiß und Schmiere und Kautabak und Jagdhund.

Ohne zu antworten, drehte sich Old Charlie um und ging den Weg am Flußufer zurück, den sie gekommen waren. Es war einer jener folgenreichen Augenblicke, die erst im Rückblick wichtig werden: Einen Augenblick zuvor hatte der Junge vorgehabt, umzukehren und wegzulaufen. Jetzt wollte er das Wunder merkwürdigerweise sehen, wenn es denn etwas zu sehen gab. Er folgte dem alten Mann auf dem Weg zurück.

Nicoles Stimme unterbrach seine Gedanken. »Du warst lange abwesend.«

»Old Charlie«, sagte er und kehrte aus der entfernten Erinnerung zurück, »das erste Mal, daß ich ihm in den Wald gefolgt bin.«

»Was hat er dir gezeigt?«

»Einen Fuchs. Einen grauen Fuchs, man findet sie in den Niederungen unten am Fluß. Die Roten mögen lieber das offene Land.«

Charlie hockte sich neben ein paar Fährten entlang der Reifenspuren, die zur Hütte führten. Der Junge hockte sich neben ihn, ohne zu verstehen, was er sah. Er hatte die Fährte für die einer Hauskatze aus einer der anderen Hütten gehalten.

»Fuchs«, sagte Charlie. Damals hatte er noch dünnes, schwarzes Haar mit grauen Strähnen. Seine Hakennase und der Mund mit den schmalen Lippen waren sehr indianisch. Charlies Augen waren so dunkelbraun, daß sie fast schwarz wirkten und blitzten, als hätten sie die Last eines halben Jahrhunderts zu tragen. »Dicker Schweif – siehst du die Schleifspuren? Ein grauer. Kleinere Pfoten, größere Zehen als der rote.«

Seine dicken, stumpfen Finger drehten den Fuchskot um, ein ordentlicher, schmaler Zylinder, der an einem Ende spitz zulief.

»Schwarze Scheiße. Hat trockene Beeren gefressen. Graue lieben Beeren.« Er stand auf. »Komm«, wiederholte er unnötigerweise. Der Junge war gebannt.

Charlie zeigte ihm eines der vergrabenen Vorratslager für Fleisch, das der Fuchs angelegt hatte, dann eine seiner provisorischen Höhlen im verrotteten Stamm einer absterbenden Eiche. Ein Büschel von rötlich getöntem, grauem Fell hatte sich an einem herausragenden Stück Holz am Eingang des Lochs verfangen. Old Charlies Finger deutete auf verstreute Knochenstücke, einen Fetzen von Kaninchenfell, drei helle Brauentenfedern.

Schließlich zeigte er ihm den Fuchs selbst.

»Wie hat er das gemacht?« wollte Nicole wissen. Ihre Augen leuchteten. Das Feuer verlieh ihrer Haut und ihrem Haar einen rötlichen Schimmer, ähnlich einem Fuchspelz. Sie hatten das Licht der Lampe in unausgesprochenem Einverständnis trübe werden lassen.

Fletcher legte seine Lippen auf den Rücken seiner Hand und sog daran. Es machte ein dünnes, quiekendes Geräusch.

»So klingt eine Maus für einen Fuchs. Sie können es hundert Meter weit hören.«

Charlies falsche Maus hatte urplötzlich ihre spitze Schnauze auf die kahlen Laubbäume der kleinen Anhöhe auf der anderen Seite der Lichtung gerichtet. Der Junge sah seinen ersten Fuchs. Er hatte den Blick auf seine eigenen Spuren gerichtet, volles, graues Buschwerk über Nase und Pfoten, alle Sinne wachsam.

Fünf Jahre später war der Junge unter Charlies Anleitung in der Lage gewesen, sich gegen den Wind an eine schlafende Hirschkuh anzupirschen und sie auf das Hinterteil zu schlagen, um ihr seine Anwesenheit zu melden. Manchmal glaubte er, der Indianer lebte nur in seinen Gedanken weiter, um ihn zu dem Wild zu führen, das er andernfalls übersehen hätte. Vielleicht glaubte er zu Unrecht, daß Old Charlies Spurenlehre für diese Art der Jagd geeignet wäre.

»Es könnte sein, daß mir Old Charlie am Ende doch noch helfen kann«, erklärte er seiner Tochter.

»Ich weiß, daß *ich* es kann«, sagte sie. »Im Wald bin ich keine große Hilfe, aber ich bin sehr gut darin, Informationen aus Bürokraten und Firmen und Behörden herauszuholen. Und ob es dir gefällt oder nicht, das ist das Dickicht, in dem diese Jagd stattfinden wird.«

12

Am nächsten Morgen, bevor sie nach Minneapolis zurückfuhr, entlockte sie ihm das Versprechen, sie über alles, was er tat, auf dem laufenden zu halten. Fletcher war nicht sicher, ob er ihre simple Rekonstruktion des Anschlags akzeptierte. Bisher konnte er sich, abgesehen von den verformten Patronen und den leeren Hülsen, nur auf ein zartes Gefüge von Mutmaßungen stützen.

Oh, natürlich hatte sie ihm zugestimmt, daß der Angriff von außerhalb Cochranes gekommen sein mußte, aber... Irgend etwas in seiner Erinnerung nagte an ihm. Irgend etwas, das Nicole am Abend vorher gesagt hatte.

Ja. Als er nach Hause gekommen und sie mit dem Kochen des Wildbreteintopfs beschäftigt gewesen war, hatte sie gesagt: »Ich dachte mir, daß du um diese Zeit zurückkommen würdest.« Sie hatte seine Gewohnheit gekannt. Der Schütze hatte seine Gewohnheit ebenfalls gekannt. Einheimische konnten es wissen, jemand von außerhalb nicht. Aber kein Einheimischer hätte sich so ungeschickt mit dem Hinterhalt angestellt. Und kein Einheimischer hatte einen denkbaren Grund, ihm den Tod zu wünschen.

Sehr logisch. Aber der Widerspruch, der ihn verrückt machte, war die Tatsache, daß nur in Cochrane die Hoffnung bestand, die nötigen Einzelheiten zu finden, mit denen er woanders weitersuchen konnte. Wenn sie nicht in Cochrane waren, dann waren sie nirgendwo. Also, fang die Suche in Cochrane an.

Doch seine Suche begann im gemächlichen Rhythmus jeder richtigen Jagd. Man kann nicht mit dem anfangen, was man zu finden erwartet: Man muß sich allem öffnen, was es möglicherweise zu finden gibt. Es dauerte also nur eine Woche von immer länger werdenden Streifzügen durch die spätwinterlichen Wälder, daß er am Ende beschloß, mit seinem Hinkfuß und den acht leeren Patronenhülsen in die Stadt zu gehen.

Die einzige Person, die kompetent genug war, ihre Spuren zu lesen, war Les Klumb, Cochranes lokaler Waffennarr. Klumb verbrachte seine Freizeit damit, dem halben County neue Patronen und Ladungen in gebrauchte Hülsen zu laden. Es gab zumindest eine Chance, daß er an den Hülsen etwas erkennen konnte, das Fletcher selbst nicht sah.

Die Federglocke an der Tür erklang bei seinem Eintreten in Klumbs Eisenwarenladen. Die Tochter des Handladers mit dem bleichen Haar – eine Schülerin in der Abschlußklasse der Highschool, über deren Geburt man die eine oder andere Stirn gerunzelt hatte, weil ihre Eltern damals schon in den Vierzigern gewesen waren – schliff einen Schlüssel für einen

Farmer. Der Farmer beschrieb ausschweifend, wie er sich aus seiner Scheune ausgesperrt hatte.

»Ist dein Dad da, Cindy?« rief Fletcher schließlich über das hohe Wimmern des Schleifrades hinweg. Sie blickte auf und lächelte ihn an.

»Der ist hinten, Mr. Fletcher.«

Er ging enge, labyrinthartige Gänge hinunter, an gußeisernen Bratpfannen, Dachdeckernägeln, Klempnergerät, einem ungewöhnlich prächtigen Jagdgewehrständer vorbei in den hinteren Teil des Ladens. Wenn die Einheimischen irgend etwas repariert oder ersetzt haben wollten, hatten sie für gewöhnlich weder die Zeit noch die Mittel für eine Hundertsechzig-Kilometer-Rundreise nach Grand Rapids.

Fletcher ging durch einen Lagerraum voller Drahtrollen. Eine einzige Ecke war für ein lädiertes Rollpult, das zum Bersten voll von unordentlichen Schreibarbeiten war, und einen durchhängenden Drehstuhl freigehalten, auf dem niemand saß.

Klumbs Laden war ein düsterer, schmaler, vollgestopfter Raum, der nach Hoppe's Number 9 und Schießpulver roch. Eine Birne, deren Licht von einem altmodischen, grünen Metallschirm abgelenkt wurde, warf trübes Licht auf die feste Holzbank, an der Lester Klumb einen .577er Berdan Zündbolzen in den Schraubstock spannte.

Er sah herüber, als Fletcher eintrat. »Bin in einer Sekunde bei dir, Fletcher.«

Fletcher nickte und trat neben die Bank, die wegen der vollkommenen Stabilität, die für das Handladen benötigt wird, mit Zementschrauben im Betonboden befestigt war. Das Arbeitsgerät für Klumbs Nebenbeschäftigung lag auf der Werkbank verstreut: Ein Spanner, eine Pulverwaage, ein Meßgerät mit einem Rinnsal für absolute Genauigkeit im Abwiegen der Ladungen, ein Werkzeug für die Hülsen, einen Ladeblock, eine Gußform, um die Gleichförmigkeit der fertigen Patronenhülsen sicherzustellen.

Les Klumb war ergraute sechzig Jahre alt, mit buschigen Augenbrauen, einer Hakennase und kleinen Muskelklumpen unter den Mundwinkeln, die ihm den Ausdruck eines verärgerten Bluthundes gaben, den die schlaff herabhängenden, äußeren Enden seiner Augenlider nur noch verstärkten. Der kalte, von Speichel verdunkelte Stumpen einer Zigarre klemmte zwischen seinen Zähnen.

Klumbs große, schwielige Hände öffneten den Zündbolzen mit einigen zarten Schlägen seines Hammers auf den Körper. Fletcher streute die Messinghülsen klimpernd über der hölzernen Werkbank aus. Klumb ignorierte sie. Seine Arbeit war heikel. Selbst fabrikgefertigte Patronen passen nicht immer in den Lauf des Gewehrs, für das sie hergestellt wurden, deshalb mußten sich Handlader um absolute Gleichförmigkeit ihrer Munition bemühen.

Als er seine Aufgabe schließlich beendet hatte, knurrte Klumb: »Willst sie dir wohl doch endlich selbst machen?«

»Nicht ganz. Ich wollte dich fragen, was du mir über diese Messinghülsen erzählen kannst.«

»Erzählen?« Klumb kam näher, um einen Blick auf die Hülsen zu werfen. »Kaliber sechsunddreißig-noch-was, das kann ich dir erzählen.« Er gab ein dröhnendes Lachen von sich. »Hab' gehört, du bist von irgendeinem schwachsinnigen Greenhorn angeschossen worden, aber ich wußte nicht, daß es dich am Kopf erwischt hat.«

»Das Kaliber weiß ich«, sagte Fletcher geduldig. »Gibt es noch was, das du mir erzählen kannst?«

Klumb, der sich immer noch über seinen eigenen Scherz freute, schnippte eine der Hülsen mit dem Finger über die Werkbank.

»Nicht besonders viel. Standard-Fabrikhülsen, sind nie handgeladen worden...«

»Woher weißt du das?«

»Eh?« Klumb sah überrascht aus, als hätte man sein Gutachten angezweifelt. Er nahm die Hülse, die er weggeschnippt hatte, und deutete auf den Rand des Halses. »Sieh her, niemals auf Länge getrimmt worden. Wenn du mit diesen schießt und nachlädst, wird das Messing ziemlich bald anfangen, sich zu weiten. Der Hals kann so lang werden, daß er entweder das Blei anwürgt oder beim Durchziehen der Kammer hängenbleibt. Auf jeden Fall kann sie sich nicht ausdehnen, um die Kugel freizugeben, wie sie es beim Abfeuern tun soll, also...«

»Also«, unterbrach Fletcher hastig. »Patronen, die im Laden gekauft wurden.«

»Ja, im Laden gekauft, aber nicht in Cochrane.«

»Das weißt du durch bloßes Hinsehen?«

»Ich bin der einzige, der hier in Cochrane Waffen und Munition verkauft, oder?« Ein Ruck mit dem Unterkiefer brachte Klumbs verstümmelten Zigarrenstumpen hinüber in den anderen Mundwinkel. »Und diese hier verkauf' ich nicht. Nur Remington, Winchester und Western, seitdem mich diese Burschen mit einer Bestellung beschissen haben und dann behaupteten...«

»Kann man sagen, wo sie gekauft worden sind?«

»Schick sie vielleicht an die Fabrik, könnte was dran sein, das dem Hersteller sagt, wohin er sie geschickt hat. Aber wahrscheinlich können sie dir auch nur sagen, daß sie die Dinger in die Twin Cities geschickt haben, oder?«

Fletcher nickte. Er hatte mehr erfahren, als er erwartet hatte: Faktisch eine sichere Bestätigung für seine Annahme, daß der Killer nicht aus Cochrane kam. Natürlich konnte der Mann seine Munition woanders gekauft haben, in der Hoffnung, eine falsche Spur zu legen, falls man sie jemals finden sollte. Aber wenn er schlau genug war, daran zu denken, dann wäre er auch schlau genug gewesen, die leeren Hülsen einfach aufzusammeln und in die Tasche zu stecken.

Und er wäre so schlau gewesen, sicherzugehen, daß Fletcher tot war, als er den Hügel herabkam, um nach der Leiche zu sehen.

»Na gut, Les. Ich danke dir.«

Klumb nickte, riß ein altmodisches Streichholz an seinem Hosenbein an und beugte sich vor, um seine Zigarre wieder anzuzünden. Beißender Qualm füllte die Werkstatt mit bläulich weißem Nebel. Er sprach gleichgültig, ohne aufzusehen.

»Hast die Hülsen wohl draußen bei deiner Hütte gefunden, was? Sieht aus, als wenn du sie nicht nachgeladen haben willst oder so.«

»Hab' ich wohl«, sagte Fletcher kurz.

»Hast dich wohl gefragt, wer so dumm war, dich für einen Hirsch zu halten und auf dich zu schießen.«

»So ähnlich«, sagte Fletcher. Er spürte ein warnendes Prikkeln in seinem linken Knie, als würde dort gleich ein taumelndes Stück Blei einschlagen. Zum Teufel mit der Jagd. Er war kein Jäger mehr, sondern die Beute einer grotesken Gestalt, die in seinen eigenen Gedanken im Hinterhalt lag.

Nach einer Pause fügte Klumb hinzu: »*Drei* Schüsse auf dich.« Und nach einer längeren Pause: »Oder?«

Wohin jetzt? Fletcher stand auf dem Gehweg vor Klumbs Laden und starrte die im kalten Licht des Februar schneebeladene und beinah menschenleere Main Street hinauf und hinunter. Er mußte bei seinen Nachforschungen wohl sehr durchschaubar gewesen sein: Erst Nicole und jetzt Les Klumb, der keine Preise für sein Wahrnehmungsvermögen menschlicher Motive bekommen würde, er hatte verstanden, daß seine Suche nicht zufällig war.

Andererseits war Klumb ein guter Jäger, und Jäger bemerkten auch scheinbar unwichtige Zeichen. Wahrscheinlich würde jeder in Cochrane merken, daß er jemanden suchte, ohne genau zu wissen, warum. Würde vielleicht sogar helfen wollen. Aber das bedeutete noch nicht, daß sie ihm irgendwas Brauchbares erzählen konnten.

Während der nächsten zwei Tage fragte er den ganzen Ort aus, vom alten, weißen, mit Schindeln gedeckten Cochrane Hotel, an dem die Main Street in einer Sackgasse endete, über die Pensionen, bis zu den Häusern mit Übernachtung und Frühstück für Jäger, und stellte beiläufige Fragen mit aussichtslosen Antworten.

Erinnern Sie sich, daß im letzten November, kurz vor Thanksgiving, jemand in Jagdkleidung...

Wollte hier ein Fremder mit einem Gewehr einen Jagdschein kaufen?

Das Problem bestand darin, daß es die Jagdsaison für Rotwild war. Massen von Fremden in der Stadt, mit Gewehren in ihren Familienautos und Pickups. Sie alle waren wie Jäger gekleidet. Sie alle *waren* Jäger.

Besonders einer von ihnen.

Jeden Morgen ging er die acht Kilometer in den Ort, jeden Abend die acht Kilometer zu seiner Hütte zurück, kräftigte gleichzeitig sein Knie und seine Entschlossenheit. Weil er langsam akzeptierte, was Victor ihm gesagt hatte: Das Knie würde nur bis zu einem gewissen Grad verheilen. Weder würde sein Hinken jemals verschwinden noch seine Schnelligkeit zurückkehren, weil die Sehnen kürzer waren als die im anderen Bein. Er konnte noch so viele Übungen machen, die Tatsache blieb bestehen.

Aber das konnte ihn nicht davon abhalten, nach dem Mann zu suchen, der ihm das angetan hatte. Er sagte sich, er wollte keine Rache, denn solange er sich in Gedanken an Gewaltlosigkeit hielt, wurde er von dem Alptraum mit Terry verschont. Er weigerte sich, über den Endpunkt der Jagd hinauszudenken. Alles, was er danach tun würde, konnte die Zeit nicht zurückdrehen, würde ihn nicht wieder zu dem Mann machen, der er vor dem Anschlag gewesen war.

Also würde er suchen. Und wenn er etwas fand, wüßte er *wer*. Und dann konnte er diesen *jemand* nach dem *warum* fragen.

»Warum? Na ja, weißt du, Gene, ich dachte, dir wäre vielleicht jemand aufgefallen, der seinen Wagen aufgetankt hat und sich dabei, mh, ich weiß nicht genau, vielleicht ein bißchen gehetzt oder so benommen hat...«

»Na ja, weißt du, Sarah, vielleicht hat er dich gebeten, ihm eine Thermoskanne mit Kaffee aufzufüllen, weil er den ganzen Tag im Wald bleiben wollte. Oder vielleicht hat er nach Sandwiches oder so was gefragt...«

Er spürte, wenn nicht Ungeduld, so doch eine Art Verzweiflung, als er sich durch den Ort fragte. Das war einfach nicht seine Art der Jagd. Aber er blieb dabei, stellte seine unpassenden Fragen überall. Im Restaurant und den beiden Cafés, in Wilmot's General Store, den Lebensmittelgeschäften – Yost's großer, alter, knarrender Laden an der Main Street, das neue Kaufhaus am Highway zwischen den beiden Motels des Ortes, dann die Motels selbst. Schließlich die Bars.

Niemand erinnerte sich an irgendwas, und jeder erinnerte sich an alles. Er hatte *zu viele* Angaben, nicht zu wenige, aber keine davon besagte: Dieser Mann, an diesem Tag, hat das und das und so und so gemacht, was darauf hindeutet, daß er der Mann ist, den du suchst.

Er sammelte haufenweise Fakten und notierte sie jeden

Abend ordentlich beim Licht seiner Kerosinlampe, bedrückt von der Vorstellung, daß er die Spuren des Killers bei seinen Wanderungen durch den Ort vielleicht dutzendmal gekreuzt hatte, und bei dieser Art der Jagd einfach nicht beschlagen genug war, um zu erkennen, was er gesehen hatte.

Bud aus Dutch's Tavern erinnerte sich an einen nervös wirkenden Jäger, der an einem der Abende, um die Zeit, als man auf Fletcher geschossen hatte, zwei schnelle Whiskys runtergeschüttet und zwei kurze Telefonate von seinem öffentlichen Fernsprecher aus geführt hatte. Lars Peterson im John-Deere-Laden hatte genau an dem Nachmittag des Anschlags, am 24. November, einem Mann einen Pickup vermietet, aber er hatte demselben Mann den Pickup schon an zwei vorangegangenen Nachmittagen vermietet. Keiner von beiden konnte ihm eine Beschreibung geben, aber trotzdem vermerkte er die Tatsachen in seinem Notizbuch zusammen mit Dutzenden anderer solcher Situationen, von denen Fletcher gehört hatte.

Erst zwei Wochen nach Nicoles Besuch in der Hütte fiel ihm die Landebahn auf der anderen Seite des Ortes ein. Sechzehn Tage später, um genau zu sein. Am 25. Februar, einen Tag, nachdem die erste Vorwahl der Demokraten in New Hampshire abgehalten worden war.

13

Gary Westergard war beinah froh, daß sein Rücken schmerzte und sich sein Bizeps verkrampft anfühlte. Dieses Stechen im Körper, das lautstark nach Aufmerksamkeit verlangte, bewahrte ihn davor, über das nachzudenken, was man ihm zwei Stunden zuvor beiläufig erzählt hatte.

Ein Mann in der Menge rief: »Was ist mit Ihren Stiefeln passiert, Gouverneur?«

Westergard grinste. Er trug ein Sportjackett aus Kordsamt, ein Sporthemd ohne Krawatte und wasserdichte Stiefel gegen den knöcheltiefen Schneematsch, in dem er diesen Nachmittag in New Hampshire verbracht und den er vor zwanzig Minuten gegen das Rathaus von Salem eingetauscht hatte. Die Stiefel waren immer noch voller Sägemehl von seinem letzten, kurzen Auftritt.

»Ich komme gerade von einem Sägewettstreit, Ladys und Gentlemen, und ich mußte feststellen, daß dies kein Staat ist, in dem man Süßholz raspeln kann. Also werde ich es auch nicht tun.«

Die Menge lachte. Jarvis, der neben ihm stand, flüsterte: »Der Wagen ist da, Gouverneur. Wir sind spät dran.« Westergard nickte, aber dann schrie jemand anderes: »Zum Teufel mit Ihren Stiefeln, Gouverneur. Wer ist wichtiger? Der Mensch oder seine Aussage?«

Er rief zurück: »Aussagen sind nicht abhängig von der Persönlichkeit. Ob ein Mensch liebenswürdig ist oder nicht, hat keinen Einfluß auf die Wahrheit dessen, was er sagt.« Dann kam ihm einer von Ross' sorgsam auswendig gelernten Stegreifsprüchen in den Kopf. »Aber ich glaube, daß die alten Ideen, die alten Taktiken, die alten Tagesordnungen nicht mehr funktionieren. Wählen Sie Senator Fiksdahl, und Sie wählen die Vergangenheit.« Noch einmal zeigte er sein breites, ehrliches, skandinavisches Lächeln. »Wählen Sie mich – dann wählen Sie die Zukunft.«

Das war ein guter Satz für den Abgang. Treib dich niemals mit einer direkten Antwort auf eine einfache Frage selbst in die Enge. Das sind die Antworten, die einen verfolgen. Er ging die Stufen hinunter, mit hölzernen Beinen und Knöcheln, die von acht Stunden auf den Beinen angeschwollen waren – und er hatte noch sechs weitere Stunden vor sich, bis er sich würde ausruhen können. Hinter Jarvis' breitem Rükken schob er sich durch die Menge, griff nach jeder Hand, die man ihm entgegenhielt, und steuerte auf die Tür zu.

Harter Wahlkampf, aber es war die Sache wert. Die meisten politischen Experten sahen in seinem Sieg in Iowa noch immer einen Zufallstreffer, aber er würde ihnen allen eine Überraschung bereiten. Seit über dreißig Jahren war niemand Präsident geworden, ohne die Vorwahlen in New Hampshire gewonnen zu haben, und bei Gott: Er würde sie gewinnen.

Draußen wehte ihm eisige Luft entgegen. Ein heftiger

Schneesturm wütete im Staat, man rechnete mit zwölf Zentimetern Neuschnee, bevor die Wahllokale in sechzehn Stunden öffnen sollten. Er würde Jarvis fragen müssen, ob der Schnee ihm oder Fiksdahl helfen würde, der trotz Iowa der Favorit in der ersten eigentlichen Vorwahl dieses Wahlkampfes war.

Jarvis, der ohne Mütze und Handschuhe war, öffnete die Hintertür der Limousine, aber Westergard entdeckte eine Frau mit einem Kinderwagen und sah, daß eines der Fernsehteams in seinen Kombi stieg. Trotz der Vorhersagen über einen Sieg von Fiksdahl waren ihm Gott sei Dank Horden von Nachrichtenleuten auf den Fersen.

Er brauchte alle Werbung, die er bekommen konnte, die Art von Sechs-Uhr-Nachrichten-Werbung, die nichts kostete. Er hatte lange auf eine solche Gelegenheit gewartet. Er ging am Heck der Limousine vorbei und über die enge Straße, während Jarvis' überraschter Protest sich hinter ihm verlor und der Kameramann, der schon einen Fuß im Wagen hatte, aus dem Gleichgewicht kam.

»Wo zum Teufel geht er hin?«

Niemand antwortete ihm. Er holte seinen Fuß zurück, der Tonmann schleppte schwere Kabel und Batterien, und sie hetzten dem Kandidaten hinterher.

Westergard beugte sich über den Kinderwagen und das Gesicht mit den rosigen Wangen in dem kleinen Pelzring des Parkas. Die Mutter strahlte, als sie darauf wartete, daß der Kandidat ihrem Kind einen Kuß gab. Statt dessen fand Westergard eine kleine Kinderhand und schüttelte sie in einer Art Parodie dessen, was er den ganzen Tag über getan hatte. Das schallende Gelächter der Menge wurde für die Abendnachrichten auf Video festgehalten.

Jarvis bugsierte Westergard wieder auf die andere Straßenseite. Im Vorübergehen sagte der Kameramann: »Kent, ich dachte, *Sie* sind derjenige, der in diesem Wahlkampf Probleme mit dem Kinderküssen hat.«

Jarvis lachte, aber sein Gesicht war mürrisch, als er hinter Westergard in die Limousine stieg. Um die Sache perfekt zu machen, traf ihn ein matschiger Schneeball seitlich am Kopf. Nasser Schnee spritzte gegen die Innenseite der Tür. Er knallte sie zu und verfluchte den kichernden Jungen, der vor den ihn wild verfolgenden Sicherheitsleuten um sein Leben lief. Einer von ihnen landete mit dem Hintern im Schnee, als die Limousine abfuhr, ein Anblick, der Jarvis ein gewaltiges, perverses Vergnügen bereitete.

»Scheißbalg!« fluchte er. »Ich könnte ihm …«

»Halten Sie den Mund, Kent.« Der Gouverneur lächelte aus dem geschlossenen Fenster hinaus und reichte ihm ein Taschentuch. »Das war ein Stimmenfänger.«

»Mir scheint, *Sie* hat er nicht getroffen«, fuhr Jarvis ihn an. Er wischte sich übers Gesicht. »Wenn das alles wäre, könnten wir allesamt wieder nach Minneapolis fahren und die scheiß Vorwahlen aus der Entfernung gewinnen.«

Westergard sagte besänftigend: »Als ich ein Junge war, habe ich manchmal Steine in Schneebälle getan.«

Er war zuversichtlich: Ihr Ziel, das sie sich für die Zeit vor den Vorwahlen gesteckt hatten, war erreicht, seine Kampagne hatte fünfundneunzig Prozent der demokratischen Wählerschaft in New Hampshire persönlich oder per Telefon oder per Post kontaktiert, und er hatte das Gefühl, als stünden die Massen hinter ihm.

Jarvis lachte mit einiger Verspätung in sich hinein, seine Wut war verraucht. »Sie meinen, dann hätte ich Steine im Kopf gehabt?«

Westergard fragte sich plötzlich, ob er selbst welche im Kopf hätte. Die Sorge, die er unterdrückt hatte, kehrte zurück: Hollis Fletcher lebte noch. Dieser Umstand störte ihn nicht weiter. Aber warum zum Teufel hatte man ihm überhaupt erst gesagt, der Mann wäre tot? Was hatte das zu bedeuten? Er sah hinunter in Jarvis' fröhliches Gesicht. Nun, jetzt war nicht die Zeit, darüber zu reden. Morgen waren die Vorwahlen.

»Gary Westergard, Gouverneur von Minnesota, erzielte in den gestrigen Vorwahlen der Demokraten mit vierzig Prozent der Stimmen einen erstaunlichen Sieg über Senator Morris Fiksdahl aus Mississippi«, sagte der Nachrichtensprecher. Er hatte ein purpurrotes Gesicht.

»Mist«, sagte Cap Bergstom und fummelte an den Farbreglern herum.

In Vietnam hatte er einen Jet geflogen. Er trug einen altmodischen Schnauzbart und eine alte, lederne Pilotenjacke mit aufgenähten Abzeichen, die seinem gleichmütigen Äußeren eine unerwartete Ausstrahlung verlieh.

»Vielleicht ist das wirklich seine Farbe«, meinte Fletcher.

»Ja, sicher, seine Mutter war eine Aubergine.«

Sie waren in Cap's winzigem Büro auf dem Flugplatz von Cochrane. Unter einem veralteten Kalender mit spärlich bekleideten Mädchen glühte orangefarben ein Kerosinofen. Schnee wirbelte gegen die Fensterscheibe. Einen Meter weit von dem Glas entfernt konnte Fletcher die durchdringende Kälte spüren.

»Fiksdahl, dem man einen Sieg vorausgesagt hatte, erhielt neunundzwanzig Prozent der Stimmen und wurde nach den Worten von Westergards Wahlkampfleiter Kent Jarvis ›von den Wählern in New Hampshire, denen die Meinungsfreiheit der Yankees am Herzen liegt, hinaus in den Regen geschickt‹.« Das Gesicht des Nachrichtensprechers war jetzt ein helles Gold. »Fiksdahl erwiderte, daß...«

Bergstrom drückte den An/Aus-Schalter, und das goldene Gesicht schrumpfte zu einem weißen Punkt zusammen und verschwand.

»Hau ab, du gelber Scheißkerl.« Er setzte sich hinter den Schreibtisch – zwei Aktenschränke mit Schubladen, auf die eine Tür gelegt worden war – und holte ein an den Rändern ausgefranstes Buch unter dem Durcheinander hervor. »November, sagtest du, Fletch?«

»Ja, kurz vor Thanksgiving.« Er wollte nicht selbst auf das genaue Datum hinweisen.

»Hm...« Caps Bart zitterte über den ölverschmierten Seiten. »Hier ist einer, der passen könnte...«

Fletcher spürte, wie sich etwas in seiner Brust zusammenzog: Jagdfieber. Einmal hatte er einen Mann gesehen, der in einer solchen Situation vier Meter vor sich in den Boden gefeuert hatte, bis sein Gewehr leer war, und dann hatte er geschworen, er hätte jeden Schuß auf den flüchtigen Bock abgegeben.

»Welcher Name?« fragte er so beiläufig wie möglich. Langsam lernte er, seine Tarnung zu nutzen, sich dem Hintergrund anzupassen, seine Bewegungen in dieser neuen Art der Jagd zu verschleiern.

»24. November.« Cap sah auf, fügte hinzu: »Name? Doug Presnell.«

Fletcher hatte in seinem ganzen Leben keinen Doug Presnell gekannt.

»Doug Presnell.« Er machte deutlich, daß er nachdachte. »Hast du 'ne Ahnung, was er macht?«

»Fliegt das Flugzeug, was glaubst du denn?«

»Oh, ich dachte, das war der ... mh, der Mann, der ihn angeheuert hat.«

»Nein, nein, so was weiß ich nicht.« Cap schwang das Buch herum, daß Fletcher die mit Bleistift hineingekritzelten Eintragungen sehen konnte. »Ich schreib' nur auf, wenn die Flugzeuge rein- und rausgehen, aber Doug kenn' ich schon seit Jahren. All-Weather-Charter-Tours, von Robbinsdale aus.«

»Erinnerst du dich an den Mann, den er hier raufgeflogen hat?«

»Es ging um irgendeinen Grundstückshandel, das weiß ich noch. Kam am Nachmittag gleich nach dem Mittagessen rein, flog zwei Stunden nach Einbruch der Dunkelheit wieder ab.«

»Hört sich absolut nicht an wie der Mann, den ich suche. Aber vielleicht gibst du mir besser Presnells Adresse, nur für den Fall.«

Denn es paßte, es paßte ziemlich gut. Rauffliegen als jemand, der Land kaufen will, zum Farmausrüster gehen und einen Pickup mit Vierradantrieb mieten, rausfahren auf die andere Seite des Ortes in die Nähe von Fletchers Hütte, den Wagen im Unterholz abstellen, wo man ihn von der Straße aus nicht sehen konnte, den Hügel raufklettern, den Hinterhalt aufbauen...

Und danach? Das war einfach. In den Ort zurückkommen, aufgeregt und außer Atem, eine Bar finden und ein paar Drinks nehmen...

Bud stand hinter dem Tresen von Dutch's Tavern, bereitete sich auf das ruhige Mittwochabendgeschäft vor, streute Salz in Biergläser, rieb sie mit einem nassen Handtuch ab, tauchte sie in Seifenwasser, stellte sie zum Trocknen kopfüber auf die Gummimatte. Er war ein großer Mann mit dicken, haarigen Handgelenken, hellblauen Augen und einem schweren Unterkiefer. Sein dünnes, blondes Haar, schon leicht ergraut, teilte seinen rechteckigen Teutonenschädel beinah in der Mitte in zwei Hälften. Brustbehaarung, die dunkler war als sein Kopfhaar, sprießte aus dem offenen Kragen seines Sporthemdes hervor.

Er sah auf, als Fletcher eintrat, und wischte sich automatisch die Hände an seiner blütenweißen Schürze ab.

»Yo, Fletch. Du bist ja bald Stammgast. Zweimal in einem Monat.«

Fletch ließ sein krankes Bein über einen der rotgepolsterten Barhocker gleiten und blieb mit dem anderen Fuß auf dem Boden. Das Bein schmerzte nach dem Weg vom Flugplatz hierher.

»Das liegt an deinem Selbstgebrannten, Bud.«

Er nahm eins von den hartgekochten Eiern aus dem Goldfischglas, bewegte seine Hand, um die Aufmerksamkeit darauf zu lenken, dann klopfte er es auf die Bar und zerschlug die Schale. Bud zapfte ein Bier, strich einen Teil der Blume mit einem hölzernen Zungenspatel ab.

»Stimmt.« Er grinste. »Ich bin's. Der alte Budweiser.«

Wieder füllte er etwas vom Zapfhahn nach und stellte das tropfende Glas vor Fletcher ab.

Fletcher prostete ihm damit zu. »Skoal.«

Jedesmal, wenn Fletcher mit seinem Vater auf Wanderung gegangen war, hatte der alte Knabe ein hartgekochtes Ei mitgenommen, das er beim Gehen gegen die Spitze seines Ellbogen geschlagen hatte. Eines Tages hatte der Junge es gegen ein rohes Ei getauscht. Sein Vater hatte es sich über den ganzen Ärmel seines Mantels gespritzt und so geflucht, daß Fletcher ihm nie erzählt hatte, daß es ein Scherz gewesen war.

»Schneit es da draußen immer noch?« fragte Bud und nickte mit dem Kopf zur Eingangstür.

»Ja. Ich versuche, jeden Tag in den Ort und wieder zurück zu gehen, vielleicht kann ich das Bein ein bißchen stärken. Ist richtig lustig bei all dem Schnee.«

»Yo«, stimmte Bud ihm zu. Er knallte Salz- und Pfefferstreuer neben die Eierschalen, die Fletcher auf einer ausgebreiteten Serviette stapelte. »Geht morgens jedem Schweden bis zum Arsch.« Er setzte einen Schuh auf die Bierkühlung, lehnte seinen Unterarm darauf und beugte sich zu Fletcher herüber. »Sag mal, Fletch, wie schaffst du das eigentlich? Mit dem Bein und so?«

Fletcher nahm einen Biß von seinem Ei und zuckte mit den Schultern. »Ich kann noch keine Fallen aufstellen, nicht mit dem Bein, aber vielleicht im nächsten Jahr...«

»Yo, schöne Scheiße.« Bud schwieg einen langen Augenblick. »Wenn ich was für dich tun kann, egal was...« Wieder unterbrach er sich, sogar noch länger, als überlegte er sich seine Worte, damit sie nicht neugierig klangen. »Ich meine, du hast mich doch nach einem Burschen gefragt, der vielleicht kurz vor Thanksgiving hiergewesen sein könnte...«

Fletcher wischte sich Schaum von der Oberlippe. Seine Vermutung war richtig gewesen: Der ganze Ort wußte von seinen Nachforschungen oder hatte eine Ahnung und versuchte, ihm in aller Stille dabei zu helfen.

»Hab' ihn noch nicht gefunden, Bud. Hör mal, du hast gesagt, er wäre nervös gewesen. Ich dachte, vielleicht könntest du mir mit irgendwas – ganz egal was – helfen, das mich auf eine Fährte bringt?«

Bud verzerrte sein Gesicht vor Konzentration. Schließlich schüttelte er den Kopf. »Nur, was ich dir schon gesagt habe. Hatte so eine gelbe Skibrille auf, deshalb erinnere ich mich überhaupt an ihn. Der Schnee war nicht besonders grell an dem Tag. Ich weiß noch, daß ich dachte, er ist ein Angeber, weiß du? Als wenn jemand vom Fernsehen, den keiner kennt, so tut, als ob. Und ein kleiner Spitzbart und ein Oberlippenbart, wie ihn keiner mehr trägt. Jedenfalls nicht hier.«

Fletcher nickte. »Könnte das am vierundzwanzigsten gewesen sein?«

»Da ungefähr, ja. Ich könnte es nicht beschwören, aber ich weiß noch, daß ich kurz vor dem Aufschließen die Weihnachtsdekoration aus dem Lagerraum geholt hatte, und das mach' ich immer drei, vier Tage vor Thanksgiving.«

Fletcher brummte. »Scheint so, als ob die Leute in den

Twin Cities sie schon kurz nach dem 4. Juli aufhängen. Weißt du irgendwas über die Telefongespräche, die er geführt hat?«

»Nur, daß es zwei waren. Er wollte zwei Drinks, hat sie runtergeschüttet, ging nach hinten, rief jemanden an, kam zurück, hat noch einen Drink runtergeschüttet und noch mal telefoniert...« Plötzlich hellte sich sein Gesicht auf. »He, er war nervös, weißt du? Höllisch zappelig, wie ein Einbeiniger beim Arschtrittwettbewerb.«

Fletcher trank noch etwas Bier und aß sein Ei auf. Oder zappelig wie jemand, der gerade auf einen Menschen geschossen hat, dachte er. Plötzlich erkannte er, daß diese Telefonanrufe eigentlich Ferngespräche gewesen sein mußten, und wenn er die Nummern herausfinden konnte...

»Hör mal, Bud, wenn diese Anrufe Ferngespräche waren, stehen sie dann auf deiner Telefonrechnung?«

Bud nahm seinen Schuh von der Kühlung, und es lag, während er sich aufrichtete, Enttäuschung auf seinem Gesicht.

»Verdammt, Fletch, das ist ein Münzfernsprecher, und deshalb gibt es keine Rechnung dafür. Ich mußte sogar was bezahlen, damit sie es einbauen. Das paßte mir gar nicht, aber ich hab' es getan, nachdem es die Gunderson-Jungs an einem Abend auf vierzig Dollar gebracht hatten. Die haben irgendso ein Mädchen auf Hawaii angerufen, das sie mal gekannt haben, als sie bei der Armee waren.«

Für einen Moment überlegte Fletcher, ob er die Katze aus dem Sack lassen sollte – jemand hat auf mich geschossen, ich will den Schweinehund kriegen –, aber auch das stimmte nicht. Die Suche war ein Selbstzweck. Wenn er ihn durch ein Wunder jemals finden sollte, dann wäre es nur, um ihn zu fragen *warum*. Oder?

Und auf einer rein animalischen Grundlage fiel es ihm schwer, um Hilfe zu bitten. Er war nie ein Herdentier gewesen, nicht einmal ein Rudeltier. Er jagte gern allein – wie der einsame graue Wolf, den er in seinen Halluzinationen gesehen hatte, als er zur Hütte zurückgekrochen war. Wenn es eine Halluzination gewesen war.

»Kassiert Ax Gunderson immer noch die Prämien für Wölfe?«

»Ach was, Ax ist weg, irgendwo rauf nach Bemidji. Schon viele Monde hat niemand mehr einen Wolf gesehen.« Er lachte über seinen eigenen Scherz und fügte hinzu: »Noch einen auf den Weg?«

Fletcher wollte eigentlich nicht, aber es war angenehm hier in der Wärme, angenehm, belanglos zu plaudern, angenehm, den Glauben zu nähren, daß er bei seiner Suche eine Gemeinschaft hinter sich hätte. Er schob sein leeres Glas an die Rückseite des Tresens und legte eine Fünf-Dollar-Note daneben.

»Und einen für dich.«

Bud grinste. »Yo«, sagte er.

Während Bud die Biere zapfte, stellte Fletcher fest, daß ihn die Fährte aus dem Wald in die Stadt geführt zu haben schien, genau wie Nicole es vorausgesehen hatte. Er wußte nicht, wohin sie ihn von hier aus bringen würde, aber wenigstens hatte er einen Ausgangspunkt.

14

Ein kalter Wind wehte den Fluß von Norden her herab und brachte den Geruch von Schnee mit sich. Sein Vater schwenkte das Boot vom behäbigen, braunen Mississippi in einen der engen Kanäle, die zu den Weaver-Sümpfen führten. Der Junge saß auf der vorderen Bank und sah nach vorn. Durch die gezackten Silhouetten kahler Bäume am Rande des Sumpfes war der Horizont im Osten grau anstatt schwarz, aber als er das Pfeifen der Flügel über sich hörte, war es immer noch zu dunkel, um zu erkennen, um welche Art von Enten es sich handelte.

Das breiter werdende V ihres Kielwassers klatschte gegen die hohen, schlammigen Ufer auf beiden Seiten ihrer Bugwellen und ließ die Karpfen aufschrecken, die dort an den seichten Stellen lagen. Das tonlose, warnende *klapp!* eines Biberschwanzes über dem abgehackten Trommeln ihres Motors ließ seinen Kopf herumfahren. Für einen kurzen Moment sah er den großen Körper mit dem graubraunen

Pelz ins Wasser gleiten, dann drehte er sich zu seinem Dad um und zeigte mit dem Finger dorthin.

Sein Vater nickte, dann zeigte er selbst mit dem Finger auf den Himmel im Norden. Lange Speere von schwachem, weißem Licht pulsierten senkrecht zum Horizont, wechselten und wandelten sich, wurden kürzer und länger, blitzten heller und dunkler und wieder heller auf, während er hinsah. Das Nordlicht.

Ein ahnungsvoller Schauer durchfuhr ihn.

Ein ahnungsvoller Schauer durchfuhr Fletcher, als er sich der fest vertäuten Beechcraft Bonanza näherte, wenn auch bei dem kalten Wind mit einem Wind-Chill-Faktor minus fünfunddreißig, Kälteschauer angemessener gewesen wären. Das Mädchen im Büro der All-Weather Charter Tours in Robbinsdale, einem Vorort einige Meilen nördlich der Innenstadt von Minneapolis, hatte ihm den Weg hierher erklärt.

Hier war ein schneebedeckter Lande- und Abstellplatz für Flugzeuge mit einer Doppelreihe kleiner Wellblechhangars an einer eisglatten, schwarzen Schotterstraße eine halbe Meile westlich der Minnesota 169. Etwa zweihundert Meter hinter einer ungeschützten, weißen Fläche lag die einzige Landebahn. Der Wind hielt den Windsack im rechten Winkel vom Mast, als wäre er dort festgefroren.

Die Streben der vertäuten Flugzeuge vibrierten, als wären die Seile, von denen sie an die schweren, feuerverzinkten Metallösen im Asphalt gebunden waren, das einzige, was sie daran hinderte, aufzuspringen und auf dem Sturm zu reiten. Hochdecker-Citabrias mit kleinen Schutzblechen über den Rädern, eine große Aztec Twin-Motor C, mehrere Cessnas, sogar eine alte Cherokee Warrior.

Ein schlaksiger Rotschopf arbeitete an der stämmigen Tiefdecker-Beechcraft – zweifellos groß genug als Charterflugzeug, mit Platz für sechs Leute inklusive dem Piloten. Der Mann hatte seine Hände tief im Motorraum hinter dem dreiblättrigen Propeller vergraben, als suchte er nach dem Herz der Maschine. Er trug eine Pelzmütze mit heruntergeklappten Ohrwärmern und eine schwarze Lederjacke mit mehreren Pullovern darunter, und er paßte auf die Beschreibung von Doug Presnell, die Cap Bergstrom Fletcher gegeben hatte. Die Kälte hatte seinen Mund und die Augen mit blauweißer Haut umrandet.

»Mr. Presnell?«

Der Rotschopf brachte seinen Kopf unter der offenen Motorhaube hervor und sah sich mit tiefliegenden, blaßblauen Augen um. Sie schienen wie auch Fletchers Augen daran gewöhnt zu sein, entfernte Ausblicke zu erfassen und Einzelheiten in ausgedehnten Landschaften zu finden. Er hob seine Hand leicht an, nicht weit genug, daß Fletcher sie schütteln konnte, aber weit genug, um anzudeuten, daß er sie schütteln würde, wenn er kein Öl an den Handschuhen hätte. Die Finger der Handschuhe waren an den ersten Knöcheln abgeschnitten, um Presnells Fingerspitzen Freiraum und Feingefühl zu geben.

»Das bin ich. Doug Presnell. Wenn Sie eine Maschine chartern wollen, dann ist das hier die Falsche. Hundert-Stunden-Motor-Inspektion bei der alten Flying Rabbit. Bundesflugvorschrift einundneunzig. Außerdem ist es für jeden halbwegs normalen Menschen viel zu kalt zum Fliegen.«

»Kein Charter.« Fletcher, der den Mann auf den ersten Blick mochte, erwiderte das ansteckende Lächeln des Rotschopfs. »Ich versuche nur, ein paar Informationen für einen Versicherungsanspruch einzuholen, den ich gegen einen Ihrer Charterkunden vom letzten November habe, am Vierundzwanzigsten, glaube ich...«

Presnell legte seinen Steckschlüssel auf die Motorhaube, kletterte von seiner Trittleiter herab und ließ die Beechcraft hinter sich. »Endlich habe ich eine Ausrede, um aus diesem Wind rauszukommen.«

> Der Wind nahm seine kalte Hand vom Gesicht des Jungen, als aus dem Dröhnen des Motors ein tiefes Brummen wurde und das Boot an Geschwindigkeit verlor. Der Kiel schnitt in das rauhe Gras am Rande des Sumpfes. Er sprang bis zu den Knien in den schwarzen, klebrigen Schlamm, die Fangleine des Bootes in der Hand, dann stapfte er mühsam voran, zog seine Füße nach jedem Schritt mit langen, gurgelnden Geräuschen hervor. Auf et-

was höherliegenderem Gelände wurde das flachbödige Boot an einer jungen Weide festgemacht.

Sie schafften ihr Zeug hinein, dann ruderte sein Vater sie in die Sümpfe. Jedesmal, wenn sich ihr Kiel in den klebrigen, schwarzen Schlammboden bohrte, nahm sich der Junge eine lange Stange und trieb ihre dreieckige Spitze tief in den Morast, hielt den Griff nah am Wasser, dann zog er ihn heraus, eine Hand über die andere, packte die Stange an ihrem obersten Ende mit beiden Händen, befreite sie mit einem Ruck und wiederholte diesen Vorgang, bis sie wieder tieferes Wasser gefunden hatten. Morast und Pflanzenwuchs kam oftmals mit herauf, und er mußte die Stange schütteln, um sie davon zu befreien, wobei er eine schlammige, dahintreibende Spur hinter dem Boot zurückließ.

Vor ihnen sah man im Halbdunkel der Morgendämmerung die allerbeste Stelle: einen kleinen Buckel sumpfiger Erde, bedeckt mit festgetrampeltem Gras und umgeben von Schilfrohr und Binsen, verflochten mit zugeschnittenen Weiden, die man in den Schlamm gerammt hatte. Es war der beste Jagdgrund, denn er lag direkt am Rande des Schutzgebietes. Die Deckung war leer.

»Wir haben sie ausgestochen, Hal«, sagte sein Vater.

»Um diesen anderen Burschen in Alaska auszustechen, muß man bereit sein, den Kunden jederzeit überall hinzubringen«, sagte Presnell. »Am Ende wurde es so verrückt, daß ich wieder hierher zurückgekommen bin. Aber im allgemeinen gibt es nicht viele Gegenden, die mir angst machen.«

Am Tresen des Smuggler's Cup, einer flachen Kiste mit zugigen Fenstern, die man an die Wand eines der Hangars gebaut hatte, tranken sie Kaffee und aßen Doughnuts von gestern. Eine breithüftige Kellnerin mittleren Alters mit unglaublich zimtfarbenem Haar nahm ihre Tassen, um sie nachzufüllen.

Fletcher lenkte das Gespräch auf den Charterflug vom 24. November. Presnell erinnerte sich sofort an den Mann.

»Ich hab' ihn insgesamt dreimal hingeflogen: Einmal im Frühherbst, September irgendwann, jedenfalls als die Blätter sich schon verfärbt hatten, und dann zwei Wochen hintereinander im November.«

Fletcher hielt plötzlich den Atem an. Der Septemberflug konnte dem Einschießen des Gewehrs an der verkohlten Fichte gegolten haben. Der erste Novemberflug war ein Probelauf, weil Fletcher nicht an der Brandfläche mit dem speziellen Baum heraufgekommen war. Wenn aber der zweite Novemberflug *nach* dem vierundzwanzigsten gelegen hatte, war er ausgeschlossen.

»Der letzte Flug war am vierundzwanzigsten?«

»Genau. Wir haben die Unterlagen vom letzten Jahr schon abgeheftet, aber ich kann sie wieder ausgraben und Ihnen die genauen Angaben zuschicken, wenn es wichtig ist.«

Die Kellnerin strahlte übers ganze Gesicht und stellte die Kaffeetassen vor ihnen ab. »Da ist er, Jungs, heiß und süß.«

»Genau wie du, Emma?«

Sie stieß ein brüllendes Gelächter aus und schlug Presnell so hart auf den Rücken, daß ihm Kaffee in die Untertasse schwappte. Er pustete mit rissigen Lippen an die Tasse, dann schlürfte er vorsichtig daran.

»Diese Emma.« Mit einem Ruck sah er zum Fenster. »Der Wind da draußen macht einen ganz schön fertig, aber ich hab' immer das Gefühl, ich müßte mir die Maschine selbst ansehen, bevor ich den Beech-Händler drauf ansetze. Ich mag keine Überraschungen, die Geld kosten.« Er lachte. »Sie können sicher sein, daß alle Flugzeugbesitzer mittellos sind und immer eine Menge Kredit haben.«

Fletcher lachte wohlwollend in sich hinein und schlürfte seinen Kaffee. »Nach dem, was Cap Bergstrom mir erzählt hat, wollte dieser Knabe hier oben irgendeinen Immobilienhandel abschließen.«

»Das hat er gesagt. Ein Konsortium vom ganz großen Geld aus den Twin Cities, das einen Ferienkomplex am See von Cochrane bauen will. Gutes Starraugen- und Sandfischrevier, und es liegt genau in der Mississippi-Zuglinie, also kann man da prima Enten jagen...«

Sieben Pfeilenten kamen aus dem vor ihm liegenden Schutzgebiet, überflogen die Deckung, was sie niemals tun würden, wenn das Schießen erst einmal begonnen hatte, tief genug, daß er ihre dunklen, dahingleitenden Formen gegen den heller werdenden Himmel erkennen konnte. Wenn der Wind weiter von Norden kam und sie nervös machte, würden sie den ganzen Tag über fliegen.

Der Junge stand auf einer kleinen, erhöhten Markierung in der Deckung, sein eben ausgepacktes Gewehr unter dem Arm, zwei Schachteln Patronen zu seinen Füßen, und erlebte die Dämmerung mit all seinen Sinnen.

Sein Vater war eine schwarze Gestalt, die durch den schwachen Sumpfnebel davonruderte, dann ein grauer Geist, dann nichts, nicht einmal das sich entfernende Knarren der Ruderdollen. Dann kam das feuchte *plopp!*, als die Lockvögel einer nach dem anderen ins Wasser geworfen wurden, vierzehn insgesamt.

Als er seine Jacke fester um sich zog und sich auf die leere Holzkiste setzte, die das einzige Möbelstück in der Deckung war, kam das Klatschen von Rudern und das Quietschen von Ruderdollen aus der anderen Richtung, von Westen, wo der Highway war. Diese Geräusche, knapp über dem Wasser, waren im Nebel deutlich zu hören.

Andere Jäger. Sollten sie ruhig kommen, er und sein Dad waren hier zuerst gewesen. Der Junge öffnete zufrieden seine schwarze, metallene Essensdose und nahm einen von den Doughnuts heraus, die seine Mutter eingepackt hatte.

Schamlos tunkte Fletcher den vertrockneten Doughnut in seinen Kaffee. An seiner linken Hand trug er einen Handschuh und redete sich selbst damit heraus, daß die Fingerstümpfe für die eisige Luft draußen noch zu empfindlich waren.

»Sie wissen wohl nicht mehr, wie er aussah, oder?«

»Doch«, sagte Presnell. »Dunkles Haar, dunkler Spitzbart und Oberlippenbart. Sehr sorgfältig geschnitten. Mit dieser Sonnenbrille sah er ein bißchen wie ein Schauspieler aus.«

»Sonnenbrille?«

»Jaja, eine gelbe Sonnenbrille. Er hat sie die ganze Zeit getragen, sogar als wir nachts wieder hierher zurückgeflogen sind.«

Fletcher aß das letzte durchweichte Stück Doughnut und lehnte sich auf seinem Hocker zurück. Die gleiche Beschreibung, die er von Bud in Dutch's Tavern bekommen hatte, bis zu dem Oberlippenbart und dem Spitzbart und der gelben Schneebrille. Entscheidend war, daß jede Art getönter Gläser sowohl die Augen verdeckten, als auch die Gesichtsform veränderten. Wenn er jetzt noch die Daten des Mietwagens von Lars Peterson von der Firma für landwirtschaftliche Maschinen mit den Daten, die er von Presnell bekommen würde, in Übereinstimmung bringen konnte und vielleicht Lars' Gedächtnis in bezug auf die Beschreibung nachhelfen konnte...

»Und sein Name...«

»Hawkins, Hopkins, irgendso was.« Plötzlich schnippte er mit den Fingern. »Die Flüge wurden mit einer Firmenkreditkarte bezahlt, dürfte kein großes Problem sein, ihn aufzutreiben, wenn Sie die erst mal haben.« Er lachte. »Sie kommen ihm schnell näher.«

Durch den Dunst sah der Junge die Boote von anderen Jägern, die sich dem ersten Posten näherten. Er stand auf, damit sie sehen konnten, daß die Deckung besetzt war.

»Scheiße, schon jemand da.«

Er spürte, wie sich seine Bauchmuskeln spannten, als er die Stimme hörte. Dieter Braun, der Cop aus Rochester, der einzig unbeirrbare Konkurrent seines Vaters um den ersten Posten. Ein großmäuliger, fettleibiger Schläger, der die Kinder gern herumschubste, wenn er in der Nähe der Highschool auf Streife war.

»Es ist der Fletcherbengel«, sagte Braun. Dann hob er seine Stimme, da er nicht merkte, daß Wasser und Nebel dem Jungen einen wirkungsvollen Resonanzboden für seine Worte waren. »Dein alter Herr in der Nähe, Kleiner?

»Drüben am zweiten Posten.« Seine Stimme bereitete ihm Schwierigkeiten, sein Hals war wie zugeschnürt.

»Wir sind hier zu viert, wir werden die Deckung überneh-

men müssen. Du kannst zu deinem Alten ins Boot gehen.«
»Ich bin hier. Ich bleibe.«
Das führende Boot hatte die Binsen erreicht. Braun sprang ins Wasser und watete auf die Deckung zu. Die Hände des Jungen hatten zu zittern begonnen, aber er holte drei Patronen aus der Tasche seines Jagdmantels und rammte eine davon in das Gewehr, drückte den Sicherungshebel und lud durch, um sie in die Kammer zu bringen. Dann schob er die beiden anderen hinein. Das Gewehr, in das normalerweise fünf Patronen paßten, mußte dem Gesetz nach für die Entenjagd begrenzt werden.
Braun war abrupt stehengeblieben, als er hörte, wie die erste Ladung eingeführt wurde. Lange blieb er stehen, ohne sich zu bewegen, erhobenen Hauptes, sah den Jungen beinah spöttisch an wie ein Weimaraner, der den Wind prüft. Was er auch gesehen haben mochte, es überzeugte ihn: Er wandte sich um und stapfte mühsam zu seinem Boot zurück.
Es kippelte, als er hineinkletterte, Gerätschaften kamen laut ins Rutschen, sein Knie schlug gegen das Dollbord, und er fluchte. Dann fingen die Ruder an zu klatschen, und das Boot verschwand in Richtung Norden, fort vom Schutzgebiet.
Inzwischen war es hell geworden, hell genug zum Schießen. Der Junge sah hinüber zum zweiten Posten. Die Lockvögel waren tanzende, schwarze Flecken auf dem eisigen Wasser. Hinter ihnen konnte er über die Spitzen der Binsen hinweg die braune Jagdmütze seines Vaters sehen. Gerade als er sie sah, verschwand sie wieder.
Er hatte sich hingehockt, seinen Körper weit herabgebeugt, als er die fünf Krickenten entdeckte, die aus dem Schutzgebiet hervorkamen, um gegen den Wind das Flußbett hinaufzufliegen. Er löste die Sicherung. Sie waren auf seiner Seite der Lockenten.
Die Leitente tauchte über den Binsen auf. Er kam hoch, fuhr herum und drückte ab, während das Gewehr noch in Bewegung war. Sie fiel direkt herunter, die Flügel angelegt, mausetot. Die anderen stiegen steil auf, schlugen wie wild gegen die kalte Luft. Wieder feuerte er. Eine zweite

Ente verfiel in ein Gleiten – ein Flügel hing herab – und versuchte, die Binsen zu erreichen, anstatt auf dem offenen Wasser zu landen.

Die Ente schaffte es nicht. Als sie auf dem Wasser landete, zielte der Junge hoch auf den Kopf und drückte noch einmal ab. Das Gewehr schlug ihm an die Schulter, das Wasser um sie herum war aufgepeitscht. Ihr Kopf sank herab und verschwand.

Als sein Vater hinausstakste, um sie einzusammeln, lud der Junge nach. Seine Hände fingen wieder an zu zittern, denn er stellte fest, daß er Braun, wenn dieser weiter zu ihm herübergekommen wäre, genauso problemlos erschossen hätte wie die Enten.

15

Die Blondine, die ihre nassen Fußspuren auf der Terrasse des Hotelpools hinterließ, besaß das unschuldige Gesicht einer Vierzehnjährigen und die erotischen Bewegungen einer Pornokönigin. Interessiert beobachtete David Ross, wie sich ihre Pobacken unter dem Hauch von nassem Stoff bewegten, der mehr betonte als bedeckte, und er versuchte mit nur mäßigem Erfolg, über die bevorstehende Mitarbeiterbesprechung nachzudenken.

Alle Hoffnung auf Konzentration verflog, als das Mädchen zurückkam und Jarvis ihr folgte, dem beim Anblick ihres aufdringlichen Hinterteils beinah die Zunge heraushing. Die minutiösen Beschreibungen seiner endlosen Verführungen die Ostküste rauf und runter waren mit der Zeit ein bißchen schwer zu ertragen.

Wie zur Bestätigung dieses Gedankens sagte Jarvis, als er sich näherte: »Ah, der gute alte Kallipygische Spalt.«

»Der gute, alte was?«

»Kallipygische Spalt. Die Ritze in einem schönen Arsch, der aufreizendste Teil in der Anatomie einer Frau.« Mit einem Blick auf Ross, der sich auf seinem Sessel in der Sonne rekelte, nahm Jarvis einen großen Schluck von seinem großen, hellen, mit Früchten garnierten Longdrink und tönte lauthals: »Ich dachte, Sie sollen hier der große Recherchen-Schreiber sein, und Sie haben noch nie von dem Kallipygischen Spalt gehört?«

»Nicole macht die meisten Recherchen«, gab Ross zu, dann, als er sich wünschte, er hätte es nicht getan, fügte er hinzu: »Aber ich schreibe *alles*.«

Gott allein wußte, wann Nicoles Einfluß in der Mitarbeiterbesprechung auf den Tisch kam, aber er war sicher, daß es passieren würde. Jarvis spielte mit harten Bandagen. Der Mann schien ohne Gewissensbisse töten zu können.

»Interessant. Gute alte Nicole. Sie und der Guv...«

Er ließ es offen. Ross, der beunruhigt war, sagte scharf: »Sie und der Guv was?«

»Haben eine Menge Arbeit weggeschafft«, sagte Jarvis beinah grinsend. Er wandte seinen schnellen, haarigen Körper ab. »Kommen Sie, in fünfundzwanzig Minuten haben wir mit dem Guv eine schwere Nuß zu knacken.«

Ross holte seine Uhr aus dem Schuh und begann, sich aus dem Sessel zu stemmen. »Ich habe das Treffen einberufen, erinnern Sie sich?« fragte er trocken.

Aber als er über den warmen Beton auf das hoch aufragende Hotel zusteuerte, waren seine Gedanken bei den fünf Zentimetern Spalte am Hintern des blonden Mädchens, die über ihrem Bikiniunterteil zu sehen gewesen waren. Verflucht.

Er kämpfte darum, seine Gedanken wieder in den Griff zu bekommen, endete aber bei seinem Begehren nach Nicole – zweifellos hervorgerufen durch das Mädchen und durch Jarvis' kalkulierte Andeutung darauf, daß zwischen ihr und dem Gouverneur etwas gewesen sein könnte, bevor er ihr den Hof gemacht hatte. Beide Gedanken stieß er beiseite.

Statt dessen hätte er sich lieber noch einmal die Argumente ins Gedächtnis rufen sollen, die sie zwei Abende zuvor am Telefon erwähnt hatte. Argumente, die er bei dem Treffen in zwanzig Minuten als seine eigenen ausgeben wollte.

Aber auf dem Weg zu seinem Zimmer fragte er sich immer noch, was Nicole möglicherweise in der Vergangenheit mit Westergard gemacht hatte – und was sie vielleicht in genau diesem Augenblick machte. Und mit wem?

Nicole tippte mit dem Druckknopfende ihres Bic Clic auf ihrem Notizbuch herum. Sie hatte sich alles angehört, was Fletcher unternommen hatte, alle Leute, mit denen er gesprochen hatte, und sie hatte sich Notizen gemacht. Fletcher saß ihr am Küchentisch gegenüber, ein müder Blick auf seinem Gesicht und die Hände um einen Kaffeebecher gelegt, auf dem DIE BESTE MOM DER WELT geschrieben stand.

»Was hältst du für den wichtigsten Punkt in den Beschreibungen von Presnell und dem Barkeeper – Bud?«

»Die Tatsache, daß die Beschreibungen übereinstimmen, schätze ich. Es ist offensichtlich derselbe Mann.«

Nicole schüttelte den Kopf. Sie fühlte sich lebendiger als je zuvor, seitdem sie vor fast einem Jahr ihren Job als Westergards Sekretärin gekündigt hatte. Es war, als wäre sie in irgendeinem Teil ihrer Psyche auf der Stelle getreten. Jetzt tat sie es nicht.

»Das Wesentliche ist, daß beide Beschreibungen das *Gekünstelte* hervorheben. Schauspielernd ... wie ein unbekannter Fernsehstar, der versucht, erkannt zu werden, indem er sich so verhält, als wollte er es nicht.«

Fletcher ließ ein leises Knurren hören. »Ich nehme an, er hat die Brille getragen, um seine Augen zu verdecken und absichtlich seine Gesichtsform zu verändern, aber ...«

»Nimmt man den offensichtlich falschen Spitz- und Oberlippenbart dazu, deutet es darauf hin, daß er nicht wie er selbst aussehen wollte. Nur um hinterher nicht beschrieben werden zu können, hätte er das nicht getan.«

»Es sollte kein ›hinterher‹ geben«, hielt Fletcher dagegen. »Ich sollte nicht vor der Schneeschmelze im Frühling wiederauftauchen.«

Sie tippte auf das Papier, legte ihre Stirn in Falten, dann heiterte sich ihr Gesicht plötzlich auf. »Natürlich! Er hatte Angst, man würde ihn *erkennen*, falls etwas schiefging – selbst wenn man seinen Namen vielleicht nicht kannte.«

»Aber niemand aus meiner Vergangenheit wünscht mir den Tod, und wenn es eine solche Person gäbe: Als ich nach

Cochrane gezogen bin, habe ich meine Vergangenheit hinter mir gelassen. Da gibt es einfach niemanden, Nikki.« Dann machte er ein verdutztes Gesicht und fügte hinzu: »Entschuldigung, ist mir so rausgerutscht.«

Nicole lächelte und stand auf: »Noch Kaffee?«

Als er nickte, nahm sie seine Tasse mit ihrer hinüber zum Herd. Ihr Spitzname in ihrer Teeniezeit war Nikki gewesen, und sie hatte sich damit abgefunden, hatte nichts gesagt, aber an dem Tag, als sie zum College abfuhr, hatte sie alle wissen lassen, daß sie von jetzt an Nicole war. Und das war sie geblieben – außer für Gary während ihrer Rendezvous im Motel.

Sie brachte ihre Tassen zurück, fegte den Gedanken an Westergard weit von sich.

»Zwei weitere Bereiche«, sagte sie nachdenklich. »Die Bezahlung mit der Kreditkarte bei den All-Weather Charter Tours...«

Fletcher räusperte sich entschuldigend. »Ich habe Presnell deine Adresse und Telefonnummer gegeben, denn er hat gesagt, er will mir Kopien von allem schicken, was er aus den Akten der letzten Jahre hervorgraben kann. Ich hoffe, daß es dir nicht...«

»Entschuldige dich nicht, um Himmels willen!« wetterte sie. »Ich habe nicht mehr soviel Spaß gehabt, seit...« Sie unterbrach sich, bevor sie »ich geheiratet habe« sagte und endete lahm: »...seit langer Zeit«.

Fletcher nickte. Er erkannte an seiner Tochter immer mehr von seiner eigenen Verschwiegenheit, je mehr Zeit er mit ihr verbrachte. Bis zu dem Neubeginn ihrer Beziehung am letzten Weihnachtsfest hatte er sie immer für ein Kind ihrer Mutter, eine Kopie von Terry gehalten, und war froh gewesen, daß es auf dieser Erde noch eine schattenhafte Nachbildung seiner Frau gab, mochte sie auch noch so abgeschwächt sein. Jetzt fing er an, sich über Nicoles Existenz um ihrer selbst willen zu freuen.

»Du hast gesagt, da wäre noch ein Bereich...«

»Die Telefongespräche, die der Mann in Dutch's Tavern geführt hat.«

»Von einem Münzfernsprecher, von dem Bud keine Rechnung hat.«

»Aber irgendwo bei der Telefongesellschaft muß es eine Aufzeichnung aller Ferngespräche geben, auch wenn es ein Münzfernsprecher war.«

»Aber wen sollte er anrufen? Man geht doch nicht einfach weg, wenn man jemanden erschossen hat, und ruft einen Freund an, um ihm zu erzählen...« Fletcher legte eine Pause ein, fühlte sich ein bißchen albern und melodramatisch. »Du glaubst, er wurde *angeheuert*, um das zu tun? Und hat angerufen, um zu sagen ›Auftrag ausgeführt‹?«

»Was sonst? Angenommen, er war ein lausiger Killer: Nur sehr wenige Leute wüßten, wie sie einen *professionellen* Killer fassen sollen. Der Mann könnte in anderer Hinsicht sehr professionell sein. Vielleicht gibt es so was wie einen verborgenen Skandal in der Finanzierung einer Straße oder Brücke, die du in einem Dritte-Welt-Land gebaut hast, und sie wollen nicht, daß du bezeugen kannst...«

»Was bezeugen?« lachte Fletcher. »Solche Angelegenheiten sind Sache des Innenministeriums und der Lokalpolitiker. Die Brücken und Straßen sind da, um zu bezeugen, daß ich sie gebaut habe. Aber du hast recht. Wenn es eine Möglichkeit gibt, diese Nummer rauszubekommen, die er angerufen hat, dann sollte ich es versuchen. Ich fahr' morgen zurück nach Cochrane. Ich kann...«

Aber Nicole hatte auf die Küchenuhr gesehen und war aufgesprungen. »Du meine Güte, ich sollte Katie vor zwanzig Minuten von der Ballettstunde abholen!« Als sie ihren Mantel anzog, fügte sie belehrend hinzu: »Amateur oder nicht, wenn wir diese Telefonnummer bekommen, werden wir wissen, wer versucht hat, dich zu töten und wer ihm den Auftrag erteilt hat. Danach müssen wir ihn nur noch fertigmachen.«

»Bevor wir unsere Gegner fertigmachen können«, sagte Ross, »müssen wir übermorgen in Massachusetts gewinnen. Und ich glaube nicht, daß wir das können.«

Sie saßen in der Präsidentensuite des Sea Breeze Hotels – das sich keineswegs am Meer befand, da Orlando vierzig Meilen landeinwärts von den Ozeanstränden um Canaveral gelegen war. Den lokalen Medien hätte es noch besser gefallen, wenn es das Honeymoon gewesen wäre.

Der Raum war voller Mitarbeiter, die sich gegenseitig schulterklopfend versicherten, daß sie drei Vorwahlen in zwei Wochen gewinnen würden und im Juli die Nominierung sicher hätten. Ansonsten saßen sie mit gequältem Ausdruck auf den Gesichtern, besonders Crandall und Quarles – David hielt sich nicht an die Regeln. Er brachte ein Thema auf, das der Rest von ihnen in eine Ecke verstaut hatte.

Ross' erster Punkt war erstmals in den Medien von Massachusetts aufgetaucht und kurz in einem Memo des abwesenden Johnny Doyle als das Massachusetts-Problem erwähnt worden. Quarles und Crandall hatten es spaßeshalber das Weiche-Wähler-Syndrom genannt. Kent Jarvis hatte es in seiner ihm eigenen logischen Schlußfolgerung als das Problem der Schlapper-Schwanz-Wähler bezeichnet.

Es lief alles auf das gleiche hinaus. In den Medien breitete sich das Gefühl aus, daß Westergards Gefolgschaft möglicherweise nicht fest genug auf den Kandidaten eingeschworen war, um zur Wahl zu gehen, wenn beispielsweise das Wetter saumäßig wurde. Was bedeutete, daß starke Bemühungen in Massachusetts, wo man ursprünglich nur wenig Hoffnung auf einen Sieg gehabt hatte, sich als schlechter erweisen konnten, als gar nicht erst zu kandidieren. So definierte Ross das Problem. Jarvis widersprach.

»Als wir uns am letzten Dienstagabend in New Hampshire dazu entschlossen haben, wurde es als ›äußerst riskante Strategie‹ bezeichnet«, sagte Jarvis, »und genau das ist es auch. Aber es ist die *richtige* Strategie für diesen Wahlkampf.«

Der anständige, ehrgeizige Hastings Crandall, der unterschwellig niemanden vergessen ließ, daß er selbst aus einer Politikerfamilie aus Upstate New York stammte, ging dazwischen: »Ganz genau. Wir werden einen schnellen Sieg in Massachusetts davontragen, dann – wie Mr. Ross so treffend bemerkte – unsere Gegner *nächste* Woche hier in Florida fertigmachen, und dann steht nur noch sehr wenig zwischen uns und einer Nominierung durch Akklamation auf der ersten Abstimmung im Juli in San Francisco.«

»Klar«, sagte Ross. »Wir haben es geschafft.«

Westergard sprach nach fünf Minuten zum ersten Mal,

ein Rekord an Selbstbeherrschung bei diesen Debatten im inneren Mitarbeiterkreis.

»Kent und Hastings haben recht, und David hat unrecht.« Er zählte seine Punkte mit den Fingern auf. »Seine Strategie sichert uns einen Sieg in der Landwirtschaft – Iowa. Einen richtigen Yankee-Sieg – New Hampshire. Einen Sieg im Industriegebiet im Nordosten – Massachusetts. Und einen Südstaatentriumph gegen Fiksdahl hier in Florida. Das ist brillant, und es ist mutig, und wir haben den *größten* Teil unserer Aktiva – besonders Geld fürs Fernsehen – in Massachusetts eingesetzt. Was Sie verdammt genau wissen sollten, David.«

»Er hat auf seine Frau gehört«, sagte Jarvis und schnaubte spöttisch. »*Sie* ist Ihre Redenschreiberin.«

Obwohl Ross spürte, wie ihm die Röte ins Gesicht stieg, behielt er sich unter Kontrolle. Er war an Jarvis' Sticheleien gewöhnt, nur war er nicht darauf vorbereitet gewesen, daß sein Versprecher über Nicoles Recherchen so schnell Anwendung finden sollte. Wie Jarvis triumphieren würde, wenn er wüßte, daß die Ideen, die Ross auf diesem Treffen präsentierte, ebenfalls von Nicole waren!

»Den *wichtigsten* Teil unserer Aktiva haben wir noch nicht eingesetzt«, sagte er gelassen. »Wir haben *Sie* noch nicht eingesetzt, Gouverneur. Sie sind seit drei Tagen nicht in Massachusetts gewesen und haben auch nicht die Absicht, bis zu den Vorwahlen am Dienstag wieder hinzufahren. Aber der Wetterbericht sagt in drei Tagen Schnee voraus. Wenn die Medienjungs mit der Schwäche in der Wählerunterstützung recht haben sollten...«

»Massachusetts läuft von selbst«, sagte Westergard entschlossen. »Johnny Doyle sagt es, und er hat die Situation da oben im Griff. Ich habe das Gefühl, daß es für mich viel wichtiger ist, hier unten in Florida ein deutliches Profil zu bewahren. Wir müssen diesen Wählern zeigen, daß jemand aus einem landwirtschaftlichen Staat im Norden dem Süden eine lebensfähige Alternative zu Fiksdahl bieten kann.«

»Ich mache mich in ein paar Minuten auf den Weg nach Boston«, fügte Jarvis beinah müde hinzu. »Wenn da oben irgendwas brennt, lösch' ich den Brand. Massachusetts wird uns nicht in Verlegenheit bringen.«

»Ich weiß, daß Sie da oben nicht verlieren wollen, Gouverneur«, sagte Ross, »aber...«

»Genau. Will ich nicht«, sagte Westergard kalt.

»...aber wenn das Wetter gegen uns ist, dann wird – so leid es mir tut – genau das passieren.«

»Die Stimme des Propheten« – Crandall kicherte – »heult einsam in der Wildnis.« Er unterbrach sich. »Heulender Wolf.«

Crandall holte sich seine Stichworte von Jarvis, und das gefiel Ross nicht. »Ich sage, daß eine Niederlage in Massachusetts nicht unbedingt das Schlimmste sein muß, was uns passieren kann.«

»Eine Niederlage ist *immer* das Schlimmste, was einem passieren kann«, sagte der Gouverneur noch entschlossener als zuvor.

»Verlieren Sie eine Schlacht und gewinnen Sie den Krieg. Ein Sieg *zur falschen Zeit* kann verheerend sein. Wenn Sie Ihre Gegner in diesem Wahlkampf zu schnell ausschalten, würden die Kongreßabgeordneten, die Sie momentan noch ignorieren, in Panik geraten. Eine WEG MIT WESTERGARD-Bewegung würde unter den Liberalen in Washington entstehen, die sehr schwer zu...«

»*Ich* soll hier der liberale Kandidat sein, erinnern Sie sich?« wollte Westergard wissen.

»Nur in Florida«, sagte Ross. Jetzt konnte er es sich etwas leichter machen. Er hatte seinen Standpunkt dargelegt, was Nicole für das Wichtigste gehalten hatte. »Oben in Massachusetts versuchen die anderen Kandidaten zu beweisen, daß der Ayatollah Ihnen Rosen schickt.«

Die Bemerkung brachte Gelächter und eine allgemeine Lösung der Anspannung im Raum mit sich. Tatsächlich war nichts entschieden worden, man würde unverändert die ›äußerst riskante‹ Wahlkampfstrategie verfolgen, aber zumindest hatte er es einmal festgehalten. Die Zweifel waren zur Sprache gekommen und von den anderen als unnötige Panikmache zurückgewiesen worden. Aber wenn die Ereignisse ihm recht geben sollten, würde Westergard sich erinnern, wer klug genug gewesen war, die Katastrophe vorauszusehen.

Jarvis sah auf die Uhr und zog seine Jacke an. »Ich muß mein Flugzeug kriegen«, sagte er und rief damit ein unruhiges Drängen zum allgemeinen Aufbruch hervor, das die Zusammenkunft langsam aufzulösen begann. »In zwei Tagen bin ich zurück und habe Massachusetts in der Tasche.«

Westergard legte seine Hand auf den Arm des Killers, als dieser gerade durch die Tür gehen wollte, und hielt ihn zurück, bis die anderen gegangen waren und sie sich ganz allein im Raum befanden.

»Ich weiß, daß Sie spät dran sind, aber auf Olaf Gavles Party im November haben Sie mir gesagt, daß Hal Fletcher bei einem Jagdunfall getötet wurde. Jetzt höre ich, es stimmt gar nicht.«

»Man hat mich falsch informiert. Ein Jäger hat auf ihn geschossen, weil er dachte, es wäre ein Hirsch, aber es scheint, als wäre er wieder auf dem Wege der Besserung.«

»Ich hoffe, daß Sie...« Westergard machte eine Pause, wählte seine Worte. Letztlich war er Politiker. »Es würde mich interessieren, wie jemand so kurze Zeit danach von einem Unfall erfahren konnte, der hoch oben in den Wäldern passiert war. Nach nur ein oder zwei Stunden.«

Mehrere Augenblicke lang sagte der Killer nichts. Schließlich zuckte er leicht mit den Schultern. »Ich glaube, das ist doch offensichtlich.«

Westergard nickte, als würde er vollkommen verstehen, auch wenn der Mann eigentlich gar nichts gesagt hatte.

»Natürlich. Aber ich hoffe doch, daß all das, was passiert ist, oder beinah passiert ist, nichts mit dem zu tun hat, was ich an diesem Tag vor knapp einem Jahr gesagt habe, als...« Wieder unterbrach er sich kurz, mit seinem ausgezeichneten Sinn für Timing. »Jedenfalls hätte ich gern ein Memo bezüglich der Folge von Ereignissen, die zu Ihrem Wissen um das geführt hat, was Sie mir an dem Abend in Olafs Haus erzählt haben.«

»Ein Memo? Schriftlich?« wollte der Killer erstaunt wissen.

»Nur um es irgendwo festzuhalten«, sagte Westergard sanft, aber mit eiserner Stimme.

Der Killer drückte den Abwärts-Knopf im Fahrstuhl und dachte einen schwindelerregenden Moment lang, daß Fletcher und der Gouverneur miteinander Kontakt gehabt hatten. Aber nein. *Es ist mir zugetragen worden...* Er hatte es beiläufig erfahren.

Ein *schriftliches Memo?* Um sicherzugehen, daß der Rücken des Gouverneurs gedeckt war, nur für den Fall...

Die Fahrstuhltür glitt auf, er stieg ein. Drückte den Knopf für sein Stockwerk. Gott sei Dank leer. Er wollte jetzt mit niemandem reden. Denn seltsamerweise merkte er, daß bei dem, was der Gouverneur gesagt hatte, so etwas wie Schuld in seinem Inneren nagte – zusätzlich zu seiner Angst vor Fletcher.

Nun, er hatte es also getan. Konnte es nicht mehr rückgängig machen. Konnte es allerdings auch nie wieder tun. Er würde nicht zurückgehen und versuchen, den Job zu beenden. Er hatte schon genug Leute verletzt. Und wahrscheinlich war Fletcher ohnehin nicht hinter ihm her.

Aber dann kochte wieder sein alter, hochentwickelter Selbsterhaltungstrieb nach oben. Er konnte nicht rückgängig machen, was er getan hatte, aber er konnte auch nicht sicher sein, daß Fletcher ihn in Ruhe ließ. Fletcher war ein Jäger – jetzt ein verkrüppelter Jäger. Vielleicht sollte er sich eine Waffe kaufen? Notwehr, falls Fletcher nach ihm suchte?

Vielleicht sollte er sie hier in Florida kaufen – aber nein, zu gefährlich, sie in seinem Gepäck im Flugzeug mitzunehmen. Wenn sie zu den Vorwahlen in Illinois nach Minneapolis zurückkehrten, wäre es noch früh genug. Im Augenblick hatten sie Massachusetts am Hals.

16

Kent Jarvis stand im unheilvollen, sanft herabfallenden Schnee und sah sich den Fußgängerverkehr auf Bostons unterer Washington Street an. Der Sturm hatte den Autoverkehr größtenteils zum Erliegen gebracht, auch wenn die großen, trägen Flocken inzwischen täuschend weich, täuschend hübsch aussahen, wenn sie im blassen Lichterschein der Straßenlaternen herabrieselten.

Scheiß Schnee.

Er schlenderte durch die berüchtigte Combat-Zone, ihren Strom von Gosse und Zwielicht, die Augen unruhig, ziellose Wut schnürte ihm die Brust zusammen. Es war nach Mitternacht, aber trotz des Wetters waren noch Leute unterwegs: Nutten, die bisher kein Glück gehabt hatten, ein paar Collegekids mit Buchstabenpullis, die Eindruck machen sollten, zähe Burschen von außerhalb, die entschlossen waren, ein bißchen Großstadtsünde zu kosten, bevor sie wieder nach Haus fuhren.

Die Pornoläden waren wegen des Sturmes geschlossen. Nur Keile von seltsam altmodischem, gelbem Licht von ein paar Peepshows und schmierigen Buchläden leuchteten in den herabfallenden Schnee hinein und versprachen Schutz vor der Kälte. Er wußte nicht, was er wollte, aber er wußte, daß er nicht in sein leeres Hotelzimmer zurückgehen würde.

Eine schwarze Hure mit Pfennigabsätzen, die sie gut fünf Zentimeter größer machten als ihn, trat aus einem Eingang hervor und hakte ihren Arm unter seinen. Trotz des eisigen Wetters trug sie keinen Hut über ihrer aufreizenden, blonden Perücke, keinen Mantel über dem Sommerkleid, das ihr von einem BH zusammengepreßtes Dekolleté in voller Pracht vorführte. Sie bibberte vor Kälte und brachte dennoch ein verführerisches Lächeln fertig.

»Du siehst verloren aus, Süßer.«

»Weit weg von Zuhause«, stimmte er zu, plötzlich atemlos.

»Heute nacht bin ich *wirklich* billig, Süßer.«

Er hatte nie zuvor bezahlt, aber jetzt wußte er, warum er hergekommen war. Obwohl sie fast noch ein Teenie war, sagten ihre Augen, die älter waren als Stein, daß auch sie es wußte. Sie kicherte leise.

»Alles, was du willst – vielleicht ein bißchen blasen ...«

Er mußte die Situation beherrschen. Keine Scheißhure durfte ihn auslachen.

»Sicher, wenn er in deinen Mund paßt.«

»Ohhh!« rief sie aus und kicherte wieder. »Wenn ich mit dir fertig bin, Süßer, brauchst du Salztabletten zum Entwässern.«

Eine Stunde später kam Jarvis ins Hotel zurück, unentwässert. Trotz ihrer geübten Dienste hatte er nicht mal eine volle Erektion gehabt. Das Problem hatte darin bestanden, daß er sicher gewesen war, irgendwo in ihrem Kopf ein Lachen zu hören, wenn sie auch noch so schmachtete und schrie.

Und Gewalt war für sie offensichtlich nichts Neues gewesen: Auf ihrer linken Brust hatte sie eine dunkelblaue Stelle gehabt, die so alt war, daß sie am Rand schon gelb wurde. Also hatte er in seiner Frustration und Enttäuschung eine Hand zur Faust geballt und ihr mit aller Kraft ins Gesicht geschlagen, die Nase gebrochen, einen Zahn ausgeschlagen und diese plötzlich abscheulichen, roten Lippen stumpf und blutig geprügelt. In Panik war er weggerannt, von ihrem weinerlichen Kreischen und Fluchen den Flur hinunter- und auf die verschneite Straße hinausgehetzt.

Als er in sein Hotelzimmer trat, hundemüde und erschrokken über sich selbst, klingelte das Telefon. Er ignorierte es und ging ins Badezimmer, um sich zu waschen.

Das Wasser brannte auf seinen abgeschürften Knöcheln. Er war *froh*, daß er die Nutte geschlagen hatte, es war ein gutes Gefühl gewesen. Alles hatte mit dieser blonden Kuh nach Olaf Gavles Party im letzten November angefangen. Da hatte er versagt, und seitdem war er nicht mehr in der Lage gewesen, ihn hochzukriegen, richtig hochzukriegen. Deshalb hatte er sich heute abend eine Hure gesucht: Sein Versagen bei den Wahlkampfhelferinnen machte schon die Runde. Sogar der gottverdammte Nachrichtenmann oben in New Hampshire hatte von dem Gerücht gehört.

Es war nicht so, daß er impotent geworden wäre, keine

Spur. Und da war auch nichts, was er in der Vergangenheit getan hatte und das ihn jetzt einholte. Zu großer Karrieredruck während der Vorwahlen, das war alles. Wenigstens hatte er etwas Wertvolles gelernt: Nicht mal die gottverdammten Profis wußten, was sie taten, also mußte man ihnen weh tun, um sie interessant zu machen.

Er kam aus dem Badezimmer in die Nobelsuite, die er genommen hatte, um ihren Sieg in Massachusetts zu feiern – davon war keine Rede mehr –, und das Telefon fing wie auf das Stichwort hin an zu klingeln. Er seufzte und nahm ab. Wie erwartet war es Westergard, die Stimme eisig vor Wut.

»Was, zum Teufel, ist da oben passiert, Kent?«

Jarvis sagte müde: »Ein Blizzard. Nur fünfundfünfzig Prozent Demokraten sind überhaupt zur Wahl gegangen, und das waren nicht *unsere* fünfundfünfzig Prozent.«

»Wie schlimm ist es?«

»Wenn das hier ein Pferderennen gewesen wäre, hätte man für Sie nichts mehr ausgezahlt.«

Lange war es still. »Sie meinen, daß ich vierter von Vieren geworden bin?« Jarvis sagte nichts. Es gab wirklich nichts zu sagen. Westergard fragte: »Wieviel Prozent haben wir?«

»Wenn wir vierzehn schaffen, haben wir Glück.«

Wieder war es lange still. Als er seine Stimme schließlich unter Kontrolle hatte, sagte der Gouverneur: »Kommen Sie mit dem ersten verfügbaren Flugzeug hierher, Kent. Wir haben eine Menge Arbeit zu tun.«

Jarvis rief Johnny Doyles Zimmer an. Der Ire nahm beim ersten Klingeln ab, als hätte er dort gesessen und gewartet, daß die Katastrophe wieder über ihnen hereinbrach.

»Pack deine Sachen«, sagte Jarvis. »Das nächste Flugzeug gen Süden.«

Doyle sagte, beinah als wäre er von einem Computer programmiert: »Konfuzius sagen: ›Mädchen, das fliegen auf Kopf...‹«

»Halt's Maul«, schnarrte Jarvis.

»›...enden mit Bruchlandung.‹« Doyle lachte und legte auf.

Als er seinen Koffer packte und nach einem Pagen rief, war Jarvis froh, auf dem Weg nach Florida zu sein, selbst wenn ihm Doyles furchtbare Witze dabei Gesellschaft leisteten. Und wenn keine Flugzeuge flogen, dann war das auch in Ordnung. Er wollte lieber am Flughafen als im Hotel warten. Boston gab ihm das Gefühl eines bedrohlichen Schicksals, als wenn irgend etwas Unbekanntes und Unerwartetes sich seiner bemächtigte.

»23. September. Das war das erste Mal, daß er einen Wagen gebraucht hat, yo.«

Lars Peterson war ein massiger, schwerfälliger Mann, der Fletcher an den verstorbenen Filmschauspieler Leif Erickson erinnerte, mit den gleichen, schweren Augenbrauen und dem scharfgeschnittenen Gesicht. Er besaß ein sanftes, nicht gerade sprühendes Gemüt, bis er drei oder vier Weihnachtsschnäpse Aquavit gekippt hatte. Dann wurde er zum Mittelpunkt jedes geselligen Beisammenseins, indem er jedem einzelnen seinen einzigen Witz erzählte, eine Geschichte von dummen Schweden, die mit der Pointe endete: »Jesus Christus, yingle, yingle!« Seine Frau verließ stets den Raum, wenn er anfing, sie zu erzählen.

Fletcher sagte: »Und er hat den Pickup gemietet, um sich das Land anzusehen, auf das sie sich ein Vorkaufsrecht sichern wollten, stimmt das so, Lars?«

»Yo, genau so.«

»Du hast nicht den Kilometerstand aufgeschrieben, oder?«

Lars schüttelte den Kopf. »Nej.«

Fletcher hielt das für ein Nein. Es wäre schön gewesen, wenn die Kilometer bis zur Hütte und zurück gereicht hätten, aber die drei Daten genügten eigentlich: 23. September, 15. November, 24. November. Er war sicher, daß sie mit denen von Presnells Charterflügen übereinstimmten.

Aber immer noch war er mit der Beschreibung unsicher. Lars konnte sich einfach nicht daran erinnern, wie der Mann ausgesehen hatte.

Mit seinen Versuchen, die Nummern herauszufinden, die am Abend des 24. November von Buds Fernsprecher aus angerufen worden waren, hatte er genauso wenig Glück. Der rotgesichtige, asthmatische Gus Gustavson, der im Laufe der

Jahre vom Störungssucher zum Vertreter der Telefongesellschaft aufgestiegen war, nahm ihn mit nach Grand Rapids. Gus hatte für ihn ein Gespräch mit Thelma Edwards, einer der Telefonistinnen in der Zentrale von Grand Rapids, arrangiert.

Thelma war drall, kräftig und bekannte sich freimütig zu ihrem mittleren Alter, aber sie trug eine Brille, die für Fletchers Augen – mit ihren Bügeln, die am unteren, nicht am oberen Teil des verzierten Plastikgestells befestigt waren – unglaublich elegant wirkte. Als Fletcher darauf bestand, sie zum Essen einzuladen, wurde sie äußerst bereitwillig, ihm zu helfen. Es war ein Abenteuer, ein Rendezvous ohne ihren Ehemann. Das Problem war, daß sie ihm nur sehr wenig sagen konnte.

»Bud Bauer in Dutch's Tavern zahlt einen monatlichen Betrag für den Münzfernsprecher, weil der Ertrag es nicht rechtfertigt, daß wir dort selbst einen hinstellen. Deshalb bekommt er keine spezifizierte Rechnung.«

»Aber Sie haben doch eine Auflistung der Ferngespräche, oder?« fragte Fletcher. »Die Telefongesellschaft, meine ich.«

»Bei Kreditkarten oder R-Gesprächen, ja. Aber...«

»Aber es gibt keine Möglichkeit, daß ich sie mir ansehen kann?«

Ihre Augen, die hinter dieser Brille leicht vergrößert wirkten, sahen bekümmert aus, als sie ihre Tomatencremesuppe salzte und zwei Klümpchen Butter hineinrührte. »Ein Gericht kann sie einfordern, nehme ich an. Oje, ich bin Ihnen keine große Hilfe, was?« Sie ließ ein überraschend mädchenhaftes Kichern hören. »Wenn Sie allerdings eine besonders schändliche Möglichkeit finden würden, in unsere Akten zu sehen...«

Fletcher merkte, daß sie nicht bereit wäre, ihm dabei zu helfen. Und sicher würde kein Gericht die Akten für ihn einfordern. Er sagte: »Die schändlichen Sachen überlasse ich alle meiner Tochter.«

Nicole fuhr in Richtung Nordwesten nach Robbinsdale und ließ sich viel Zeit damit, zurückzufahren und Katie von der Schule abzuholen. Die Begeisterung, mit der sie die Suche ihres Vaters aufgenommen hatte, beunruhigte sie. War sie von ihrer Rolle als Frau und Mutter so gelangweilt, daß sie nach dem erstbesten griff, was ihr die Illusion einer Verbundenheit mit der weiten Welt da draußen gab? Oder war es einfach die Empörung darüber, daß jemand versucht hatte, Fletcher zu töten?

Was würde ihr Dad tun – im Gegensatz zu dem, was er zu tun *gedachte* – in dem unwahrscheinlichen Fall, daß sie Erfolg hatten? Bedeutete seine zwanghafte Suche, daß etwas Tieferliegendes in ihm vorging, als er sich selbst zugestehen wollte? Die dunkle Seite, wie sie Psychologen gerne nannten? Oder verbarg er seine wahren Absichten vor ihr?

Was ihr Vater auch tun mochte: Eine Woche war vergangen, und Presnell hatte noch nichts geschickt. Übermorgen war die entscheidende Vorwahl in Florida. Als sie an einer roten Ampel festsaß, trommelte sie ungeduldig auf dem Lenkrad herum. Vor ihr stand genau so ein Kombiwagen wie ihrer, sogar in der gleichen Farbe, das Heck ein wirres Durcheinander von schwarzen Aufklebern.

Gott sei Dank hatte David ihren Rat angenommen und seine Ahnung einer möglichen Niederlage in Massachusetts vorgebracht, bevor es tatsächlich passierte. Gestern abend hatte sie ihn am Telefon gedrängt, ein neues Memo für Gary und die Mitarbeiter über die Kernpunkte zukünftiger Reden vorzubereiten.

Ein boshafter, schadenfroher Gedanke an Gary überraschte sie, aber dann wich dieser sofort einer tiefen Woge der Zuneigung für ihn: Heute nacht würde er sie brauchen, um seine wütende Enttäuschung abzulenken und zu besänftigen. Sie konnte es für ihn tun, niemand sonst konnte es. Mit Sicherheit nicht Edith, die prallbrüstige Meise.

Sie schob die nutzlosen Gedanken beiseite. Ross war ihr Mann, und seine Karriere war auch ihre. Wenn er sein Denken auf unterschiedliche Gründe für unterschiedliche Ergebnisse gründete, dann würde dieses Memo seine Wirkung tun, egal ob sie in Florida gewannen oder nicht. Er war nicht darauf eingegangen, aber sie wußte, er würde es tun. Eigene Gedanken waren nicht seine Stärke.

Sie merkte, daß die Autos hinter ihr wütend hupten. Die

Ampel war längst umgesprungen, und sie machte einen Satz nach vorn. Herrgott, bei ihr ging alles drunter und drüber! David würde für ein oder zwei Tage nach Haus kommen, bevor sie die Vorbereitungen für Illinois am siebzehnten in Angriff nahmen, und sie spielte Detektiv, während sich bei dem momentanen Erfolg ihres Mannes in ihr tatsächlich Unmut breitmachte. Sie wußte nicht, was sie wollte. Sie wollte seine Karriere unterstützen, verabscheute aber die Tatsache, daß er da war, wo sie immer hatte sein wollen – was ihr in Wahrheit auch zustand.

Komm schnell nach Haus, David, dachte sie plötzlich. Ich brauche ein bißchen Liebe. Ich möchte in den Arm genommen werden. Ich brauche dich, damit du Gary von mir fernhältst.

All-Weather Charter Tours stand eingeklemmt in eine enge Ladenfront am West-Broadway, der Hauptstraße von Robbinsdale. Die Brünette mit dem niedlichen Gesicht, die hinter dem Tresen stand, trug dicke Lidschatten und ein Aloha-Hemd aus Nylon, als wollte sie Chartertouren ins milde Klima nach Hawaii empfehlen, aber Nicole sah ihre Thermo-Unterwäsche unter einer geblümten Manschette herausragen. Das Mädchen sah, worauf ihr Blick gerichtet war, und fing an zu kichern.

»Doug sagt, ich soll mich so anziehen, daß ich nach weit entfernten Orten aussehe, damit die Leute positiv denken, aber die Heizung ist nicht warm genug.«

»Warum drehen Sie sie nicht höher?«

»Dad... mh, Doug«, sie grinste. »Er denkt immer so wirtschaftlich.«

Nicole nickte und lächelte, dann setzte sie sich auf den Stuhl aus Chrom und Plastik gegenüber von dem Mädchen. Sie hatte einen Grund, hier zu sein, und sie hoffte, daß der Klang ihrer Stimme das deutlich machte.

»Ihr Vater sollte mir Material einen seiner Charterkunden vom letzten November betreffend zuschicken. Wenn er da...«

»Oh!« Das Gesicht des Mädchens war niedergeschlagen. »Sie müssen Mrs. Ross sein! Wow, es tut mir wirklich leid, ich...« Sie fummelte wild in einem überlaufenden ›Ausgang‹-Korb herum, brachte triumphiernd einen DIN-A5-Umschlag hervor, schon adressiert, zugeklebt und gestempelt. »Ich hab' vergessen, ihn abzuschicken. Wenn er es rausfindet, flippt mein Dad aus...«

Nicole nahm ihr den Umschlag aus der Hand, konnte ihr Grinsen nicht verbergen. Ein übersprundelndes Wesen, das selbst an Verlegenheit noch so etwas wie Spaß empfinden konnte, war ansteckend.

»Wenn Sie es ihm nicht sagen, ich tu's nicht«, sagte sie.

Als sie wieder im Wagen saß und die Lüftung die Scheiben freimachte, riß sie den Umschlag auf und prüfte seinen Inhalt. Am Ende starrte sie auf den fotokopierten Kreditkartenbeleg für die Flugzeugmiete an allen drei Tagen.

Gerard Hopkins, Angestellter bei Primary Power, Inc.

Sie holte tief Luft, hatte aber immer noch das Gefühl, zuwenig Luft zu bekommen. Kein öffentlicher Versorgungsbetrieb, wie der Name glauben lassen mochte: Sie kannte diese Firma gut, denn in ihrem letzten Jahr bei Gary hatte sie stapelweise Korrespondenz mit ihr geführt.

Es war eine Gesellschaft zur Bildung eines Fonds, der Gary Westergard zum Präsidenten der Vereinigten Staaten machen sollte. Irgend jemand in der Organisation ihres ehemaligen Liebhabers hatte versucht, ihren Vater zu töten.

Jemand mit dem Namen Gerard Hopkins, was sie keine Sekunde lang glaubte. Gerard Manley Hopkins war ein Dichter, den sie ihrem Vater empfohlen hatte und der einer von Fletchers Lieblingsautoren geworden war.

Wer um Himmels willen war dieser Mann, nach dem sie *eigentlich* suchten? Und warum hatte er es getan?

17

Westergard hatte sein Hemd abgelegt, zog sich die Schuhe aus und setzte sich ans Fußende des Bettes. Die Elf-Uhr-Spätnachrichten gaben ihm einen seltenen Einblick in Ediths Arbeit. Auf dem Bildschirm sah man die mit rotweißblauen

Flaggen geschmückte Bühne der Highschool-Turnhalle in Vero Beach, Florida. Edith trug ihren weißen Leinenanzug mit der blauen Bluse und einen von diesen rotweißen Hüten, die Stimmen von den Damen mittleren Alters einbrachten, für die der Preis mindestens so wichtig war wie die Mode.

»Ja, man hat in meinem Mann stets einen Liberalen gesehen, und das habe ich auch. Aber jetzt nicht mehr, nicht bei den wirklich wichtigen Fragen, für die wir praktische, allgemeingültige Antworten benötigen.«

»Versucht er hier im Süden nicht nur, konservativer als Fiksdahl zu sein, um Stimmen zu fangen?« wollte eine schrille, weibliche Stimme wissen.

Die Kamera schwenkte herum, um die Frau zu finden, spindeldürr, ihr bedrucktes Kleid und der schäbige Hut wie aus *Tobacco Road* – aber mit einer viel zu teuren Handtasche, die sie verriet. Sie hätten es lieber nicht versuchen sollen, dachte er. Ediths Stärke war es, Fangfragen auf den Fragensteller zurückfallen zu lassen. Die Kamera hatte sich für Ediths Antwort wieder dem Podium zugewandt. Ross beugte sich herab und flüsterte ihr ins Ohr. Westergard lächelte. Er hatte von diesem Wortwechsel gehört.

»Habe ich nicht gesehen, wie Sie gestern nachmittag draußen am Jachthafen Mr. Fiksdahl den Schweiß der Politik von seiner fieberheißen Stirn gewischt haben?« fragte Edith. Die Menge johlte. Sie fuhr fort: »Aber da Sie in den Diensten des Gegners meines Mannes stehen, bin ich begierig, Ihre Frage zu beantworten. Die Vorfahren von meinem Gary waren allesamt Farmer – und Farmer sind von Natur aus konservativ. Ja, Gary hat die Farm verlassen, aber es sind immer noch zwei Brüder zu Haus, die das Land bestellen.« Sie legte eine Pause ein. »Hier im Süden ist er der Underdog, genau wie Sie alle, und wir wollen es auch gar nicht anders...«

Ediths Stimme sagte: »Du, wie dich die anderen sehen.« Sie drückte den Aus-Knopf, und der Fernseher verstummte. Sie trug einen Frotteemantel, und ihr Haar war in ein Handtuch gewickelt. Die vermischten Düfte von Shampoo und Dampf und gepuderter Haut kamen mit ihr von der Dusche herüber.

Westergard stand auf. Selbst auf Strümpfen war er fast

dreißig Zentimeter größer als sie. Der ungebetene Gedanke fuhr ihm durch den Kopf, daß Nicole an ihrer Stelle in dem Mantel sein sollte, und er spürte ein ungebetenes Begehren, das sich mit Schuldgefühlen paarte: Nikki war seine einzige Affäre als verheirateter Mann, und da sie das einzige Beispiel war, das er hatte, repräsentierte sie für ihn stets den sexuellen Verzicht. Er ließ seine Arme unter den Frottierstoff und um den feuchten, plumpen Körper seiner Frau gleiten, aber sie stieß ihn zurück, lachte und errötete zur gleichen Zeit.

»Aber Herr Kandidat, haben Sie etwa diese Leute von der Automobilarbeitergewerkschaft aus Florida vergessen, die darum gebeten hatten, für eine Minute vorbeikommen zu dürfen?«

»Verdammt!« rief er.

Der Wahlkampf war wieder da. Er wollte versuchen, die Leute gegen Fiksdahls Billigung durch die nationale Gewerkschaft aufzubringen, und er war nicht sicher, wieviel er ihnen im Gegenzug dafür würde versprechen müssen. Hier in Florida waren sie nicht besonders wichtig – aber in Illinois waren Automobilarbeiter verdammt wichtig. Wenn er hier Rückhalt fand, konnte er Fiksdahls übermächtigem Gewerkschaftseinfluß in Illinois vielleicht die Schärfe nehmen.

Er fing an, sich das Hemd wieder anzuziehen, Ungeduld verwandelte sich in Ärger. Einen kurzen Augenblick lang wünschte er noch einmal, sie wäre Nicole. Nikki hatte ihm mehr als Liebe gegeben. Sie hatte ihm einen scharfen, politischen Verstand gegeben, Probleme abzuschmettern.

»Diese verfluchte Niederlage in Massachusetts! Ich hatte alles vorausgeplant – den ganzen Verein von Iowa über New Hampshire hierherzubringen. Aber ich habe mich von diesem Schwachkopf Jarvis mit seinem Wahlkampf nach Vorschrift direkt in das Massaker von Massachusetts steuern lassen, und jetzt...«

Aber Edith war ins Badezimmer gegangen, um sich wieder anzuziehen. Vielleicht mußte sie den Gewerkschaftern die Hände schütteln, und das konnte man schlecht im Nachthemd und mit Lockenwicklern im Haar tun. Sie wußte, daß er es haßte, wenn sie miteinander redeten und er ihr Gesicht dabei nicht sehen konnte, aber sie setzte das Gespräch durch die halbgeöffnete Tür fort.

»Ich stimme David zu – es wird nicht so schlimm sein, wie es scheint. Ein Blizzard in Massachusetts kann nicht die Tatsache verbergen, daß du Unterstützung bekommst...« Immer noch redend trat sie aus dem Badezimmer. »...und zwar hier in Florida von allen Seiten – Rednecks und Schwarze, Liberale und Falken, Wirtschaftsbosse und...«, sie unterbrach sich bei einem diskreten Klopfen an der Tür. »Arbeiterführer. Wir wurden sowieso alle ziemlich anmaßend, also...«

Die Tür öffnete sich weit genug, daß Ross seinen Kopf hereinstecken konnte. »Die Gewerkschaftsleute sind da.«

»Sagen Sie ihnen, sie sollen zur Seitentür kommen.«

Der Kopf nickte und verschwand.

»Danke, mein Lieber«, sagte Edith mit plötzlich müder Stimme. »Für heute habe ich genug von der Politik.«

»Ich auch«, sagte Westergard. »Aber...«

Er lächelte sie mürrisch an, ging zur Seitentür und öffnete sie gerade so weit, daß er auf den Flur hinaustreten konnte. Seine Gedanken an Nicole gaben ihm ein leichtes Schuldgefühl, so daß er beinah froh war, für eine Weile von Edith wegzukommen.

Ross hatte es sich gerade vor dem Fernsehapparat bequem gemacht, aber er stand auf und drückte den Aus-Schalter auf der Fernbedienung, als Edith aus dem Schlafzimmer kam. Sein Gesichtsausdruck blieb interessiert und aufmerksam, obwohl er in Wahrheit eigentlich nur ein bißchen Zeit für sich allein haben wollte, um über das Positionspapier nachzudenken, zu dem ihn seine Frau drängte. Nachdem sich Jarvis in Massachusetts den Zeh angestoßen hatte, war es nur eine Frage der Zeit, bis Hastings Crandall versuchte, sich vom Feld abzusetzen und die Ideallinie einzunehmen. Nicole meinte, es wäre unbedingt erforderlich, daß Ross als erster versuchte, bei Westergard auf die Innenbahn zu gehen.

Edith war gekleidet, als wollte sie auf die Straße gehen, trug aber kein Make-up, hatte ihr Haar in Lockenwickler gelegt und mit einem Turban bedeckt. Er hoffte, sie wollte nur etwas zu trinken aus dem kleinen Kühlschrank der Einbauküche holen.

Aber sie sagte eilig: »Achten Sie nicht auf mich. Ich werde nur immer unruhig, wenn Gary eines von diesen inoffiziellen Treffen hat.«

Was bedeutete, daß sie reden wollte. Er fluchte innerlich und schenkte ihr ein breites, bedeutungsloses Lächeln, das er für – wie er es nannte – ›Wahlkampfsituationen‹ eingeübt hatte.

»Ihnen fällt die Decke auf den Kopf«, sagte er. »Es trifft einen, wenn man es am wenigsten erwartet.«

Sie nickte und setzte sich in einen der Sessel gegenüber der Couch. »Sie sollten sich gut fühlen, David. Schließlich hatten Sie recht mit Massachusetts.«

»Ich wünschte, ich hätte unrecht gehabt.«

»Vielleicht werden Sie auch auf lange Sicht damit recht behalten, daß ein verborgener Segen darin liegt. Jarvis ist immer so anmaßend, daß es ihm guttun wird, ein bißchen klein beizugeben.« Sie seufzte. »Ich schätze, er hat es nur auf eines abgesehen ...«

»Die empfindlichen Stellen.«

»Hat er Sie schon wieder schlechtgemacht?«

»Weil Nicole meine Reden recherchiert«, gab Ross zu und nahm die Gelegenheit wahr, die sie ihm bot. Edith hatte großen Einfluß auf den Gouverneur – viele Mitarbeiter glaubten, er wäre *zu* groß. »Er würde gern beweisen, daß sie sie auch schreibt.«

»Wahrscheinlich könnte sie es«, sagte Edith mit einem beinah grüblerischen Ausdruck auf ihrem Gesicht. »Sie und der Gouverneur ...«

Sie hatte sich bei der gleichen Wendung unterbrochen wie Jarvis. Ross spürte, wie ihm eine leichte Röte in die Wangen stieg. »Sie und der Gouverneur, was?«

Edith kicherte leise. »Sie und der Gouverneur haben sehr gut zusammengearbeitet, David. Jarvis könnte darauf vielleicht eifersüchtig gewesen sein.« Einen Moment lang war sie still, dann stand sie seufzend auf. »Gute Nacht, David.«

»Gute Nacht, Mrs. Westergard.«

Er sah ihr nach, als sie ins Schlafzimmer zurückging und die Tür schloß. Plötzlich fühlte er sich müde und niedergeschlagen. Was hatte sie ihm gesagt? Oder nicht gesagt? Daß Nicole wahrscheinlich mit dem Gouverneur geschlafen hatte, bevor Ross ins Bild gekommen war, aber daß es ihr, Edith, nichts ausmachte? Und daß es auch Ross nichts ausmachen sollte?

Machte es ihm etwas aus? Er hatte sich ziemlich herumgetrieben, nachdem seine erste Ehe geschieden war. Hatte Nicole nicht das gleiche Recht?

Vielleicht war es nur, weil man von dem Gouverneur erwartete, daß er über dem Lustgefühl stand, über Ausflüchten und Lügen. Ross stand auf. Wem machte er etwas vor? Westergard wanderte in diesem Augenblick draußen auf Strumpfsocken durch die Korridore und machte mit dem halben Dutzend Offiziellen der United Auto Workers irgendeinen nicht genauer festgelegten Handel ab und glaubte, er konnte ihre lokalen Vertreter aus Florida trotz der nationalen Unterstützung für Fiksdahl hinter sich bringen.

Fletcher wanderte mit Nicole die halbkahle Brandfläche hinunter und blieb stehen, wo die niedrigen Hügel hinter dem Sumpf durch das blattlose Unterholz zu sehen waren. Er deutete auf das feine, braune Muster, das von den Tälern her die weißen Hänge hinaufwanderte.

»Noch einen Monat, dann wird der Schnee ganz weg sein.«

Nicole war wütend auf ihn. Er hatte noch nicht auf ihre Neuigkeit über Primary Power Inc. reagiert. Scharf sagte sie: »Sie haben für morgen nachmittag einen Sturm gemeldet.«

»Macht nichts«, sagte er. »Mitte April wird alles weg sein.«

Ein gemischter Schwarm von Staren und Sumpfhordenvögeln flog über sie hinweg, von ihrem Wanderinstinkt nach Norden getrieben. Ihr heiseres Schreien wurde leiser, und die Wälder waren wieder still, abgesehen vom unablässigen Tröpfeln des schmelzenden Schnees.

»Der Teufel soll dich holen«, stieß sie hervor. »Erzähl mir was Wichtiges. Wie zum Beispiel, was du von meiner Neuigkeit hältst.«

»Ich versuche immer noch, mich an den Gedanken zu gewöhnen«, sagte er. »Es gibt einfach keinen...«

»Ich täusche mich nicht«, sagte sie mit beinah drohender Stimme.

»Dann täusche *ich* mich, und zwar in meiner Rekonstruktion des Mannes, der ein Flugzeug gechartert hat und im letzten Herbst dreimal hierhergeflogen ist, um auf mich zu schießen. Wenn es mit Garys Wahlkampf zu tun hat, dann war derjenige, der diese Kreditkarte benutzt hat, tatsächlich hier, um sich Grundstücke anzusehen und hat nichts damit zu tun, daß man auf mich geschossen hat.«

»Glaubst du das wirklich?« fragte sie höhnisch.

»Ich kann mir nichts anderes vorstellen. Niemand aus seiner Wahlkampfmannschaft würde mich von sich aus niederschießen, Gott sei Dank – aber es ist auch absolut unmöglich, daß Gary jemandem den Auftrag dazu geben würde.«

»Es ist *Kent Jarvis!* Es *schreit* einen doch geradezu an!«

»Das ist nicht der Name auf der Karte.«

Sie machte eine ungeduldige Geste. »Ich hab' doch gesagt, ich habe das überprüft. Weder arbeitet ein Gerard Hopkins für sie noch hat *jemals* einer hier für sie gearbeitet. Und da es der Name des Dichters ist...«

»Ich weiß, daß es der Name des Dichters ist«, sagte er ziemlich schroff. »Das heißt noch lange nicht, daß es Kent Jarvis ist. Ich habe ihn nur zweimal getroffen. Einmal zu Weihnachten und einmal hier...«

Er verstummte. Sie nickte lebhaft. Tupfer von Sonnenlicht zogen goldene Strähnen durch ihr Haar.

»Ja. Letztes Ostern – als er mit David hier oben war, um die Kinder nach den Schulferien abzuholen. Er kennt die Gegend also. Natürlich, *warum* ist eine andere Frage, aber...«

Fletcher hatte sich neben einer Reihe von ungleichmäßigen Spuren im Schnee hingehockt, etwa vier Zentimeter im Durchmesser und zweiundzwanzig Zentimeter auseinander. Nicole, die merkte, daß sie ihn verloren hatte, drehte sich um.

»Was zum *Teufel* machst du da?«

»Ich glaube, das hier sind Marderspuren. Im weichen Schnee sind sie nur schwer vom Nerz zu unterscheiden, aber...«

»Um Himmels willen, ich habe dir gerade erzählt, wer auf dich geschossen hat, und...«

»Du bist beleidigt, ich sehe mir Tierfährten an«, sagte Fletcher.

»Populärpsychol...« Sie hörte auf. Sie lachte plötzlich. »Du glaubst, du kennst mich so gut, stimmt's?«

Flechter lachte in sich hinein. »Gut genug. Ich bin mindestens eine Hälfte von dir.«

Sie kam zurück und hockte sich neben ihn. »Also gut, Dr. Jung, erzählen Sie mir von dem Marder.«

»Größer als der Nerz, kleiner als der Fischmarder, aber sie haben alle – genau wie das Wiesel – die gleichen Abdrücke, die man im lockeren Schnee leicht verwechseln kann.«

»Und alle zusammen«, sagte Nicole betont pedantisch, »gemeinsam mit Frettchen und Vielfraß und Otter und Stinktier, bilden eine große Familie. Mustelidae.«

Flechter klatschte ihr leise Beifall. Wieder deutete er auf die Spuren.

»Jedenfalls, egal was er ist, der kleine Teufel: Im Winter sind seine Pfoten mit Haaren bedeckt. Die Zehenpolster hinterlassen keinen Abdruck im Schnee. Und wie zur zusätzlichen Verwirrung werden die Zehen im späten Winter – wie jetzt – mit dem Verschwinden der Haare wieder in den Spuren sichtbar.«

»Hier sind keine Spuren von Zehen«, sagte Nicole triumphierend.

Er führte sie vier Meter zurück, wo die Mittagssonne den Schnee zu einem dünnen Film auf dem Pfad hatte werden lassen. Auf dieser perfekten Oberfläche waren drei Spuren deutlich zu erkennen – mit Abdrücken der Zehen.

»Betrüger! Du hast gewußt, daß sie hier sein würden!«

»Geraten«, sagte Fletcher.

»Aber warum kann es kein Nerz oder Fischmarder sein?«

»Größe. Gangart. Und weil Nerze gern in der Nähe vom Wasser sind, und Marder lieber trockenes Holz wie dieses mögen. Und Fischmarder sind sehr selten geworden – in den ganzen fünf Jahren habe ich hier keinen einzigen gesehen.«

Sie machten sich wieder auf den Weg die Brandfläche zur Hütte hinauf. Nicole war in Gedanken. »Du wolltest mir mit diesen Spuren etwas sagen, oder?«

»Wenn man anfängt, Spuren und Zeichen zu deuten, lernt man schnell...«

»Geduld.«

»Das ist genau das Wort«, sagte Fletcher. »Aber es bedeutet mehr als das. Was wir für eine Marderfährte halten, könnte vielleicht ein Nerz sein – oder ein Wiesel oder ein Fischmarder. Also müssen wir unsere Spuren auf einem Untergrund suchen, der gute Abdrücke liefert, bevor wir sicher sein können.«

»Wir *sind* sicher«, sagte sie. »Dieses Flugzeug wurde mit einer Kreditkarte von Primary Power Inc. gechartert. Es gibt keinen Zweifel...«

»Damit stimme ich überein«, sagte Fletcher. »Aber ist der Hopkins, der dreimal ein Flugzeug chartert, hierher fliegt, und dreimal einen Pickup mietet, derselbe Mann, der auf mich schießt und *einmal* versucht, mich zu töten?«

»Du meinst, wir können aus ihnen nicht die gleiche Person *machen*?«

Fletcher nickte. »Entweder sie sind es oder sie sind es nicht. Der gesunde Menschenverstand sagt, sie sind es nicht. Unser Bedürfnis, die Jagd zu beenden, sagt, sie sind es. Denn wenn sie es *nicht* sind, stehen wir wieder ganz am Anfang unserer Suche.«

Sie unterbrach ihn mit vollkommener Überzeugung, in Widerspruch zu allem, worauf sie sich gerade geeinigt hatten. »Es ist Jarvis.«

Beide platzten vor Lachen heraus. Fletcher legte einen Arm um ihre Schultern, um sie fest an sich zu drücken. Er merkte, daß er seine Tochter sehr liebte, ob sie nun mit seiner Jägerlogik übereinstimmte oder nicht. Und wenn sie mit Jarvis recht hatte, dann kannten sie ihren Mann, hatten aber keinen *Beweis* dafür. Ohne einen Beweis hatten sie nichts.

Ross beobachtete, wie Westergard unter den Orangenbäumen Hände schüttelte. Er hatte in der Nacht zuvor nicht besonders gut geschlafen. Warum drängte ihn Nicole so sehr? Sie und ihr verdammtes, neues Wahlkampfmemo, und dann konnte er nicht damit aufhören, über sie und Westergard nachzudenken. Dann schließlich der Tropfen, der das Faß zum Überlaufen brachte, als sie ihn ohne Vorwarnung bat, Jarvis' Aufenthaltsort in der Nacht, in der man auf ihren Vater geschossen hatte, zu überprüfen.

Im Moment ging er sehr einfühlsam auf sie ein, was ihren Vater betraf. Aber Einfühlung oder nicht: Er würde für sie sicher nicht fragen, wo Jarvis in jener Nacht gewesen war. Jede Wahlkampftruppe war eine Brutstätte für Klatsch. Wenn man anfing, solche Fragen zu stellen, setzte man die Gerüchteküche in Bewegung.

Abgesehen davon tat er genug für sie, indem er gegen seine Überzeugung ankämpfte, um das verdammte Memo zu schreiben, das sie wollte. Drängte sie darauf, weil sie und der Gouverneur...?

Ach, zum Teufel, sie drängte, weil sie sich ärgerte und da sein wollte, wo er war, nicht wegen irgend etwas Sexuellem, was möglicherweise einmal zwischen ihr und Westergard gewesen sein mochte. Sie war neidisch, ganz einfach.

Darauf war sie neidisch? Daß er sich hier draußen zwischen zweitausend Hektar Orangen außerhalb von Orlando/Florida das Hirn ausschwitzte? Die Gegend war von dem ungewöhnlichen kalten Winter hart getroffen, mit schweren Ernteschäden, und natürlich wollten die lokalen Farmer wissen, was Westergard in dieser Hinsicht tun wollte, wenn er Präsident würde, und der Gouverneur gab ihnen einen von Ross' vorgekauten Stegreifsprüchen-zu-jeder-Gelegenheit.

»Es war ein Südstaatler, Mark Twain, der gesagt hat, daß alle vom Wetter reden, aber niemand etwas dagegen tun kann. Ich kann auch nicht besonders viel gegen das Wetter tun, aber ich *kann* etwas am Klima ändern – in Washington. Ich bin ein Demokrat des Volkes. Wählen Sie mich, und ich werde mich für das Volk einsetzen.«

Nicole hatte wie üblich recht behalten: Westergard hatte absolut nichts Wesentliches gesagt – was hier draußen auf der Propagandareise in Ordnung war, aber ziemlich bald würde die Presse mehr Inhalte verlangen. Er mußte das Memo heute abend fertigschreiben.

Eine halbe Stunde später hielten sie am Jachthafen des Lake Monroe, abseits des Highway 4, wo eine Menge Ruheständler ihre Zeit beim Fischen verbrachten. Ross und das inzwischen unaufhörliche Geschnatter der Nachrichtenleute und ein ungewöhnlich zahmer Jarvis – seit seiner Rückkehr aus Boston war er so gewesen – folgten dem Kandidaten zum Ende des Piers hinaus. Keiner von ihnen trug einen Hut in der sengenden Sonne von Florida, so daß Ross schwitzte, als er über die ›Enthüllungen‹ nachdachte, die Nicole am Abend zuvor am Telefon angedeutet hatte. Sie ›hätte ihm etwas zu sagen‹ über jemanden, der in engem Zusammenhang mit der Wahlkampfmannschaft stand.

Ein heimkehrender Fischer stellte den Außenbordmotor ab und ließ sein Aluminiumboot zum Pier gleiten. Das V-förmige Kielwasser holte ihn ein, zog an ihm vorbei und klatschte sanft gegen den sandigen Strand. Dort wartete Westergard, fing das Tau auf und warf es fachmännisch um einen der Pfähle. Die Nachrichtenleute waren begeistert.

»Wie viele haben angebissen?«

Der Fischer, ein klobiger, sonnengebräunter Mann in den Sechzigern, trug eine spitz zulaufende Mütze aus blauem Nylongeflecht und sagte: »Keine.«

Auch davon waren die Nachrichtenleute begeistert.

»Ich schätze, das ist es, was das Angeln so interessant macht«, sagte Westergard nachdenklich. »Gerade wenn man glaubt, man hat es kapiert, ändert sich alles, und sie wollen nicht mehr anbeißen.«

»Oder wählen«, sagte der Fischer. »Ich habe immer die Republikaner gewählt, warum sollte ich also für Sie stimmen? Wann denken Sie sich mal ein paar Erleichterungen für die Leute im Ruhestand aus, die Sinn und Verstand haben?«

»Sobald Sie die Parteifronten wechseln und mich wählen.«

»Dann würde ich es vielleicht tun.«

Sie schüttelten sich die Hände, und die Kameras summten. Der Wortwechsel landete bei zwei bundesweiten Sendern in den Nationalen Nachrichten, und in Florida bei allen Stationen. Das war zwei Monate, bevor irgend jemand – Westergard eingeschlossen – erfuhr, daß Johnny Doyle dem barschen, alten Knaben hundert Dollar gezahlt hatte, damit er im richtigen Moment ankam, und ihn vorher sorgfältig angewiesen hatte, welche Sätze er sagen sollte.

Ross hatte sich für die Nacht heimlich einen tragbaren Computer aus dem Presseraum mitgenommen, und so saß er bis drei Uhr morgens an seinem Memo. Er druckte zwei verschiedene Versionen aus: Eine für eine Niederlage in der Vorwahl am nächsten Tag, die andere für einen Sieg.

Westergard schaffte 34,3 Prozent der demokratischen Stimmen in Florida. Fiksdahl bekam 30,6. Der Sieg machte Westergard zu einem echten, nationalen Kandidaten. Daher brauchte er jetzt eine nationale Pressestrategie. Ross war dafür genau der Richtige.

18

MEMORANDUM
An: Gouverneur Westergard, Kent, Hastings, Peter, John
Von: David Ross
Datum: 11. März
Thema: Kontrolle der Medienberichterstattung

Nachdem wir nun in Florida gewonnen haben, müssen wir die größte Gefahr für einen nationalen Präsidentschaftswahlkampf verhindern: Die Arroganz aufgrund eines frühen und überraschenden Erfolges. Wir haben drei der vier anvisierten Vorwahlen gewonnen, und müssen jetzt die Medienberichterstattung kontrollieren und lenken. Die erfolgreiche Nutzung der Presse zum Aussenden unserer Signale und Botschaften an die Wählerschaft ist von entscheidender Bedeutung. Ohne sie werden wir diesen Wahlkampf verlieren.

Ich schlage eine Reihe von Reden zu ›strittigen Themen‹ vor. Diese sollen nicht die spontanen Anmerkungen des Gouverneurs ersetzen. Vielmehr sollen diese Vorträge – in ihrem Charakter von nationaler Bedeutung – die eher begrenzten Reden der bisherigen Vorwahlen ergänzen, und sie werden den Eindruck wahrer Substanz hinterlassen.

Wir wissen, daß genaue Einzelheiten immer die Gefahr einer Katastrophe in sich bergen, aber nicht so allgemeine Angaben zur Erhärtung von substantiellen Standpunkten. Diese Reden sollen thematische Annäherungen und Prioritäten darstellen, was die Presse davon überzeugen wird, daß wir der Präsidentschaft ›würdig‹ sind, und was ›Signale‹ an Eliten, Interessenverbände und letzten Endes an die Öffentlichkeit aussenden wird. Gleichzeitig werden diese Standpunkte nicht so konkret sein, daß sie ihre Flexibilität verlieren oder uns in die Enge treiben. Sie müssen für die angesprochene Wählerschaft leicht nachvollziehbar sein.

Obwohl der Gouverneur ihnen sehr widerwillig gegenübersteht, so glaube ich doch, daß alle zehn Tage festgelegte, offizielle Reden zu aktuellen Themen gehalten werden sollten, um die größtmögliche, nationale Aufmerksamkeit zu erregen. So können wir die Position wechseln und die Presse für uns – nicht gegen uns – arbeiten lassen, wie es in der Vergangenheit manchmal geschehen ist.

(Musterreden beigefügt)

Gary Westergard hatte vorgehabt, während des Fluges nach Chicago zu schlafen, aber nach fünfundvierzig Minuten mit einem Reporter vom *Rolling Stone* war er so aufgedreht, daß er zuerst Ross' Memo las. Er fand es brillant, aber er gab es Edith ohne Kommentar. Da Johnny Doyle eine Kundgebung auf dem O'Hare Flughafen arrangiert hatte, trug sie keinen einfachen Anzug mit dezentem Hut mehr. Sie war für die Großstadt gekleidet, die Stadt der Winde, wozu auch ein Pelzmantel in der Ablage gehörte.

Als sie schließlich von dem Memo aufblickte, sagte sie: »Ich habe natürlich die Musterreden noch nicht gelesen, aber ...«

»Aber ich. Sie sind genauso gut wie das da.«

Auf der anderen Seite des Ganges und zwei Reihen weiter vorn saß Kent Jarvis in Weste und Hemdsärmeln und von einer Rauchwolke umgeben, die Nase in einem Haufen von Papieren vergraben.

Westergard fügte mit nicht gerade beherrschter Stimme

hinzu: »*Er* hat die Sache in Massachusetts nicht kommen sehen.«

»Aber David. Vielleicht solltest du ihm sagen, wie sehr du...« Als ihr Mann sichtlich zögerte, sagte Edith sofort: »Schlaf nur, Liebling. Ich mach' das schon. Wenn es von mir kommt, wird es dich zu nichts verpflichten.«

Westergard nickte dankbar. »Ich bin müde«, sagte er.

Aber als sie aus dem großen Erste-Klasse-Sitz aufgestanden und durch die Abtrennung gegangen war, um Ross aus dem Pressekontingent im hinteren Teil des Flugzeugs herauszulösen, grub Westergard das Memo des Möchtegern-Killers hervor, das er ihm zwei Tage zuvor kommentarlos gegeben hatte. Niemand hatte es zu sehen bekommen, auch Edith nicht. Und das war gut so.

Er las es noch einmal, glaubte nicht viel davon, erstaunt über den enormen Unterschied zu Ross' brillantem Memo über die Medienkontrolle, das er gerade durchgelesen hatte. Es beunruhigte ihn tief, weil er nicht wußte, wie er darauf reagieren, geschweige denn, was er damit anfangen sollte.

Nach einiger Zeit schlief er ein.

Fletcher schlief schlecht, denn seine Ruhe wurde von dem sich endlos wiederholenden Traum zerrissen: Terrys Körper flog durch die Luft, entglitt ihm mühelos, ihr Verschwinden in den kahlen Wäldern... Er versuchte, sein Unterbewußtsein davon zu überzeugen, daß seine Jagd nicht der Rache, sondern dem Verstehen galt, aber sein Unterbewußtsein nahm es ihm nicht ab.

Plante er denn Rache? An wem? Jarvis? Er bezweifelte stark, daß Jarvis ihr Mann war. Aber selbst wenn er es war, dann hatte er im Auftrag eines anderen gehandelt, den er zweimal aus Dutch's Tavern angerufen hatte. Es sei denn, daß Hopkins – in Ermangelung eines besseren Namens –, der Dutch's Tavern/Presnell's Beechcraft-Mann, aus anderem Grund nicht der Angreifer sein konnte: Der Umstand, daß er zu Westergards Organisation gehörte, würde bedeuten, daß Gary den Angriff in Auftrag gegeben hatte. Was völliger Blödsinn war.

Entgegen jeder Logik war Nicole davon überzeugt, daß Jarvis ihr Mann war. Und selbst wenn Hopkins nicht Jarvis war, so war er doch *irgend jemand.* Nicole beharrte darauf, daß dieser Jemand der Angreifer war. Sie sagte, er hätte die Karte nur für diesen Anlaß stehlen können, da er wußte, daß man sie niemals bis zu ihm würde zurückverfolgen können.

Nachdem er aufgegeben hatte, so zu tun, als würde er schlafen, merkte Fletcher, als ein Streichholz aufflammte, daß auch Nicole wach war. Ein Brenner auf dem Herd sprang an und leuchtete in weichem, blauem Licht, das ihr ins Gesicht schien und sie zwölf Jahre alt machte.

»Ich bin schon seit einer Stunde wach«, sagte sie. »Und hör' dir zu, wie du wachliegst.«

Sie setzte den Kessel auf, dann fing sie an, die Coleman-Laterne hochzupumpen. Fletcher schob die Decke von sich – mit dem Nahen des Frühlings wurde das Bärenfell zu schwer, um darunter zu schlafen – und setzte sich auf die Bettkante, um sein Knie zu reiben. Wie immer stieg kurzzeitig Wut über die Schmerzen in ihm hoch, die ihm seine Wunden beim Aufwachen bereiteten.

Nicole fing an zu bohren, während sich das Wasser erhitzte. »An dem Abend, als auf dich geschossen wurde, hat Jarvis David im Büro an einer Namensliste arbeiten lassen – war aber selbst nicht im Büro. Tatsächlich hat mir David erzählt, daß Jarvis den ganzen Nachmittag über nicht dagewesen war.«

»War er später auf dem Treffen für den Wahlkampffond?«

»Ja, aber er kam erst kurz vor David an. Man fährt nicht lange von dem Flugplatz in Robbinsdale zu Olafs Haus. Er könnte nach der Landung direkt dorthin gefahren sein...«

»Wenn ich wirklich glauben könnte, daß Jarvis der Richtige ist, wäre es das klügste, Gary danach zu fragen.«

»Nein!« rief sie erschreckend heftig. Da war sie wieder, die Empfindlichkeit, wenn das Thema Gary aufkam. Und, als hätte sie bemerkt, daß ihre Reaktion zu hitzig ausgefallen war, fügte sie hinzu: »Meinst du nicht, wir sollten es ihm *erzählen*?«

Fletcher zuckte mit den Schultern. »Fragen, erzählen... wo ist der Unterschied?«

Als der Tee aufgegossen, das Feuer geschürt und ein neues

Scheit aufgelegt war, erzählte er ihr im Schein der Lampe, warum er glaubte, daß ein Angriff aus den Reihen von Westergards Wahlkampftruppe notwendigerweise von Westergard selbst kommen mußte. Nicole grillte Brot über dem Herd. Sie war entspannter, seitdem Fletcher nicht weiter anregte, mit Gary direkt darüber zu sprechen.

»Ich glaube nicht, daß es Jarvis ist, aber ich wüßte gern, ob er jemals beim Militär war«, sagte Fletcher. »Der Schütze war ein Amateur, aber er *hat* mich getroffen – dreimal auf hundertdreißig Meter. Er hat ein gutes Gewehr benutzt und die richtige Munition für einen gezielten Schuß aus der Entfernung durchs Dickicht. Wenn er das nicht beim Militär gelernt hat, wo dann? Jemand muß es ihm beigebracht haben, wahrscheinlich jemand unten in Minneapolis. Woher wußte er, welche Munition er benutzen mußte? Woher hat er sie bekommen? Woher hatte er das Gewehr? Was hat er hinterher damit gemacht?«

Nicole brachte den Toast und etwas Marmelade vom Bord mit und setzte sich, aß aber nicht. Statt dessen zündete sie sich eine Zigarette an. Die Lampe zischte gleichmäßig. Ihr Gesicht war übellaunig.

»David kann das mit der Armee rausfinden, und ob sich Jarvis mit Waffen auskennt oder nicht...«

»Kann er nachbohren, warum diese Kreditkarte benutzt wurde und von wem? Es ergibt soviel mehr Sinn, wenn Jarvis es gar nicht war, sondern nur ein harmloser Irgendwer mit Namen Hopkins, so weit unten am Totempfahl der Wahlkampagne, daß kaum irgend jemand weiß, wer er ist.«

Fletcher brachte Nicole vor dem Morgengrauen zu ihrem Wagen hinaus, denn er wußte, daß er sowieso nicht mehr schlafen würde, und folgte dem Wagen bis zur Asphaltstraße. Seine Stiefel knarrten ungleichmäßig auf dem festgetretenen Schnee.

Ungleichmäßige Schritte. Splinting, wenn er versuchte, schneller zu gehen. Ein Krüppel.

Gary?

Nein, das konnte er nicht glauben. Irgendwie hatten sie sich seit fast vierzig Jahren nicht mehr gesehen, aber vier

Sommer lang waren sie während ihrer Jugendzeit bei Crowleys Holzhandel Lagerarbeiter gewesen und hatten sich für Football und Hockey in Form gebracht. Gary hatte zu ihm aufgesehen, ihn beinah angebetet, und die langen Jahre ohne Verbindung zueinander hatten ihren Grund eher in Fletchers ausweichendem Verhalten als in irgendeiner Art von Entfremdung zwischen den beiden.

Ein erschrockener Weißwedelhirsch lief krachend ins Unterholz. Es war noch immer zu dunkel, um ihn zu sehen, aber Fletchers Ohren verfolgten seine Flucht, als er in die nächtliche Stille hinein verschwand.

Lähmende Stille.

»Sie wollen, daß wir *was* machen?« erkundigte sich Fletcher. Er, Gary und Mr. Babs, der Chef des Lagerplatzes, standen im Souterrain unter dem Büro der Holzhandlung. Es war der Sommer, in dem er achtzehn wurde. Gary war sechzehn.

»Grabt einen Tunnel an der Längsseite des Gebäudes, damit wir die Rohre für Heizung und Klimaanlage hineinlegen können«, sagte der rotgesichtige Mann.

»Das müssen fünfzig Meter sein. Wie sollen wir das machen?«

Mr. Babs lachte blöd. »Warum sprengt ihr nicht?«

Als er wieder nach oben gegangen war, grinste Fletcher: »Na gut, dann sprengen wir.«

Er kam mit einem Sack voller Kanonenschläge vom Mittagessen zurück. Jeder legte sich ein Dutzend davon so hin, daß sie bequem zu werfen waren.

»Auf drei«, sagte Fletcher. »Eins, zwei ...«

Es waren Feuerwerkskörper, die beim Aufprall explodierten, ohne dafür einen Zünder zu brauchen, und sie gingen mit großem Knall und einer Qualmwolke los, wenn man sie gegen eine harte Oberfläche warf. Diese schleuderten sie, so schnell es ging, gegen die Wand, so daß es sich anhörte, als würde eine einzige, enorme Explosion das Büro erschüttern. Rauch quoll hervor, der Gestank von Schießpulver lag in der Luft, ihre Ohren summten von dem Getöse.

Von oben kam ein zufriedenstellender Chor von Schreien und Gekreische, das Donnern laufender Füße, das Knallen von Türen. Die am oberen Ende der Treppe flog auf. Durch den Qualm konnten sie die hustende, von hinten beleuchtete Silhouette von Mr. Babs sehen.

»Was zum Teufel ist passiert?« brüllte er.

»Wir haben gesprengt«, sagte Flechter.

Sein Atem rauchte um ihn herum wie die detonierten Kanonenschläge, und Fletcher lachte bei den ersten täuschenden Anzeichen der Dämmerung laut auf. Wenn er sich daran erinnerte, wußte er, daß Gary niemals in der Lage gewesen wäre, etwas zu tun, das für ihn den Tod bedeutet hätte. Sie hatten sich seit fast vierzig Jahren nicht gesehen, nicht seit jenem Saufabend mit Charlie, aber Freundschaften sterben nicht so schnell wie Unfallopfer. Und Nicole war Garys treue Mitarbeiterin gewesen...

Woher, fragte er sich, rührte die panische Reaktion, wenn ihre Kündigung zur Sprache kam oder der Vorschlag, Kontakt zu Gary aufzunehmen? Irgend etwas Persönliches zwischen ihnen?

Ross war tief in seine Frau eingedrungen, und er kam so heftig und lange, daß die Ekstase fast zur Qual wurde. Nicole war jeden Augenblick bei der Sache, Fersen bohrten sich in die Rückseiten seiner Schenkel, Finger kratzten ihm vor Verzückung über den Rücken. Das hatte sie erst zweimal getan, wenn sie sich liebten. Schließlich rollte er ab und lag neben ihr, immer noch schwer atmend.

Nicole blieb hingestreckt, Beine breit, Bauch und Schenkel glänzten vor Schweiß, vollkommen verletzlich, vollkommen erschöpft. Sie streckte die Hand aus und fand ihr Champagnerglas. Es kippte um und die Flüssigkeit tröpfelte zwischen ihre Brüste hinab, kühl und klebrig.

»Gibst du mir ein paar Kleenex, Schatz?« sagte sie mit sanfter, undeutlicher Stimme.

Aber Ross starrte an die Decke, die Hände hinter dem Kopf verschränkt. »Großer Gott, Baby«, sagte er. »Alles wird gut werden. Der Wahlkampf – meine Memos für den Guv...« Er schüttelte den Kopf. »Nach dem ersten war der Guv eisig. Einfach nur eisig. Jarvis war der blonde Prinz, und der Rest von ihnen jaulte um mich herum wie Hyänen, besonders Crandall. Aber dann...«

»Schatz. Es tut mir leid, aber das Kleenex...«

Sie spürte, wie ihre liebevolle Stimmung verflog, als er ihr beiläufig den Karton Taschentücher hinüberwarf, ohne auch nur in ihre Richtung zu sehen, sich in seiner Selbstversunkenheit ihrer Gegenwart kaum bewußt.

Seine Memos? dachte sie beinah wütend. Wer hatte sie ausgedacht, ihn gedrängt, sie zu schreiben? Allein hätte er es nicht getan. Hätte es allein gar nicht tun *können.*

»...als Jarvis völlig zahm aus Boston zurückkam, wußte ich, daß ich das Richtige getan hatte. Aber als der Guv gestern im Flugzeug mein zweites Memo gelesen hat, das ich...«

Noch immer hielt sie an ihrer postkoitalen Euphorie fest und unterbrach ihn: »Jarvis benimmt sich seltsam?«

»Seit Boston, ja.« Er drehte ihr seinen Kopf zu und lächelte sie lasziv an. »Ich weiß, daß du mir unbedingt was über den Wahlkampf sagen möchtest, aber es schien mir wichtiger, meine sterblichen Überreste auferstehen zu lassen.«

»Jedesmal, wenn du nach Haus kommst, klingst du ein bißchen mehr wie Jarvis.«

Seine Augen suchten wieder die Decke ab. Gedankenversunken sagte er: »Ich hoffe, das, was du mir zu sagen hast, hat mit Jarvis zu tun. Er ist so ein ehrgeiziger Scheißkerl. Ich kann alles gebrauchen, was sich gegen ihn verwenden läßt.«

Nicole hatte längst alle Hoffnung aufgegeben, sich ihre liebevolle Stimmung bewahren zu können. Jetzt tauschte sie diese gegen eine fast bösartige Freude.

»O ja, es hat mit Jarvis zu tun.«

Sie fing ganz von vorn an, als Fletcher die gebrauchten Patronenhülsen auf den Tisch seiner Hütte geworfen hatte, und endete mit der Kreditkarte von Primary Power Inc., die *dreimal* dafür benutzt worden war, das Flugzeug zu mieten.

Sie bemerkte, daß ihr Mann immer stiller wurde, und sie spürte eine Woge des Triumphes. Dies konnte David ihr nicht wegnehmen. Nicht wie die Memos.

»Erst als ich die Unterlagen von All-Weather Charter Tours bekommen hatte, fing ich richtig an, mich auf Jarvis als den Angreifer einzuschießen.«

»Den Angreifer«, sagte David mit tonloser, angespannter Stimme.

»Er war mit dir im letzten Frühling oben bei Dads Hütte, um die Kinder abzuholen, also kennt er die Gegend. Ich nehme an, daß du ihm einfach beiläufig in einem Gespräch erzählt hast, daß Dad die Brandfläche vor dem Haus hinaufgeht, wenn er aus dem Wald zurückkommt – und stehenbleibt, um seinen Bogen bei dem großen, ausgebrannten Baum abzuspannen. Er hat Zugang zu dem Konto, er könnte sich eine Karte unter falschem Namen ausstellen lassen. Dad versucht immer noch rauszufinden, wen er von diesem Münztelefon in Dutch's Tavern angerufen hat, denn das wird uns wahrscheinlich zu demjenigen führen, der ihn zum Schießen angeheuert hat. Wenn du rausfinden könntest, ob er jemals in der Armee gedient hat...«

»Halt!«

Der beinah hysterische Klang dieses einzelnen Wortes ließ Nicole den Rest ihres Champagners vor Erstaunen verschütten.

»Was ist denn?«

»Verdammte Scheiße, seid ihr *verrückt geworden*? Du und dein beschissener Alter, seit ihr *bescheuert*?« Er sprang buchstäblich aus dem Bett, als wäre er von dem Unglauben getrieben, der in ihm hochkochte. »Versuchst du, diesen Wahlkampf kaputtzumachen? Den Gouverneur? Mich?«

Sie wurde genauso wütend. Sie setzte sich im Bett ihm gegenüber auf, umarmte ihre Knie, als wäre ihr kalt, plötzlich und unerklärlich mischte sich ihre Wut mit etwas, das beinah wie Angst war.

»Niemand sagt, daß Gary etwas damit zu tun hatte. Natürlich hat Jarvis auf Anweisung eines anderen gehandelt. Aber...«

»Scheiße! *Gib es auf!*« kreischte Ross. Er fuhr nach vorn und stach mit einem Zeigefinger nach ihrem Gesicht. »Ich weiß, warum du das tust! Weil du eifersüchtig auf mich bist! Du versuchst, mich und den Gouverneur zu zerstören...«

»Rede nicht wie ein Arschloch!« schrie sie. Sie schlug seine Hand beiseite, und ihre Wut über die halbwahre Beschuldigung überspielte ihr Unbehagen. »Das hat nichts mit dir zu tun. Wenn du uns nicht hilfst...«

Ihr Kopf war zur Seite geneigt, ein Ohr summte, als sie merkte, daß er sie ziemlich hart ins Gesicht geschlagen hatte. Er packte ihre nackten Schultern und fing an, sie mit einer Kraft zu schütteln, die sie ihm nicht zugetraut hatte.

»Zum Teufel«, keuchte er. »Ich sagte *halt*. Das ist mein Ernst. Ich...« Seine Finger lösten sich von ihren Schultern. Wieder trat er einen Schritt vom Bett zurück. Hilflos sagte er: »Ich – ich werde mir meine – meine Chance in Washington nicht zerstören lassen, weil du und dein beschissener, kranker Alter...« Er schnappte sich seine Hosen und hüpfte auf einem Bein, als er sie hochzog. »Leck mich doch – leck mich doch *am Arsch*!«

Er schnappte sich den Rest seiner Sachen und rannte fast hinaus. Nicole starrte auf den leeren Türrahmen, benommen, war sich kaum der stechenden Hitze bewußt, wo er sie geschlagen hatte.

»O mein Gott!« flüsterte sie halb. »Gott im Himmel.«

Ohne den geringsten Zweifel, jenseits aller Beweise, jenseits aller Vernunft, wußte sie, wer versucht hatte, ihren Vater zu töten. Brechreiz stieg ihr die Kehle hinauf, genau wie es ihrem Mann gegangen war, nachdem er oben im Wald bei Cochrane auf Fletcher geschossen hatte. Das Drängen des Ekelgefühls kam so plötzlich, daß sie es kaum noch rechtzeitig bis zum Badezimmer schaffte.

III

Das Ruhigstellen

Das Tier kann gehetzt werden, um es in ein für den Jäger vorteilhafteres Gelände zu bringen. Man treibt Tiere auch in Fallgruben, über Klippen hinweg, in Sümpfe, in Sackgassen, oder man stellt Fallen auf.

19

Ross schoß mit dem Wagen rückwärts die Auffahrt in die nächtlich verlassene Vorstadtstraße hinab, dann knallte er den Gang rein. Die Hinterräder rotierten auf dem Eis und fanden ein freies Stück Fahrbahnbelag. Der Wagen schleuderte vorwärts, die Reifen qualmten, und sein Atem rauchte in dem noch immer unterkühlten Innenraum.

Sie wußte es. Warum hatte er ihr anstelle seines pathetischen Gefühlsausbruchs nicht gleich eine beglaubigte Aussage gegeben, daß er versucht hatte, ihren Vater zu töten?

Das Problem war, daß er auf etwas gewartet hatte, um es gegen Jarvis verwenden zu können, und ganz plötzlich spulte sie sein ganzes gottverdammtes Leben direkt vor seinen Augen ab. Wenn er vielleicht den Mund gehalten hätte, wäre es möglich gewesen, sie irgendwie abzulenken, die geladene Waffe, die ihr Vater war, auf jemand anderen zu richten.

Irgend jemand anderen.

Nein. Nicht Fletcher. Dreimal angeschossen lag er da im Schnee, hielt den Atem an und bewegte sich nicht. Hörte, wie der Killer näher kam und wußte, daß jeden Augenblick eine Kugel in sein Hirn krachen konnte. Dann, als es nicht passierte, ist er gottverdammte dreihundert Meter weit gekrochen...

Ross' Hände verkrampften sich ums Lenkrad. Dieser Irre konnte sich auf seine Fährte setzen. Er brauchte keinen gesichtslosen Jemand mit vager Verbindung zu einem von Westergards Wahlkampffondbüros zu verfolgen. Nein. Er jagte David Ross persönlich. Er kannte seinen Namen. Sein Gesicht.

Er brauchte einen Drink.

Vasili's hatte ihnen immer gut gefallen, weil es ein absolut konventionelles Steakhouse war – mit eigener Note. Die Besitzer waren Griechen, die in den 30er Jahren eingewandert waren, daher standen Schalen mit bitteren, eingesalzenen

Oliven auf den Tischen, und es gab Ouzo und griechischen Salat zu den traditionellen Steakhouse-Gerichten.

Die Wände waren ebenfalls griechisch. Es gab bärtige, orthodoxe Priester und griechische Frauen mit strengen Gesichtern. Es gab gekreuzte Krummsäbel mit schimmernden, gebogenen Klingen, langläufige Gewehre, wahrscheinlich aus dem griechisch-türkischen Krieg, in dem auch Byron gekämpft hatte, verbeulte, eiserne Kochtöpfe, leuchtende Bauernröcke, die an die Wand geheftet waren, um das ganze Leuchten der Farben hervorzuheben, weiche Mützen mit roten Troddeln, alte, rissige Lederschuhe mit spitzen, hochgebogenen Zehen und Troddeln innen am Spann.

Tradition. Familie. Verehrung der Vorfahren durch Generationen hindurch. Aber niemand warf im Vasili's Untertassen auf den Fußboden. Hier war nichts von dem Betrieb und der Lebensfreude einer Taverne auf Rhodos.

Ross saß auf einem lederbezogenen Barhocker und dachte daran, daß alles so klar gewesen war. Er hatte den unausgesprochenen Wunsch des Gouverneurs ausführen und mit ihm zur Spitze fahren wollen. Der Vorgang an sich war undenkbar, und dennoch hatte er es irgendwie – hinter sich gebracht.

Der Barmann, dessen weiße Jacke von zwanzig zusätzlichen Pfunden guter, griechischer Küche unter den Armen spannte, legte eine Serviette bereit und stellte ihm eine Schale mit Bretzeln hin. Von den Tischen hörte man das gedämpfte Summen von Gesprächen und gelegentlich alkoholisierten Lachsalven.

»Hey, Davy, was soll's sein?«

»Oh, mh, hallo Fred. Einen, mh, Jim Beam. Kein Wasser, ohne Eis.« Fred goß das 5-cl-Schnapsglas randvoll, stellte es vorsichtig auf die kleine Papierserviette mit der Zeichnung einer griesgrämigen Frau und der Bildunterschrift: ›Wenn du nichts Nettes über jemanden zu sagen hast, komm her und setz dich zu mir.‹

Ross schüttelte ihn mit einem Zug in sich hinein. »Noch so einen.«

»Sollst du haben, Babe.«

Fred hatte helle, hervorquellende Augen und ein fleischiges, glattrasiertes Gesicht, das nach frisch aufgetragenem English Leather roch. Er schenkte ein, Ross stürzte ihn genauso schnell hinunter. O Gott, wie er das gebraucht hatte! Dann merkte er, daß er nach seinen Schüssen auf Fletcher in der lausigen, kleinen Bar von Cochrane genau das gleiche vor sich hingemurmelt hatte. Scheiß Fletcher. Er mußte mit seiner Angst rational und nicht emotional umgehen, wie er es bei Nicole getan hatte.

Okay, behandle es wie irgendeine unglückselige Geschichte über den Wahlkampf des Gouverneurs, die Gefahr lief, zur Presse durchzusickern. Er winkte nach einem weiteren Drink.

Schätze ein, wie groß der Schaden ist, den deine Sicherheit genommen hat. Identifiziere die gefährlichsten, potentiellen Gegner. Erarbeite Schritte, den Schaden zu begrenzen.

Erstens, das Ausmaß der Gefahr. Durch sein Aufbrausen hatte er Nicole praktisch gestanden, daß er es gewesen war, der versucht hatte, ihren Vater zu töten. Er mußte es als gegeben nehmen, daß sie jetzt glaubte, oder zumindest befürchtete, daß er der Schütze war.

Zweitens, potentielle Gegner. Fletcher natürlich. Aber Nicole war raffinierter. Er nippte an seinem dritten Glas. Würde sie sich eher ihrem Vater gegenüber loyal verhalten? Oder ihrem Mann gegenüber? Sie hatte eine enge Bindung zu den Kindern entwickelt. Das würde sich zu Ross' Gunsten auswirken. Wenn er Nicole nur ein besserer Ehemann gewesen wäre, als es noch darauf ankam. Verständigungsmöglichkeiten offen gehalten, die Sachen mit ihr durchgesprochen.

Hätte er das schon früher getan, wäre er gar nicht erst in die Verlegenheit gekommen. Oder wenn er geschossen hätte, wäre es nicht nötig gewesen, aus dem Haus zu stürmen. Aber er hatte keine Wahl gehabt. Seine Eingeweide hatten sich ihm umgedreht und eine Eisenklammer seine Schläfen zusammengepreßt.

Ganz ruhig. Wenn Nicole Fletcher schon angerufen hatte, dann war ihr inzwischen klar, daß er nicht direkt *gesagt* hatte, von wem die Schüsse gekommen waren. Sie war eine willensstarke Frau, eine vernünftige Frau, eine *faire* Frau – sie *mußte* sich einfach über die mathematische Chance sorgen, daß sie Ross mit der Annahme seiner Schuld Unrecht tat.

Theoretisch wußte Fletcher dann noch nicht, wer versucht hatte, ihn umzubringen. Es war immer noch Zeit, die Situation in den Griff zu bekommen – den Schaden in Grenzen zu halten, wie sie im Wahlkampf sagten.

Zwei Möglichkeiten. Nach Haus gehen und es zugeben. Oder nach Hause gehen und alles abstreiten, schlichtweg alles. Er hatte einmal gelesen, daß man, wenn eine Frau herausfand, daß ihr Mann eine Affäre hatte – ganz egal, was sie wußte oder zu wissen glaubte –, alles abstreiten sollte.

Streite es ab, schätze ihre Reaktion ab, dann geh in die Offensive.

Einen Moment lang senkte er den Kopf, rieb sich die Augen mit den Handballen. So müde. Wenn er doch nur mit ihr *reden* könnte, ihr sagen, wie groß seine Angst war, wie schlimm er alles versaut hatte.

Er konnte es nicht tun. Teilen war nie seine Art gewesen. Er mußte es durchstehen. Er mußte sie bei ihrem Neid pakken – ihrem offensichtlichen Wunsch, da zu sein, wo er war, das zu tun, was er tat. Dann...

Dann mußte er behaupten, daß sie mit Gary im Bett gewesen war, bevor er ihr den Hof gemacht hatte. Das könnte es gewesen sein, was Jarvis und Edith in Florida angedeutet hatten. Er mußte behaupten, daß Nicole ihren Job im Gouverneursbüro gekündigt hatte, weil sie sich zu dem Mann noch immer hingezogen fühlte. Natürlich war es nicht so, aber es gab ihm kraftvolle Munition für die bevorstehende Schlacht, wenn er nach Haus kam.

Zu guter Letzt verschaffte es ihm etwas Zeit.

Aber als er vom Hocker glitt, wußte er, daß er sich gegen den kaltschnäuzigen Scheißkerl sichern mußte, der blutend im Schnee liegen konnte, während der Mann, der auf ihn geschossen hatte, seinen Abschuß überprüfte. Der Sportwarenladen ein paar Blocks weit die Straße hinunter würde noch offen sein. Jetzt war die Zeit gekommen, die Waffe zu kaufen, an die er schon in Florida gedacht hatte.

Nicole lief in ihren Wintermantel gewickelt im Wohnzimmer auf und ab, hatte die Arme um sich gelegt, als wäre ihr kalt, zog mechanisch an ihrer Zigarette. Ihre Augen waren verheult, ihre Wangen heiß und rot, wo David sie geschlagen hatte.

Warum hatte sie es nicht schon vorher sehen können? Weil es so ungeheuerlich war? Weil er ebensogut hätte versuchen können, seine Kinder zu töten?

Zweimal nahm sie den Hörer, um Fletcher anzurufen, zweimal legte sie wieder auf. Trotz Fletchers Versuchen, die Jagd als eine abstrakte Übung der Logik zu betrachten, wußte sie, wie er reagieren würde, wenn sie ihn anrief und ihm erzählte, daß David der Mann war, der auf ihn geschossen hatte. Wie ein hungriger Wolf würde er aus den großen Wäldern im Norden herabgestürzt kommen.

Als sie noch ganz klein gewesen war, hatte sie geglaubt, Fletcher wäre der riesenhafteste Mann auf der Welt. Unzerstörbar. Er füllte ihren Horizont aus. Dann war er immer wieder fortgegangen, und seine Kraft hatte nachgelassen.

Jetzt...

Jetzt das Trauma für die Kinder, wenn er von Norden kam, um David zu jagen...

Hätte David nicht selbst daran denken sollen? Es waren *seine* Kinder. Sie war nur die Stiefmutter.

Entschlossen versuchte sie es noch einmal, knallte aber beim ersten Klingeln den Hörer wieder auf.

Was war, wenn Davids Wutausbruch, seine Ohrfeige, nur passiert waren, weil er glaubte, sie wäre neidisch und weil er fürchtete, ihr Neid würde seine verzweifelt erkämpfte Chance in Washington zerstören?

Nein, er hatte aus Angst zugeschlagen, nicht aus Wut.

Als sie ihre Zigarette im Aschenbecher auf dem Klavier ausdrückte, öffnete sich rumpelnd das Garagentor unter ihren Füßen, angetrieben von Davids Fernbedienung in seinem Wagen. Sie zündete sich die nächste an, stand unbeweglich in der Mitte des Zimmers, die Arme verschränkt, das Gesicht starr, die Augen hart, und die Anspannung wuchs, als sie hörte, wie er die Kellertreppe heraufkam, auf dem Absatz hielt, dann in den Flur heraufkam und Mantel und

Handschuhe ablegte, bevor er schließlich durch den breiten, gewölbten Türrahmen hereinkam.

»Du verfluchter Scheißkerl!« platzte sie heraus.

»Liebes, es tut mir wirklich leid, daß ich dich geschlagen habe.« Sein Lächeln glich dem einer Hyäne beim Auffinden der Beute eines abwesenden Raubtieres. »Ich war überreizt, und dann hast du...«

»Dann habe ich überreagiert, weil du versucht hast, meinen Vater umzubringen?«

»Du kannst doch nicht wirklich glauben...«

Wild schlug sie seine Hand von sich.

»Warum habe ich nur so lange gebraucht, um es zu verstehen? Alles, was ich von Jarvis gedacht habe, paßt soviel besser auf dich. Du bist ein unwichtiger, mieser, kleiner Mann mit einer miesen, boshaften, kleinen Seele. Du hättest alles tun können, von dem ich dachte, Jarvis hätte es getan, nur noch leichter. Du bist an dem Abend zu spät zu der Party gekommen...«

»Ich habe dich vom Büro aus angerufen!«

»Du hast mich von Dutch's Tavern in Cochrane aus angerufen. Das waren die Anrufe, die Daddy versucht hat, zurückzuverfolgen – Nicole, die dumme Gans! Jarvis war im Büro, du warst da oben und hast...« Ihr versagte die Stimme. »Hast auf meinen Vater geschossen. Aber *warum*?«

Er schüttelte seine Fäuste in sichtlicher Verzweiflung. »Aber ich habe nichts *getan*! Das versuche ich dir doch gerade zu erklären. Ich war im Büro und...«

»Laß uns Jarvis fragen, ja?«

»Er würde sowieso lügen, nur um mich fertigzumachen.«

»Und du nicht? Du, du fieser... Du bist es, ich weiß es. Ich werde jetzt meinen Vater anrufen und es ihm sagen.«

Ross lachte nervös. »Schatz, wenn du das tust...«

»Du hast Angst vor ihm, stimmt's?« Sie wurde immer wütender. »Du versteckst dich im Wald und schießt aus dem Hinterhalt auf ihn, aber der Gedanke, ihm ins Gesicht zu sehen...«

»Er – er ist verrückt, das ist alles«, sagte Ross lahm. »Er

war der große Überlebende in Korea, alles bei ihm ist Instinkt. Er würde nicht warten, bis er die Wahrheit hört, er würde einfach...«

»Warum sagst du *mir* nicht die Wahrheit, du Mörder?«

»Niemand ist tot, Nicole. Wenn du doch nur...«

»Er könnte aber ebenso gut tot sein, innerlich und äußerlich verkrüppelt. Du hast ihm nur noch den Haß gelassen.«

Ross schrie: *»Verdammt noch mal, Nicole, ich habe auf niemanden geschossen!«*

»Laß uns Jarvis fragen, ja?«

»Den Satz hatten wir schon.« Er klang spöttisch. »Vielleicht sollten wir ihn statt dessen nach deiner Affäre mit dem Gouverneur fragen.«

»Was?« fragte sie fordernd. »Was hast du gesagt?«

»Glaubst du, ich bin blöde? Glaubst du, Jarvis und Edith Westergard und die Mitarbeiter des Gouverneurs sind blind? Sie haben alle gewußt, daß du mit ihm geschlafen hast, bevor du mit mir ausgegangen bist – vielleicht sogar noch, als wir schon befreundet waren. Ein Mann, der alt genug ist, dein Vater zu sein – Scheiße, der beste Freund deines Vaters. Aber du fickst eben am liebsten die Mächtigen, also hast du ihn dir ins Bett geholt und...«

»Vielleicht brauchte ich nach dir zur Abwechslung einen knackigen Arsch.«

Ross war schockiert. »Willst du damit sagen, du *hast* mit ihm geschlafen?«

»Natürlich habe ich – *und* die Affäre wieder aufgenommen, als wir drei Monate verheiratet waren.«

»Was? Du – das glaub' ich nicht...«

Sie lachte in sein verwirrtes Gesicht hinein. »Das trifft dich wirklich, ja?« Sie beugte sich vor, lachte verächtlich, die Augen voller Zorn. »Willst du, daß ich dir wie Jarvis davon erzähle? Mit dem Namen des Motels, und wer was wie oft mit wem gemacht hat?«

»Du *hättest* doch nicht mit ihm geschlafen, als wir schon verheira...«

»Ich hätte, und ich habe. Erwartest du, daß ich mich entschuldige? Es tut mir nur leid, daß ich es abgebrochen habe, um eine Ehefrau zu sein, und das für jemanden so niederträchtiges wie – oh, in der *Hölle* sollst du schmoren! Du bist ein Nichts, wenn ich dir nicht sage, was du tun sollst! Du bist ein Feigling und ein Mörder und – verschwinde aus diesem Haus! Sofort! Heute abend! Es macht mich krank, dein Lügengesicht zu sehen!«

»Schatz, wenn du nur hören würdest...«

»Was denn? Du hast mir nichts als Lügen erzählt. Bis ich die Wahrheit kenne...« Plötzlich fragte sie: »Hast du auf meinen Vater geschossen?«

»Nicole, wenn du nur...«

»Hast du auf meinen Vater geschossen?«

»Kannst du nicht verstehen, daß es nicht so einfach ist...«

»Hast du auf ihn geschossen?«

Er spreizte seine Hände. »Du kannst nicht einfach...«

»Hast du?«

Er legte die Hände auf sein Gesicht. So müde. So erschrocken. Er mußte es loslassen. Mußte es rauslassen. Tränen waren in seiner Stimme. »Na – ja, aber...«

»Und du gibst es auch noch zu!« schrie sie in unsinnger Verzweiflung. »Du jämmerliche Ausrede für einen... *Warum?*«

Er hob den Kopf. »Kannst du nicht verstehen, daß es nicht einfach schwarz und weiß ist, es...«

»*Warum?*«

»Wirst du ihm sagen, daß ich es war?«

»Wenn du mir nicht sagst, warum du es getan hast!«

»Er schlägt mich tot wie eine Fliege.«

»Glaubst du wirklich, das interessiert mich?«

»Nicole...«

Er sank in den Sessel neben dem Kamin, wo er gewöhnlich die Abendzeitung las, und plötzlich – wie ein Dammbruch – sprudelte es aus ihm heraus. Der Gouverneur, einen Fuß auf dem Schreibtisch, an diesem verregneten Nachmittag vor elf Monaten. Reagierte auf die Umfragen, die ihm eine geringe Außenseiterchance auf die Präsidentschaft einräumten, seine große, rechte Hand frustriert zur Faust geballt.

»*Die Präsidentschaft der Vereinigten Staaten. Direkt vor mir.*

Und da draußen ein Mann, der, wenn er wollte...« Die Faust öffnete sich, die Präsidentschaft entfuhr ihm für immer. *»Einfach so.«*

»Mein Vater? Er meinte meinen Vater?« rief sie mit lauter werdender, erstaunter Stimme. »Was könnte mein Vater...?«

Ross wußte es nicht, aber er hatte ihr alles erklärt, alles, was passiert war, wie es passiert war, hatte ihr sogar verständlich gemacht, was ihm durch den Kopf gegangen war, als die Idee, Fletcher umzubringen, langsam Formen angenommen hatte. Es war der größte Public-Relations-Job seiner Karriere, denn er *mußte* es jemandem erzählen, und er hatte sein Leben in den letzten vier Jahren mit ihr geteilt. Und weil er fürchtete, daß er ohne ihr Schweigen nicht am Leben bleiben würde.

Wenn er auch wußte, daß er nicht gut darin war, daß er niemals mehr versuchen würde, jemanden zu töten, blieb dennoch eine Sache, die er ihr nicht erzählte: Die Waffe, die er in die Schublade des Aktenschranks auf dem Absatz der Kellertreppe gelegt hatte.

Diese Waffe konnte vielleicht denkbar mehr mit seinem Überleben zu tun haben als Nicoles Schweigen.

20

Während Ross mühsam seine Rechtfertigungen für Mord hervorbrachte, bahnte sich Fletcher knirschend seinen Weg durch den mitternächtlichen Wald. Es war klar und kalt. Der Vollmond warf gezackte Muster von nackten Ästen und die mit Grannen besetzten Silhouetten von Kiefernspitzen auf den Schnee. Aber der Frühling war nicht mehr weit. Tagsüber wurde es auf den offenen Lichtungen matschig, und – das sicherste Zeichen des Wechsels der Jahreszeiten – man hörte die heiseren Schreie von Enten und Gänsen auf ihrem Weg nach Norden.

Fletcher blieb stehen, als eine schwangere Damhirschkuh, gefolgt vom Kitz des letzten Frühlings, ein Dutzend Meter vor ihm den Pfad überquerte. Sie bewegten sich sorglos, knackten beim Gehen mit den Zweigen, nahmen ein Maul voll von verdorrtem Gras oder knabberten an einer heimlich knospenden Esche, ansprechenderes Futter als die bitteren Weidenzweige im Gehege. Die Fahne der Hirschkuh war unten, die des Kitz' war oben, seine Schwanzunterseite im Mondlicht ein weiches Grau.

Ein Dutzend Meter näher, und Fletcher hätte im Vorübergehen unbemerkt mit seiner Hand über ihre Seiten fahren können. Unter Old Charlies Anleitung hatte er das oft getan und davon geträumt, eines Tages das gleiche mit einem Wolf zu machen. Aber Räuber sind oft wachsamer als ihre Beute. Als Junge hatte er nie einen zu sehen bekommen. Ein Wildkaninchenpaar hoppelte schwungvoll aus einem Gewirr von Unterholz hervor, in dem seine Ankunft sie hatte verschwinden lassen. Am Rande der Brandfläche begannen sie, an jungen Stachelbeeren zu nagen.

Wenn – falls – David irgend etwas über Jarvis ans Tageslicht brachte, dann war es immer noch früh genug, die hundert Quadratkilometer von Bäumen, Waldungen, Sumpf und Hügeln, die er inzwischen als *sein eigen* betrachtete, hinter sich zu lassen.

Genieße also die Nacht.

Genieße die Nacht, dachte der Junge. Er fegte Schnee von einem umgefallenen Stamm und setzte sich. Der Himmel war hell erleuchtet, die Sterne verborgen im hellen Schein des Januarmondes. Im Februar fiel er nicht auf ein Wochenende, so daß dies seine letzte Vollmondnacht im Winterschnee sein sollte, denn morgen waren die Weihnachtsferien vorbei.

Der Rest des Waldes wurde nicht einmal zum Weiden des Viehs genutzt, aber diese parkähnliche Ecke am Rande der umgepflügten Felder hatte man vor einem Dutzend Jahren bewässert. Die Fantasie konnte aus den Himbeerbüschen Hände des Todes machen, Dämonen in Büschen verstekken, in verrottenden Stämmen Leichen sehen.

Natürlich sagte Old Charlie, man bräuchte sich im Wald vor nichts zu fürchten. Man mußte nur so gut werden, daß man niemanden überraschte und niemals von jemandem überrascht *wurde.*

Er glitt von dem Stamm in den Schnee hinab, legte sich nach einigen Augenblicken auf den Rücken, parallel dazu, starrte in den winterlichen Himmel, geschützt von den Schichten warmer Kleidung, und ließ seine Gedanken treiben wie die Wolkenfetzen, die immer wieder den Mond verdeckten.

Vielleicht konnte er seinen Dad überreden, am nächsten Samstag zum Fluß zu fahren, damit sie nach den Furten über die West-Newton-Sümpfe sehen konnten. Wenn sie erst einmal dort waren, was lag näher, als ein bißchen Proviant für Charlie und Spot abzuliefern?

Charlies Hunde hießen allesamt Spot. Keiner von ihnen schien sehr lange zu leben – einer war von einem Rotluchs getötet worden, einen zweiten hatte im Sumpf ein großer, alter Waschbär ertränkt, weil er so dumm gewesen war, diesen ins Wasser zu treiben, ein dritter war im Schlaf gestorben. Irgendwie war – einen Monat später oder so – wieder ein anderer da.

Wer wollte *nicht* in einer Hütte aus Teerpappe unten in der Flußniederung wohnen? In Nächten wie dieser – wenn die Schule am nächsten Tag anfing – wünschte sich der Junge sehr, daß er es könnte.

Die aderähnlichen Muster auf der prallen, cremefarbenen Oberfläche des Mondes waren wie die Adern an der halb entblößten Brust einer stillenden Frau, die er im letzten Jahr im Town Talk Cafe gesehen hatte. Es hatte ihm das gleiche heiße und dumpfe Gefühl in der Magengrube gegeben, wie das Federn des Busses nach der Schule. An seiner Haltestelle hatte er seine Bücher vor sich gehalten, denn er wußte, er würde sterben, wenn eines der Mädchen sehen könnte, daß seine Hose ausgebeult war.

Sterben. Warm und gemütlich war es im Schnee, und er erinnerte sich an die Geschichte von Jack London, in der ein Mann erfor. Legte sich einfach zum Schlafen hin und wachte nie wieder auf...

Der Junge wachte auf. Der Mond stand viel tiefer am Himmel. Es mußte schon nach Mitternacht sein. Im Schlaf hatte er sich auf die Seite gedreht und trotz seiner Ohrenklappen Schallwellen aufgefangen, die durch den gefrorenen Boden übermittel wurden.

Bum, bumbum, bumbum, bum...

Erregung und Angst ließen seinen Atem kürzer werden und sein Herz heftig schlagen. Das einzige, möglicherweise gefährliche Tier, das er jemals getroffen hatte, war vor drei Monaten dieser schwarze Bär gewesen. Noch immer mochte er kaum daran denken, wie dieser – obwohl angeschossen – weggelaufen war, um sich in der Baumfalle zu verstecken, anstatt ihn anzugreifen.

Aber es gab nicht nur Tiere im Wald – oft waren auch Menschen da. Old Charlies verleugnete Vorfahren kamen ihm in den Sinn. Helden der Chippewa oder Winnebago oder Sioux geisterten auf leisen Mokassinsohlen durch diese Wälder. Das war natürlich verrückt, aber was war mit *richtigen* Leuten?

Nun, was war mit ihnen? Old Charlie hatte ihn gelehrt, daß man sich in der Dunkelheit vor den Menschen nicht zu hüten brauchte. Außerhalb des Lichtkegels, mit dem die Menschen glaubten, sich umgeben zu müssen, war man ein Teil der Nacht, ungesehen, unsichtbar.

Das Trampeln ging weiter. Fruchtlos richtete sich der Junge auf, um einen vorsichtigen Blick über den Stamm zu werfen.

Wildkaninchen! Die wiesenähnliche Fläche war mit ihren Löchern übersät – unter großen Büschen, zwischen den Wurzeln von Baumstümpfen, unter Stämmen. Dutzende saßen an dieser Kreuzung von drei Pfaden, immer mehr von ihnen kamen hinzu, mehr Kaninchen, als er jemals auf einem Fleck gesehen hatte. Sie hüpften und hoppelten im hellblauen Licht herum, die quirligen, mondweichen Schatten verschwommen unter ihren Beinen, und sie bildeten in etwa einen Kreis, bei dem alle nach innen gewandt waren. Sie standen auf den Hinterbeinen und sprangen wie beim Squaredance am 4. Juli in der American Legion Hall.

In der Mitte des Kreises standen ein Dutzend Hirschböcke in lebhafter Erregung, aufrecht, hüpften und sprangen, ihre langen, schwungvollen Hinterbeine schufen im Mondlicht schimmernde Flecken der Hufe, die sie mit beinah sexueller Inbrunst auf den festgetretenen Schnee schlugen.

Bumbum, bumbum, bumbum bum bum!

Er zog sich hoch, um besser sehen zu können, aber augenblicklich flohen im grauen Licht des Mondes pelzige Körper in alle Richtungen. Von ihren Wachposten gewarnt, stolperten sie in panischer Flucht übereinander. In Sekundenschnelle lag die kleine Lichtung von festgetrampeltem Schnee verlassen da.

Der verärgerte Junge blieb eine halbe Stunde lang vollkommen bewegungslos sitzen, aber kein einziges Kaninchen kehrte zurück. Bevor er mühsam nach Haus stapfte, blieb er stehen, um den festgestampften Schnee mit der nackten Hand zu befühlen. So zusammengepreßt, als hätten Menschen – nicht Kaninchen – darauf getanzt.

Zum Teufel mit der Schule, morgen nacht würde er...

Das Geräusch eifriger Zähne, die schlanke Zweige durchbissen, brachten Fletcher in der stillen Nachtluft das Kaninchenpaar zu Bewußtsein zurück, das in vier Metern Entfernung fraß. Als er in jener Nacht vor langer Zeit nach Haus gekommen war und vor Aufregung beinah platzte, hatte er seinen Verwandten von dem Kaninchentanz erzählt. Er bezweifelte, daß sie ihm geglaubt hatten. Kaninchen tanzten nicht – hatten es nie getan, würden es niemals tun.

Mehrere Nächte lang war er dorthin zurückgegangen, hatte aber die Kaninchen niemals wieder tanzen sehen. Er kam zu dem Schluß, daß er es nur geträumt hätte, aber Jahre später stieß er auf ein Buch mit Erinnerungen des Naturforschers Charles Livingston Bull. Bull hatte während einer mitternächtlichen Wanderung durch die Wälder von Maine das gleiche Ritual gesehen.

Plötzlich überkam ihn Wut. Warum verschwendete er seine Zeit mit dem Versuch, den Mann zu finden, der auf ihn geschossen hatte? Er gehörte hier in die Wildnis. Wenn er keinen inneren Frieden hatte, so führte er doch zumindest keinen Krieg gegen sich selbst. Hier hatte er seine Waffenruhe gefunden. Hier konnte er damit leben.

Fletcher stand auf, steif von einer Stunde völliger Unbeweglichkeit. Die Kaninchen flohen in ihre Baumfalle. Er mußte Nicole anrufen, ihr sagen, daß er die Jagd aufgab. Räuber konnten keine Hamlets sein und sich wegen ihrer Taten quälen. Wenn er den Mann fand und ein Augenblick des Tötens erforderlich wurde, mußte es unbedacht geschehen, so natürlich wie das Atmen. Bei ihm wäre es anders. Seine Unfähigkeit, den Bock zu schießen, hatte ihm gezeigt, was er war: ein verkrüppelter Räuber, der nur noch Beute sein konnte.

21

Chicago erlebte mitten im März eine Hitzewelle. Man rechnete einfach nicht damit, daß die Temperatur bis auf fünfundzwanzig Grad stieg, während noch abgasgeschwärzter Schnee die Seitenstraße umrandete und Eis die Flüsse bedeckte. Besonders nicht, wenn eisige, kanadische Winde bald wieder über den Lake Michigan stürmen sollten.

Warmes, nachmittägliches Sonnenlicht fiel schräg durch die getönten Doppelscheiben seiner Carl-Sandburg-Suite und warf attraktive Krater und Schlaglichter über Gary Westergards rauhe Gesichtszüge. In einer Fernsehkampagne bedeuteten rauhe Züge Stimmen. Er freute sich über das gute Wetter. Die Vorwahl war in nur zwei Tagen, am Siebzehnten, und er war müde, hundemüde. Er wünschte, diese trügerische Andeutung des Sommers würde etwas von dem Eis seiner wöchentlichen Mitarbeiterversammlung schmelzen lassen.

»Jackie Jefferson ist ein Junge aus dieser Gegend, der sich in der großen, bösen Welt der Bundespolitik bewährt hat.« Jarvis hob seine Stimme, um den Feierabend-Verkehr zu übertönen, der selbst hier oben, dreißig Stockwerke über der Straße zu hören war. »Er hat nicht die leiseste Chance für eine Nominierung, aber er ist ein Plünderer – er wird siebzig, achtzig Prozent der schwarzen Wählerstimmen in Chicago einkassieren. Das bedeutet...«

»Null Komma nichts.«

»Hat Ihre Frau gesagt, Sie sollen mir ein paar schlaue Sprüche unterschieben?« schnauzte er Ross um seinen durchweichten Zigarrenstumpen herum an. Nach dem herben Schock der Niederlage in Massachusetts, hatte Jarvis einen späten Sinn für Vorsicht entwickelt. »Jeffersons Spielerei bedeutet, daß uns nur noch achtzig Prozent der Wählerschaft von Illinois bleiben. Und die Umfragen geben Fiksdahl mehr als die Hälfte davon – fünfundvierzig Prozent insgesamt.«

»Die Umfragen sind falsch. Der Gouverneur hat volle Kandidatenlisten für alle einhundertsechzehn freien Posten der Wahl in Chicago ins Rennen geschickt.« Ross wandte sich Hastings Crandall zu. »Wie viele mögliche Delegierte hat Fiksdahl eingesetzt?«

»Bei der letzten Zählung zweiundvierzig.« Selbst bei diesem informellen Treffen war Crandall mit der Präzision der Ivy League gekleidet, was Jarvis um so mehr wie einen zerknitterten Politiker aussehen ließ. »Und da die Wahl in zwei Tagen ist, wird er auch keine weiteren mehr aufstellen können.«

»Das muß er auch nicht«, fuhr Jarvis ihn an. »Als Austin und Reubin und Liebert rausgefallen sind, hat er die vierunddreißig unabhängigen Delegierten unter seinem Namen auftreten lassen.«

Crandall sagte: »Macht insgesamt siebenundsechzig, wenn alle davon gewählt werden. Da sie bei der Wahl nicht als zu Fiksdahl gehörig erscheinen werden...«

»Wer kümmert sich denn schon um die allgemeine Wahl?« fragte Ross. »Der Gouverneur hat gerade neunundneunzig Delegierte in Michigan und Arizona für sich gewonnen, und ich glaube, wir werden mehr als die Hälfte der hunderteinundachtzig Stimmen hier in Illinois bekommen, ganz egal, wie die allgemeine Wahl ausfällt...«

»Sie träumen doch!« sagte Jarvis. »Jefferson bekommt die Schwarzen, Fiksdahl die Gewerkschaftsstimmen.«

»Wie in Florida?«

Westergard hatte dank seines geheimen Treffens mit den

lokalen UAW-Bonzen auf dem Hotelflur einen hauchdünnen Vorsprung bei den Gewerkschaftsstimmen davongetragen.

»Himmel, Ross, der Guv konnte einen Deal mit der Gewerkschaft in Florida machen. Hier...«

»Hier kann er auch einen Deal machen.«

»Nicht gerade wahrscheinlich«, murmelte Jarvis. Aber mit nur wenig Kraft: Sie alle wußten, daß sich Westergard heimlich mit den Führern verschiedener, lokaler Gewerkschaften aus Chicago getroffen hatte.

»Abgesehen von Chicago ist Illinois ein Republikanerstaat«, sagte Ross. »Republikaner und Unabhängige mischen sich hier, und die republikanischen Yuppies draußen in den Vororten werden für den Gouverneur stimmen, nur um dem Apparat der Cock-County-Demokraten eins auszuwischen.«

Westergard beobachtete sie leidenschaftslos, wägte ab, urteilte. Damals im November, auf dem Treffen für den Wahlkampffond, hatte ihm Ross erzählt, daß Fletcher bei einem Jagdunfall erschossen worden wäre. Aber in New Hampshire hatte Jarvis beiläufig erwähnt, er hätte Fletcher am Weihnachtsabend gesund und munter in Ross' Haus gesehen.

Der Widerspruch konnte eine politische Tretmine sein, und er hatte sich vorgenommen, die Wahrheit über den ganzen unseligen Vorfall aus Ross herauszubekommen, wenn das heutige Treffen vorüber war. Er war nicht mehr sicher. Der Mann war momentan die durchdringendste, politische Stimme in der Wahlkampfmannschaft. Es war egal, ob seine Ideen von ihm stammten, oder, wie Jarvis behauptete, von Nicole. Es waren die *richtigen* Ideen.

Im Moment brauchte er Ross vielleicht.

Ross' Hände zitterten sichtlich, als er sich einen zweiten Whiskey aus seiner Kofferflasche einschenkte und Wasser aus dem Hahn im Badezimmer hinzufügte. Er stand am Fenster, nippte an seinem Drink, blickte die South Federal zum Board of Exchange hinauf und fühlte sich schuldig, weil er sich des Telefons auf dem Nachttisch bewußt war.

Das zwinkernde, rote Auge des Telefons kündigte an, daß eine Nachricht auf ihn wartete. Gerade vor einigen Minuten erst hatte er die anderen Mitarbeiter zurückgelassen, also konnte sie nur von Nicole aus Minneapolis kommen.

Er mußte wissen, wie es um ihren Gemütszustand bestellt war, hatte aber gleichzeitig Angst, es zu erfahren. Was war, wenn sie angerufen hatte, um ihm zu sagen, daß sie sich schließlich doch dazu entschlossen hätte, Fletcher alles zu erzählen? Oder schlimmer noch, daß sie es längst getan hatte? Die Vorwahl von Minnesota war nur zwei Tage nach dieser, aber er konnte nicht um Leute vom Secret Service bitten, die hinter ihm herlaufen sollten. Und er konnte dem Gouverneur nicht die Wahrheit sagen.

Wenn Fletcher tatsächlich tot gewesen wäre, hätte er Westergard indirekt zu verstehen geben können, daß er derjenige gewesen war, der diese besondere Last von den Schultern des Gouverneurs genommen hatte, und hätte sich auf eine angemessene Belohnung freuen dürfen, wenn es der Kandidat erst bis ins Weiße Haus geschafft hatte. Aber er hatte versagt.

Das Telefon begann zu klingeln. Ross leerte sein Glas und ging daran vorbei zur Tür hinaus.

22

Nicole ging in der Küche auf und ab, froh darüber, daß die Kinder im Wohnzimmer mit dem Fernsehapparat beschäftigt waren. Sie mußte nachdenken. Warum ging David ihr aus dem Weg? Sie *hatte* versprochen, nichts zu tun, solange er weg war, aber das war vor zwei Tagen gewesen. Zwei quälende Tage. Und jetzt drückte er sich vor ihren Anrufen. Das Ergebnis war, daß sie nur noch daran denken konnte, daß *er auf ihren Vater geschossen hatte!* Versucht hatte, ihn zu töten. Ihn statt dessen verkrüppelt hatte.

Ihn *verkrüppelt.* Für *immer.*

Sie schenkte sich ein Glas Selters aus dem Kühlschrank ein, dann rollte sie das kalte Glas über ihre Stirn. Sie hatte stechende Kopfschmerzen.

Ihr Vater war ein ehrbarer Mann, ihr Mann war, was man im Alten Westen einen Strolch genannt hatte. Warum also die Quälerei? Warum das Zögern? Ehre, Wahrheit, Ehrlichkeit verlangten allesamt, daß sie versuchte, David zu erreichen, um ihm zu sagen, daß sie...

So einfach war das nicht. Es gab noch eine andere Seite.

Die Kinder.

Garys Wahlkampf.

Der Skandal.

Sogar David, der, selbst wenn er in dem großen Lehnstuhl saß und seine Sünden beichtete, in ihr Mitleid erregte, was er irgendwie immer schaffte, egal wie wütend sie auf ihn war. Mehr als Mitleid: In seinen Momenten der Schwäche und Beichte war es beinah eine wiederentfachte Liebe.

Aber was war mit ihrem Vater? Verdiente er ihr Mitleid nicht eher als David, egal, was sie versprochen hatte?

Das Telefon klingelte.

Es war die Geheimnummer, daher hatte sie mit zwei Schritten den Raum durchquert, um abzunehmen, bevor ein zweites Klingeln eines der Kinder an den Wohnzimmeranschluß holte.

»David«, sagte sie ins Telefon. »Ich habe beschlossen...«

»Vom Klang deiner Stimme her zu urteilen, bin ich froh, daß ich nicht David bin.«

»O Dad.« Sie konnte nicht atmen. Sie war nicht darauf vorbereitet. »Ich wollte dich anrufen...«

Und Fletcher sagte: »Ich habe beschlossen, dich anzurufen...«

Sie schwiegen beide, und nur das Geräusch der Entfernung war zwischen ihnen. Buchstäbliche und bildliche Entfernung. Mit einem Seufzer atmete sie tief ein. Beinah schmerzhaft – wie Splinting. Die Unfähigkeit, jemals wieder richtig tief einatmen zu können.

»Dad...«

Sie mußte nur sagen: *Dad, es war David, der auf dich geschossen hat. Er dachte, er würde Gary einen Gefallen tun.* Es einfach nur sagen, und dann – na ja, ihren Vater und David das Problem lösen lassen. Und Gary.

Aber dann tauchte wieder der Vater ihrer Kindheit vor ihren Augen auf. Der Mann, der ihre Welt von Horizont zu Horizont ausgefüllt hatte. Der alles regeln, alles ertragen konnte. Wenn er böse war, alles tun konnte, was er wollte.

Und David – der weinend im Lehnstuhl kauerte...

Willst du, Nicole, diesen Mann zu...

Hastig sagte sie: »Dad, David hat rausgefunden, daß – Kent es nicht war.« Fletcher zeigte keine Reaktion. Blindlings sprach sie weiter, in Panik wegen seines Schweigens. »Er war an dem Abend im Büro, und die Kreditkarte war gestohlen. Also hatte ich unrecht...«

Sie hörte sich selbst mit lauter werdender, fast flehentlicher Stimme sprechen und dachte: O Gott, was tu ich da? Ich hatte mich doch entschlossen, es ihm zu sagen, oder?

Fletcher sagte: »Es ist nicht so wichtig, Liebes.«

Aber seine lange Pause hatte sie derart zermürbt, daß die Worte mit hoher, angestrengter Stimme nur so heraussprudelten, egal welche Worte, wenn sie nur die anklagende Leere seines Schweigens füllten. »Ja, und ich schätze, es sieht so aus, als hätte er nichts rausfinden können...« Der ausgezehrte, graue Wolf würde mit federndem Schritt aus dem Norden herabgelaufen kommen, und David würde sterben. »Weil ich dir auch nicht bei der Suche helfen kann nach – bei der Suche. Für eine Weile. Ich – ich muß vielleicht...«

»Nicole. Liebes. Ich sagte, ich will nicht...«

»Ich... David hat mich gebeten, ihn – ihm Gesellschaft zu leisten – auf der Wahlkampfreise.« Ihr Lachen klang blechern. »Du weißt, wie ich bin mit der Politik.«

»Was ist mit Robbie und Kate, wenn du nach Chicago gehst?«

»Oh, David hat vorgeschlagen, daß vielleicht seine Mutter für eine oder zwei Wochen bei den Kindern bleibt.«

»Eine oder zwei Wochen? Ist Illinois nicht in zwei Tagen?«

Zum ersten Mal merkte sie, daß ihm das Schweigen genausowenig gefiel wie ihr. »Ja, aber vielleicht muß ich den ganzen Wahlkampf über bei ihm bleiben, wenistens hin und wieder, bis zur Parteiversammlung im Juli in San Francisco. Ich bin noch nie in San Francisco gewesen, und...«

»Ich frag' nur, weil ich auf die Kinder aufpassen könnte, wenn ihr niemand anderen hättet.«

»O nein«, rief sie sofort mit gequälter Fröhlichkeit. »Davids Mutter würde es *gerne* tun.« Sie plapperte schneller und schneller, wie Iris Bergman bei einem ihrer Rückfälle zur Südstaatenschönheit. »Und wenn nicht, dann gibt es auch noch Iris und Norman, du hast sie auf der Party kennengelernt, und ich könnte dich doch auch nicht darum bitten, wo ich aus der Reihe tanze, sozusagen.« Blanke Verzweiflung durchfuhr sie, ein schwerfälliges Monstrum. »Ich schätze, du wirst wohl – allein weitermachen müssen, such einfach – such einfach weiter...«

Er, geschunden, auf der Suche nach seinem Mörder, während sie ihm mit nur einem Wort geben konnte, was er wollte. *Brauchte.*

»Es ist egal, Kleines«, sagte er wieder. »Ich gebe es auf.«

Das ließ sie innehalten. »Aufgeben... Ich verstehe nicht.«

»Ich werde nicht weiter nach ihm suchen. Selbst wenn ich ihn jemals finden sollte, was dann?«

»Dann würdest du – du würdest ihn fragen, rausfinden, wer und warum...«

Sie unterbrach sich, erschrocken. Er gab ihr die Lösung für ihre sämtlichen Probleme, und sie drängte ihn, die Jagd weiterzuführen. Nutzlos weiterzuführen, denn mit einem einzigen Wort konnte sie ihm seine Beute ausliefern. Aber sie brachte es nicht fertig.

»Ich habe viel darüber nachgedacht«, sagte Fletcher. »Was wäre, wenn ich ihn finden würde und...« Plötzlich traten Wut und Schmerz in seine Stimme. »Nicole, ich kann nicht mal mehr einen gottverdammten Hirsch schießen. Ich bin kein Jäger. Ich bin überhaupt nichts.« Seine Stimme wurde lauter. »Ich kann nicht jagen, ich kann nicht Fallen stellen, ich kann nicht...«

Er sprach nicht weiter. Mit leiser Stimme, förmlich sagte sie: »Ich – es tut mir leid, Daddy.«

»Ja, mir auch.« Er versuchte ein Lachen, schaffte es beinah. »Aber ich habe bestimmt Zeit, den Babysitter zu spielen, wenn ihr mich braucht.«

»Ich – danke, Daddy, aber vielleicht werde ich doch nicht – vielleicht wird die Reise gar nicht...«

In gegenseitigem Einverständnis legten sie auf. Nicole

wartete auf die große Erleichterung. *Er gab die Jagd auf!* David war gerettet, sie war gerettet...

Keine Gnadenfrist drängte mehr. Jetzt mußte sie mit einem moralischen Problem leben, das nur entfernt worden war, dem sie sich nicht gestellt hatte. Sie brach in Tränen aus, in laut wimmerndes Schluchzen, das die Kinder mit großen Augen vom Fernseher anlockte. Sie konnte ihnen nicht sagen, was los war, konnte sich nur an den kindlichen Trost ihrer Zuneigung klammern.

Ross hatte recht gehabt. Westergard schaffte bei den demokratischen Vorwahlen in Illinois einundvierzig Prozent der allgemeinen Wahl, Fiskdahl siebenunddreißig Prozent. Jefferson, der achtzehn Prozent bekam – praktisch alle davon in Chicago – behauptete, es wäre jetzt ein ›Drei-Mann-Rennen‹ um die demokratische Nominierung im Juli. Nur seine leidenschaftlichsten Anhänger schenkten ihm Beachtung.

Neununddreißig Prozent der Gewerkschaftsstimmen für Westergard, gegen Fiksdahls achtundzwanzig und Jeffersons sechsundzwanzig.

Ross hatte auch mit seiner Einschätzung der Delegiertenzahlen recht behalten. Westergard neunundachtzig, Jefferson sechsunddreißig. Die anderen sechsundfünfzig blieben bis nach dem ersten Wahlgang auf der Parteiversammlung unabhängig.

Bundesweit hatte Westergard – bei insgesamt 1967 Delegierten, die er zur Nominierung benötigte – davon jetzt 629, Fiksdahl hatte 357. Jefferson war der abgeschlagene Dritte mit einundsechzig.

Westergard fehlten noch 1338 Delegierte.

Jarvis wurde bei dem sicheren Sieg in Minnesota nicht gebraucht, also verschaffte er sich eine in Verbindung zum Wahlkampf stehende Ausrede, noch einen zusätzlichen Tag in Chicaco zu bleiben. Und eine Nacht.

Zuallererst brauchte er Zeit zum Nachdenken.

Er hatte seit Massachusetts eine Menge an Boden verloren. Und noch schlimmer als das: Er schien seinen ganzen Mut verloren zu haben. Vor den Augen des Guv ängstlich eine

Niederlage voraussagen für etwas, von dem er jetzt sah, daß es eine ziemlich sichere Sache gewesen war.

Er hatte keinen Dreh- und Angelpunkt in seiner politischen Argumentation, keinen Kern. Er mußte sich neu orientieren. Mußte herausfinden, was er für den Guv tun konnte, das kein anderer aus der Mannschaft tun konnte. Und dann mußte er es tun, um sich so wieder unentbehrlich zu machen.

Nach New York und Pennsylvania hätten sie den halben Weg zur demokratischen Parteiversammlung im Juli geschafft, der Guv lag in Führung, und diesmal hatten die Republikaner kein Ronnie-Baby zur Verfügung. Wenn Westergard es schaffte, bei Gott, dann würde Jarvis es mit ihm schaffen. Es gab keinen Grund, warum ein unentbehrlicher Mann nicht vom Wahlkampfleiter zum Kabinettsmitglied aufsteigen konnte.

Also würde er finden, was zu finden war, wenn es ihn nur unentbehrlich machte. Vielleicht nicht heute, vielleicht nicht morgen, aber bevor der Wahlkampf vorüber war. Er würde es finden. Und es ausnutzen.

Unterdessen gab es einen zweiten Grund, warum er noch in Chicago bleiben wollte. Als er dem Guv unter der Hand fünfzehn Prozent der schwarzen Stimmen verschafft hatte – drei Prozent besser als Fiksdahl – hatte er Verbindung zu einem schwarzen Zuhälter namens Sharkey aufgenommen, der am South Drexel Boulevard in der Gegend von Kenwood eine Reihe von Straßenhuren laufen hatte. Sharkey würde fast alles tun, wenn der Preis stimmte, und ein paar seiner Mädchen würden sogar noch mehr tun – Dinge, die zu gefährlich waren, um in Minneapolis danach zu suchen.

Das Fiasko mit der schwarzen Hure in Boston hatte Ross gezeigt, daß Nutten keinen Alarm schlagen konnten, wenn die Sache etwas ruppig wurde. Daß dunkelhäutige Huren ihn erregten. Daß es da noch etwas gab, das ihn sogar noch mehr erregte.

Er sprach mit Sharkey darüber, von Mann zu Mann, und Sharkey, weit entfernt davon, geschockt zu sein, hatte genau das richtige Mädchen für den Job. Für den entsprechenden Preis natürlich. Leute mit besonderen Wünschen mußten schließlich auch dafür bezahlen.

Oder vielleicht war es das Mädchen, das bezahlte. Sie war sehr gut, aber wie erwartet, konnten selbst ihre geübten Dienste ihn nicht steif genug machen, um ihn hinzubringen, wohin er wollte. Er spürte den inzwischen vertrauten Zorn in sich aufsteigen, genau wie in Boston, und, genau wie in Boston, ballte er seine Faust und prügelte sie aus dem Bett.

Aber diesmal war er vorbereitet. In einem Taumel der Erregung machte er sich über sie her, schlug sie und trat nach ihr, brach ihr den Arm und zwei Rippen, und als sie vor Schmerz und Angst zu schreien begann, verwüstete er ihr ziemlich schlimm das Gesicht.

Außerdem, wie er halb erhofft, halb befürchtet hatte, kam er, wohin er kommen wollte.

Er ließ sie in einer Lache von Blut und Samen neben dem Bett liegen, überzeugt davon, daß sie ihren Weg ins Krankenhaus von allein finden würde. Schließlich war sie dafür bezahlt worden, und Sharkey hatte ihm versichert, daß es kein Nachspiel geben würde. Teufel auch, wahrscheinlich ging ihr bei Gewalt selbst einer ab.

Sharkey fuhr nach Haus und zählte haufenweise Hunderter, und Jarvis fuhr nach Minneapolis und fühlte sich prächtig.

23

Fletcher saß am Fußende des Untersuchungstisches. Das Vinyl unter der Papierdecke fühlte sich an den Rückseiten seiner Oberschenkel kalt an. Er fragte sich, warum Nicole ihn am Telefon angelogen hatte.

»Was?«

»Deine Hand sieht absolut großartig aus.« Victor Kroonquist, Doktor der Medizin, brachte ein blaues, skandinavisches Auge nah an Fletchers braunes. Er sah aus wie ein buckliger Reiher im seichten Wasser, der seinen Blick vornüber auf eine unvorsichtige Elritze gerichtet hatte. »Du hörst kein einziges Wort von dem, was ich sage, stimmt's?«

»Sollte ich?«

Victor knurrte, groß, gebeugt und grobknochig. Mit einem Ruck befestigte er die Blutdruckmanschette um Fletchers Arm, drückte das Stethoskop in die Armbeuge und pumpte die Manschette auf.

»Bevor ich meine Zeit und Mühe mit einer medizinischen Untersuchung vergeude, sollte ich lieber feststellen, ob du noch lebst.«

»Mit Sicherheit – leider.«

Victor breitete seine Arme weit aus und deklamierte:

»Kannst du dein Herz und Nerv und Muskel zwingen Dir
noch zu dienen, wenn sie doch längst verlor'n...
Dein ist die Welt und alles, was darinnen,
Und – besser noch – du bist ein Mann, mein Sohn!«

Fletcher hörte ihn kaum. Ihm war das Zögerliche und die Veränderung im Ton von Nicoles Stimme aufgefallen, die leichte Kurzatmigkeit, als sie die Gründe für ihren Rückzug von der Jagd herausgelassen hatte. Kinder hatten ihre Eltern angelogen, seitdem Adam und Eva sich Kain und Abel ausgedacht hatten, aber trotzdem...

»Hundertzwölf zu vierundsechzig. Bluthochdruck scheint nicht gerade dein Problem zu sein – und du hörst schon wieder nicht zu.«

»Bei *kannst* hab' ich deinen Sender weggedreht.«

»Ich gebe zu, daß Kipling in seinen inspirierten Stimmungen ein bißchen schwer zu ertragen ist. Aber es gibt schlechtere Dichter...«

Jetzt war Fletcher mit einer großen Geste an der Reihe. »›Ich drückte mich eher vor'm Wassermanntest, als läs' ich die Verse von Edgar A. Guest‹.«

»Genau.«

Wahrscheinlich hatte sie befürchtet, er würde das Gesetz selbst in die Hand nehmen, und einfach deshalb aufgehört, ihm zu helfen. Doch es machte ohnehin keinen Unterschied mehr.

Ein kleiner Gummihammer schlug ihm leicht an sein vernarbtes, linkes Knie. Das Bein machte gehorsam einen Satz.

»Großartig! Ein Frosch unter Strom könnte nicht besser reagieren!« jubelte Victor. »Kroonquist, du bist ein höllisch guter Chirurg!«

Er gab die Jagd ohnehin auf. Allein würde es keinen besonderen Spaß machen. Inzwischen war er von Nicoles Enthusiasmus und ihrer Identifikation mit seinem Zorn abhängig geworden.

Das Stethoskop fühlte sich auf seiner nackten Brust kalt an. »Atme normal. Du läufst doch kein Rennen.«

»Davon wird es in Zukunft nicht mehr viele geben.«

»Entdecke ich da einen Unterton von Selbstmit...«

»Ach, vergiß es. Du bist wie ein vorprogrammierter Computer.«

Victor setzte das Stethoskop auf Fletchers Rücken. Wies ihn an, tief durchzuatmen. Führte es von einem Punkt zum nächsten. Schließlich legte er es zusammen, steckte es in die Brusttasche seines weißen Kittels und lehnte seinen Hintern gegen den Rand eines mit Akten überhäuften Schreibtisches.

»Gesund wie ein Pferd und sauer wie eine Zitrone. Und *das*, mein Freund ist etwas, das kein Computer kann. Vergleiche ziehen. Für einen Computer wäre ›sauer wie ein Pferd‹ und ›gesund wie eine Zitrone‹ genauso wahr.«

Fletcher nahm seine Hose. »Sind wir mitten in einem Gespräch, von dem ich nichts weiß?«

»Ich komme zu keinem Verständnis des Ungewohnten, indem ich es mit dem Gewohnten vergleiche, und ohne die Fähigkeit, Bilder und Gefühle darzustellen...«

»Wären Worte bedeutungslos?«

»Sehr gut! Du vergeudest dich hier oben in den großen Wäldern des Nordens, Fletch.«

»Und was ist mit dir?« Er deutete auf die gerahmten Diplome und Urkunden an den Wänden. »Wie viele Jahre medizinische Hochschule und Praktikum und Zeit als Assistenzarzt, um hier oben im Kiefernwald zu sitzen und in einer armseligen Privatklinik Wortspiele auszufechten?«

»Gerade eben noch armselig.« Er lachte trocken, sowohl über seinen eigenen scharfen Ton als auch über Fletchers Kommentar. »Versuch nicht, mich zu beleidigen, und versuch nicht, das Thema zu wechseln, mein Freund.«

»Was ist das Thema?«

»Du und der Umstand, daß du kein Computer bist.«

Auf seine eigene Art und Weise war Victor ebenso ein Jäger wie Fletcher. Gewesen war.

»Wenn du fertig bist, den Mann zu suchen, der auf dich geschossen hat, warum kommst du dann nicht zu einem guten Essen und einem guten Gespräch zu uns nach Haus? Ingrid hat ein paar Fasane, die...«

»Wer sagt, ich suche nach...«

Victor knallte das Telefonbuch offen auf den Schreibtisch.

»Fast jeder hier drin, außer dem Sheriff – und nur er nicht, weil du dir nie die Mühe gemacht hast, die Schüsse zu melden. Aber...«

Fletcher stieß wütend einen Arm in den passenden Hemdsärmel. »Aber du weißt genau Bescheid?«

»Zumindest genug, um zu wissen, daß ein Jäger, der dir drei Schüsse verpaßt hat, weil er dachte, du wärst ein Hirsch, ungefähr so wahrscheinlich ist wie die Möglichkeit, daß du bei der nächsten Olympiade den Hundertmetersprint gewinnst.«

Fletcher zog seine Stiefel hoch und stand auf. »Es ist nicht mehr wichtig.«

»Du gibst auf.«

»Ich hab' nicht gesagt...«

»Das brauchst du auch nicht. Es ist offensichtlich. Du bemitleidest dich selbst.«

Fletcher sah sich an den Wänden um.

»Was machst du?«

»Ich suche dein Diplom für Psychiatrie.«

»Wie schaffst du es, daß ›Psychiatrie‹ bei dir wie ›Hexerei‹ klingt?«

»Man hat mich beschossen, weil ich tief in meinem Inneren beschossen werden wollte? Vielen Dank.«

»Nun, jedenfalls solltest du ihm verflucht dankbar sein – er hat dich aus einem fünfjährigen Loch von Selbstmitleid befreit.«

Fletcher riß die Tür auf. »Vielen Dank für die Untersuchung, Doc. Schicken Sie mir eine Rechnung.«

Victor hielt ihn zurück. »Verdammt noch mal, Fletch, ich sage doch nur, daß du ein psychisches Trauma nicht genauso überwinden kannst wie ein physisches Trauma.«

»Der Umstand, daß ich im Moment keinen Hirsch schießen kann, bedeutet nicht, daß ich nie mehr einen Hirsch schießen kann?«

Victor merkte nicht, daß das Interesse in Fletchers Stimme gespielt war. »Genau? Du kannst...«

»Aber du hast nicht gesagt, ich könnte nie wieder gehen, ohne zu hinken? Nie wieder tief durchatmen, ohne...«

»Wie gesagt, du miesepetriger Scheißkerl.« Victor lachte in sich hinein. »Okay. Erzähl mir einfach alles darüber, warum du keinen Bock mehr schießen kannst.«

»Ein andermal.«

»Heute. Mittwoch ist mein Golftag, also habe ich...«

»Es liegt noch immer Schnee, und es gibt keinen Golfplatz in Cochrane und außerdem spielst du gar kein Golf.«

»Siehst du? Ich habe den Nachmittag frei.« Er legte seinen Arm freundschaftlich um Fletchers Schultern und schob ihn am Aufnahmetresen vorbei. »Komm schon, ich fahr' dich zur Hütte raus.«

Fletcher ließ die Katze aus dem Sack: Daß die Träume von Terry, die vor ihm in die Wälder flüchtete, weitergingen, obwohl er beschlossen hatte, die Suche aufzugeben, und daß er seit Nicoles Absage wieder die abscheuliche Last des Selbstmitleids spürte.

»Scheint so, als hätte Nicole aufgegeben, weil sie Angst hat, was du tun würdest, wenn du den Burschen findest.«

»Ich bin froh, daß sie es getan hat«, sagte Fletcher und wußte nicht, ob er es auch wirklich so meinte. Der Schnee war soweit geschmolzen, daß Victor den alten Chrysler bis direkt neben die Hütte fahren konnte. Der Motor kam klappernd zum Stehen. »Der muß immer noch eingestellt werden.«

»Und das wird er wohl müssen, bis er stirbt.«

Fletcher hatte seine Hand auf den Türgriff gelegt. Der Motor knarrte in der eisigen Luft. »Nicole wußte nicht, daß ich nicht abdrücken könnte, selbst wenn ich ihn vor mir hätte. Also...«

»Und *du* weißt das?«

»Ich habe es dir gerade gesagt. Als ich versucht habe, diesen Bock zu schießen...«

»Der Hirsch hatte nicht zuerst auf dich geschossen.« Er zuckte übertrieben mit den Schultern. »Aber das ist sowieso alles hypothetisch, oder? Du hast die Jagd auf Heckenschützen für beendet erklärt.«

Fletcher grinste. »Ich dachte, du bist ein Heiler, kein blutrünstiger, mörderischer Scheißkerl, der Freunde anstiftet...«

»Ich bin ein *Heiler*. Was zum Teufel glaubst du denn, was ich gerade mache?«

»Du handelst dir eine Klage der Psychologischen Vereinigung von Minnesota ein, weil du ohne Zulassung eine psychiatrische Behandlung vornimmst. Selbst wenn meine Psyche voller Narben wäre, Victor, wenn ich den Mann fände, der auf mich geschossen hat, würden sie trotzdem nicht verheilen.« Das Scharnier der Autortür quietschte. Es mußte geölt werden, genau wie sein Knie. Er und der blecherne Waidmann. »Oder sonst irgendwas.«

Victor ignorierte ihn. »Die Telefonanrufe von dem Münzfernsprecher in Dutch's Tavern sind entscheidend, um ihn zu identifizieren.«

»Aber es gibt keine Möglichkeit, rauszufinden, wer sie gemacht hat, und selbst wenn es eine gäbe, bin ich nicht mehr dabei. Das ist endgültig.«

Eine Wolke aus Geschrei von aufgeschreckten Staren kam die offene Fläche vor der Hütte herauf, die Stimmen heiser, die Federn ein purpurfarbener, öliger Glanz im Sonnenlicht. Victor schickte Fletcher ein einzelnes, bellendes Lachen hinterher und begann, den Chrysler vorsichtig in Richtung Straße zurückzusetzen.

Auf seinem Gesicht lag der nachdenkliche Ausdruck eines Schachspielers, als dächte er über Dutch's Tavern und Telefonanrufe nach.

24

Westergard wartete in der VIP-Lounge des La Guardia allein auf sein Treffen unter vier Augen, das er mit David Ross verabredet hatte. Er wollte David nicht gern verlieren, aber mußte die Wahrheit wissen. An diesem Punkt seines Wahlkampfes war Unwissenheit einfach zu gefährlich. Falls Fletcher redete...

Ärgerlich verzog er mit einem Blick auf die Zeitung das Gesicht. Die Wahlnachrichten stimmten ihn richtig auf die bevorstehende Auseinandersetzung ein.

N.Y. VORWAHL WIRD KOPF-AN-KOPF-RENNEN

Anfang der letzten Woche konnte sich der Gouverneur von Minnesota, Garrett Westergard, in einer Umfrage von ABC und *Washington Post* noch seines sicheren Vorsprungs von dreizehn Prozent erfreuen. Gestern abend nun stellte die gleiche Umfrage fest, daß Morris Fiksdahl in dieser bedeutsamen New Yorker Vorwahl zur Präsidentschaftsnominierung der Demokraten den Anschluß an seinen Konkurrenten gefunden hat.

Politische Wortklauber haben eine ganze Reihe von Erklärungen für den deutlichen Wechsel der Wählergunst parat, aber die meisten glauben, daß jetzt Fiksdahls geballter Medieneinsatz spürbar wird.

Die Tür hinter Ross schloß sich mit einem Zischen, bevor er auf den Umstand reagieren konnte, daß Westergard allein in der menschenleeren Lounge saß. »Sie sollten nicht allein hier sein, ohne...«

»Die Leute vom Secret Service sind draußen. Ich habe den Rest der Mannschaft ins Hotel und zum Hauptquartier in der Innenstadt vorgeschickt, um die Presse abzulenken.« War da ein Funke von Bedachtsamkeit in Ross' dunklen Augen? »Ich möchte mit Ihnen über Ihr Fletcher-Memo sprechen, David.«

Ross seufzte. Er setzte sich seinem Arbeitgeber gegenüber. »Okay, Gouverneur, was wollen Sie wissen?«

»An diesem Abend für den Wahlkampffond in Olafs Haus

haben Sie mir gesagt, Hal Fletcher wäre bei einem Jagdunfall erschossen worden.«

»Das habe ich damals geglaubt.«

»Woher haben Sie es erfahren?«

Nicht das geringste Zögern. »Von Nicole.«

»Ich habe ein paar Minuten, nachdem Sie mir von Fletcher erzählt hatten, mit ihr gesprochen, und ich könnte schwören, daß sie da noch nichts davon wußte.«

Ross sah ihm direkt in die Augen, aber Westergard war schon zu lange Politiker, als daß er glaubte, ein fester Blick müßte bedeuten, daß die Wahrheit gesagt wurde. »Warum fragen Sie sie nicht selbst?«

»Sie ist in Minneapolis. Sie sind hier. Ich frage Sie.«

Ross zuckte mit den Schultern. »Ich weiß nur, daß sie mich gebeten hat, es Ihnen zu sagen, und daß sie die Party dann einfach verlassen hat.«

»David, sie wußte, daß ihr Vater und ich gute, alte Freunde waren. Wenn sie geglaubt hätte, daß er tot war...«

»Sie brachte es in dem Moment einfach nicht fertig, es Ihnen zu sagen.«

»Und seitdem? Sie brachte es auch nicht fertig, mir zu sagen, daß er am Leben war?«

Ross stand auf und zog zwei enge, seltsam ziellose Kreise. »Können wir hier offen reden, Gouverneur?«

»Es könnte vielleicht Ihren Job retten.«

Ross winkte ab. »Das ist nur ein ganz beschissener, billiger Versuch, Guv. Sehen Sie, ich weiß über Sie und Nicole Bescheid.«

Westergard war auf den Beinen, sein Hals war hinten scharlachrot. Auf eine derartige Auseinandersetzung war er nicht vorbereitet.

»David, das, mh, das war, bevor Sie und Nicole...«

»Und danach.«

Westergard setzte sich wieder hin. »Ich – ich verstehe.«

»Ich weiß, daß es jetzt vorbei ist«, sagte Ross eilig. »Aber...«

»Ja«, sagte Westergard kühl. »Aber.« Nach einer langen Pause legte er seine Hand auf die Knie, als wollte er aufstehen. »Nun...«

»Sie haben selbst gesagt, daß Fletcher Sie davon abhalten könnte, Präsident zu werden. Wenn er *tot* wäre...«, platzte Ross heraus.

»Ich habe übertrieben«, sagte Westergard. »Zuviel getrunken. Nach Gründen gesucht, warum ich nicht Präsident werden könnte. Unfähig, der Ungeheuerlichkeit des Ganzen ins Auge zu sehen, nehme ich an.«

Ihre Blicke trafen sich einen Moment lang, dann nickte Ross nur und wandte sich ab. Westergard beobachtete, wie sich die Tür hinter ihm schloß.

Ross war der Schlüssel. Ross, der gekränkte Mitwisser, der sich niemals bei dem Mann entschuldigen würde, der seine Frau verführt hatte. Das war verständlich – Ross wollte Macht, ein Amt. Westergard konnte es ihm vielleicht bieten. Aber er hatte auch über den Vater seiner Frau gesagt: *Wenn er* tot *gewesen wäre* – mit der unvermeidlichen Andeutung *dann wäre alles gut und wir säßen nicht hier, um diese Diskussion zu führen*.

Als wäre er darin verwickelt gewesen, Fletcher zu töten.

Bisher hatte Westergard niemals *gesagt*, daß Fletcher etwas geschehen sollte, nur laut den Wunsch ausgesprochen. Aber Ross...

Er seufzte. Nicole würde er glauben. Aber es blieb ihm nichts übrig, als zu warten, bis er sie unter vier Augen fragen konnte.

Ross spritzte sich kaltes Wasser ins Gesicht, spülte seinen Mund aus, trocknete sich das Gesicht mit einer Faust voll grober Papierhandtücher aus dem Spender. Er hätte sich wie der König der Welt fühlen sollen. Gerade hatte er Westergard niedergerungen! Hatte jedem Wort, jedem eisigen Blick widerstanden, und alles, weil Nicole ihm am Abend zuvor am Telefon gesagt hatte, daß Fletcher die Suche aufgab.

Warum also zitterte er, war den Tränen nahe und übergab sich im Herrenwaschraum eines Flughafens beinah über der Toilette?

Weil er abgedrückt hatte. In Westergards Büro an jenem Aprilnachmittag, das war nicht nur der Alkohol, der da gesprochen hatte, oder irgendein Blödsinn über die Unfähigkeit des Gouverneurs, einen Präsidentschaftswahlkampf zu führen. Nein, Westergard hatte geglaubt, daß Fletcher ihn aus dem Rennen werfen könnte.

Aber es war David Ross gewesen, der abgedrückt hatte, also stand David Ross jetzt zwischen Westergard und Fletcher. Westergard mit seiner Gewalt über das Leben, Fletcher mit seiner Gewalt über den Tod.

Ross holte tief Luft. Scheiß auf die beiden. Hatte er nicht den Mut gehabt, auf Fletcher zu schießen? Hatte er dafür nicht ein mutiger Mann sein müssen, ein verwegener Mann, ein Mann mit Zielen? Im Wald bei Cochrane und hier in der Flughafen-Lounge hatte er diesen inneren Mann unter Kontrolle gehabt. Dieser innere Mann konnte selbst Präsident sein, konnte das rote Telefon bedienen, konnte sogar den Knopf für das Jüngste Gericht drücken, wenn er es mußte.

Nur, daß David Ross – abgesehen von solchen vereinzelten, explosiven Momenten – nicht dieser kühle, skrupellose, vollkommen qualifizierte Mann war. David Ross war ein Mann, der entsetzliche Angst davor hatte, von demjenigen niedergeschossen zu werden, dem er furchtbares Unrecht angetan hatte – einem, der all diese Dinge *war.* Und das war der *wahre* Grund, warum er im Herrenwaschraum mit seinem Brechreiz kämpfte.

Er würde den Stier niemals bei den Hörnern packen. Es sei denn, er konnte Westergards eigennützige Befürchtungen ein für allemal ausräumen, es sei denn, Nicole würde dem Guv seine Version der Ereignisse bestätigen. Und das würde Nicole nicht tun.

Oder doch?

Er starrte sich im Spiegel an. Er befeuchtete seinen Taschenkamm und begann, mit ihm nervös durch die dicken, schwarzen Locken zu fahren.

Vielleicht war dieser David Ross nicht tapfer, aber er war schon einmal zu Nicole durchgedrungen, als er ihr gestanden hatte, daß er der Attentäter gewesen war. Er hatte geweint, sie hatte ihn im Arm gehalten.

Vielleicht – ganz vielleicht – vielleicht konnte er es noch einmal schaffen.

25

Garrett Westergard biß in seine Gewürzgurke – natürlich koscher in Dill eingelegt. Hier waren selbst die Gerüche jüdisch, kontrolliert, vernünftig oder wenigstens zivilisiert: frischgebackenes Brot, Zwiebelbrötchen, Gurken, Gefiltefisch, koscheres Fleisch. Zuckerman's Delikatessenladen war schon seit über einem halben Jahrhundert an dieser gleichen Adresse, nahe dem Broadway auf New Yorks seit kurzem als schick geltender Upper West Side. Wenn er in den Zwanzigern versucht hätte, Wählerstimmen aus der Nachbarschaft zu werben, hätte er sich um bärtige *chassidim* mit Stirnlocken bemühen müssen. Aber die lokalen Yuppiewähler, um die es jetzt ging, waren genauso jüdisch.

Er wischte sich das Kinn mit einer Papierserviette. Drei Tage hintereinander achtzehn Stunden Wahlkampf und keine Erlösung in Sicht. Nach dem morgigen Vorwahl sofort nach Pennsylvania am kommenden Dienstag. Keine Zeit, sich um Ross Sorgen zu machen.

Er winkte mit seiner verstümmelten Pastrami auf koscherem Roggenbrot den Medienleuten und den Passanten zu, die sich um den Kandidaten versammelt hatten, um ihn sich einmal aus der Nähe anzusehen.

»Irgendwelche Fragen – über mich oder das Sandwich?«

»Man sagt, New York wäre der – nach Kalifornien – zweitgrößte Mediengigant in den USA. Was glauben Sie, welche Auswirkungen es haben wird, daß Fiksdahl doppelt soviel wie Sie für die Fernsehwerbung bei den Vorwahlen ausgibt?«

»Seine Werbung spricht für sich.«

»Möchten Sie, daß ich das zitiere? Er steht zu seinem Ruf?« Die Reporterin hatte eine schrille Stimme und trug eine große, runde, malvenfarbige Brille, die ihr eine erstaunliche Ähnlichkeit mit einem Käfer verlieh.

»Das hat er nicht gesagt, Lady«, ging Jarvis dazwischen. Sein Tonfall ließ ahnen, daß er sie gern zertreten hätte. Westergard brachte ihn zum Schweigen.

»Vielleicht sollte man anstatt ›er steht zu seinen Versprechungen‹ sagen: er steht still. Ich bewege mich vorwärts.«

»Er sagt, die Vergangenheit ist der Prolog.«

»Ich sage, die Vergangenheit ist passé.«

Ein Reporter von einer der New Yorker Fernsehstationen trat hervor, flankiert von seinem Kameramann mit einer tragbaren Kamera auf der Schulter. Er hatte sein Haar zu einem Pferdeschwanz gebunden, trug ein T-Shirt vom U-2-Konzert unter einem modischen, italienischen Leinenanzug, dessen Ärmel obligatorisch einmal umgekrempelt waren. Schuhe, keine Strümpfe. Er tauchte sowieso nicht auf dem Bildschirm auf – seine Fragen wurden in der Sendung vom Moderator übernommen. Er fing an zu lachen und schnippte mit den Fingern.

»Hey, Guv, ich glaube, die ganze Mache« – schnipp, schnipp, schnipp – »ist An-sichts-sache. Aber die Öffentlichkeit will Entscheidungen sehen.« Er zeigte seinem Kameramann an, daß er drehen sollte und sprach in bewußter Parodie des Fernsehmoderators, der ihn in der Nachrichtensendung ersetzen würde, mit tiefer Stimme: »Sagen Sie, Gouverneur – man hört, daß die New Yorker Vorwahlen ein Kopf-an-Kopf-Rennen werden sollen, wobei sich Ihr Gegenspieler zur Zeit offenbar im Aufwind befindet. Würden Sie das wohl kommentieren?«

»Wie heißt das Schlagwort? ›Es ist erst vorbei, wenn es vorbei ist‹.«

»Sie glauben immer noch, daß Sie gewinnen?«

»Ich möchte nur, daß sich der New Yorker Wähler einmal folgendes fragt: Wofür setzt sich Morris Fiksdahl ein? Es gibt keinen Zweifel daran, wofür ich mich einsetze – bei jedem Problem. Aber es gibt keine Antwort auf die Frage, wofür er sich einsetzt – bei *irgendeinem* Problem!«

Ein patriarchalisch wirkender Jude mit gepflegtem, grauen Haar und einem buschigen, graufleckten Bart klopfte mit seinem Gehstock an die Kante von Westergards Tisch. Der Agent vom Secret Service war schon in Bewegung, blieb aber stehen. Das Klopfen war eher Symbol als Bedrohung. Die Krümmung der Stocks war dunkel und glatt von vielen Jahren des Gebrauchs, und der Anzug des alten Mannes zeigte leichte Falten aus der Schublade. Er roch leicht nach Mottenkugeln.

»Bei allem gebührenden Respekt, Sir, glauben Sie, daß Sie

dieses Viertel wahrhaftig in der Frage der Situation im Mittleren Osten repräsentieren können?« Trotz seiner Höflichkeit besaß seine Stimme einen unerwartet nachklingenden Tonfall. »Kann jemand, der nicht aus den Ghettos in Osteuropa stammt, der niemals im Sandsturm auf dem Sinai oder gegen die palästinensischen Terroristen aus einem *Kibbuz* auf der East Bank gekämpft hat, ein Salomon sein, wie wir ihn brauchen?«

Westergard war klug genug, es bei einem Verstand, der von Geburt an analytisches Denken gewohnt war, nicht mit findigen Erwiderungen zu versuchen. Statt dessen wandte er sich mit einem warmherzigen Lächeln an eine übergewichtige, schwarzhaarige, junge Dame mit energischen Zügen, die Feinkost-Hackbraten für $ 5.99 das Pfund kaufte. Sie wiegte einen winzigen Jungen mit einem weißen Käppchen im Arm.

»Madam, halten Sie mich für einen Heuchler in Ihrer Mitte?«

»Für mich sind Sie okay.«

Ein Reporter hielt ihr sein Mikro vors Gesicht. »Heißt das, Sie werden für den Gouverneur stimmen?«

»Oh, es tut mir leid, das kann ich nicht. Ich bin eine übergeschnappte, jüdische *Republikanerin* von der West Side.«

Die Menge brach in begeistertes Gelächter aus. Westergard drehte sich um und tätschelte ihrem Sohn den Kopf unter dem weißen Käppchen.

»Madam«, sagte er. »Wissen Sie nicht, daß endlich die Zeit gekommen ist, in der ein Mann nicht aus dem Weißen Haus ausgesperrt wird, weil er einen Gebetsschal und ein Käppchen trägt – außer natürlich, wenn er jüdisch ist?«

Er kam in die Sechs-Uhr-Nachrichten, umgeben von lachenden Juden in einem jüdischen Delikatessenladen. Man sah Fiksdahl in einer einzigartig unfotogenen Kleiderfabrik in der South Bronx Arbeiterhände schütteln.

Nicole stand am Küchentresen und las die Schlagzeilen der New Yorker *Daily News*, die sie in einem überregionalen Zeitungsstand in der Innenstand von Minneapolis gekauft hatte:

WESTERGARD-TRIUMPH IN N.Y.!
45% in der allgemeinen Wahl!
133 Delegierte!
FIKSDAHLS MEDIENOFFENSIVE GESCHEITERT

Sie las weiter, während sie darauf wartete, daß die Mikrowelle ihre Tasse Kaffee aufwärmte. Statt des üblichen Fotos einer Siegesrede vom Podium herab, stand Westergard in einem extrafeinen Delikatessenladen an der Upper West Side vor einer Menge lachender Kunden, die allesamt jüdisch aussahen.

> Gestern errang Garrett Westergard einen sensationellen Sieg in New Yorks Vorwahl zur Präsidentschaftsnominierung der Demokraten. Morris Fiksdahl verdrängte Jackie Jefferson nur knapp vom abgeschlagenen, zweiten Platz, der Gouverneur von Minnesota scheint sich, anders als Senator Fiksdahl, in der Kunst geübt zu haben, die großen, industriereichen Staaten für sich zu gewinnen.

Das Telefon klingelte. Es war David. Seine Stimme war voller Enthusiasmus, als er fragte: »Hast du schon gehört?«

»Ich lese es gerade in einer New Yorker Zeitung.« Dann fügte sie in völlig neutralem Tonfall, ohne Feindseligkeit und ohne Anteilnahme »Herzlichen Glückwunsch« hinzu.

»Ein großartiger Sieg. Der Gouverneur...«

»Wo bist du? Noch immer in New York?«

»Philadelphia – in der Suite vom Guv im Bellevue-Stratford.«

Mit vorsichtiger Neutralität sagte sie: »Schön für dich.«

»Ich wünschte, du wärst hier, um mit uns zu feiern.«

Gott im Himmel, wie gern sie jetzt bei der Wahlkampfmannschaft gewesen wäre! Ihre Stimme bekam den leicht anklagenden Tonfall, den sie haßte, ihm gegenüber aber nicht verhindern konnte.

»Du weißt, warum ich nicht dabeisein kann.«

»Sogar der Gouverneur hätte dich gern hier.«

Jetzt begann er seinen Anruf. Der Rest war der Prolog gewesen. »Du hast mit deinem Boß über deine Frau gesprochen, die rein zufällig seine Geliebte gewesen ist? Wundervoll. Das ist die Sorte von pulsierendem Feingefühl, das ich inzwischen von dir zu erwarten gelernt habe, David.«

»Es war ganz und gar nicht so.«

Sie klemmte den Hörer zwischen Unterkiefer und Schulter, holte ihre dampfende Kaffeetasse aus der Mikrowelle und fügte einen gestrichenen Teelöffel Zucker hinzu.

»Wie war es dann?«

Aus dem Kühlschrank holte sie die zweiprozentige Milch, an die sie sich inzwischen gewöhnt hatte.

»Ehrlich gesagt, Nicole – Schatz – er hat mich an dem Tag, als wir nach New York geflogen sind, in die VIP-Lounge des Flughafens gelockt.« Sie konnte die Anspannung in seiner Stimme hören. Sie schlürfte ihren ersten Schluck Kaffee und dachte teilnahmslos: Jetzt kommt es. »Er wollte wissen, wer mir an dem Abend in Olafs Haus gesagt hat, daß man auf deinen Vater geschossen hatte.«

»Und was hast du ihm erzählt?«

»Du.«

»*Ich?* Um Himmels willen, David, er mußte wissen, daß es nicht...«

Sie fing sich, setzte sich, schüttelte eine Zigarette aus der Packung auf dem Küchentisch. Sie hatte immer noch nicht wieder aufhören können. Sie würde nicht rührselig werden, und sie würde sich nicht mit hineinziehen lassen. Das war Davids Problem. Er hatte es geschaffen, sollte er damit fertig werden. Durch den scharfen Schwefelgeruch hindurch sog sie den ersten, köstlichen Zug tief in ihre Lungen.

»Du kannst es mir genauso gut von Anfang an erzählen.«

Das tat David, und er endete damit, daß ihm im Herrenwaschraum des Flughafens übel geworden war. »Wir haben nicht wieder darüber gesprochen, aber ich weiß verdammt genau, daß er mit dir darüber wird reden wollen.«

»Wenn er fragt, werde ich ihm die Wahrheit sagen.«

»Das kannst du nicht. Ich habe ihm ins Gesicht gesehen und gesagt, du hättest es erst erfahren, nachdem du auf der Party mit ihm gesprochen hattest, und daß du mich gebeten hast, es ihm zu erzählen, als du schon auf dem Heimweg warst.«

»Selbst wenn er das glauben *würde,* warum habe ich ihn dann nicht angerufen, um ihm zu sagen, daß Dad doch nicht tot ist?«

David zögerte. In seiner Stimme lag ein gleichgültiger Tonfall, als er sagte: »Ich habe ihm gesagt, daß ich von deiner Affäre mit ihm weiß.«

»Du ekelhafter *Scheißkerl*!«

»Es war das einzige, was ihn überzeugen konnte.« Seine Stimme wurde schroff. »Schließlich hast du es getan. *Nachdem* wir schon zusammen waren. Auch das habe ich ihm gesagt.«

Ihre Affäre mit Gary hatte ihn tatsächlich gekränkt! Aber es gab nichts, was sie hätte tun können, das mit dem zu vergleichen gewesen wäre, was er ihr und ihrer Familie angetan hatte. Und selbst wenn er im Augenblick den Verletzten spielte, fand er es doch sehr praktisch, es in einer gespannten Lage gegen sie zu verwenden. Wütend drückte sie ihre Zigarette im Aschenbecher aus, bis diese nur noch aus zerfetzten Fasern bestand, aus denen Qualm aufstieg.

Verteidigend rief Ross in ihr Schweigen hinein: »Verflucht noch mal, ich hatte keine andere Chance. Das war das einzige, was er glauben würde. Du *kannst* meine Mutter überreden, bei den Kindern zu bleiben, wenn...«

»Nein, David«, sagte sie gefaßt. »Das werde ich nicht tun.«

»Du hast meinetwegen deinen Vater angelogen.«

Um dir das Leben zu retten, dachte sie. Weil du keine Chance hast, dich gegen ihn zu wehren. Dann kam ihr ein weiterer, unangenehmer Gedanke: Vielleicht hatte sie zum Teil auch gelogen, um es ihm für seine Vernachlässigung in all den Jahren zurückzuzahlen, in denen er...

Da sie sich das Netz der Motive, das sie mit diesem Mann verband, nicht allzu genau ansehen wollte, sagte sie eilig: »Das bereue ich schon.«

Ross schmeichelte ihr. »Liebling, wenn du mir bei Westergard nicht aushilfst, fliege ich aus der Wahlkampfmannschaft.«

»*Ich* bin vor langer Zeit rausgeflogen«, platzte sie hervor. »Hast du dir jemals klargemacht, daß es hier ein moralisches Problem gibt, das wichtiger ist als dein verfluchter Wahlkampf? Du hast versucht, meinen Vater zu töten! Du hast mich dazu gebracht, eine Zeitlang mitzuspielen, aus welchem gottverdammt undurchsichtigen Grund in mir auch immer, aber...«

»Wenn du mir jetzt nicht helfen willst, verlieren wir *beide* unsere Chance in Washington.«

»Ich habe dein Leben gerettet – deinen Job mußt du selbst retten.«

»Nicole...«

»Ich muß die Kinder abholen. Wiedersehen.«

»Nicole...«

Aber sie hatte den Hörer schon aufgelegt.

26

In der Nacht der Vorwahl in Pennsylvania träumte Fletcher. Nicht von Politik. Nicht einmal von Terry, die im Labyrinth vor ihm floh. Er träumte Erinnerungen.

Der schwere Wagen schleuderte beinah seitwärts die Straße hinunter. Der Weg vor ihm war nur an den Teerspuren zu erkennen. Die radierenden Reifen des neuen 49er Willys Jeep ließen dünnflüssigen Aprilmatsch zurück. Der junge Fletcher langte nach unten, zog den stummeligen Griff des Vierganggetriebes nach hinten und riß das Lenkrad herum.

Der noch immer ungewohnte Jeep sprang aus der Spur und schoß über das niedergedrückte Riedgras hinweg. Er trat die feuchten Bremsen durch und kam schleudernd mit der Schnauze direkt vor einer blattlosen Weide zum Stehen. Weggeworfene Dosen und Flaschen lagen als unübersehbares Zeichen herum, daß hier jemand wohnte, aber winterliche Reben bedeckten Charlies Hütte aus Teerpappe so vollkommen, daß sie aussah wie ein Dickicht und nicht wie das Zuhause eines Menschen.

Er stieg aus und knallte die Tür laut zu, ein sicheres Zeichen für Spot, freudig herauszulaufen, vor Freude zu springen und zu bellen. Nach dem geheizten Inneren des Wagens war die Luft kalt. Kein Spot tauchte auf. Und auch kein Charlie. Fletch stellte seinen Jutesack auf den viereckigen, vorderen Kotflügel und schob eilig einen Arm durch den Ärmel seiner Jagdjoppe, nahm seinen Beutel mit den guten Sachen, stapfte voran und zerrte beim Gehen unbeholfen an seiner Jacke herum.

Die Tür war verschlossen. Aus dem Schornstein, der gefährlich durch das schräge, schuppenartige Dach ragte, stieg kein Rauch in den grauen Nachmittagshimmel auf. Drei Jahre zuvor hatte Fletch Charlie dabei geholfen, neue Stützdrähte für das rostige, rußgeschwärzte Relikt anzubringen.

»Charlie!«

Keine Antwort.

»He! Charlie! Ich bin's. Fletch.«

Keine Antwort.

Er ging um den zusammengebrochenen Schaukelstuhl herum, der vor der Hütte im Dreck stand, und schlug mit der blanken Faust an die Tür. Es war immer offen, aber Charlies Regeln verlangten, daß ein Besucher aufgefordert werden mußte, bevor er eintrat.

Draußen im Wald mit Spot?

Nicht gerade wahrscheinlich am Frühlingsanfang, wenn stellenweise noch Schnee lag und der Fluß vom Eis umrandet war. Besorgt ging Fletch zur Rückseite der Hütte. Alles Mögliche konnte passiert sein, seit er in den Weihnachtsferien hiergewesen war.

Als er seine Hände um die Augen legte, um durch das dreckverschmutzte, kleine Fenster zu sehen, spürte er mit einiger Verspätung, daß jemand hinter ihm war. Er sprang auf und fuhr herum, dann landete er mit Blick in die Richtung, aus der er gekommen war. Sein Herz schlug heftig. Charlie stand keinen halben Meter entfernt, die Spitze seiner großen Nase berührte beinah Fletchers Brust, sein zerfurchtes, runzeliges Gesicht eine Explosion von Falten.

»College nicht gut für dich! Old Charlie geht hin und kneift dich in den Arsch, wenn er will, und du hörst nichts.«

Fletch wollte den alten Gauner in den Arm nehmen, aber er begnügte sich mit dem Händeschütteln. »Was zum Teufel hast du gemacht? Dich versteckt?«

»Ja«, gab Charlie unerwartet zu. »Ich und Spot.«

Nachdem Charlie in aller Stille herangeschlichen war, durfte Spot nachkommen, und er tauchte gleich auf, winselte und bellte gleichzeitig. Er war eine Mischung aus goldfarbenem Labrador und Irish Setter. Fletcher hockte sich hin, damit er den großen, rotgoldenen Kopf an sich drücken und Spot ihm das Gesicht lecken konnte. Spot wirkte abgemagert. Fletch richtete sich auf, um den Sack mit den guten Sachen über seine Schulter zu werfen.

Er sagte: »Das Zeug hier war zu Hause übrig.« Er sagte es wie sein Vater, um die würdelose Situation zu überspielen, aber Charlie unterbrach ihn.

»Ist da Priem in dem Sack?«

Er hielt zwei flache, runde Dosen Old Copenhagen hoch. Charlie nahm sich eine und fing an, den Verschluß abzudrehen.

»Vor wem versteckt?«

Er sprach in Charlies Rücken. Er folgte ihm. Spot sprang und bellte, um etwas abzubekommen. Old Charlies Haar war weiß geworden, nicht mehr melliert, wie er es noch in Erinnerung hatte, und es war im Ansatz zu einem Zopf geflochten, der ihm im faltigen Genick hinunterhing. Neben dem verrotteten Schaukelstuhl blieb Charlie stehen und sah seine Hütte an, als sähe er sie zum ersten Mal.

»Ich bin in einem Winnebago Teepee geboren ...« Seine Hände zeichneten einen Halbkreis in die Luft. »Form wie ein Bienenhaus ungefähr.«

Fletch war erstaunt. Erst ein einziges Mal, als er wegen des angeschossenen Bären wütend auf ihn gewesen war, hatte Old Charlie seine Herkunft zugegeben.

»Nicht spitz wie die Sioux Teepees.« Seine Hände spannten sich, um etwas zum Halbkreis zu biegen. »Aus gebogenen Weidenpfählen. Mit Gras und Fellen abgedeckt. Loch in der Mitte, damit der Rauch rauskonnte. Als ich klein war und die Postschiffe noch auf dem Fluß fuhren, haben wir manchmal Zeltplanen genommen, keine Felle. Ziemlich gute Häuser.« Die Tür der Hütte gab ein schroffes, knirschendes Geräusch von sich, als er sie aufstieß. »Besser als das hier«, fügte er verächtlich hinzu.

Der Raum war nicht mehr als zehn Quadratmeter groß und

– abgesehen von dem Licht, das hinter ihnen durch die offene Tür hereinschien – dunkel. Die Wände aus Teerpappe fügten dem süßlichen Geruch des Alters, dem halbwilden, sumpfigen Geruch eines nassen Hundes, den Erinnerungen an ranzigen Schinken und Hobokaffee und gebratenen Fisch mit Zwiebeln die Schärfe von Pech hinzu.

Die linke Wand war ausgefüllt von einem altertümlichen, bauchigen Holzofen, den Fletchs Dad gestiftet hatte und dessen irrwitzig gewundenes Ofenrohr durch ein mit Lumpen verstopftes Loch in der Wand hinausführte. Daneben ein Stapel *True Detectives,* Zunder für den Ofen und Toilettenpapier für den Anbau draußen. Keine Bilder, keine Bücher, keine Fotos, keine Erinnerungen an Frau oder Familie. Nichts Persönliches außer dem altmodischen Armeebett mit dem Bärenfell vom vorletzten Herbst – wo Spot und Charlie, zwei lebendige Tiere, unter dem Pelz eines toten Tieres lagen und sich gegenseitig wärmten.

Fletch ließ den Jutesack mit dem Proviant dumpf auf den Tisch in der Mitte des Zimmers fallen. Charlie setzte sich auf das Bett in der Ecke neben dem Ofen, wo es in den frühen Abendstunden warm genug war, daß er einschlafen konnte.

»Vor wem versteckt?« wiederholte Fletch.

»Diese Typen von der Behörde. Die wollen mich in ein Heim oder so was stecken«, murmelte Charlie düster.

»Ein Heim?« Fletcher verstand nicht. »Du hast doch ein Heim.«

Der alte Indianer hob verärgert eine Schulter. Sein Unterkiefer bewegte sich rhythmisch, als er seinen Priem kaute. Die Haut spannte sich fester um seinen Schädel als im letzten Dezember.

Voller Scham sagte er: »Armenhof.«

Fletch fühlte sich, als hätte man ihm in den Magen getreten. Der Armenhof war für Leute am Ende ihres Lebens gedacht, Leute ohne Freunde oder Zuflucht.

Charlie hatte viele Freunde. Die Fischer und Jäger, die in diesen Teil der Niederungen des Mississippi kamen, konnten bei ihm immer erfahren, wo die Starraugen oder Sandfische oder Barsche bissen, konnten immer erfahren, welchen Weg die Enten aus dem Schutzgebiet nahmen. Er brauchte nicht wirklich, was alte Hasen wie Fletchs Dad ihm immer brachten – er konnte Fallen stellen und schießen und fangen was immer er brauchte, besser als irgend jemand sonst im Schwemmland.

»Warte, bis mein Dad davon erfährt!« platzte Fletch heraus.

»Er weiß es.«

Noch ein Tritt in die Magengrube. Fletch stand neben dem Tisch, verwirrt von Gefühlen, die er nicht einmal identifizieren, geschweige denn verstehen konnte.

»Er kann es nicht wissen! Er ist nicht mehr hiergewesen, seitdem ...«

»Sie waren da, haben mich im Januar geholt. Im Tauwetter.« Old Charlies schwarzer Blick löste sich zum ersten Mal von Fletchs Gesicht, wanderte zu dem zusammengeschusterten Holzschrank, der ihm als Verpflegungskiste diente. Er war so leer wie Charlies Augen. »Dein Dad hat davon gehört, hat mich besucht in dem Haus. Hat gesagt, er kann nichts machen. Also bin ich weg. Wieder hierher. Dann kam die Kälte zurück ...«

Und seitdem war niemand mehr hier gewesen. Fletch merkte, daß er hechelte wie ein Hund, und mit etwas Verspätung stellte er fest, daß dieses unerwartete und unbekannte Gefühl die Angst war.

»Wenn das Wetter umschlägt, werden sie wiederkommen, um dich zu holen.«

»Die finden mich nicht«, gluckste er wieder. »Was glaubst du, warum ich warte, wer in dem schicken, neuen Jeep sitzt? Wenn sie kommen, bin ich weg. Muß nicht hier leben.« Er zeigte in eine Richtung. »Da leben.« Er stand auf und tat eine unerwartet anmutige Geste mit der rechten Hand. »Irgendwo leben. Überall leben. Ist egal.«

»Aber *das* ist dein Zuhause.«

Charlie sagte: »Ich will mit dem Jeep da fahren.«

Bevor sie fuhren, packte Fletch den Proviant aus. Bohnen in Dosen, im Obstkeller geklaut, von seiner Mutter einen Steinkrug mit essiggetränkten Melonenschalen, die Charlie so gern mochte, eine dicke Scheibe Schinken aus der Kühltruhe, die schon offene Drei-Pfund-Dose J&B Kaffe vom Bord über der Spüle, einen Zehn-Pfund-Sack mit Mehl und einen mit Zucker, etwas trockenen Hundekuchen...

Und eine ungeöffnete Flasche Seagram's Seven.

Fletch brachte den Jeep zurück in die Fahrspuren und fuhr in Richtung West Newton. Charlie trug den dicken, roten Mantel, dem Fletch schon vor zwei Wintern entwachsen war. Seine dunklen Augen glühten, als er beobachtete, was der Junge beim Fahren tat.

Sie parkten hinter der Hütte und stiegen aus. Die Sonne hatte die dünne Eisschicht über einem Schlagloch in der Straße zusammengeschmolzen, und Charlie hockte sich hin, die Ellbogen auf den Oberschenkeln und die Hände locker zwischen den Knien, und sah sich das schlammige Wasser an.

»Frosch drin«, verkündete er, als sich Fletch zu ihm gesellte.

Im gleichen Moment tauchte eine grüngesprenkelte Schnauze an der Oberfläche auf, und kleine, glänzende Augen sahen sie unverwandt an.

Fletch stand auf und ging weg, um die Hütte herum zum Fluß. Als er acht oder neun gewesen war, hatte er in dem gleichen Schlagloch einen Frosch gesehen, sein Luftgewehr durchgeladen und auf ihn geschossen, um ihn zu erschrekken. Er hatte ihm das linke Auge ausgeschossen. Der Frosch hatte sich nicht gerührt, hatte einfach dagesessen und ihn mit unerschütterlicher Weisheit aus dem übriggebliebenen Auge angesehen, mit unerschütterlichem Unglück aus der blutigen Höhle heraus.

Er lief zum Ende des Piers hinaus, und die grob zugesägten Bretter federten unter seinen Stiefeln. Der scharfe Geruch des auftauenden Sumpflandes hing in der kalten Luft, braunes Wasser wirbelte große Eisstücke zum Golf von Mexiko hinunter. Bald würden Raddampfer mit Lastkähnen im Schlepptau für eine weitere Saison den Fluß hinauffahren.

Er hatte nie jemandem von dem Frosch erzählt, aber er hatte auch nie mehr leichtfertig mit einem Luftgewehr auf ein lebendiges Wesen geschossen. Von da an mußte es zum Töten sein, wenn er abdrückte.

Old Charlie stand neben ihm auf dem schmalen, verzogenen Dock draußen im Strom und hielt ihm die offene Flasche Seagram's Seven hin. Der alte Gauner schien sie unbeobachtet in seine Manteltasche gebracht zu haben.

»Patschanina.« Er mußte beinah schreien, um das unablässige Tosen des Flusses zu übertönten. Bei Fletchs leerem Blick lachte er: »Feuerwasser!« Dann nahm er einen großen Schluck aus der Flasche.

Er hielt sie ihm noch einmal hin, unbeweglich und geduldig, denn er wußte, was Fletcher fühlte. Der Junge nahm es schon seit langem hin, daß der alte Indianer ein Gefühl durch seine Gedanken hindurch genauso erkennen konnte wie einen Fuchs durch die Bäume. Er nahm die Flasche und trank. Es war das erste Mal, daß er jemals etwas Stärkeres als Bier probierte. Der Alkohol brannte seine Kehle hinab.

»Puh!«

Charlie nahm sie zurück und leerte den Inhalt um weitere Zentimeter. Der Whiskey fing an, Fletcher zu wärmen. Charlie wandte sich wieder dem Fluß zu.

»Als ich achtundsechzig geboren wurde, da waren hier keine Hütten. Ein Boot ging da oben an der Stelle an Land, bevor sie die Markierungen für die Fahrrinne angebracht haben...« Er deutete den Fluß hinauf zu der Stelle, wo er dem Jungen den Bau des grauen Fuchses gezeigt hatte. »Abgebrochen. Hier stand lange das Ruderhaus, und als sie kamen, um die Hütte zu bauen, haben sie die als Schlafraum benutzt.«

Kein Wunder, daß er dieses Schwemmland so gut kannte! Seit zweiundachtzig Jahren lebte er hier – und schlug sein Feuerholz noch immer selbst! Minnesota war erst zehn Jahre ein Staat, als er geboren wurde. Der Bürgerkrieg war erst seit drei Jahren vorüber.

»...erinnere mich noch an die Postschiffe damals.« Old Charlie nickte – und trank. Noch ein Schluck aus der Flasche schien genau das Richtige zu sein. Seine Augen blickten in die Vergangenheit und waren so unbewegt wie stilles Wasser. »Hab' früher nach Münzen getaucht, die sie von den Booten geworfen haben. Nickels und Dimes und Quarters. Hab' auch nach ihnen geschossen.«

Das Gesicht des alten Indianers wirkte vor dem dahinfließenden, schlammigen Wasser kantig und ungerührt.

Fletch nahm die Flasche.
»Mit einer Zweiundzwanziger?«
»Indianer hatten keine Gewehre. Pfeil und Bogen. Weiße von den Postschiffen steckten die Münzen in gespaltene Stöcke, gingen fünfzehn Meter weg und du hast geschossen. Alles, was du getroffen hast, konntest du behalten.«
Fletch gab Charlie die Flasche zurück. Er wußte nicht mehr, wie oft sie hin- und hergegangen war. Er fühlte sich wirklich großartig.
»Hast du viel getroffen?«
Charlies kantiges Gesicht spaltete sich zu einem enormen Grinsen. »Bin reich geworden.«
Sie gingen zum Jeep zurück. Charlie bestand darauf, zu fahren. Fletch wußte, daß er es konnte. Als er ein kleiner Junge gewesen war, hatte ein altertümliches T-Modell neben Charlies Hütte geparkt.
»Hast du Geld dabei?« wollte Charlie wissen.

27

Als sein Vater nach Hause kam, reinigte der junge Fletcher das Armaturenbrett des Jeeps von der verkrusteten Schweinerei. Sein Dad war sauer.
»Wo zum Teufel warst du letzte Nacht? Deine Mutter hat sich furchtbare Sorgen gemacht, weil du nicht nach Hause gekommen bist.«
»Du wußtest doch, daß ich Old Charlie besuchen wollte«, sagte er abwehrend. »Ich hab' ihm etwas Proviant runtergebracht...«
Das Gesicht seines Vaters veränderte sich. Er hatte ein rundes, hartnäckiges Kinn und eine große Nase, und abgesehen von einem melierten Saum über den Ohren und am Hinterkopf war er vollkommen kahl. In unbeschwerten Momenten nannte Fletcher ihn ›Locke‹. Dies war kein unbeschwerter Moment.
»Du hast ihm eine Flasche mitgebracht.«
»Hast du auch manchmal.«

»Seit Jahren nicht.« Er hielt inne. »Und mit ihm getrunken?«

Fletcher erzählte. Alles.

»Weißt du, was du getan hast? Du hast den Leuten, die ihn auf den Armenhof schicken wollen, ihre Chance gegeben.«

Mit einem Ruck und einem Röhren fuhren sie los. Charlie fuhr im Halbkreis durch das feuchte, braune Gras. Dann schlingerten sie den Weg zu seiner Hütte hinunter. Fletch stieß beinah ein Wolfsgeheul aus, nur um zu sehen, ob er es konnte. Die halbleere Flasche stand aufrecht zwischen seinen Oberschenkeln.

»Schon mal jemanden skalpiert?«

»Nee.« Charlie kicherte. »Frühlingsanfang, Herbstende, da haben die Indianer Enten mitgebracht, Bisamratten, Biber, um sie in Fountain City zu lagern. Zwölf Cents das Stück für eine große Bisamratte. Für die kleinen gab es nichts. Ladenbesitzer hat gesagt, welche groß genug sind, um sie bezahlen. Stockenten, die brachten zehn Cents.«

In Fountain City, fünf Meilen südlich, auf der Seite von Wisconcin, gab es im Frühling nördlich der Stadt ein paar wirklich gute Fischgründe für Schwarzbarsche. Die bissen alles, was nicht größer als sie selbst war.

»Kanus waren aus ausgehöhlten Eschen- oder Pappelstämmen. Die Squaws haben gepaddelt.« Wieder kicherte er. »Haben Kriegsschreie ausgestoßen, wenn sie die weißen Jungs in der Stadt gesehen haben. Hat sie höllisch erschreckt.«

»Mach einen.«

Charlie warf seinen Kopf nach hinten und stieß einen Schrei aus, hoch und schneidend und heulend. Seine Nakkenhaare hätten sich aufgerichtet, wenn ihm die Evolution welche davon gelassen hätte. Er stieß sein Wolfsgeheul aus. Sie waren jetzt parallel zu Charlies Hütte. Der alte Indianer trat fest auf die Bremsen und öffnete seine Tür, als der Pickup quietschend zum Stehen kam.

»Spot will auch mit in die Stadt.«

Der große, schlaksige Hund versuchte zu fahren, schob seinen schweren, zottigen Kopf unter Charlies Arm hindurch und legte eine Pfote auf das Lenkrad. Charlie schlug ihm auf die Nase. Mit einem zufriedenen Seufzer legte er sich zwischen sie, als Charlie in die Stadt fuhr.

»Aber warum?« Fletch war mit dem Armaturenbrett fertig, hatte den verdreckten Innenraum sauber gewischt und den Jeep von außen abgespritzt. Das Wasser machte seine Hände ganz taub. »Warum können sie ihn nicht in Ruhe lassen?«

»Weil sie wohlmeinende Leute sind, die ihrem Glauben nach Gutes tun«, sagte sein Vater. »Christen. Sie üben sich in den Pflichten der Barmherzigkeit.«

»Würdest du auf dem Armenhof leben wollen?«

»Es ist besser, als in einer Hütte aus Teerpappe zu sterben.«

Fletch antwortete nicht, aber er dachte: Nein, verdammt, das stimmt nicht.

Kellogg war vom Schwemmland durch den Highway 63 abgetrennt, der sich seinen Weg in Richtung Norden den Mississippi entlang durch Wabasha und Lake City und Redwing zu den Twin Cities St. Paul und Minneapolis schlängelte. Die einzige, gepflasterte Hauptstraße – staubig im Sommer wie die Städte in den Westernfilmen, und jetzt von einer Schlammschicht bedeckt – bestand aus einem Kramladen, einer Tankstelle, einem Lebensmittelgeschäft, einer Bar, in der sein Vater und er jedes Jahr ihre Jagd- und Angelscheine kauften, einem Futtermittelgeschäft und einer Werkstatt für landwirtschaftliche Geräte.

Die unechten Fassaden vieler Gebäude trugen die unleserlich gewordenen Daten ihrer Entstehung um die Jahrhundertwende. Die Kirche hatte einen hölzernen Turm, und die Häuser waren weiß umrandet.

Fußgänger hasteten voran. Ein schimmernder Olds 88 machte einen Satz über den Gehweg, und seine Hupe blökte wie ein verwirrtes Kalb. Gesichter stießen vor Fletch's geschlossenem Fenster stille Verwünschungen aus.

Charlie riß das Lenkrad herum und trat auf die Bremse. Die vordere Stoßstange knirschte gegen einen Telefonmast. Sie stiegen aus. Charlie stieß seinen Kriegsschrei aus. Fletch, der nicht zurückstehen wollte, schloß sich ihm mit seinem Wolfsgeheul an. Spot pißte gegen den Pfahl. Eine ältere Dame mit einem schwarzen Stoffmantel und einem Tuch um den Kopf, das sie unter bäuerlichen Wangen zusammengebunden hatte, blieb stehen und starrte die drei wütend an.

»Also, ich hab' noch nie...«

»Und ich schon immer«, kicherte Charlie triumphierend.

Sie stolzierten über den Gehweg in Oles Bar. Der Laden war groß wie eine Scheune, mit abgetretenem Linoleum, das sich an den Rändern löste, dunklen Holzwände, verqualmten Frontscheiben. Hinter der Bar hingen Schilder der Biervertretungen: Miller, Pabst, Busch. Hamms, Heilman's Old Style Lager. Wie üblich war es Mitte der Woche leer, nur zwei Händler auf der Durchreise hockten an der Bar. Der Geruch von schalem Bier hing in der Luft und weckte Erinnerungen an vergangene Kater.

Ole selbst hatte hellblaue, abweisende Augen, einen ungekämmten, braunen Haarschopf und die Tätowierung einer halbbekleideten Frau auf dem Rücken seiner rechten Hand, die er ausstreckte, damit Charlie sie schüttelte.

»He, Indianermann, hab' dich schon so manchen Mond nicht mehr gesehen. Was soll's sein?«

»Rachenputzer. Für mich und« – er zeigte mit dem Kopf – »ihn.«

Ole sah sich Fletcher genau an.

»Alt genug?«

»Der Hund«, sagte Charlie.

»*Er* alt genug?«

»Alt genug, um dir in den Arsch zu beißen, wenn du uns nicht die Drinks gibst.«

Ole stellte zwei Schnapsgläser auf die Bar neben dem bunten Lotteriebrett. Er nahm zwei Flaschen Leinenkugel aus dem Kühlschrank. Spot stand zwischen ihren Hockern und wedelte vor Aufregung mit seiner ganzen Hinterpartie.

»Okay – für den Hund.«

Er schenkte ihnen Whiskey ein und schnippte den Deckel ihrer Bierflaschen mit einem Öffner ab, der unter der Bar mit einer goldfarbenen Kette befestigt war. Er nahm sein eigenes Glas in die Hand.

»Weg damit.«

Fletch beobachtete Charlie aus dem Augenwinkel und machte das gleiche wie er, stürzte seinen Whiskey herunter und spülte einen Schluck Bier hinterher. Er wischte sich Tränen aus den Augenwinkeln.

»Das setzt sich drauf, damit es unten bleibt.« Aus irgendeinem Grund lachte Ole. Er beugte sich über den Tresen. »Hab' gesehen, wie du mit der alten Lady Sorensen draußen ein paar Worte gewechselt hast.«

»Sie mag Spot nicht«, sagte Charlie würdevoll.

»Sie mag *dich* nicht. Jedenfalls nicht, solange du frei rumläufst.« Er beugte sich noch weiter vor. »Sie ist eine von denen, die dich auf den Armenhof bringen wollen.«

Charlie stürzte seinen zweiten Whiskey hinunter und spülte einen großen, schaumigen Schluck Leinenkugel hinterher. Fletch streute Salz auf sein Bier, damit sich die Krone wieder aufrichtete. Charlie kicherte.

»Alter Indianer wie der Wind. Den kriegt keiner.«

Er goß etwas von Fletchs Bier in eine leere Bretzelschale neben der Bar, stellte sie auf den Boden vor das Messingrohr. Spot schlürfte laut, zur Freude der Händler. Fletch versuchte, sich auf das gerahmte Bild hinter der Bar zu konzentrieren, das von einer Bierfirma stammte. Es zeigte Custers Niederlage am Little Big Horn in schauerlichen Einzelheiten.

Das Bild fing an zu rotieren und sich aufzulösen. Fletch schloß ein Auge und hielt sich mit beiden Händen an der Bar fest und blinzelte. Besser. Es wimmelte von Kavallerie und Indianern und gegenseitigem Erschießen, Erstechen, Erschlagen. In der Mitte stand Custer in seinen feinen Lederhosen und mit goldenem Haar, der auf einen angreifenden Krieger schoß. Fletch erinnerte sich an den Film mit Errol Flynn, in dem Sitting Bull sagt, daß Custer wie der letzte Halm war, der noch auf dem Feld stand.

Ole beugte sich über den Tresen und legte seine tätowierte Hand mit dem Rücken nach oben auf das polierte Holz.

»Sieh dir das an, Soldat.«

Er ballte seine Faust und löste sie wieder. Vor Fletchs weit aufgerissenen Augen ließ die halbnackte Frau ihre Hüften kreisen.

Old Charlie sagte: »Einen noch auf den Weg.«

Fletch wollte nichts mit auf den Weg bekommen. Schweiß tropfte unter seinem Gesicht im Kreis auf die Bar. Der Raum keiste um ihn herum. Er legte eine Wange auf den Unterarm, und – den Kopf auf die Seite gelegt – schloß ein Auge, um einen letzten Blick auf Custers letzte Schlacht zu werfen. Ein Krieger skalpierte einen noch schreienden Soldaten, das Haar halb abgerissen, daß man den blutigen Schädel darunter sehen konnte. Dieser gräßlich dunkelrote Fleck stach hervor wie die rote Augenhöhle des Frosches in der Pfütze, als er halb so alt gewesen war wie jetzt.

»Vielleicht gehen wir jetzt besser«, sagte Old Charlie vernünftigerweise. »Alles Geld weg.«

Fletcher übergab sich im Rinnstein, froh darüber, daß die alte Lady Sorensen ihn nicht sehen konnte. Die Nachtluft war kalt, und ihm wurde furchtbar schwindlig. Warum war es draußen dunkel? Vielleicht war er blind geworden. In seinem Kopf hämmerte es fürchterlich. Er konnte nur noch würgen.

Beim Fahren hing sein Kopf auf der Brust, und er hatte die Arme verschränkt, um sich gegen den eisigen Nachtwind zu schützen, der durch das offene Fenster wehte. Spot stöhnte. Charlie schluchzte leise.

»Armer alter Indianer, ganz allein.« Er warf einen kummervollen Blick zur Seite, um zu sehen, wie es Fletcher ging. »Als Old Charlie so zwölf war, sind Soldaten gekommen und haben die ganzen Indianer eingekreist wie eine Herde Vieh und sie nach Nebraska gebracht.«

Fletcher schnaufte schnelle, gleichmäßige Atemzüge durch den Mund, die ihm halfen, daß es ihm nicht noch schlechter ging.

»Haben gesagt, sie müßten Farmer werden. Wollten ihnen Vieh und Pferde und Saatgut und Häuser geben. Haben alle mitgenommen außer mir. Ich hab' mich versteckt.« Er deutete auf die Bäume, die in den Scheinwerfern des Jeeps zu starren Formen wurden. »Drei oder vier Jahre war das Leben hart, dann sind sie alle zurückgekommen, einer nach dem anderen.«

Fletch war so weit wachgerüttelt, daß er fragte: »Deine Mom und dein Dad auch?«

»Ha! Meine Indianer waren in Nebraska gestorben!«

Das war der Moment, als sich Spot über dem Armaturenbrett erbrach. Als Fletch aufwachte, lag er vor dem längst erkalteten Ofen, und Spot hatte sich der Wärme wegen in der Krümmung seines Körpers zusammengerollt. Sie lagen unter Old Charlies Bärenfell. Noch niemals war ihm so kalt gewesen. Die Erinnerung an den Whiskey vom Abend zuvor weckte den Wunsch in ihm, sich schon wieder zu übergeben. Das Feldbett war leer.

Es war mitten am Vormittag, als der alte Indianer auftauchte. Inzwischen hatte Fletch einen Kübel Wasser aus dem Brunnen bei den Weiden hinter der Hütte gepumpt, hatte sich das Gesicht gewaschen, die Zähne und die Vorderseite seines T-Shirts mit Salz abgeschrubbt. Er hatte das Feuer angezündet und Kaffee gemacht, mit einer Eierschale, wie Charlie es ihm gezeigt hatte, und hatte Spot ein paar trockene Hundekuchen gegeben.

Charlie hielt zwei rote Eichhörnchen in einer Hand, in der anderen ein paar selbstgemachte Pfeile und einen kurzen, stummeligen Indianerbogen, den Fletch vorher nie gesehen hatte. Sein Gesicht wirkte abgespannt und grau, und ein Knie seiner Hose war zerrissen, aber seine Augen glühten triumphierend. Er nahm das große, glänzende Jagdmesser von seiner Hüfte und fing an, die Eichhörnchen abzuziehen, machte die Rückenschnitte und stellte einen dreckigen Stiefel auf die Schwänze, um sie festzuhalten, während er die Felle mit der Innenseite nach außen abzog.

»Einer von ihnen wollte nicht runterfallen, mußte raufklettern und ihn holen.«

Fletch erinnerte sich an die katastrophale Hirschjagd vor eineinhalb Jahren, als er den Bären geschossen hatte. Jeden Abend waren hartnäckige, dick eingekleidete Männer mit fertig abgezogenen Eichhörnchen in den Taschen bei ihrem Lager aufgetaucht, um sich etwas von Charlies Eintopf zu sichern – geschnetzeltes Eichhörnchen mit Kartoffeln und Karotten und Zwiebeln und rotem Wein und kleinen Würfeln mit hartgefrorenem Salzfleisch. Und ein paar Kräutern, die er im Wald gepflückt hatte.

Fletch goß Wasser aus dem Kübel in den Kochtopf und stellte ihn auf den Herd.

»Du hättest es da lassen können, eins wäre genug gewesen für –«

Old Charlie packte seinen Arm und starrte ihn wutentbrannt an.

»Man läßt keine Krüppel zurück! Niemals!«

Fletcher erwachte in der kalten Hütte und sagte die gleichen Worte wie vor vierzig Jahren. Er warf das Bärenfell zurück, das er all die Jahre bei sich gehabt hatte, dann saß er auf der Bettkante und verfluchte den Mann, der auf ihn geschossen hatte.

Er wußte noch, daß er in der vergangenen Nacht von Old Charlie geträumt hatte. Und von seinem Vater.

Er seufzte. Mit fast trauriger Endgültigkeit wußte er, was er zu tun hatte.

Man läßt keine Krüppel zurück. Niemals.

Nicht einmal, wenn man selbst der Krüppel war.

Besonders dann nicht, wenn man selbst der Krüppel war.

28

Pennsylvania gehörte längst der Vergangenheit an.

Fünf Tage zuvor hatte es katastrophal ausgesehen, mit neuen Umfragen, die zeigten, daß Fiksdahl um zwei Prozent führte. Und der Guv klammerte sich immer noch stur an seine Pausenbrotthemen von New York und Illinois. Dann hatte sich Fiksdahl die Debatte der Pittsburgh League of Women Voters zunutze gemacht, die zur Hauptsendezeit im ganzen Land zu sehen war, um dort den Gegenpol zu deren Erfahrungen in der Außenpolitik darzustellen.

»Ich weiß, was ich mache. Ich mache es in Washington schon seit Jahren, während Mr. Westergard sich draußen in seinem Bauernstaat versteckt hält und vorgibt, die Probleme seiner Wähler zu lösen.«

Westergard nahm Ross nach allen Regeln der Kunst auseinander, sobald die Tür der Limousine geschlossen war, und Hastings Crandall und Pete Quarles lauschten blaß auf den Notsitzen gegenüber.

»Warum, zum Teufel, haben Sie mir keine vernünftigen Anweisungen gegeben?«

Da sich Nicole weigerte, seine Lügen in bezug auf Fletcher zu decken, wußte Ross, daß sein Job ohnehin auf dem Spiel stand. Also war alles egal. Wenn nichts mehr ging, konnte er es auch mit der Wahrheit versuchen.

»Ich hab' Sie genau eingewiesen, verflucht noch mal. Sie haben bloß nicht zugehört.«

Sowohl Crandall als auch Quarles zuckten sichtbar zusammen. Mit der unheilvollen Zurückhaltung, die üblicherweise einen seiner Ausbrüche ankündigte, sagte Westergard: »Ich höre.«

»In dreißig Jahren hat dieser Staat einhunderttausend Arbeitsplätze in der Stahl- und Schwerindustrie verloren. Aber...«

»Genau, was ich auf dem Podium gesagt habe – und wofür ich niedergemacht worden bin!«

»Lassen Sie mich ausreden, verdammt!« schrie Ross. »In der gleichen Zeit hat der Staat *zweihunderttausend* Jobs im Dienstleistungsgewerbe dazugewonnen. Sie haben heute abend vor der Hälfte der Bevölkerung gesprochen – und die Hälfte der Bevölkerung wird bei dieser Nominierung nicht genügen.«

»Schon gut!« brüllte der Guv. Zu ihrer Überraschung änderte er seinen Tonfall, als er weitersprach. »Schon gut, wir haben es versaut. *Ich* habe es versaut. Also, was machen wir jetzt?«

»Jetzt kommt unser Medienangriff.«

»Fiksdahl hat es in New York gemacht und ist damit voll auf die Nase gefallen.«

»*Sie* nicht.« Ross brachte Nicoles Argumente als seine eigenen vor. »Der normale Yuppie in Pennsylvania stammt aus einer Arbeiterfamilie. Am Sonntag sieht er sich die Stealers an, und zwar mit seinen Schulfreunden, die Lastwagen fahren oder Stahlarbeiter sind oder überhaupt nicht arbeiten. Den haben Sie längst in der Tasche, also vergessen Sie ihn für den Moment. Kümmern Sie sich um den, den Sie noch nicht haben.«

»Und wer könnte das wohl sein?« fragte Westergard mit leicht sarkastischem Unterton.

Ross ignorierte den Sarkasmus. »Der neue High-Tech-Boy. Er kommt nicht aus Pennsylvania – er kommt von nirgendwoher, außer vielleicht von der Harvard Business School. Er ist für Geld, er ist für Verteidigung, seine Frau ist für den Weltfrieden. Er interessiert sich einen Dreck für Fiksdahls übergreifende Machtstrukturen – oder für Sie. Sie sind nur irgendein Bauer aus der Provinz.«

Crandall stimmte ihm taktisch zu, indem er fragte: »Wie ändern wir diese Auffassung vom Chef?«

»Wir geben drei- oder vierhunderttausend Dollar für eine Reihe neuer Dreißig-Sekunden-Fernsehspots aus, die sich auf diese Themen konzentrieren.«

Westergard schwieg einen ganzen Block weit und starrte aus seinem beschlagenen Fenster auf die meist verlassenen Straßen. Schließlich wandte er sich wieder den beiden Männern zu, die ihnen auf den Notsitzen gegenübersaßen.

»Hastings? Pete?«

Crandall sagte: »Mir gefällt es, Chef.« Und Quarles, der eine gute Kampagne erkannte, wenn er sie vor sich sah, fügte hinzu: »Klar.«

Westergard nickte. »Dann laßt es uns tun.«

Von da an konnte man bis zur Vorwahl keinen Fernseher in Pennsylvania einschalten, ohne Westergard zu sehen, wie er vor einem passenden Hintergrund über die Probleme des Staates sprach.

Gary Westergard zum Thema ›unterbezahlte Arbeit‹:

»Acht lange Jahre haben die Republikaner mit Geld nach den unterbezahlten Arbeitern geworfen, in der Hoffnung, Sie würden weggehen. Aber Sie wollen Mitsprache, keine Almosen! Wir können auf das Zahlungsgleichgewicht Einfluß nehmen, indem wir Amerikas Außenhandel neu beleben, so daß Pennsylvanias Schwerindustrieprodukte auf dem weltweiten Markt wieder wettbewerbsfähig werden. Das ist das beste Wohlfahrtsprogramm, das es gibt, und man braucht Grips und Mumm dafür. Von beidem habe ich eine ganze Menge.«

Gary Westergard zum Thema ›Kohleindustrie‹:

»Ich wünschte, mein geschätzter Kontrahent würde von seinem wohltätigen Thron herabsteigen und sich den wichtigen Themen widmen. Natürlich würde ich es gern sehen, wenn die heruntergekommene, alte Kohleindustrie neu aufgebaut werden könnte – aber das ist ein alter Hut. Was ist mit den *anderen* Wählern? Ich rede von Versicherungen. Immobilien. Computer-Software. High-Tech-Roboter. Kollektives Management. Forschung. Universitäten. Regierung. Wie werden *sie* in Washington repräsentiert?«

Gary Westergard zum Thema ›Einzelinteressen‹:

»Wenn man ein Drahtzieher in Washington ist, steht man so tief in der Schuld anderer Drahtzieher, den Lobbyisten, daß man die *Menschen* vergißt – diejenigen, die einen überhaupt erst nach Washington gebracht haben. Wenn Sie einen Präsidenten wollen, der niemandes Marionette ist, keinem Einzelinteresse verpflichtet und von keinem Einzelinteresse in Beschlag genommen, dann bin ich Ihr Mann. Wenn Sie einen weiteren Geheimnistuer im Weißen Haus haben wollen, stimmen Sie für meinen Kontrahenten. Können Sie mich hören, Senator?«

Irgend jemand konnte ihn hören. Westergard schaffte sechsundvierzig Prozent der allgemeinen Wahl, Fiksdahl hinkte mit vierunddreißig hinterher, Jefferson mit achtzehn weit abgeschlagen – zwar waren das fast alle schwarzen Stimmen, aber was machte das schon? Damit konnte man keine Wahl gewinnen.

Ross' Medienattacke hatte sich ausgezahlt. Um vier Uhr morgens, nachdem die Wahllokale geschlossen hatten, verwendete Ross Ideen, die Nicole am Telefon vorgeschlagen hatte, um Westergards Siegesrede abzuschließen. Jarvis war inzwischen schon auf dem Weg nach New York, um alle Sendemöglichkeiten aufzugreifen, die sich boten.

Denn jetzt hatte Westergard eine Chance, die Nominierung auf der Parteiversammlung im Juli für sich zu entscheiden. Der Sieg in Pennsylvania hatte die Anzahl seiner Wahlmänner im ersten Durchgang auf 1069 der benötigten 1.967 erhöht, die man brauchte, um in San Francisco per Akklamation zu gewinnen. Blieben nur 898, und die Hälfte der Vorwahlen stand noch aus – meist westlich von Chicago, wo Westergard glaubte, sich am sichersten sein zu dürfen.

Nicole rief aus Minnesota an, um Ross zu gratulieren, und

sie fügte in beinah liebevollem Ton hinzu, daß die Kinder ihn vermißten – womit sie ihm die Tür ein Stück weit öffnete. Er dachte darüber nach und sagte, er würde die zwei Wochen vor der nächsten großen Vorwahl in Texas zu Hause sein.

Während Ross seine persönlichen Probleme regelte, war Jarvis nicht *nur* damit beschäftigt, Sendezeit für den Guv zu arrangieren (*Today* am Donnerstag, *Face the Nation* am Sonntag). Er arrangierte außerdem eine kleine, persönliche Belohnung für sich. Das Mädchen, das Sharkeys lokaler Kontaktmann gefunden hatte, war Puertorikanerin, nicht schwarz, und teurer als Sharkeys. Aber sie schrie genauso laut und blutete genauso rot, und Jarvis stellte sich über sie und befriedigte sich genauso heftig. Und später sagte sie der Krankenschwester in der Notaufnahme des Bellevue durch ihre abgebrochenen Zähne hindurch, daß »ein beschissener Freier sie zusammengeschlagen« hätte.

Während sie das sagte, lag Jarvis in einer Luxussuite des Essex House mit Blick über den Central Park im Bett und schlief wie ein Baby.

Als Nicole aufwachte, hatte sie einen leichten Geruch von gebratenem Schinken und frischem Kaffee in der Nase. Sie erlebte einen Augenblick tiefsten Friedens – alles stimmte in ihrer Welt. David war zu Hause, war früh aufgestanden, um die Familie mit dem Frühstück zu überraschen, und sie würden...

Dann erinnerte sie sich, und ihr Herz wurde zu Stein.

Auf dem Weg nach unten warf sie einen Blick in Katies Zimmer und sah, wie sie auf ihrem schon gemachten Himmelbett unter dem rüschenbesetzten Baldachin saß und dem schwarzweißen, belgischen Miniaturhasen auf ihrem Schoß laut aus einem Buch über Kaninchenpflege vorlas. Ihr Tonfall war scharf, beinah drohend. Das Kaninchen wackelte mit seiner Nase und wirkte eher gleichgültig. Nicole fand, daß dies für ein Kaninchen ein normaler Zustand war.

Sie setzte sich neben das Mädchen aufs Bett. »Katie, meinst du nicht, daß Bumper vielleicht schon weiß, wie sich Häschen benehmen?«

Katie schüttelte den Kopf, und Löckchen flogen um ihr schmales, ernsthaftes Gesicht, dem das weiche Licht der Puppenlampe, die Nicole ihr zu Weihnachten geschenkt hatte, zusätzliche Schönheit verlieh.

»Nein. Er knabbert an meiner Tagesdecke herum, und immer wenn ich ihn rauslasse, versucht er das Kabel von meiner Lampe anzufressen. Und sein Käfig ist immer voller Kot. Er hat einfach nicht die richtige Einstellung.«

»Vielleicht geht das allen Kaninchen so.«

»Nicht in dem Buch«, sagte sie düster. Ihr Gesicht hellte sich auf. »Er macht nur Kot, wenn er frißt. Wenn ich aufhören würde, ihn zu füttern...«

»Ich glaube nicht, daß das eine so gute Idee ist.«

Katie seufzte und nickte. »Ich schätze, es ist ziemlich schwer, mit jemandem dick befreundet zu sein, der einen immer in den Hals beißt.«

Nicoles bellendes Gelächter kam tief aus ihrer Brust. »Es gibt Leute, die würden sagen, daß du unrecht hast.« Das Lachen erstickte unerwarteterweise in Tränen. Sie nahm das kleine Mädchen und drückte es an sich. Katie blieb während beider Gefühlsäußerungen todernst.

»Nicole, freust du dich, daß Daddy zu Hause ist?«

»Natürlich, Liebes. Merkt man das nicht?«

»Du siehst immer so wütend aus, wenn er ins Zimmer kommt.«

»Manchmal hat dein Daddy eine falsche Einstellung – so ähnlich wie Bumper.«

Sie klopfte leise an Robbies Zimmertür, wartete, und als keine Antwort kam, öffnete sie die Tür und ging hinein. Wie anders als in Katies ordentlichem Blau sah es hier aus! Die Höhle eines wilden Tieres, stinkend wie der Tigerkäfig im Como Park Zoo. Ungewaschene Kleider lagen auf dem Boden verstreut wie die Nachwirkung eines Terroristenangriffs. Ein drei Meter großes Saurierskelett aus Styropor hing von der Decke herab. Whitesnake und Motley Crue und Aerosmith ließen die Wände in vier Farben leuchten.

Robbie schlief noch, das Gesicht engelsgleich bis auf einen entzündeten Pickel an der Nasenwurzel.

»He, Tiger. Zeit zum Aufstehen.«

Keine Antwort. Nicole schüttelte die nackte Schulter und spürte den Schmerz der fast unerträglichen Zuneigung, als sie es tat.

»Dein Dad hat das Frühstück fertig.«

Ein braunes Auge öffnete sich voller Ekel, der nicht auf sie gerichtet war, sondern auf eine Welt, der man sich im kalten Morgengrauen stellen mußte. »Nurneminutenoch.«

»Jetzt, Tiger. Schultag.«

Robbie hob sich auf einen Ellbogen und zog die Decke fester um sich, damit keine Spur nackter Haut zu sehen war. Er war in dem Alter, in dem Jungen mehr Geheimnis um ihren Körper machten, als Nonnen es für gewöhnlich taten. Heimlich sah er sie an, schätzte ihre Laune ein.

»Ist es okay, wenn ich heute abend nicht zum Essen komme, Nicole? Ich muß unbedingt unten bei Wally sein – das ist der wichtigste Abend meines Lebens.«

»In dem Fall, Tiger, natürlich. Was habt ihr vor?«

»Rumhängen.«

Sie unterdrückte ein Lachen und ging nach unten, wo Ross am Herd stand und Pfannkuchen wendete. An ihren verliebten Wochenenden hatte er in ihrer Studentenbude nahe der Universität immer das Frühstück gemacht – weil die Erinnerungen an ihre Mutter noch so deutlich waren, hatte sie dieses Haus, das von ihrem Vater auf sie überschrieben worden war, weitervermietet. Sie und David hatten dann zusammen im Bett gegessen, die Sunday *Trib* auf der Decke verstreut, dann hatten sie sich geliebt, während in der anderen Ecke des Zimmers unbeachtet *Washington Week in Review* oder *Firing Line* im Fernseher lief.

Und als ob er sich selbst auch an diese Zeit erinnerte, legte Ross seine Arme um sie. Sie erstarrte. Er trat zurück, bedrängte sie nicht. Sie schenkte Kaffee ein, setzte sich, erzählte ihm, daß Katie ihrem Kaninchen Tips für das richtige Benehmen beibrachte und Robbie noch im Bett lag.

»Aber in einer Minute sind sie unten, dann können wir zusammen essen.«

Ross wirkte unsicher. »Wenn Robbie noch gar nicht aufgestanden ist...«

»Okay, in zwei Minuten.«

Als sie ihren Kaffee trank, kamen die unerwarteten Tränen wieder. Sie wischte sie hastig mit ihrer Serviette weg, gerade noch rechtzeitig, bevor die Kinder hereinstürmten. Sie wußte, daß sie in ihren Erinnerungen an die erste Zeit mit David eher sentimental als realistisch war. Aber sie wußte auch, daß eine gewisse Entscheidung gefallen war, als sie David vor ihrem Vater gedeckt hatte. Jetzt bemühte sich David, er bemühte sich wirklich. Vielleicht wäre es an ihr, den nächsten Schritt in dem Versuch einer Wiederherstellung ihres gemeinsamen Lebens zu unternehmen.

Abends unterbreitete Ross Nicole seine Ideen zu den ausstehenden Vorwahlen – Texas am Samstag, dem 2. Mai, die dazwischenliegenden waren nur von geringer Bedeutung, dann am Dienstag, dem 9. Juni – Kalifornien, Ohio, New Jersey, South Dakota, West Virginia. Und er stellte fest, daß sie bereit war, ihm zuzuhören. Normalerweise entwickelte sie die Ideen, und er hörte zu.

Sie gingen in höflicher, beinah zutraulicher Stimmung ins Bett. Nicole schien sofort einzuschlafen, so daß er sich an ihren Rücken kuschelte und versuchte, nicht zu sehr an seinen daraus resultierenden Ständer zu denken, der nutzlos gegen die Rückseite ihrer Oberschenkel zuckte.

Er träumte, er wäre in einer riesigen, dämmerigen Höhle mit dunklen Teichen voll mit stehendem Wasser und Stalagmiten, die wie verkalkte Dämonen vom Boden in die Höhe ragten. Nicole tauchte auf, entsetzt, bedroht, mißhandelt. Er hatte große Flügel wie ein Engel, und so hüllte er sie darin ein. Sie hockten in ihrem Zufluchtsort, er schützte sie vor der Gefahr – versuchte aber zur gleichen Zeit, von hinten in sie einzudringen.

Als er aufwachte, hatte er seine Hand auf ihrer Hüfte und zog ihren Hintern gegen seine Erektion. Obwohl Nicole noch immer zu schlafen schien, war ihr Negligé bis zur Taille hochgeschoben. Mit plötzlichem, verzweifeltem Begehren flüsterte er: »Liebling, bitte...«

Sie schlief weiter. Er schob sich stückweise voran. Zu seinem Erstaunen glitt er in sie hinein, als hätte ihr Körper nur darauf gewartet, ihn zu empfangen. Sanft, dann fester, dann immer fester preßte sie sich um ihn. Es war eine wortlose Ekstase, so intensiv, daß es beinah quälend wurde. Schließlich kam er im gleichen Moment, als Nicole erstarrte und ein tiefes, kaum hörbares Stöhnen von sich gab.

Dann atmete sie wieder gleichmäßig und gab weiter vor zu schlafen. Die gegenseitige, unausgesprochene Scheinheiligkeit gab Ross ein außerordentliches Gefühl des Friedens – seltsam vermischt mit Schuldgefühlen. Mit den Schüssen auf ihren Vater hatte er irgendwie sie und sich selbst in Gefahr gebracht, aber gleichzeitig wußte er, daß Fletcher niemals seine eigene Tochter bedrohen würde.

Bis zu diesem Augenblick hatte er sie niemals wirklich geliebt. Er hatte niemals irgend jemanden wirklich geliebt. Er reckte den Hals nach vorn, um schläfrig ihr Schulterblatt zu küssen. Jetzt liebte er. In diesem Augenblick hatte er das Gefühl, daß, wenn der Tod sich über sie beugen sollte, er ihn holen müßte, nicht sie. Es war ein außergewöhnlicher Gedanke, wie er ihn noch niemals gehabt hatte.

Er flüsterte: »Ich liebe dich, meine Süße.«

Zusammen lagen sie in trügerischer Sicherheit, wie unvorsichtige Kinder am Beginn eines jener archetypischen Märchen, die am Ende immer böse ausgehen.

29

Im Bus nach Minneapolis fiel Fletcher die Frau auf der anderen Seite des Ganges auf, und er stellte schmerzlich fest, daß ihn seit Terry keine Frau mehr sexuell oder emotional berührt hatte. Er konnte nicht lieben, er konnte nicht jagen – er konnte nicht einmal töten. Er konnte nur nach seinem Angreifer suchen, in der wahrscheinlich nutzlosen Hoffnung, daß ihn die Suche wieder zum Leben erwecken würde.

Also sah er sich die möglichen Anhaltspunkte seiner Jagd an.

Das gemietete Flugzeug mit dem Angreifer war aus Minneapolis gekommen und mit ihm dorthin zurückgekehrt. Dann die Kreditkartenbelege. Nicole sagte, die Karte wäre gestohlen. Jarvis und die anderen aus Westergards Wahlkampfmannschaft waren somit ausgeschlossen. Eine weitere Sackgasse.

Die Telefonanrufe hatte der Angreifer von Dutch's Tavern in Cochrane gemacht. Da er nicht in der Lage war, bei der Telefongesellschaft in Erfahrung zu bringen, wem sie gegolten hatten, war dies ebenfalls eine Sackgasse.

Das Gewehr, mit dem der Anschlag verübt worden war. Ein 30.06er, sicher mit Fernrohr. Das gebräuchlichste, großkalibrige Jagdgewehr in Amerika. Keine Chance auf Gottes grüner Erde, es zu finden. Eine Sackgasse.

Die Patronen aus dem Baum. Nur von Nutzen, wenn das Gewehr identifiziert wurde. Ohne das Gewehr: Sackgasse.

Die Patronenhülsen. Selbst mit Les Klumbs Untersuchung konnten sie ihn nicht über die Erkenntnis hinausführen, daß der Angreifer nicht aus Cochrane kam. Sackgasse.

Cochrane selbst. Schon überprüft. Sackgasse.

Was war *keine* Sackgasse?

Minneapolis. Und der Mann.

Aber der Mann war nur ein Schatten, der aus dem Hinterhalt geschossen hatte. Was wußte Fletcher, was möglicherweise das schattenhafte Bild wie auf einem sich entwickelnden Polaroid zum Vorschein bringen würde, bis es scharf und deutlich war?

Er hatte eine getönte Brille getragen, an einem Tag, als sie nicht nötig gewesen war. Eine Verkleidung vielleicht? Angenommen, sein Bart war ebenso falsch?

Er hatte eine Stützbank gebaut, obwohl nur einen Meter entfernt ein junger Baum mit einer Astgabel stand. Hatte nach den Schüssen nicht seine leeren Hülsen eingesammelt, war aber klug genug gewesen, sein Gewehr einzuschießen und Fletcher mit allen drei Schüssen zu treffen. Also: kein militärisches Training.

Obwohl er im Gebrauch von Waffen nicht geübt war, hatte er sie dennoch erfolgreich benutzt. Also mußte er irgend jemandem Fragen gestellt haben – Fragen, auf die er, obwohl sie ausgesprochen sonderbar gewesen waren, Antworten bekommen hatte.

Ein Amateur beim Töten. Ein verdammter Amateur, der ...

Entdecke ich da einen Unterton von Selbstmitleid?

An der Busstation war die Frau für Fletcher, der ganz in Gedanken versunken war, unsichtbar geworden. Wie der Mann, den er suchte.

Wie konnte er ihn sichtbar machen?

Wenn sein Bart nicht echt gewesen war, hatte er ihn vielleicht vor kurzem hier in Minneapolis gekauft. Wenn er das Schießen nicht bei der Armee gelernt hatte, dann hatte er seine Fragen vielleicht hier in Minneapolis gestellt.

Ein schwaches Anzeichen, dem er – um sicherzugehen – auf kalter Spur durch festes Dickicht folgen mußte. Aber Old Charlie war ihm ein guter Lehrer gewesen. Und wenn er den Angreifer *jemals* finden sollte...

Darum konnte er sich kümmern, wenn es soweit war.

Von einem billigen Hotel nahe der Busstation aus, begann er, Nicole anzurufen, legte aber auf, als die Nummer halb gewählt war. Er hatte auf Victors Maschine eine Nachricht hinterlassen, daß er hierherfahren würde. Und abgesehen davon war Nicole mit Ross auf Wahlkampftour.

Das war Nicole nicht, aber sie hätte es ebenso gut sein können. Jeden Tag wurde sie ein bißchen mehr zur willigen Verschwörerin ihrer eigenen Verwicklung. Und jede Nacht liebten sie sich. Nicht länger uneingestanden: jetzt Auge in Auge, manchmal sie oben, manchmal er.

Aber niemals fiel in der Dunkelheit ein warmes Wort zwischen ihnen. Nie gab es einen Augenblick der Zärtlichkeit, nie ein Streicheln, nie ein Flüstern von Liebe, nie ein Kichern über die gestörte Anmut des Tieres mit den zwei Rücken. Sie sprachen nur bei Tageslicht, und dann über Politik. Der gleiche Konkurrenzkampf, die gleiche Heftigkeit ihrer Auseinandersetzungen fand sich im Sex wieder.

»Um Himmels willen, David, ihr könnt doch nicht den District of Columbia ignorieren, nur weil ihr euch auf Texas vorbereitet! Gary muß in D. C. starker Zweiter werden...«

»Warum? Jefferson wird gewinnen, und...«

»Warum? Weil *sie* beobachten werden, wer als Zweiter ins Ziel geht. Ein starker Auftritt wird viele Kongreßabgeordnete auf Garys Seite überwechseln lassen.«

»Der Guv sieht das nicht so.«

»Verflucht, *bring* ihn dazu, es so zu sehen.«

»Warum tust du es nicht?«

Das war der Kern ihres Streits, ebenso unausgesprochen: Er mußte ihre Ideen als seine eigenen ausgeben, aber er brauchte sie auch, damit sie seine Lügen vor Westergard bestätigte – oder er würde aus dem Mitarbeiterstab rausfliegen. Da es eine Entscheidung war, die sie mit aller Kraft vermeiden wollte, kämpften sie mit Worten – sarkastische Sticheleien in Frage und Antwort, keine sauberen Hiebe, und endlich – *touche* – mitten ins Herz.

»Verdammt noch mal, Nicole, Texas ist *nächste Woche*! Wir müssen uns darauf konzentrieren. Der Rest von diesen beknackten Winzstaaten...«

Sie machte eine abweisende Geste. »Deine Themen für Texas liegen doch auf der Hand.« Sie waren auf dem Weg nach oben ins Bett zu ihrer nächtlichen Brunft. Sie blieb auf dem Absatz stehen und lächelte beinah kalt zu ihm herunter. »Ich weiß, wie wir ihm da unten einen Sieg verschaffen. Die Latinos. Besteh darauf, daß er sein Spanisch auffrischt – ich sage dir die Phrasen, die am ehesten in Frage kommen...«

So lebte Nicole Politik und Frustration zwischen ihren Lebensrhythmen als Mutter, Hausfrau und Hure aus. Sie wollte im Mitarbeiterstab sein oder gelegentlich sogar der Kandidat selbst. Aber alles, was sie tun konnte, war zu versuchen, aus der Ferne zu manipulieren.

Bis zu dem Tag, als sie die Tür öffnete und Fletcher auf der Schwelle stand.

Aber das war später.

Erst kamen Texas und Kalifornien.

Texas war enttäuschend. Westergard zog kreuz und quer durch den Staat, bewaffnet mit festgelegten Reden und Antworten auf mögliche Fragen, mit denen Nicole Ross ausgestattet hatte. Jarvis schlug halb im Scherz eine neuartige Annäherung an die in Bedrängnis geratenen Reichen von Houston und Dallas vor, die wegen der Ölpreise, der Steueränderungen, der niedrigen Fleischpreise und der chronischen Instabilität der Aktienbörsen in letzter Zeit (und nur verhältnismäßig) verarmt waren. Westergard lehnte es beinah ärgerlich ab.

Da waren die städtischen Cowboys, die 50-Liter-Hüte, hochhackige Stiefel und silberne, texanische Gürtelschnallen trugen und fünf Tage die Woche auf ihrem Schreibtisch ritten. Für sie johlte und brüllte er und nippte Samstagnacht Lone Star im Gilly's. Ritt auf dem mechanischen Bullen, stellte sich auf die Bühne, um mit einer gar nicht so schlechten Südstaaten-Fiddle zu ›Your Cheatin' Heart‹ zu glänzen, und erzählte ihnen dann, was sie hören wollten:

»Ich glaube nicht, daß irgend jemand zum Präsidenten der Vereinigten Staaten gewählt werden kann, ohne in Texas zu gewinnen. Ihr seid der Hauptstrang Amerikas, ihr seid der Kern traditioneller, amerikanischer Politik. Wenn die Zeit für mich reif ist, mir einen Kandidaten für die Vizepräsidentschaft zu suchen, dann werden Texaner auf dieser kurzen Liste stehen.«

Dann waren da die *richtigen* Cowboys und Rauhbeine: Gewehre in den Fahrerhäusern ihrer Pickups aufgereiht und die Rückseiten ihrer Hälse rotgebrannt von der texanischen Sonne. Sie waren reingelegt worden, als das Vieh noch lange Hörner hatte und die Bohrtürme aus Holz waren, und sie erwarteten, daß sie auch diesmal wieder reingelegt würden. Westergard zitierte Andy Jackson, denn Andy Jackson war auf der Seite der kleinen Leute gewesen:

»›Die Reichen und Hochmütigen biegen sich Regierungsmaßnahmen allzu oft zu ihren eigenen Zwecken zurecht, aber Farmer, Handwerker und Arbeiter haben kein Recht, sich über die Ungerechtigkeit ihrer Regierung zu beschweren!‹« Als das unvermeidliche Gejohle der Südstaatenrebellen erstarb, fügte er hinzu: »Diese Worte waren vor fast hundertsechzig Jahren wahr, als Präsident Andy Jackson sein Veto gegen das Bankengesetz einlegte – und sie sind heute noch wahr!« Dann warnte er sie im voraus. »Ich wünschte, ich könnte mit euch allen hier einen Jim Beam trinken, aber meine kleine Frau sieht es gar nicht gerne, wenn ich auf Wahlkampftour trinke.«

Schließlich waren da noch die texanischen Schwarzen, die einzige Wählerschaft, die für Westergard zugegebenermaßen außerhalb seines Einflußbereiches lag, da Jackie Jefferson sie fest in der Hand hatte. Aber Jefferson versuchte außerdem, Einfluß auf die texanischen Latinos zu nehmen, und Nicole hatte dem Guv klargemacht, daß dies nicht passieren durfte.

Die Latinos machten zwanzig Prozent der texanischen Bevölkerung aus, und sie hatten sich einige Bürgermeister und Richter und Staatsbeamte verschafft und wollten ein paar Ministerposten, vielleicht einen Vizepräsidenten. Sie waren eine politische Kraft, und so machte er sich gleich auf den Weg zu den Sandflöhen an der Golfküste außerhalb von Brownsville.

»Ich habe gehört, daß ihr Latinos die Wähler mit dem größten staatsbürgerlichen Bewußtsein in diesem großen, texanischen Staat seid. Ich habe gehört, daß ihr Latinos endlich die Prozente an Wählerstimmen habt, die mit eurem Anteil an Wahlberechtigten übereinstimmen. Ich habe gehört, daß ihr Latinos ...«

»Blödsinn, Sie hören doch überhaupt nichts, Westergard!« Der Zwischenrufer – offensichtlich ein Fiksdahl-Spitzel – trug ein weißes Hemd und eine Krawatte und seine Anzugjacke, obwohl es kochende vierzig Grad im Schatten war. »Warum *sollten* sie für Sie stimmen? Sie sehen doch da oben in Minnesota nicht mehr als zwei Latinos im Jahr – und die mähen Ihren Rasen! Ich wette, Sie haben noch nicht mal *einen* spanisch sprechende Mitarbeiter unter Ihren Leuten!«

»No ganas, mi amigo«, gab Westergard mit einer Mischung aus den Phrasen zurück, auf die Nicole bestanden hatte. *»Hablo espanol, tambien. Y mis empleos seram feliz para una posicion, por cualquier cosa crean es importante ...«* Er versuchte, ihm den Rest zu geben, indem er auf englisch sagte: »Auf spanisch natürlich.«

»Putanta mierda chinga, no puedes hablar espanol!«

Westergard wußte nicht, was er gesagt hatte, aber das machte nichts: Der Wortwechsel hatte stürmischen Beifall ausgelöst. Als sie in der Limousine auf dem Weg ins Hotel saßen, fragte er den Koordinator für Texas, was am Ende gerufen worden war.

Der Texaner lachte. »Lassen Sie uns einfach sagen, es hatte

mit dem Umstand zu tun, daß Sie nicht wirklich spanisch sprechen. Sie haben eben den Widerstand des Schecken gebrochen – jetzt müssen Sie ihn nur noch reiten.«

»Irgendein Vorschlag, wie das aussehen soll?«

»Machen Sie einfach weiter so und schwenken Sie Ihren Hut.« Er gluckste. »Wie wir hier unten sagen: Es sieht so aus, als ob Fiksdahl *nur* einen Hut hat – und kein Pferd.«

Die politische Einschätzung in einer Sonntagszeitung in Fort Worth brachte es in etwas anderen Worten unter der Überschrift: LEERE SATTEL AUF DEM OLD CORRAL.

»Gouverneur Garrett Westergard«, schrieb er, »ritt mit glitzernden Revolvern auf seinem großen, weißen Pferd nach Texas ein und ließ Senator Morris Fiksdahl mehr tot als lebendig im Staub zurück.

Nach seinem überragenden Sieg in Texas, braucht Westergard nur noch 733 Delegierte, um die demokratische Nominierung durch Akklamation auf der ersten Parteiversammlung in San Francisco für sich zu entscheiden. Es scheint für Senator Fiksdahl und Jackie Jefferson, die das Duell um die entscheidenden Latinostimmen um zweiundvierzig zu siebzehn Prozent verloren haben, die Zeit gekommen zu sein, ihre Sporen an den Nagel zu hängen.«

30

Während Nicoles Highschoolzeit hatten sie ihr bei Fletchers unregelmäßigen Besuchen immer die neuesten Sporttrikots oder Beinwärmer oder Gymnastikanzüge in diesem Danskin-Laden gekauft. Waren sie nun hoch ausgeschnitten, schräg geschnitten oder rotgestreift, im nächsten Monat waren sie noch genauso interessant wie die Notizen von Vorlesungen aus dem letzten Jahr.

»Kann ich Ihnen helfen, Sir?«

Die Frau war weit in den Vierzigern, mager und schmächtig, mit einem Gesicht, das beinah zu jung war für das graumelierte Haar, das ihr fast den ganzen Rücken hinunter bis zur Taille reichte, und dem Körper einer Tänzerin, der gealtert war, ohne schlaff oder dick zu werden. Ihre Augen waren heiter und direkt, schwer mit blauem Lidschatten bemalt, der zu ihrem enganliegenden Wollkleid paßte.

Obwohl ihn der Laden mit Wehmut erfüllte, fand Fletcher sie bemerkenswert. Wieder fühlte er diesen Schmerz über das Fehlen sexueller Reize in seinem Leben.

»Ich hoffe es, wenn ich auch eigentlich nicht gekommen bin, um etwas zu kaufen.«

In mehreren Tagen der Suche in Kostüm- und Theaterbedarfsläden hatte er diesen Einstieg perfektioniert, und er verstellte sich mit der Leichtigkeit eines indianischen Kriegers, der in alten Zeiten ein Koyotenfell getragen hatte, wenn er sich an eine Büffelherde heranschlich. Er käme, so erklärte er, von Primary Power Inc., deren Steuerjahr am 30. Juni endete. Eine ganze Schublade voller Kreditkartenbelege wären bei einem Brand dem Wasserschaden zum Opfer gefallen...

»Sehen Sie, ich suche einfach nach einer Kreditkartentransaktion mit einem Mann namens Gerard M. Hopkins.«

»Sagen Sie nichts.« Sie lächelte sowohl mit ihrer Stimme als auch mit ihren beunruhigend direkten Augen. »Buchführung ist auch der Nagel zu meinem Sarg, und wir bewahren *tatsächlich* Kopien der Kreditkartenquittungen auf, Mr....«

»Oh. Fletcher, Hollis Fletcher.«

»Hi. Ich bin Alison.«

Beinah förmlich gaben sie sich die Hand.

»Es müßte September, Oktober, November letzten Jahres gewesen sein, irgend so was. Hopkins war wohl an Spitz- und Oberlippenbärten für den Theaterbedarf interessiert.«

Sie verschwand in einem kleinen, unordentlichen Büro, das durch die halb geöffnete Tür hinter Borden voller Kartons mit Tanz- und Ballettschuhen teilweise zu sehen war.

Fletcher blätterte in einigen Tanzillustrierten voll von unglaublich biegsamen Frauen und unwahrscheinlich schmächtigen Männern herum. Da dies der neunzehnte oder zwanzigste Laden war, den er während seiner Woche in Minneapolis aufgesucht hatte, war die Suche mechanisch geworden, ohne die wirkliche Erwartung eines möglichen Erfolges.

Selbst wenn er eine Spur fand: Er hatte bald kein Geld mehr, um die Jagd weiterzuführen. Zu Nicole gehen? Niemals. Sie mußte mit ihrem eigenen Leben fertig werden, ihre eigenen Ausgaben finanzieren. Er war froh, daß er seit seiner Ankunft nicht versucht hatte, sie anzurufen. Zu viele Erklärungen.

»Sind Sie selbst auch ein begeisterter Anhänger des Tanzes, Mr. Fletcher?«

Er hinkte zum Tresen zurück. Ein begeisterter Anhänger des Tanzes? Ein Krüppel.

»In letzter Zeit habe ich nicht viel getanzt.«

»Ich meinte nicht Ihr Bein. Diese Männer in den Illustrierten – egal wie schön sie sind: für gewöhnlich sind sie an Frauen nicht besonders interessiert.« Dann hielt sie ihm mit einer Pose des Triumphes ein schmutziges Bündel Papiere hin. »September.«

Sein Herz schlug schneller. Jagdfieber. Gleichzeitig schämte er sich vor ihr für seine Lügen. Sie beugten sich von ihren gegenüberliegenden Seiten des Tresens über die Rechnungen, und beinah berührten sich ihre Köpfe. Er konnte Shampoo riechen, einen Hauch von frisch aufgetragenem Parfüm.

Da war es: ein blasses Quittungsduplikat für ein Spitz- und oberlippenbartset. Schwarz. Mit einer krakeligen Unterschrift am unteren Ende. ›Gerard M. Hopkins‹. Daneben, auf einer mit der Hand gezogenen Linie hinter einem *ph#*, stand tatsächlich eine Telefonnummer.

Hopkins' Telefonnummer. Er schien heftig reagiert zu haben. Sie schreckte leicht zurück, ein erschrockener Blick in ihren Augen. Er nahm es kaum zur Kenntnis.

»Ich weiß, daß es schon Monate her ist, aber besteht vielleicht die Möglichkeit...«

»Daß ich mich an ihn erinnere?« Sie schüttelte den Kopf. »Sehen Sie die Initialen in der linken, oberen Ecke?« Sie beugte sich näher darüber, so daß ihre Köpfe einander tatsächlich berührten. Wieder war er von ihrem Parfüm verwirrt. Ihre Hand berührte seine. »J. L. – Judy Leffert. Sie hat diesen Handel abgeschlossen, aber sie arbeitet nicht mehr hier.«

»Das macht nichts«, versicherte er ihr. »Das ist...«

»Wenn Sie sagen, es hilft Ihnen auch so...« Sie unterbrach

sich, plötzlich unsicher. Röte stieg ihr in die Wangen. »Es ist schon fast Mittag...«

»Oh, es tut mir wirklich leid, wenn ich Sie aufgehalten habe...«

»Haben Sie nicht. Wirklich.« Sie lächelte, wartete, und als er nichts sagte, stieß sie einen wehmütigen, kleinen Seufzer aus. »Na, dann freue ich mich, daß ich Ihnen helfen konnte.«

Er gab ihr noch einmal die Hand und ging, leicht verwundert über den enttäuschten Blick auf ihrem Gesicht. An einer Telefonzelle holte er mit seiner verstümmelten Hand einen Vierteldollar hervor und merkte, daß irgend etwas in ihm es bis zu diesem Augenblick nicht wirklich geglaubt hatte. Es waren alles Mutmaßungen gewesen. Natürlich waren sie logisch. Aber nur ein konstruiertes Gefüge aus Annahmen und Umständen. Er konnte sich getäuscht haben.

Aber diesmal nicht. *Dieser* Gerard H. Hopkins hatte ein Spitz- und Oberlippenbartset gekauft. Schwarz. Und er hatte eine Telefonnummer hinterlassen. Er schob seine Münze in den Schlitz und fing an, die Nummer einzutippen.

Natürlich war die Nummer falsch. Aber als er sich in dieser Nacht auf dem Bett in seinem Motelzimmer ausstreckte, einen Whopper aß und den Geräuschen des Fernsehers lauschte, den seine Augen gar nicht sahen, war es ihm nicht mehr so wichtig. Wenn die Nummer echt gewesen wäre, hätte nur eine sehr geringe Chance bestanden, daß Gerard M. Hopkins ebenfalls echt war. Der Dichter hatte den Namen nicht gepachtet. Aber die dreistellige Vorwahlnummer gab es nicht nur in Minneapolis oder St. Paul nicht, sie tauchte in ganz Minnesota nicht auf.

Alison hatte ihm mehr als nur eine Information gegeben: Sie hatte seinen Enthusiasmus für das, was er tat, erneuert. Seltsam, wie enttäuscht sie ausgesehen hatte, als...

Fletcher brummte und setzte sich im Bett auf. Das Parfüm, die Köpfe, die sich berührten, ihre Finger, die über den Rükken seiner unverstümmelten Hand glitten, als er schrieb... Sie hatte erwartet, daß er sie zum Essen ausführen würde! Eine kleine Entschädigung für ihre Mühe, all die alten Quittungen durchzusehen.

Plötzlich und lebhaft erinnerte er sich an Bette Anderson. Eine Studentin an der Kahler-Schwesternschule, die er am Abend des folgenden Tages kennengelernte hatte, nachdem er zum ersten Mal mit Old Charlie betrunken gewesen war. Wegen Bette war er in den Ferien nicht wieder nach West Newton zurückgekommen. Jeden Abend waren sie ins Kino gegangen. Am letzten Abend, bevor er wieder zur Schule mußte, hatten sie in der Auffahrt einer unbeleuchteten Farm draußen vor der Stadt geparkt.

Als im Radio ›*The Gipsy*‹ lief, öffnete sich Bettes Mund weit, um Fletchs suchende Zunge zu empfangen. Seine linke Hand glitt unter ihren Rock zu der fiebrigen Hitze auf der weichen Innenseite ihrer Schenkel. Seine Rechte steckte ungeschickt unter ihrem Pullover und konnte nur eine Brust durch ihren Büstenhalter fassen.
Ihr Pullover war hochgeschoben. Ihr Kopf rückwärts gegen die Scheibe gelehnt, sie atmete schwer, unfähig ihn aufzuhalten. Er war so hart, daß es richtig weh tat. Seine Daumen drückten an der elastischen Unterseite des BHs herum und versuchten, die Brüste zu befreien, im trüben Licht des Radios am Armaturenbrett sah er weiche Kegel, die sein Herz stillstehen ließen.
Sein Mund versuchte, sie zu umfassen. Ihr Nippel war in seinem Mund! Wurde hart. Er konnte ihr Parfüm schmekken. Er ließ seine Zunge um die Warze kreisen.
»Fletch! Fletch! *Hör auf...*«
Bette schlug ihm mit beiden Fäusten panisch auf die Schultern. Sie war in helles Licht getaucht. Er drehte sich ungeschickt auf dem Sitz, dann traf ihn der Lichtstrahl einer Taschenlampe in die Augen.
»Gottlose Heiden!«
Das Licht machte einen schnellen Ruck von seinem Gesicht auf Bettes nackte Brüste und glitt ebenso schnell hinab zwischen ihre gespreizten Schenkel. Trotz des beschlagenen Autofensters konnte Fletch undeutlich das aufgebrachte und dennoch begeisterte Gesicht des Farmers auf der anderen Seite der Scheibe sehen. Bette kämpfte mit ihrem BH.

»Verschwindet von unserer Auffahrt, oder ich hol' die Polizei!«

Ihre Knie waren zusammengepreßt, sie zerrte ihren Pullover herunter. Fletch fummelte an den Autoschlüsseln herum. *›Linda‹* lief im Radio.

»Wir sind christliche Leute. Meine Frau ist im Wagen!«

Er hatte den Wagen seines Vaters angelassen, die Handbremse gelöst und begann, rückwärts an der Limousine des Farmers vorbeizusetzen.

»Schlampe!« schrie der Farmer. »Hure von Babylon...«

Bette saß auf dem Sitz neben ihm und weinte.

Selbst jetzt noch erinnerte er sich an die geschrienen Flüche des Farmers, als seine hervortretenden Augen sich an ihren nackten Brüsten und gespreizten Beinen delektiert hatten. Selbst jetzt noch wurde ihm das Gesicht vor Scham ganz heiß über seine damalige Unzulänglichkeit: Er war unfähig gewesen, sie vor dieser symbolischen Vergewaltigung zu schützen.

Damals impotent, psychologisch. Heute impotent, physisch.

Es gab nichts, was er einer Frau heute bieten konnte. Kein emotionales Wesen mehr, kein sexuelles Wesen mehr, kein *Mann* mehr.

Damals Beute. Heute Beute.

Aber jetzt, in diesem Augenblick, nachdem er Gewißheit hatte, daß er einem wirklichen Angreifer auf der Spur war, vielleicht auch ein bißchen Raubtier. Vielleicht ein mausgroßes Raubtier.

Darauf mußte er bauen. Morgen wollte er mit diesem neuerworbenen Selbstvertrauen Schießstände suchen. Der Mann, der sich Hopkins nannte, mußte von *irgend jemandem* etwas über das Menschenschießen gelernt haben. Jemand, der sich sicher an so seltsame Fragen und den Mann, der sie gestellt hatte, erinnern würde.

Ross saß Kaffee schlürfend am Küchentresen, spät dran für sein frühmorgendliches Strategietreffen mit dem Guv. Als das Telefon klingelte, nahm er ab. Nicole war unter der Dusche, und es hätten Hastings oder Pete mit einer veränderten Tagesordnung sein können. Die Lage war ständig in Bewegung, änderte sich von einer Minute zur anderen, der Guv wollte sich an diesem Nachmittag auf den Weg an die Küste machen.

»Bei Ross.«

Eine unbekannte Stimme fragte nach Hal Fletcher. Ross hatte in letzter Zeit nicht viel über Fletcher nachgedacht, seit dem eigenartigen Waffenstillstand zwischen Nicole und ihm nicht mehr. Fletcher hatte zu suchen aufgehört, der Zwischenfall war abgeschlossen – wenn man Schüsse auf einen Menschen als Zwischenfall bezeichnen konnte.

»Mr. Fletcher ist nicht in Minneapolis. Er ist oben ...«

»O doch, er ist bestimmt in Minneapolis. Ich bin sicher, er ist da unten und sucht nach ...« Die Stimme brach abrupt ab. »Würden Sie Nicole bitten, mich anzurufen, wenn sie kann? Hier ist Dr. Victor Kroonquist in Cochrane. Sie kennt die Nummer.«

Schwitzend legte Ross auf. Seine Hände waren feucht und klebrig.

O doch, er ist bestimmt in Minneapolis. Ich bin sicher, er ist da unten und sucht nach ...

Suchte nach demjenigen, der verflucht noch mal auf ihn geschossen hatte. Suchte – unwissentlich – nach David Ross. Oder doch nicht unwissentlich? Ross sah unwillkürlich aus dem Küchenfenster auf den Hinterhof und war fast darauf vorbereitet, Fletcher zu sehen, der in Tarnanzug und -stiefeln das Haus angriff, Pfeil und Bogen in der Hand wie ein beschissener Rambo.

Er schüttelte den Kopf aus Ärger über sich selbst.

Um Himmels willen, komm auf den Teppich. Suchen und Finden waren zwei verschiedene Sachen. Nach der mageren Sammlung an Fakten zu urteilen, die Fletcher Nicole unterbreitet hatte, gab es keine Möglichkeit, daß er seinen Angreifer jemals identifizieren konnte. Ross war mit dem versoffenen Ex-Attentäter, der den Schießstand leitete, sehr vorsichtig gewesen, hatte immer die beiden Bärte getragen, um die Form seines Gesichts zu verändern, die dunkle Brille, um die Farbe seiner Augen zu verbergen, die Jagdmütze, um sein lockiges, schwarzes Haar zu bedecken. Und er hatte den Namen des Dichters verwendet.

Seine Angst ließ nach. Er war seiner selbst jetzt sicherer, er hatte sich mehr unter Kontrolle, als zu dem Zeitpunkt, als er den halbgaren Plan, Fletcher zu töten, ausgebrütet hatte.

Es Nicole sagen? Nein. Wenn sie wüßte, daß ihr Vater in der Stadt war, würde sie möglicherweise wieder Gewissensbisse bekommen, was *vielleicht* gefährlich werden könnte. So würde Fletcher herumstochern, nichts finden und wieder nach Cochrane fahren. Ende der Geschichte.

Aber auf seinem Weg hinunter in die Garage blieb er an dem Aktenschrank auf dem Treppenabsatz stehen, um die verpackte Automatik aus der untersten Schublade zu holen. Unter dem Autositz war dafür ein sinnvollerer Platz als im Aktenschrank, selbst wenn er wußte, daß so ein Jäger wie Fletcher in einer Stadt wie Minneapolis niemals erfolgreich agieren konnte.

31

Es war der vorletzte Schießstand auf seiner Liste. Fletcher tat nur so, als würde er suchen. Gebückt schob er sich unter dem gestreiften Baustellenzaun hindurch und trat unter einem Firmenschild ein, auf dem geschrieben stand:

TWIN CITIES SCHIEẞSTAND
Zielscheiben – Skeetschießen – Selbstverteidigung
Nur für Mitglieder – Durchgang verboten

Der Greyhound aus der Innenstadt von Minneapolis hatte ihn ein Dutzend Blocks entfernt abgesetzt, und obwohl fast zwanzig Minuten außerhalb der Stadt, war es nicht weit von Robbinsdale, wo sich All-Weather-Tours befand.

Die Maisonne trocknete die Pfützen am Rande der Straße. Fetzen von Frühlingswolken trieben über den Himmel hinweg, als wären sie von Kanonen jenseits des Horizontes abgeschossen worden. Seine Schuhe knirschten auf Kies. Kordit von dumpfen Schüssen trieb durch den schweren Geruch immergrüner Pflanzen und brachte ihn zurück zu dem Schießstand im Camp in seinem neunten und zehnten Sommer.

Die Bäume endeten an einem Kiesparkplatz, auf dem an diesem Samstag ein Dutzend Limousinen und Pickups standen. Eine Stimme donnerte über Megaphon: *»Feuer einstellen!«* Das Büro war hellgelb gerahmt und mit Schindeln bedeckt, etwa die Größe und Form eines Eisenbahnwaggons. Trotz der weißgestrichenen Fensterrahmen und Dachpfosten, erinnerte es immer noch an die alten, senfgelben Armeebaracken aus seiner Militärzeit.

Hinter dem Büro ein zweistöckiger Aufsichtsturm, aus grobem Holz, ebenso hellgelb, der die Schußlinie überschaute. Am hinteren Ende der Bahn standen Zielscheiben gegen die Erdwälle gelehnt. Duftende Fliederbüsche umsäumten den weißen Kiesweg, aber trotzdem wirkte sein nacktes Äußeres eher militärisch als zivil.

Um das Bild zu vervollständigen, legte ein flachsblonder Junge mit dem Bizeps eines Bodybuilders ein *Guns Magazine* nieder und stand in Grundstellung hinter dem Schreibtisch, als Fletcher eintrat. Sogar sein Namensschild war militärisch auf seine Hemdentasche genäht.

»Jawohl, Sir, kann ich Ihnen helfen, Sir?«

»Ich versuche, einen Mann namens Gerard Hopkins zu finden, der möglicherweise im letzten Jahr Mitglied in Ihrem Club war.«

»Tut mir leid, Sir, unsere Mitgliederlisten sind vertraulich.«

»Dieser Mann wäre inzwischen kein Mitglied mehr, er...«

»Tut mir leid, *Sir.*«

Das ›Sir‹ kam militärisch hart: Tadellos korrekt, aber höhnisch zur gleichen Zeit. Fletcher schlenderte im Zimmer umher und sah sich Trophäen in gläsernen Vitrinen an. Keine Waffen. Die lagen sicher fest verschlossen in Regalen. Ein Gruppenfoto des 5. RCT Regimental Combat Team vom alten 24. Bataillon in Korea brachte Erinnerung zurück: Er erkannte nicht nur Gesichter, sondern sogar das Foto selbst. Jahrelang hatte er ein Duplikat davon besessen.

Draußen plärrte der Lautsprecher vom Aufsichtsturm: »RECHTS FERTIG.« Eine Pause. »LINKS FERTIG.« Noch eine Pause. »SCHUSSLINIE FERTIG.«

Fletcher tippte auf ein vertrautes Gesicht auf dem Foto. »Sergeant Jerzy Hrock. Vor fünfunddreißig Jahren.«

»Sie kennen Sergeant Hrock?« Eingeschüchtert von der Überraschung vergaß er für einen Augenblick das ironische ›Sir‹ in seiner Antwort.

»Nur um in Übung zu bleiben«, sagte Fletcher in bewußter Nachahmung von Hrocks Knurren. »Ist er oben im Turm? Ich muß mit ihm sprechen.«

»DIE FLAGGE IST OBEN. DIE FLAGGE WIRD GESCHWENKT. DIE FLAGGE IST UNTEN.«

Die Förmlichkeit war wieder da. »Kein Zivilist hat die Erlaubnis...«

»Zivilist?«

»Nicht-Angestellter.«

»FEUER FREI.«

Diese Gewehre mit ihrem regelmäßigen Rhythmus, die dem Durcheinander einer Schlacht so unähnlich waren, erinnerten ihn an seine Zeit in Fort Leonard Wood, Missouri. Little Korea hatten sie es genannt. Nach drei Tagen Heimaturlaub unterwegs (er und sein Vater hatten ihn damit verbracht, Hirsche in Wyoming zu jagen), war er von dort direkt nach Seoul verschifft worden.

Sein Finger tippte auf ein weiteres, vertrautes Gesicht auf dem Foto. »*Ich* vor fünfunddreißig Jahren.«

Er ging an dem mit offenem Mund glotzenden Jungen vorbei auf die Schießbahn. Die Schützen feuerten auf dem Bauch liegend auf Sandsäcke gestützt, die Beine gespreizt, Schlingen um ihre linken Arme gelegt. Sandsäcke mit der gleichen Aufgabe wie das Gestell aus Baumstämmen auf der Spitze des Hügels, von dem aus man seine Hütte übersehen konnte. Das genügte. Selbst fünfunddreißig Jahre danach wußte er, daß Hrock Hopkins in seinem todbringenden Vorhaben unterwiesen hatte. *Beinah* todbringenden Vorhaben.

Aber Fletcher wartete sowohl mit Begeisterung als auch Resignation. Er hatte den Ort gefunden, aber der Angreifer war hier sicher genauso gerissen vorgegangen wie überall. Gerissen wie ein wilder, alter Kater.

Es war ein mörderischer Tag.

Vier Uhr morgens, der erste Tag zu Hause, drei Monate Sommerferien lagen vor ihm, bevor sein zweites Jahr am College begann. Nächste Woche wieder die Arbeit auf dem Holzplatz, aber diese Woche gehörte ihm.

Die Luft vor dem Morgengrauen war kühl und angenehm. Feuchtes Gras durchnäßte seine Hosenbeine, als er durch den Wald und über das offene Feld mit jungem Getreide ging. Nachdem er sein Gewehr mit Kaliber .22 geladen hatte, bezog er in einem Dickicht von Kirschen und Wacholderbüschen Stellung, von dem aus man den lange verlassenen Murmeltierbau überblicken konnte.

Wildkatzen töteten mehr Vögel und Kleinwild als alle Raubtiere zusammen, und hier – das zeigten ihm die Spuren – schlief der kampferprobte, alte Kater zwischen seinen nächtlichen Beutezügen. Im letzten Winter hatte er die Kaninchen aus der Hecke vertrieben, jetzt würde er sich über die Fasanenküken hermachen. Seine Zeit war gekommen.

Zwanzig bewegungslose Minuten später fingen die Schwarzdrosseln an, im beginnenden Morgengrauen Alarmschreie auszustoßen. Das narbige, schnurrbärtige Gesicht des alten Räubers teilte das taufeuchte Gras und starrte Fletcher aus zehn Metern Entfernung an. Das Korn des vorderen Visiers, das sich schon sanft in die Kerbe des hinteren eingefügt hatte, zielte auf das getigerte Muster zwischen den Augen des Katers. Fletcher drückte ab.

Knack!

Das kreischende, hirntote Tier sprang auf, wirbelte herum und überschlug sich seitwärts. Blut spritzte auf Blätter und Gras und Stengel von Büschen. Fletch feuerte, so schnell er konnte, noch drei Schüsse ab, alle auf den Körper. Niemand starb so langsam wie eine Katze.

»FEUER EINSTELLEN!«

Der tote Kater prallte sieben Meter vor der Stelle auf den

Boden, wo Fletchers erster Schuß ihm die obere Kopfhälfte abgesäbelt und Hirnmasse wie Rührei über sein Rückgrat verschmiert hatte.

Die Schützen setzten sich auf, nahmen die Arme aus den Schlingen, öffneten die Gewehrschlösser, um sicherzugehen, daß nicht versehentlich noch Patronen in der Kammer waren.

Anstatt ihn mitzunehmen und seinen Dad damit aufzuziehen, wie er es vorgehabt hatte, legte Fletcher die tote Katze in ihren Bau, und mit dem Kolben seines Gewehrs brach er den Erdwall über der Höhle für ein flaches Kriegergrab ein. Mit einer Handvoll junger Blätter wischte er sich Hirnmasse vom Ärmel.

Am gegenüberliegenden Ende der Schießbahn wurden die Zielscheiben herangezogen, um die Ergebnisse festzustellen.

Stiefel knirschten auf schmalen Leitersprossen. Jerzy Hrocks massige, überlebensgroße Gestalt verdeckte den Himmel über ihm. Fletcher konnte hören, wie er keuchte. Er war riesenhaft geworden: zuviel Gewicht, zu viele Zigaretten, ein Meer von Schnaps. Ein Killer, für den es nichts zu töten gab.

»Sergeant Hrock«, sagte Fletcher.

Hrock trat von der letzten Sprosse herunter, bevor er sich umdrehte, um ihn anzusehen. Wiedererkennen dämmerte in seinen bösen, kleinen Schweinsäuglein.

»Leck mich am Arsch! Fletch! Darauf müssen wir einen trinken – nur um in Übung zu bleiben!«

Gnadenlose Mittagssonne brachte hinter ungeputzten Scheiben die staubigen Ecken, aufgeschlitztes Vinyl, die protzige Nachahmung einer Country & Western-Bar zum Vorschein. Grobe, sexuelle Vorhaben waren in die Oberfläche ihres Tisches gemeißelt. Hrocks riesige Pranke umfaßte ein Schnapsglas. Er war bei seinem siebenten, Fletcher beim zweiten. Die halbleere Flasche stand auf dem Tresen zwischen ihnen. Hrocks Aschenbecher quoll über von Zigarettenstummeln.

»Scheiße, Fletch, der Scheißer hat gesagt, er sei ein Journalist.«

Fletcher hatte Hrocks schlecht geführte Akten der Schießbahn schon durchgesehen. Da war nichts als der Name Hopkins und die Verwendung der gleichen, gestohlenen Kreditkarte zu finden gewesen, auf die er schon bei All-Weather Charter Tours und im Danskin-Laden gestoßen war.

»Der an einer Story schreibt?« half er nach.

»Schei-ße! Hat gesagt, er wollte schreiben, wie ich die Arschlöcher in Zentralamerika plattmachen würde.«

»Also hast du gedacht, statt dessen *zeigst* du ihm, wie du sie plattmachen würdest.«

»Scheiße, Fletcher, du weißt, wie ich bin. Ich könnte einem beschissenen Affen beibringen, einen Fußball zu ficken – *und* dem Fußball beibringen, es zu mögen!«

»Beschreib ihn«, sagte Fletcher trocken.

Hrocks verlegenes Knurren ging in krächzenden Raucherhusten über.

»Scheiße, wer soll sich daran erinnern?« Er klopfte sein Schnapsglas auf den Tresen. »Seitdem ist 'ne Menge von dieser Pisse die Gurgel runtergelaufen.«

Hrock, der den Krieg gegen die Nazis gut hinter sich gebracht hatte, war in Korea als Heckenschütze eingesetzt worden, um feindliche Offiziere hinter den Linien zu erschießen. Nach einer Kimono-und-Sake-Schießerei in Japan, als er anfing, mitten in der Nacht schreiend aufzuwachen, hatte er es irgendwie geschafft, sich für den normalen Kriegsdienst zu einer Fronteinheit zurückversetzen zu lassen. Da hatte Fletcher ihn kennengelernt.

»Du erinnerst dich«, sagte Fletcher erbarmungslos. »Stell ihn dir in deinem Fernrohr vor, dann beschreib ihn, wie er zu Boden geht.«

Nach einem fast flehentlichen Blick, dem Fletcher standhielt, schloß Hrock die Augen. Seine Finger wurden um das Glas herum weiß. Schweiß trat aus seinem Schweinsgesicht. Aber er sprach mit tonloser, rezitativer Stimme, als sähe er Hopkins nicht hinter seinen Augenlidern, sondern durch sein Infrarotvisier.

»Einssiebenundsiebzig, einsneunundsiebzig, mittelschwer, ganz gut in Form – vielleicht morgens Liegestütze. Mitte Dreißig.«

»Beschreib sein Gesicht.«

»Da konnte ich nicht viel sehen. Schwarzer Spitzbart, Oberlippenbart...«

»Augen.«

»Er hatte immer eine dunkle Brille auf.«

»Haar. Dunkel? Hell? Lockig? Wie?«

»Er hatte außerdem immer eine Jadgmütze auf.«

»Könnten die Bärte falsch gewesen sein?«

Aber Hrock öffnete die Augen und atmete tief und erschauernd ein. Er stürzte seinen Schnaps hinunter. Die Panik war aus seinen Augen verschwunden.

»Scheiße, woher soll ich das wissen?« Grunzend hob er sich auf die Beine, eine fette und häßliche Mordmaschine, die rostete, weil sie nicht mehr gebraucht wurde. »Muß mal eben 'ne Stange Wasser in die Ecke stellen, um in Übung zu bleiben.«

Immer noch war es ein mörderischer Tag.

Um die Mittagszeit war Fletcher acht Kilometer vom Hekkengrab des toten Katers entfernt und saß auf dem sonnenüberfluteten Hang eines Hügels, den die Jersey- und Guernseyrinder des Bauern beinah abgeweidet hatten. Der Hügel war übersät von Ziesellöchern und ihren kleinen, braunen Erdwällen. Da er irgendwie nicht an den explodierten Kopf des Katers denken wollte, rief er sich ganz bewußt Bette in dem Auto in Erinnerung, Pullover und BH hochgeschoben. Ob sie wohl nach dem Fiasko in der Auffahrt zu dieser Farm an Ostern wieder mit ihm ausgehen würde?

Weit unten am Hang kam ein Streifenhörnchen hervor und stellte sich neben seinen Bau – tatsächlich das Erdhörnchen mit den dreizehn Streifen, das man auch das Föderationshörnchen nannte, weil seine Musterung an die amerikanische Flagge erinnerte. Aber jeder nannte es nur Streifenhörnchen.

Hundert Meter? Hundertfünfzig? Ein höllischer Schuß, bergab mit einem Gewehr ohne Fernrohr. Er stürzte seine

Ellbogen auf die Knie, schätzte die Höhe, Winkel, den schwachen Wind. Auf diese Entfernung sah der Ziesel wie ein aufrecht im Boden steckender Stock aus.

Er stieß seinen angehaltenen Atem aus und feuerte den Schuß ab. Das tonlose *knack* der 22er klang wie ein zerbrechender Zweig. Der aufrechte Stock fiel um.

Fletcher juchzte, sprang auf die Beine und schlidderte und rutschte den Hang hinunter, und er versuchte dabei, die Schritte zu zählen. Er kam auf 113 Meter von der Stelle, wo er gesessen hatte, bis zu dem Ziesel. Ein kleiner Blutfleck war zwischen den gelben, hervorstehenden Zähnen zu sehen, ein Auge war halb aus seiner Höhle hervorgetreten.

»Ein absolut höllischer Schütze!« grinste Hrock.

Fletcher sah blinzelnd zu ihm auf. »Was?«

»Dieser Hopkins. Der absolut schlechteste Schütze, den ich je gesehen habe.« Er ließ sich wieder auf seinem Stuhl nieder, steckte sich noch eine Lucky an, hustete, stocherte ein Stück Tabak zwischen seinen Zähnen hervor. Die dünnen Haare, zu einem II.-Weltkriegs-Schnitt rasiert, den man ›Heinie‹ nannte, standen von seinem Kopf ab wie Schweineborsten. »Aber der Scheißer hat weiter geübt, und er ist besser geworden.«

»Gut genug«, stimmte Fletcher zu.

»Besser als gut genug!« Er lachte schallend. »Scheiße, ich kann es nicht glauben, Fletch! Himmel noch mal, auf Patrouille warst du der verflucht beste Vortruppmann in dem ganzen Scheißladen!«

»All die Jahre hab' ich gedacht, der Krieg wäre vorbei.«

Hrock schüttelte den Kopf. »Scheiße, kein Krieg geht jemals vorbei. Mach einfach die Augen zu, und schon ist er wieder da.« Er packte die Flasche am Hals, leere sie, hievte sich schwerfällig auf die Beine. »Muß Scheißköppen zeigen, wie sie ihr Zuhause gegen Scheiß-Irre verteidigen können.« Er gluckste. »Nur um in Übung zu bleiben: Finde den Scheißer, Fletch. Finde ihn und töte ihn.«

Was ist der Sinn eines Bajonetts? Zu töten.

Es war ein allzu mörderischer Tag.

Als Fletch nach Hause kam, brachte er das Gewehr zum Reinigen auf den Rasen hinaus. Trotz der schimmernden Abenddämmerung, in der die Dinge ihre Schärfe verloren, fiel ihm eine Bewegung auf. Ein Eichhörnchen – den gedrungenen, kleinen Körper gebückt – fraß nur drei Meter entfernt am Fuß der Eiche Vogelfutter.

Fletch legte langsam den Reinigungsstab beiseite, nahm genauso langsam das Gewehr auf und löste die Sicherung ohne ein Klicken. Das Eichhörnchen, das an menschliches Kommen und Gehen gewöhnt war, ignorierte ihn.

Das Gewehr ging los, das kleine Tier fiel merkwürdig gespreizt tot auf den Rücken, Arme und Beine in einer Parodie sexueller Hingabe von sich gestreckt, der weiße Bauch grau im vergehenden Licht. Der Körper lag warm und weich und biegsam in Fletchers Hand. Er rutschte mit dem Rücken gegen die grobe Borke an der Eiche herunter, saß da und hielt es fest. Warum lebte es nicht mehr?

Unbeweglich blieb er dort sitzen, bis die Dunkelheit hereingebrochen war und der Körper kalt und steif.

Seit diesem Tag hatte er, abgesehen von Korea, nie wieder getötet, was er nicht essen oder für Geld verkaufen konnte.

32

Gary Westergard rieb sich die müden Augen, während er darauf wartete, an der landesweit ausgestrahlten Fernsehdebatte der drei demokratischen Kandidaten teilzunehmen. In den vergangenen vierundzwanzig Stunden hatte er 10000 Kilometer in Flugzeug, Limousine und Bus zurückgelegt: Newark, Charleston, Dayton, Pierre, Albuquerque, San Francisco. Seitdem er am vorangegangenen Abend in L. A. aufgebrochen war, hatte sein Schlaf nur aus Nickerchen im Flugzeug und zwei Stunden in einem Motelzimmer in Newark am frühen Morgen bestanden. Morgen das Turnier der Vorwahlen in den Staaten, die diese Städte repräsentierten: New Jersey, West Virginia, Ohio, South Dakota, New Mexico, Kalifornien.

Aber heute abend – in dem grünen Raum des Burbank Fernsehstudios, in dem auch Johnny Carson aufzeichnete – konnte sein müdes Hirn die letzten, hektischen Stunden nur noch als Scherben einer unzusammenhängenden Erinnerung rekonstruieren.

Der Fernsehmoderator in Cleveland hoffte, ihm eine Indiskretion entlocken zu können, als er sagte: »In dieser letzten Woche eines brutalen und bösartigen Wahlkampfes für die Nominierung der Demokraten: Was ist Ihr abschließender Eindruck von Ohio, Gouverneur?«

»Es hat alles, außer einem Ozean und Bergen.«

Der Chef vom Dienst des Santa Fe *Herald*

Wir vergleichen Garrett Westergard mit Franklin D. Roosevelt, weil er ein Mann mit Idealen ist, und das in einer Zeit, in der die Ideale unseres Landes neu geklärt werden müssen.

Der Leitartikel im *Standard* von East Rutherford, New Jersey:

Gary Westergard und Morris Fiksdahl sind ein Paar blöde geprügelte Boxer, die zum Klang der Glocke in die letzte Runde gehen, müde, angeschlagen und dem Zusammenbruch nahe. Aber Westergard schlägt in seinem Wahlkampf unter die Gürtellinie, eine üble Angewohnheit, für die ihm das amerikanische Volk einen K. O. verpassen wird.

»Gouverneur, man sagt, Kalifornien wäre der absolute Medienstaat. Wir haben flotte Werbefilme von Ihnen erwartet und keinen altmodischen Wahlkampf von Tür zu Tür. Was ist passiert?«

Westergard, von einem Reporter des lokalen KCRA-TV in der Flughafen-Lounge in Sacramento in die Ecke gedrängt, antwortete freimütig.

»Mir ist das Geld ausgegangen.«

Pete Quarles führte dieses Thema vor einem Reporter aus Rapid City, South Dakota, an Bord von *Air Westy*, dem Wahlkampfjet des Guv, weiter aus.

»Geldprobleme? Zum Teufel, nein. Wir sehen die Schecks für unsere Unkosten wie einen guten, kalifornischen Burgunder – sie müssen das richtige Alter erreicht haben, bevor wir sie einlösen können.«

Kent Jarvis bewies seinen üblichen, unnachahmlichen Stil in San Jose, Kalifornien, vor einer Kundgebung bei ansässigen Chicano Feldarbeitern.

»Himmel noch mal, Guv, haben Sie die Statistiken gesehen? Jeder sechste eingetragene Demokrat in diesem Staat ist ein Paellafresser!«

Auf dem Rücksitz der Limousine in Charleston, West Virginia, gab es einen plötzlichen Zusammenstoß mit David Ross.

»Gouverneur, stecken Sie Ihre Kohle in den Osten und setzen Sie Ihren Hintern in den Westen. Schütteln Sie da draußen die Hände. In New Jersey und Ohio werden Sie sowieso ein Schlachtfest erleben, aber die neuesten Umfragen zeigen, daß Fiksdahl in Kalifornien einundvierzig zu neununddreißig Prozent vor Ihnen liegt.«

»Zwei Prozent? Das ist so dünn wie ein Blatt Papier.«

»Papierschnitte können schmerzhaft sein.«

Auf dem Rückflug von L. A. wurden T-Shirts mit dem Aufdruck ICH HABE AIR WESTY ÜBERLEBT an die Mitarbeiter verteilt...

Pete, Hastings und Johnny Doyle dachten sich im hinteren Teil des Flugzeugs halb-obszöne Lieder über Fiksdahl aus...

Die ›Versagerliste‹ wurde im Presseabteil des Flugzeugs verlesen – die Namen von Journalisten, die dieser Kampagne zugewiesen waren, sich aber vor dem letzten, unbarmherzigen Rundschlag des Wahlkampfes gedrückt hatten...

Von den regelmäßigen Mitarbeitern hatte sich nur Ross dazu entschlossen, in Minnesota zu bleiben – um, wie er sagte, an einer Reihe von Statements für den Mittwochmorgen zu arbeiten, damit sämtliche Verschiebungen möglicher Gewinne oder Verlust abgedeckt waren. Echte Wut kam in Westergard hoch. Hatte er all diesen Kummer und diese Mühe auf sich genommen, damit ihm die Präsidentschaft in der letzten Minute noch weggeschnappt wurde? Ross hatte verflucht noch mal überhaupt nichts dafür getan, daß er die Wahrheit darüber erfuhr, was im letzten November oben in den Kiefernwäldern tatsächlich passiert war.

Hatte jemand willentlich auf Fletcher geschossen? Es schien undenkbar, aber könnte dieser Jemand Ross gewesen sein?

Er durfte um Himmels willen nicht Fletch fragen – oder irgend jemanden sonst außer Ross. Er durfte niemals den Anschein erwecken, als hätte er gewußt, daß dieser Vorfall geschehen war – nur für den Fall, das Undenkbare wäre wahr. Egal, wie das Ergebnis morgen oder übermorgen oder am Tag danach ausfallen sollte, er würde handeln müssen.

Inzwischen, heute abend...

Heute abend traf er unter den Fernsehscheinwerfern auf Jackie Jefferson (Mahagonihaut und weiches, ansprechendes Äußeres mit einem Bandidobart) und Morris Fiksdahl (zerknautschter, dreiteiliger Bonzenanzug und zigarrenstinkender Atem). Nun, er war in die staatliche Legislative von Minnesota gewählt worden, als er noch Student am William Mitchell College of Law gewesen war. Wenn er die beiden Clowns in einer direkten, politischen Debatte nicht auseinandernehmen konnte, verdiente er es auch nicht, die Nominierung zu gewinnen. Besonders, da Ross (Nicole?) ihm gesagt hatte, wie er es machen mußte.

WESTY UND DIE HINTERZIMMERJUNGS

von Lester Warga

Politischer Korrespondent der Los Angeles *Times*

Die drei hoffnungsvollen Bewerber um die demokratische Präsidentschaftsnominierung brachten drei verschiedene Tagesordnungen zu der landesweit ausgestrahlten Debatte mit, die gestern abend die lange, zermürbende politische Saison der Vorwahlen offiziell beendete.

Wie er es von Anfang an getan hat, bemühte sich Jackie Jefferson um Legitimation. Man muß ihn als Bewerber ernst nehmen.

Wie er es von Anfang an getan hat, bemüht sich Morris Fiksdahl, das Image des Ränkeschmieds in Hinterzimmern abzuwerfen, das ihm von Gary Westergard zu Recht oder zu Unrecht angehängt wurde.

Als Spitzenkandidat mußte Westergard – Westy, wie seine Anhänger ihn gerne nennen – in der Debatte nur die Ruhe bewahren.

Er tat weit mehr als das.

Nachdem er darauf hingewiesen hatte, daß eine solche Absprache nichts Illegales wäre, behauptete Westergard, daß Jackson und Fiksdahl übers Wochenende ihre Mittel zusammengeworfen hätten, um zu versuchen, die Delegation von West Virginia bis zur Parteiversammlung unter ihre Kontrolle zu bringen.

Als die beiden anderen Kandidaten versuchten, diese Darstellung abzustreiten, behauptete Westy weiterhin, daß sie das gleiche in Iowa, Missouri, Wisconsin, Indiana, Mississippi, Virginia, Kansas, Tennessee, Oklahoma, Alaska und selbst in Westys Heimatstaat Minnesota getan hätten. Sie gaben schließlich zu, daß es eine Art von ›Zusammenarbeit‹ gegeben hätte, versuchten aber, diese herunterzuspielen, indem sie behaupteten, dies wäre nur auf ›der Ebene einzelner Staaten, aber keine nationale Strategie‹.

Da war es schon passiert. Westy wandte sich den Kameras zu und sagte: »Meine Damen und Herren, ich präsentiere Ihnen ... *Die Hinterzimmerjungs!*«

Mit einem einzigen Pinselstrich hatte er sie in die Ecke gemalt: Fiksdahl, der Drahtzieher aus Washington mit mehr Pragmatismus als Integrität, und Jefferson, der Kandidat, der fürchtete, er könnte es aus eigener Kraft nicht schaffen. Die Folge war, daß Westergard nicht nur die gestrige Debatte, sondern auch die demokratische Nominierung zum Präsidenten der Vereinigten Staaten gewonnen hat.

Erdrutschartige Ergebnisse in New Jersey und Ohio, ansonsten knappe Siege – abgesehen von dem Verlust von elf Delegierten in Kalifornien, den Ross vorhergesagt hatte. Fiksdahl erreichte 1212, Jefferson erlangte mit 367 nur einen moralischen Sieg, Westergard bekam am Ende zwei Delegierte mehr als die 1967, die er benötigt hatte, um die Nominierung zu gewinnen.

Er würde im November der demokratischen Präsidentschaftskandidat sein. Als solcher konnte er Ross und seinen Scharfsinn – Nicoles Scharfsinn – nicht länger brauchen, wenn er Kent Jarvis glauben durfte. In der Hitze des Wahlkampfs konnte solche Sachkenntnis unersetzlich sein, jede Gefahr wert. Aber was brauchte er diese Sachkenntnis, wenn sie ihn durch einen Skandal, der einen mutmaßlichen Anschlag auf das Leben seines ältesten Freundes zutage brachte, die Präsidentschaft kostete?

Er hatte es immer vor sich hergeschoben. Jetzt war es Zeit zu handeln.

Ross war überglücklich. Er hatte den vorangegangenen Abend mit Nicole verbracht und Erklärungen für Westergard ausgearbeitet, die dieser noch vor dem Wochenende der Presse geben sollte, dann hatten sie eine weitere jener verwickelten, beinah feindseligen Schäferstündchen verbracht, die für ihn erregender wurden als gewöhnlicher Sex.

Er trat durch die massiven Holztüren des Gouverneursbüros, vorbei an Maggie, der verheirateten (Ediths Werk?) Sekretärin mittleren Alters, die Nicole ersetzt hatte. Westergard saß hinter dem antiken Drei-Meter-Schreibtisch, von dem er hoffte, er würde ihn mit nach Washington nehmen, in seinem mitternachtsblauen Anzug und der konservativen Krawatte, jeder Zentimeter der Stoff, aus dem die Präsidenten sind. Er blickte von seinen Papieren auf, als Ross einen weiteren Stapel obenauf legte.

»Gouverneur, vor dem Parteitag im nächsten Monat werden Sie Ihre Achthunderttausend Schulden aus der Vorwahl bezahlen müssen, sich anstelle der innenpolitischen auf die außenpolitischen Themen einschießen und mit den anderen Kandidaten Frieden schließen müssen – einschließlich derer, die frühzeitig aus dem Rennen geworfen wurde. Ich habe für Sie eine Aufschlüsselung der Zahlen über ...«

»Über Hollis Fletcher?«

Ross verhaspelte sich. »Wieso, ich – wir – ich dachte...«

»Sie dachten, ich hätte es vergessen?«

Er drehte sich vom Schreibtisch ab, Ellbogen auf den gepolsterten Lehnen des Chefsessels, die Finger vor sich zum Dreieck geformt. Draußen machten Sekretärinnen des Parlamentsgebäudes in Sommerkleidern unter den schattigen Ulmen ihre Kaffeepause.

»Wissen Sie, wie gefährlich diese ganze Situation für mich geworden ist?«

»Gouverneur, ich versichere Ihnen, daß Nicole bestätigen kann...«

»Kann, aber nicht hat.«

»Na ja, es ist ihr äußerst peinlich...«

»So peinlich, wie es für mich wäre, die Präsidentschaft zu verlieren?« Er drehte seinen Stuhl wieder zurück und blickte in den Raum hinein, fuhr mit einer Hand über die Papiere, die Ross ihm auf den Schreibtisch gelegt hatte. »Ich danke Ihnen für diese Analysen. Ich bin sicher, sie sind wie immer brillant.« Dann fügte er liebenswürdig hinzu: »Aber die Wahrheit ist, David, daß Sie eine untragbare Belastung für diesen Wahlkampf geworden sind.«

Ross' Gesicht war aschfahl. »Was – meinen Sie?«

»David, Sie sind gefeuert.«

IV

Der Apport

Durch die selbstauferlegten Beschränkungen hält die rituelle Jagd dem Jäger gegenüber die Immanenz und das Geheimnis einer Welt aufrecht, die nicht für ihn allein geschaffen wurde und die er nur zum Teil unter Kontrolle hat.

33

David Ross sagte: »Jeder Mensch muß an etwas glauben, Fred. Ich glaube, ich nehme noch einen Drink.«

Er hätte längst sternhagelvoll sein müssen. Noch voller eigentlich. Zum ersten Mal war er es im College gewesen, als er mit zwei anderen auf dem Weg zurück zum Campus eine Flasche billigen Sauterne gekippt – und sich dann den Rest der Nacht übergeben hatte. Dieser Rausch heute, vorsätzlich und kaltblütig, machte nicht einmal soviel Spaß wie damals. Und war trotz zahlreicher Jim Beams bei Vasili's noch nicht einmal so wirkungsvoll.

»Cool bleiben, Davy«, sagte Fred mit leicht besorgter Stimme.

Ross blinzelte ihn an und sagte: »Alles unter Kontrolle, guter Mann.«

Während er auf den Drink wartete, starrte er verschwommen auf die griechischen Gebrauchsgegenstände an den Wänden, jetzt bedeutungslos wie Graffitis auf der Herrentoilette. Er hatte es mit Nicole versucht, er hatte es wirklich versucht. Und was war passiert? Er hatte seinen Job verloren. Weil sie nicht *den ganzen Weg* mit ihm gehen wollte. Bis hierhin und dann: Vergiß es.

Ja, er hatte auf ihren Alten geschossen. Aber wenigstens war der Knabe noch am Leben. Davids Karriere war *tot*. Westergard war derjenige, der den ganzen Weg ging, den ganzen Weg zum Weißen Haus, das tat er wirklich – und David Ross ging nicht mit ihm.

Er stürzte den Bourbon runter, hievte sich vom Hocker, verlor beinah das Gleichgewicht, blinzelte Fred noch einmal an und verstreute Papiergeld auf der Bar. He, vielleicht lieber nicht so freigiebig mit den guten, alten Scheinen. Kein Job mehr. Nicht mehr im Wahlkampf.

Er ging zur Tür hinaus und kniff die Augen im Sommersonnenschein zusammen. Er merkte, daß er am liebsten nach Hause gehen wollte, um Nicole die Meinung zu sagen.

Alles ihre Schuld, daß er seinen Job im Wahlkampf verloren hatte.

Nicole fühlte sich unbesiegbar. Ihre Ausarbeitungen für Gary vom Abend zuvor waren verdammt gut. Es war so, als würde sie seinen Wahlkampf aus der Ferne lenken, ihn eigenhändig ins Weiße Haus bringen. *Ich präsentiere Ihnen – die Hinterzimmerjungs!* Zündend. Und von *ihr*.

Natürlich kam David, um ehrlich zu sein, inzwischen selbst mit einigen exzellenten, eigenen Ideen. Und irgendwie schien dieser ganze Ärger sie näher zusammengebracht zu haben, eher so, wie es am Anfang ihrer Ehe gewesen war. Sie wurden wieder Mann und Frau, anstelle von zwei Sexmaschinen, die blindlings aufeinander einpumpten.

Dann fand sie es.

David war am Morgen mit ihrem Kombi zur Arbeit gefahren, weil er hinter ihrem Wagen in der Auffahrt parkte, also hatte sie seinen genommen, um die Kinder damit zu Iris zu fahren. Auf der Fahrt hatte sie wegen eines Hundes bremsen müssen, und eine Kiste von der Größe eine Schuhkartons – nicht so hoch, aber sehr schwer – war unter dem Sitz herausgerutscht.

Zu Hause angekommen, machte sie sie auf, dann stand sie in der Auffahrt neben seinem Wagen und starrte mit leerem Blick auf eine brandneue Phyton .357 Magnum mit einem 7,5-cm-Lauf. Sie wußte nicht, daß dieses Ding den Motorblock des Chevrolets durchschlagen konnte. Sie wußte nur, daß es ihren Vater durchschlagen konnte – *und* ihr Leben. Und daß es schon passiert war.

David fuhr vor, als sie mit der Waffe im Karton unter ihrem Arm auf dem Weg ins Haus war. Alle Zärtlichkeit, die sie für ihn empfunden hatte, war weg. Überrascht, noch immer gelähmt, unfähig, ihm gegenüberzutreten, fragte sie fordernd: »Was machst du jetzt schon zu Hause?« Dann, als sie seinen Atem roch, fügte sie anklagend hinzu: »Und betrunken dazu.«

»Scheiße, pöbel mich nicht an, Nicole.«

»Das mußt du in einem Film gesehen haben, mein Lieber.«

Er packte ihren Arm. Er weinte fast. »Deinetwegen bin ich gefeuert worden.«

Sie ließ die Waffe fallen und stieß ihn mit beiden Händen von sich. Der Karton fiel mit einem dumpfen Schlag zwischen ihnen auf die Veranda.

»Nein, *deinetwegen* bist du gefeuert worden.«

Aber er starrte auf den Karton zu seinen Füßen. Er hatte keinerlei Farbe mehr im Gesicht.

»Was tust du damit?«

Ohne zu antworten, stakste sie ins Haus. Er nahm den Karton, folgte ihr und knallte die Tür hinter sich zu. Sie drehte sich zu ihm um.

»Warum hast du eine *Waffe* unter dem Sitz in deinem Wagen versteckt?«

»*Nicht* versteckt! *Liegengelassen* im Wagen. *Meinem* Wagen! Du hättest sie nicht gefunden, wenn du nicht rumgeschnüffelt hättest.« Er wedelte mit einem Arm und verlor beinah das Gleichgewicht, und sie merkte, wie betrunken er war. »Herr im Himmel, du solltest nur dem Guv sagen, daß...«

»Den Guv *anlügen.*«

»Lieber eine Lüge, als daß mein ganzes Leben vor die Hunde geht.«

»Ich bin *froh,* daß es vor die Hunde geht.« Die letzten Wochen stiegen wieder in ihr hoch. »Auf meinen Vater zu schießen, und es jetzt noch einmal tun wollen!«

»Die Waffe ist nicht dafür, sie ist nur...«

»Für Einbrecher? Du hörst jemanden im Haus, und dann springst du aus dem Bett und läufst runter, um sie unter dem Autositz rauszuholen?«

»Also gut. Dein Scheiß-Vater ist in Minneapolis. Dieser Doktor aus Cochrane hat angerufen und gefragt, ob er mit ihm sprechen könnte.«

Sie starrte ihn an, ihr Haß war im Augenblick vergessen. »Wenn Dad in der Stadt wäre, hätte er mich sicher angerufen...«

»Es sei denn, er plant, deinen Mann umzubringen.«

»Er weiß nicht, daß du es bist. Ich habe gelogen, um dich zu decken, damit er *nicht*...« Plötzlich fing sie buchstäblich an, mit den Händen zu ringen. »Ich habe ihm das angetan!

Für dich! *Dich!* Du – du – und dann lügst du noch, warum du dir die Waffe besorgt hast...«

Es klingelte an der Tür.

Sie sahen sich an, erstarrt in diesem Augenblick, in dem beide Teile plötzlich erkennen, daß ein Streit außer Kontrolle geraten ist und daß jemand – in diesem Fall Iris Bergman, die die Kinder vom Städtischen Schwimmbad nach Hause brachte – sie gleich dabei erwischen würde.

»Ich werde dir niemals verzeihen«, sagte Nicole und hatte damit das letzte Wort, als sie sich – die Hand auf dem Türknauf – umdrehte und ihn mit tiefer Verachtung ansah. »Die Lügen – die Rechtfertigungen...«

Sie öffnete die Tür.

Es war Fletcher.

»Oh! Dad!« Sie legte eine Hand auf ihren Mund wie die verzweifelte Heldin in einer Seifenofer. »Ich hab' nicht...«

»... tutmir leid, daß ich nicht angerufen habe, Liebes. Aber ich wußte, daß du mit der Wahlkampftruppe unterwegs warst, und...«

Er unterbrach sich. Wartete darauf, hereingebeten zu werden. Sie versuchte, über ihre Schulter hinweg zu lauschen, ohne den Blick von ihm zu lösen. Wo war David? Wo war die Waffe? Dann sah sie ihn draußen, hinter Fletcher, wie er vornübergebeugt von der Garage an seinem eigenen Wagen vorbei zu ihrem Kombi lief, die immer noch verpackte Waffe in der Hand.

Eilig zog sie ihren Vater herein, umarmte ihn seltsam unschlüssig. Sie litt unter ihren Schuldgefühlen, weil sie ihm verheimlicht hatte, daß David der Mann war, den er suchte, und doch war sie gleichzeitig beinah wütend auf ihn, daß er *jetzt* soviel Platz in ihrem Leben einnahm, wo sie doch mit so vielen anderen Dingen fertig werden mußte. Wo war er gewesen, als sie klein war, als sie ihn so verzweifelt gebraucht hatte?

»Dad, du hättest mir sagen sollen, daß du hier in der Stadt bist...«

»Ich mochte nicht zugeben, daß ich die Jagd wieder aufgenommen habe.«

Sie führte ihn zurück in die Küche und zum Kaffee auf dem Herd, fürchtete Davids mögliche Rückkehr oder – fast genauso schlimm – die der Kinder. Sie würden unweigerlich herausplappern, daß sie gar nicht weg gewesen war. Trotz ihrer Ängste brachte sie sich mit einem Anschein von Interesse dazu, sich den merkwürdig unzusammenhängenden, letzten Stand von Fletchers Jagd anzuhören, von Old Charlies unnachgiebigem *Man läßt keinen Krüppel zurück – niemals!* bis zu Hrock, dem Mann aus Fletchers Vergangenheit, der ironischerweise dem Mann, der sich Hopkins nannte, gezeigt hatte, wie man ihn umbringen sollte.

Ihr zwiespältiges Schuldgefühl versetzte ihr einen weiteren Schock: Der Mann, der sich Hopkins nannte, war in Wahrheit der Mann, der sich David nannte, den sie geheiratet hatte und der in diesem Augenblick betrunken und außer sich mit einer 357er Magnum unter seinem Fahrersitz in Hennepin County herumfuhr.

Fletcher sagte gerade: »... aber Hrock war auch eine Sackgasse, also – vorbei.« Er lachte kurz und freudlos. »Jedenfalls glaubt Victor, daß die Schüsse auf mich das Beste waren, was mir in den letzten fünf Jahren zugestoßen ist. Er hat gesagt, ich würde mich in Selbstmitleid vergraben.«

»Dad ...«

Fast unpersönlich tätschelte er ihre Hand, als würde er ein ängstliches Pferd beruhigend. »Ich werde einfach wieder der sein, der ich war, bevor das alles passiert ist, Liebes.«

Mit leiser Stimme sagte sie: »Victor hat angerufen. Er möchte mit dir reden.«

Er nickte, als wenn es nicht besonders wichtig wäre.

Nachdem er gegangen war, setzte sie sich an den Küchentisch und weinte. Dann spritzte sie sich kaltes Wasser ins Gesicht, damit die Kinder, wenn sie nach Hause kamen, nicht sehen konnten, daß sie aus der Fassung war. Sie wußte, sie würde Fletcher es jetzt niemals sagen. Sie konnte es nicht. Sie hatte zu lange gewartet. Es ihm jetzt zu sagen würde alles zerstören – ihn, sie, David, ihre Ehe. Alles. Vielleicht würde am Ende sogar jemand sterben müssen.

Lieber von hier aus weitermachen, mit dem unvollkommen Mann, den sie geheiratet hatte. Fletcher hatte seine Wahl getroffen, so zu leben, wie die Tiere, die er jagte. Fünf Jahre lang hatte er so gelebt. Sie sagte sich, daß er wie ein Tier seinen Schmerz überwinden würde, er hatte es selbst gesagt: *Ich werde einfach wieder der sein, der ich war, bevor das alles passiert ist.*

Was wenigstens zum Teil ein wilder Mann war. Nicht wie David. Er hatte eine unerklärliche Tat vollbracht, aber ihn konnte sie wenigstens kontrollieren. Mitten in seiner Schwäche fand sich die Zivilisation. Mit der Zivilisation konnte sie umgehen.

Als sie anfing, Sandwiches für das Mittagessen der Kinder zu machen, fragte sie sich, ob sie David seinen Job in der Wahlkampfmannschaft wieder beschaffen könnte. Ihm nicht *sagen,* daß sie es tun würde, aber... Es vielleicht tun. Vielleicht gleichzeitig selbst wieder offiziell am Wahlkampf mitarbeiten.

Plötzlich fühlte sie sich sehr viel besser.

Als Fletcher den Rauch von Mesquiteholz und gebratenem Fleisch roch, ging er am Haus vorbei zu der teilweise geschützten Veranda. Victor und Ingrid hatten das alte Haus von Doc Sigurson im Süden der Stadt, zweistöckig weiß, gerahmt mit grünen Fensterläden und einer engen, gewundenen Auffahrt durch die Eichen. Die Auffahrt mußte nach jedem Wintersturm wieder neu freigegraben werden.

Victor war eine schlaksige Vogelscheuche in zwanglosen Haushosen und einem schwarzen, kurzärmeligen Sporthemd, das mit riesigen, gelben, tropischen Blumen bedruckt war. In einer Hand hielt er eine lange, mit Zacken versehene Fleischgabel.

»Fletch! Gerade rechtzeitig für ein Abendessen unter den Sternen.«

Ingrid kam mit je einer Dose Bier in den Händen aus dem Haus.

»Hal! Wie schön!«

Sie stellte sie ab, um Fletcher enthusiastisch zu umarmen. Sie war eine dralle Skandinavierin, so attraktiv wie Victor häßlich war. Sie bildeten ein bemerkenswertes Paar.

»Du bleibst zum Abendessen. Ich geh' noch ein Bier holen.« Sie reichte ihnen die beiden, die sie mitgebracht hatte. »Wenn Victor auf diesem hochgradig cholesterinhaltigen Essen im Freien besteht, ist das mindeste, was du tun kannst, mit uns zu sündigen.«

Als Ingrid ins Haus zurückkehrte, schlug Fletcher nach einer Mücke, die um seinen Kopf summte. Victor schnitt eines der Steaks ab, um einen Blick ins Innere zu werfen.

»Jetzt erinnere ich mich an dich«, sagte er ohne aufzusehen. »Der Mann, der mir bis Weihnachten einen Hirsch schießen wollte.« Hinterhältig und gemein grinste er Fletcher an. »*Letztes* Weihnachten.« Er deutete auf den Grill. »Da du nicht bis zu uns durchgekommen bist, sind wir auf das hier angewiesen.«

»Erstklassiges Rindfleisch«, sagte Fletcher. »Du armer Kerl.«

Er ging näher an den Rauch heran, um die Mücken zu vertreiben.

»Warum zeigst du mir nicht, wie clever du mit den Telefongesprächen von Dutch's Tavern gewesen bist? Ich bin sicher, das war der Grund, warum du mich bei Nicole angerufen hast.«

Victor nickte. »Na ja, ich habe lange darüber nachgedacht, wie man diese Anrufe zurückverfolgen könnte, bis mir plötzlich eingefallen ist, daß alte Landärzte wie ich, die immer noch Hausbesuche machen, überall Leute haben, die in ihrer Schuld stehen. Man benennt Babys nach uns, manchmal sogar Fohlen, wenn wir zufällig in der Nähe sind und der Tierarzt nicht. Dann...«

Fletcher nahm einen Schluck von seinem Bier. Es war eiskalt und gut.

»Nehmen wir als gegeben an, daß du ein Prinz bist.«

»Genau.« Victor amüsierte sich. »Im letzten Sommer hat der Manager der Telefongesellschaft von Grand Rapids im Lake Cochrane nach Starraugen gefischt und wurde beim Ausholen getroffen – beide Sätze Dreierhaken mitten ins Gesicht.« Victor machte schauderhafte Grimassen und übertriebene Gesten. »Nun, Sir, wäre ich nicht verfügbar gewesen, hätte er mit einem heraushängenden Auge herumlaufen müssen, das ihm bis zum...«

»Wir haben es verstanden«, unterbrach Ingrid laut, als sie mit einem weiteren Bier und einem Gedeck für den Tisch in der geschützten Veranda kam. Sie setzte beides ab und verschwand wieder drinnen, um Gemüse und Brötchen und gebackene Kartoffeln zu holen.

»Du hast einfach angerufen und ihn gefragt«, sagte Fletcher bewundernd.

»Es ihm *befohlen*. Ich habe gesagt, ich bräuchte die Information zur Behandlung eines anderen Patienten. Streng genommen ist das natürlich wahr. Bring die Teller her.«

Fletcher tat es. Victor legte je ein Pfund Fleisch darauf.

»Und?«

»Die Anrufe wurden auf eine Kreditkarte auf den Namen Gerard M. Hopkins von einem Laden namens Primary Power Inc. abgebucht.«

»Anrufe für wen?«

»Aha, leichte Anspannung in der Stimme! Anrufe für eine Geheimnummer in Minneapolis.«

»Konnte dieser Mann bei der Telefongesellschaft nicht...«

»Wollte nicht. Firmenintern war er bereit, aber die Twin Cities haben einen anderen Träger. Fast hätte ich die Nummer selbst angerufen, nur um zu sehen, wer abnehmen würde, aber dann dachte ich...«

»Sag mir die verdammte Nummer einfach!« platzte Fletcher heraus.

Aber Victor war noch nicht fertig. Er täuschte Konzentration vor und kniff die Augen zusammen. »Die Nummer... Hmm, ich hätte sie aufschreiben sollen, nicht?«

»Victor, ich schwöre dir...«

»Also gut, Zwei-acht-neun, drei-sieben-sechs-sechs.«

Fletcher war, als konnte er nicht atmen, als müßte er zu Boden gehen. Es war, als würde man noch einmal auf ihn schießen.

»Das kann nicht stimmen«, sagte er mit hohler Stimme.

Victor starrte ihn neugierig an. »Ich habe den Ausdruck selbst gesehen. Fletch, was...«

Aber Fletcher hatte sich abgewandt, nahm die Stimme hinter sich nur undeutlich wahr. Er trottete, lief beinah, dann lief er tatsächlich – oder bewegte sich zumindest mit diesem merkwürdigen, schnell hüpfenden Gang, den ein verkrüppeltes Raubtier für ein Laufen halten mochte. Er lief den langen Kiesweg der Auffahrt hinunter durch den kühlen Wald, weg von dem Ort, an dem ihn der Hieb getroffen hatte. Schon stach ihn der Schmerz in die Seite, aber er hieß ihn willkommen.

Der angehende Killer hatte zweimal die private, geheime Nummer von Fletchers Tochter Nicole angerufen, weniger als eine Stunde, nachdem er Fletcher zum Sterben im Schnee liegengelassen hatte.

Was außer dem Schmerz war ihm geblieben, was man ihm nicht eben genommen hatte?

34

Nicoles erster Eindruck von San Francisco aus der Luft war der von Nebel gereinigter Frische und einer Klarheit, die sie außer auf den griechischen Inseln noch nirgends gesehen hatte. Da war die rote, lächelnde Golden Gate Bridge, ein überraschend kleiner Finanzdistrikt mit glitzernden Hochhäusern, schließlich ein Durcheinander aus Wohnhäusern, die wie fantastische weiße Bauklötze wahllos über die Hügel verstreut waren.

Aber natürlich mußte David es ihr verderben.

»Schatz, was willst du zu Gary sagen?«

Sie antwortete nicht. Als sie ihrem Vater die Tür geöffnet hatte, war kurzerhand dieser Entschluß gefallen, mit dem sie von jetzt an würde leben müssen – aber sie konnte ihn noch nicht erklären. Oder vielleicht, so dachte sie, als sie an der Gepäckausgabe unterhalb des nordwestlichen (Inland) Terminals warteten, hatte sie keine Erklärung – außer, daß sie ihren Mann am Leben erhalten und ihren Vater vor seiner eigenen Wut bewahren wollte. Oder hatte sie andere, weniger offensichtliche Motive, die, wie Hamlet gern bemerkte, ›geprüft‹ werden mußten?

»Wir werden früher oder später darüber sprechen müssen«, beharrte er. Aber sie deutete nur auf das Karussell.

»Da ist mein Handkoffer, David.«

Draußen war es hell und windig, nicht so schwül wie im Mittleren Westen. Eine Möwe flatterte energisch über die kleinen Wellen des Meeres hinweg, die der Wind vor sich hertrieb, und versuchte, mit ihrem Taxi Schritt zu halten, als sie über den Damm am Candlestick Park vorbeifuhren. David versuchte es wieder, diesmal mit seinem schiefen, abschätzigen Grinsen.

»Schatz, es ist dein gutes Recht, wütend zu sein, aber...«

»Wütend?« Sie wandte sich um und sah ihm beinah zum ersten Mal wieder direkt ins Gesicht, seit er betrunken, blaß und angsterfüllt nach Hause gekommen war, nachdem ihr Vater sich verabschiedet hatte. »›Wütend‹ ist ein so schwaches Wort für das, was ich dir gegenüber empfinde, David.«

Eine Stunde später versuchte sie wütend, Westergard im Fairmont Hotel ausfindig zu machen.

»Also gut, dann geben Sie mir Hastings Crandall. Er gehört zu der Wahlkampfmannschaft.« Sie sah vom Telefon auf und blickte in Davids einfältigen Gesichtsausdruck – was bedeutete, daß er ihr etwas erzählen würde, was sie nicht hören wollte. Daß er sie liebte, wahrscheinlich. »Was?« wollte sie irritiert wissen.

Ins Telefon sagte sie: »Crandall mit zwei l. Er muß hier im Hotel registriert sein.« Sie legte ihre Hand wieder auf den Hörer. »Ich werde Gary schwer bearbeiten müssen, wenn er es also tut, dann bin ich voll dabei, verstanden?«

Die freundliche Maske entglitt ihm für einen Moment. »Ja, ich verstehe. Alle sollen sehen, daß du weißt, wie man einen Wahlkampf führt.«

»Sei froh, daß ich es weiß. Gary wird dich mit seinen Sicherheitsleuten nur so lange beschützen, wie er nichts davon weiß.«

David war still. Er wußte nichts zu erwidern. Sie war froh, denn sie bereitete sich kaltblütig und mit Berechnung darauf vor, Gary anzulügen, damit David wieder dabei war.

Und sie auch.

Fletcher war die drei Meilen bis hinunter zum Fluß gelaufen, denn er konnte es nicht länger ertragen, mit seinen bitteren Gedanken eingesperrt zu sein. Während der Boden frei von Gestrüpp war, hatten die zurückweichenden Fluten eine federnde Schicht von Treibholz zurückgelassen, die unter seinen Füßen knackte. Um vollkommen leise zu sein, wenn er durch den Wald ging, konnte er sich nur etwa einen Meter in der Minute vorwärtsbewegen. Seine Konzentration war natürlich vorgetäuscht. Er suchte nichts, jagte nichts als Ablenkung von seinen nutzlos wiederkehrenden Gedanken.

Wer hatte die Gegend um die Hütte herum für jemanden von außerhalb einigermaßen gut gekannt? Hatte Fletchers Gewohnheiten gekannt, wenn er von der Jagd zur Hütte zurückkehrte? Hatte – den Spitz- und Oberlippenbart und die dunkle Brille einmal abgesehen – perfekt auf die Beschreibung des Angreifers gepaßt? Hatte sich in einer idealen Situation befunden, eine Kreditkarte von Primary Power Inc. zu stehlen und zu benutzen? War die einzige Person, die vielleicht Nicole anrufen würde, nachdem sein blutiges Werk getan war? War schließlich die einzige Person, die Nicole vor ihm schützen würde?

Also waren alle Fragen beantwortet. Die Jagd war vorüber. Er mußte nur noch zu dem Mann seiner Tochter gehen und ihn freundlich fragen, warum der Hurensohn versucht hatte, ihn zu töten? Richtig?

Falsch. Weil er die Antwort schon kannte. Haß durchfuhr Fletcher derart heftig, daß er wie gegen einen Schneesturm ankämpfen mußte. Bei den Drinks am Weihnachtsabend hatte David eine logische Grundlage für sein Dasein gehabt: *Politik und Macht und wie man sie einsetzte.*

Nur Gary Westergard konnte David diese Dinge bieten, nach denen er so offensichtlich gierte.

Wieder peitschte ihm dieser eisige, innerliche Wind durch Brust und Bauch und Hirn. Und durch seine Verletzungen, bis diese so heftig stachen, daß er beinah aufschrie.

Warum, um Gottes willen, Gary, *warum?*

Er hatte den Mann seit fast vierzig Jahren nicht gesehen, also mußte es wegen der vier längst vergangenen Sommer gewesen sein, in denen sie bei den Güterwagen auf Crowleys Holzplatz gearbeitet hatten. Fußball und Hockey trainiert, und Geld für das College verdient hatten.

Er stellte fest, daß er mit erhobenem Fuß stehengeblieben war, kaum zwei Meter vor dem kopfhohen Stumpf eines vom Blitz gespaltenen Baumes, der seit Jahren ausgehöhlt war. Er war so vollständig in sich selbst vertieft gewesen, daß ein großes, plattnasiges Waldmurmeltier, das die Gegenwart eines Menschen nicht bemerkt hatte, oben aus dem Stumpf gekrochen kam.

Nicole hatte jahrelang für Gary gearbeitet. *Sie* mußte er fragen, warum er seinen Tod wollte. Nicole fragen. Seine Tochter fragen.

Ein Windstoß von Gefühlen, noch stärker als Haß, durchfuhr ihn. Sein stilles Heulen des Schmerzes ließ ihn schließlich sichtbar werden, schickte das Murmeltier wie aus der Pistole geschossen in seinen hohlen Baumstamm zurück.

Nicole. Fleisch von seinem Fleisch. Blut von seinem Blut. *Warum* hatte sie es getan? Wozu hatte sie ihn verraten?

Ein Dutzend Menschen drängte sich im Wohnzimmer der Suite. Nicole arbeitete sich mechanisch durch den Raum, umarmte hier, schüttelte dort Hände, spürte seit Monaten zum ersten Mal, daß sie wirklich und wahrhaftig am Leben war. Die meisten waren ihr unbekannt – betuchte, lokale Helfer, Westergards Wahlkampfleiter für San Francisco, Reporter vom *Chronicle* und dem *Examiner*, eine bekannte Fernsehreporterin, die sie bei WCCO-TV in Mineapolis flüchtig kennengelernt hatte und die jetzt landesweit arbeitete. Die Frau bemühte sich jetzt um ein exklusives Interview mit Westergard.

Schließlich brachte Hastings Nicole zu den festen Mitarbeitern, was auch Kent Jarvis bedeutete, der sogar noch unangenehmer war, als sie ihn in Erinnerung hatte. Als würde der Mann etwas über sich wissen – auch über sie? –, das er sechs Monate vorher noch nicht gewußt hatte.

Ein ungenierter Umgang mit politischer Macht? Oder etwas Geheimnisvolleres? Sicher war allerdings, daß hier ihr Widersacher zu finden war. Obwohl ihr die lauernde Gefahr bewußt war, vielleicht auch deswegen, setzte sie sich kurz seiner nach kaltem Zigarrenqualm riechenden Umgebung aus.

»Ich weiß, Baby, du konntest einfach nicht von mir getrennt sein.«

»Eigentlich nicht. Ich wollte frühere Eindrücke bestätigt sehen.«

»Was, zum Teufel, soll das bedeuten? Soll ich nachts wachliegen und versuchen, rauszufinden, ob ich beleidigt worden bin oder nicht?« Er nahm ihren Arm und lenkte sie durch die Menge. »Du bist gekommen, um den Guv in aller Stille anzustoßen, daß er deinem Männchen seinen Job wiedergibt?«

Anstatt zu antworten, sagte sie: »Wo ist Edith?«

Er warf ihr einen schrägen Blick von der Seite zu. »Einfach so, ja?«

»Ich möchte ihr einfach hallo sagen.«

»Sicher.« Er kicherte feist. »Madame Defarge ist zum Einkauf.« Er öffnete die Tür zum Schlafzimmer, trat beiseite. »Im Moment ist es also sicher, den Guv um der alten Zeiten willen in die Kiste zu zer...«

»Hat dir eigentlich schon mal jemand gesagt, was du bist, Kent?«

»Niemand weiß, was ich wirklich bin, Baby.«

»Ich glaube, ich wäre mit fünf Worten oder weniger nah dran.«

Gary Westergard saß in Jeans und Strümpfen mit einem Stapel Papieren auf dem Schoß allein auf dem Balkon in der Sonne. Hinter ihm umrahmten die beiden sehr verschiedenen Symbole von San Franciscos ökonomischer Macht seinen Kopf: Der bedrückend düstere, marmorne Monolith der Bank of America und der anmutig weiße, marmorne Turm der Transamerica Pyramide. Nicoles Stimme ließ ihn den Kopf ruckartig heben.

»›Ich bin Ozymandias, König der Könige: Sieh mein Werk, Mächtiger und erschauere!‹«

Sie stand im Türrahmen des Schlafzimmers, abgehoben vom trüben Inneren des Raumes. Er sprang auf, sie zu umarmen, ließ seine Papiere auf den Boden fallen, und als er sie aufsammelte, bemerkte er die Symbole wirtschaftlicher Macht, die seinen Kopf umgeben hatten. Er hatte verstanden und antwortete: »›Nichts daneben kann besteh'n. Ganz und gar der Untergang / Des kolossalen Wracks, so leinenlos und leer / Der stille Strand unendlich lang.‹«

Sie lag in seinen Armen. Sie zitterte – oder war er es? Hastig ließ er seine Arme fallen und trat zurück.

»So siehst du mich? Ein kolossales Wrack?«

Sie schüttelte liebevoll den Kopf. »Ich sehe einen Mann auf dem Weg zu seinen Träumen – einen Mann auf dem Höhepunkt seiner Macht, unaufhaltsam.«

Er ging zu dem kleinen, dekorativen, zweistöckigen Brunnen, der leise in der warmen Luft plätscherte. Er mußte hier sehr vorsichtig sein, egal wie es um seine persönlichen Gefühle stand. Sie war hier, um für ihren Mann einen Job zu erbitten, und er wußte nicht, wieviel sie wußte, wußte nicht, wieviel es – wenn überhaupt – zu wissen gab. Vielleicht konnte sie es ihm sagen.

»Von deinem Mann mal abgesehen?« fragte er mit etwas Verspätung.

Sie hatte sich neben ihn gestellt und starrte in das glitzernde Wasser hinab. »Vögel müßten darin herumplanschen.«

»Ich werde sofort einen Schwarm Lerchen bestellen.«

Sie holte tief Luft, wandte sich um und sah ihm ins Gesicht. »Ich weiß, daß du die verrückte Vorstellung hast, daß David etwas mit dem Anschlag auf meinen Vater zu tun hatte, aber...«

Sofort war es raus, direkt und ohne Umschweife. »Verrückt?«

»Absolut. Er wußte gar nicht, daß auf Dad geschossen worden war, bis ich es ihm an dem Abend in Olafs Haus gesagt habe.«

»Wie hast du davon erfahren?«

Sie hielt seinem Blick mit Leichtigkeit stand, ohne die falsche Herausforderung einer versteckten Lüge. »Meine Freundin Iris hat angerufen – du erinnerst dich an sie...« Er nickte. »Sie hat auf die Kinder aufgepaßt, und der Arzt aus Cochrane rief an, als er Dad ins Krankenhaus gebracht hatte.«

Westergard merkte, daß seit Wochen ein Klumpen Blei wie ein unerkannter Tumor in seinem Magen herangewachsen war. Jetzt begann er, wie beim Wunder von Lourdes, zu verheilen.

»Also war es – nur ein Unfall.«

»Dad zufolge.«

Er schwieg so lange, daß sie an dem Springbrunnen vorbeiging, ihre Unterarme auf das Geländer stützte und hinunter über die Stadt blickte, die sich unterhalb des Nob Hill wie eine Anzeige für den ›Golden State‹ ausbreitete.

Er stellte sich neben sie, sagte sanft »Nikki«, als kostete er den Namen. Aber sie sagte, ohne ihn anzusehen: »Gibt es noch irgend etwas Ungesagtes, das zurückkommen und uns verfolgen könnte?«

»Du zeigst mir, wie ein Kandidat sein muß«, sagte er bitter. »Also gut. Ich kann verstehen, warum du mir an dem Abend nicht erzählt hast, daß auf Fletch geschossen worden war. Aber warum hast du mich nicht angerufen und mir Bescheid gesagt, als du wußtest, daß es ihm wieder gutging?«

Jetzt erst drehte sie sich um und sah ihn kurz an.

»Ich habe einfach angenommen, David hätte es dir erzählt. Inzwischen hatte er – von unserem Verhältnis erfahren, und so war es schwierig für mich...«

Er nickte. »Edith hat es auch gewußt. Zumindest erraten.« Er nahm sie in seine großen, geschickten Hände und drehte sie zu sich um. »Du weißt, warum ich – die Sache mit uns abgebrochen habe, oder? Ich habe endlich den Mut gefunden, das zu tun, von dem wir so oft gesprochen haben, für die Präsidentschaft zu kandidieren. Als ich es getan habe, hatte ich das Gefühl, es wäre nicht richtig...«

»Ich weiß«, sagte sie sanft. »Die Wache des Ritters in der Kapelle bei seinen Waffen. Ich hätte es mir schon früher denken können.« Sie trat von seinen Händen zurück. »Gary, ich möchte, daß David seinen Job wiederbekommt, und ich selbst möchte auch wieder dabeisein.«

»Nikki, ich – der Wahlkampf... Das heißt, Edith und ich...«

Eilig sagte sie: »Nicht so. Nicht – wir. Ich vermisse das alles nur so schrecklich...«

»Abgemacht«, sagte Westergard über das flaue Gefühl in der Magengrube hinweg. Einen intensiven Moment lang wollte er sie im Bett haben, unter sich, aber... Zu riskant für einen angehenden Präsidenten.

Synchron zu seinen Gedanken sagte sie: »Edith wird nicht allzu glücklich sein, wenn ich wieder in dein Leben getanzt komme...«

»Edith will First Lady sein«, sagte er schroff. »Fast so sehr, wie ich Präsident sein will.«

Nicole lachte kurz, dann drehte sie sich vom Geländer ab.

»Diese Reporterin, die früher bei WCCO-TV war, wartet da drinnen auf ein exklusives Interview. Ich denke, du solltest darüber sprechen, daß du einen Kandidaten für den Vizepräsidenten suchst – eine öffentliche Suche könnte zu unserem politischen Vorteil sein.«

»Sollte ich nicht erst die Nominierung gewinnen?« fragte er leichthin.

»Das ist zu spät.« Sie lief auf und ab, dachte nach. »Wenn du jetzt darüber nachdenkst, erweist du all den Gruppierungen die Ehre, die übergangen werden könnten, wenn du tatsächlich eine Wahl triffst. Du suchst nach...« Sie deutete immer wieder mit dem Zeigefinger in die Luft und sprach. »Nach jemandem, mit dem du gut zusammenpaßt, das ist es. Jemand, der – außenpolitische Verhandlungen auf dem höchsten Level führen kann. Der die Staatsbürokratie durchbrechen kann, deine Programme im Kapitol voranbringen, für langfristige Planungen auf nationaler Ebene verantwortlich sein kann...«

Sie unterbrach sich, fuhr herum und zeigte auf ihn.

»Zieh dich um und... Nein, tu es nicht. Am besten, du läßt die Schuhe aus und legst die Füße wieder hoch. Laß sie hier draußen mit dir sprechen, wo du der Wikinger, der Eroberer der Stadt bist.«

Erfreut und erleichtert stieß er den Atem aus. In diesem Moment schien es, als hätte sich das letzte, notwendige Element für eine erfolgreiche Präsidentschaftskandidatur eingefügt.

»Mein Gott, Nikki«, rief er aus. »Es ist wunderbar, dich wieder zurückzuhaben!«

35

»Wir haben dich vermißt«, sagte Victor. »Seit dem Abend, an dem du aus Minneapolis zurückgekommen bist, haben wir dich kein einziges Mal gesehen.«

Fletcher hatte ihn in seinem Büro angetroffen, wo er sich Notizen zu einer gerade beendeten Untersuchung gemacht hatte. Er sagte nichts, also seufzte Victor und fuhr mit einer Hand über die offenliegende Krankengeschichte auf seinem Schreibtisch.

»Emphysem. Sie sagt, sie hat niemals in ihrem Leben geraucht. Ihre Röntgenbilder sagen, sie hat zwanzig Jahre lang eine Schachtel am Tag geraucht. Wem soll ich glauben?«

Fletcher sagte: »Ich möchte, daß du die Hütte für mich verkaufst.«

»Oh, mir feht es prima, Fletch. Danke der Nachfrage.«

Er machte eine ungeduldige Geste. »Victor, du hast es selbst gesagt – fünf Jahre Selbstmitleid sind für jeden Mann genug.« Er legte den schweren Faltordner, den er in der Hand gehalten hatte, auf den Schreibtisch. »Hier sind die Eigentumsunterlagen und eine Vollmachtsurkunde für den Handel. Ich belaste dich nicht gerne damit, aber...«

»... aber ein Mann muß tun, was er tun muß«, führte Victor mit ironischem Unterton zu Ende. Er lehnte seinen Hintern gegen die Kante des Schreibtisches, die Arme vor der Brust verschränkt. »Ich bin nicht mehr sicher, ob ich dir einen Gefallen damit getan habe, diese Telefongespräche von Dutch's Tavern zurückzuverfolgen.«

Wieder ignorierte Fletcher seine Bemerkung und sagte schroff: »Eine Sache noch. Etwas von dem Geld brauche ich jetzt gleich.«

Eine Stunde später stand Victor auf dem Gehweg vor der First National Bank of Cochrane und beobachtete, wie Fletcher ungleichmäßig die Straße zu Lars Petersons Gebrauchtwagenmarkt hinunterging, um sich einen Pickup zu kaufen. Ein Mann unter ungeheurem Druck, ein Mann voll Trauer.

»Fletch, warum?« fragte er in der Bank.

»Victor, warum nicht?« hatte Fletcher gesagt.

»Allerdings. Warum nicht?« sagte Victor auf der leeren

Straße laut vor sich hin. Er nahm an, daß es für Fletcher wahrscheinlich die schwerste Sache seines Lebens gewesen war, wegen des Verkaufs der Hütte zu ihm zu kommen und um etwas Geld zu bitten. Na ja, vielleicht die zweitschwerste. Dreihundert Meter durch den Schnee zu kriechen, dreimal angeschossen, wahrscheinlich war das noch schwerer gewesen.

Oder, dachte er und wandte sich wieder seiner Klinik zu, vielleicht vor den Nordkoreanern zu flüchten und sich durch Eis und Schnee und Temperaturen unter dem Gefrierpunkt nördlich des zweiundvierzigsten Breitengrades bis zu den amerikanischen Linien durchzukämpfen. Korea war auch Victors Krieg gewesen. Er erinnerte sich an jene Winter. Selbst in Minnesota erinnerte er sich an jene Winter.

»Der Teufel sollte sie holen«, sagte er wieder laut zu sich selbst.

Er hatte keinen Zweifel daran, wem die Geheimnummer gehörte: Es gab nur einen noch lebenden Menschen, der Fletcher derartige Höllenqualen zufügen konnte.

Der *Teufel* sollte sie holen!

Er beschloß, Fletchers Hütte nicht gleich zu verkaufen, nur für den Fall. Man konnte nicht wissen, wann der Mann einen Ort brauchen würde, zu dem er zurückkehren konnte, einen Ort, an dem er das Bett hüten, seine Wunden lecken und sich hoffentlich selbst heilen konnte.

Der Teufel soll sie holen!

Kent Jarvis sprang einen Block vor dem Wendeplatz am Ende der Powell Street von dem ratternden Cable Car. Es war nicht besonders schlau, so kurz vor dem Parteitag, aber er war gefährlich nah am Rande seiner Kontrolle angelangt. Und irgendwie schien es ihm in San Francisco keine so große Sache zu sein – zum Teufel, hier in Sin City war S & M wahrscheinlich eine Lebenseinstellung.

Der Nebel war hereingekommen. Er zog sich seinen unpassenden Mantel fester um die Brust, als er die Ellis in Richtung Taylor und ins Herz des Tenderloin District ging. Wie hieß noch das Sprichwort? *Der kälteste Winter meines Lebens war ein Sommer in San Francisco.*

Er trat in einen Pornoshop ein, den ihm ein Hotelpage im Fairmont für zwanzig Dollar genannt hatte. Links stand ein Schnellbedienungstresen, halb voll von Kieztypen mit schnellen, gehetzten Augen. Rechts Regale voller Magazine und Taschenbücher, geordnet nach Fetisch, Vorliebe oder Perversion. Die ›Ehehilfen‹ gab es hinter einem hüfthohen Tresen im zurückliegenden Teil. Auf dem Tresen war eine Registrierkasse und auf einem Schild stand: ›Du bist 21, oder du bist draußen.‹ Dahinter stand eine schmierige Kröte im dreiteiligen Anzug.

Jarvis verbrachte ein paar Minuten zwischen den Dildos, Merkins, den tanzenden Eiern, aufblasbaren Puppen, Vibratoren und Selbsthilfegeräten, die man in den Zigarettenanzünder im Auto stecken konnte, um sicherzugehen, daß niemand nach ihm den Laden betreten hatte. Er konnte sich schon vorstellen, wie irgend so ein Reporter in der Sonntagsbeilage ›Lifestyle‹ darüber schrieb, was Westergards Wahlkampfleiter in seiner Freizeit machte.

Scheiße, wem machte er was vor? Seit Nicoles Rückkehr vor zwei Wochen war alle Aufmerksamkeit auf sie gerichtet. Sie nahm alles in die Hand. Zu spät hatte er gemerkt, daß sie, nicht Ross, den Verstand, den Antrieb und die Zielstrebigkeit besaß. Der arme, alte, uneffektive Arsch Ross war nie mehr als ein Handlanger gewesen, bis sie sich selbst wieder an den Guv ranmachen konnte.

Bald würde sie mit ihm vögeln, egal wie wachsam Madame Defarge sein mochte. Wie, zum Teufel, konnte er da mithalten? Der Teufel sollte sie holen! Er stellte sie sich nackt vor, in der Pose eines Pornomagazins, und plötzlich konnte er *fühlen,* wie seine Fäuste lebhaft gegen ihr nacktes Fleisch schlugen. Mit Entschlossenheit, hervorgerufen durch das Rumoren in seinem Magen, ging er durch den Raum zu der Kröte.

»Ich suche Jimmy«, fuhr er ihn an.

»Nie gehört.«

»Carl im Fairmont hat gesagt...«

»Auch noch nie gehört.«

Aber die Hand der Kröte war zufällig mit der Handfläche nach oben auf den Tresen gefallen. Jarvis verstand mit etwas Verspätung und legte die Karte, die Carl ihm im Fairmont gegeben hatte, auf die Handfläche. Die Kröte nickte.

»Wie bemerkenswert. Endlich haben Sie Jimmy doch noch gefunden.«

»Gut. Und was kann Jimmy für mich tun?«

»So ziemlich alles, was Sie wollen.«

Jarvis holte ein Foto von Nicole hervor, das er aus einer alten Wahlkampfbroschüre des Guv herausgeschnitten hatte. »Wie wär's mit einer Frau, der es nichts ausmacht, ein bißchen mißhandelt zu werden und die ungefähr so aussieht?«

Die Kröte blinzelte, überlegte und sagte: »Klar«, und warnte dann, »aber Sie müssen verstehen: Dieses Mädchen, das ich im Auge habe, ist nicht ihre Zwillingsschwester.«

Jarvis sah mechanisch auf die Uhr und spannte seine Hände, die bald Fäuste sein würden. Er machte sich um AIDS keine Sorgen mehr. Jetzt würde er, wenn er ein Mädchen zu Ende gequält hatte, sich selbst mit der Hand einen runterholen, während sie stöhnend zu seinen Füßen lag.

»Ähnlich ist gut genug«, sagte er.

Mehr als drei Stunden, bis er zurück im Fairmont sein mußte. Wen die Kröte auch heute abend für ihn finden würde, wie sie auch aussehen mochte, er hatte Zeit, sie für Nicoles Rückkehr bezahlen zu lassen. Kräftig bezahlen zu lassen.

Zum Teufel, *irgend jemand* mußte doch bezahlen.

Fletcher brauchte im Wald nie eine Uhr. Sein angeborener Sinn für den Sonnenstand war selbst an bewölkten Tagen fast perfekt. Vier Uhr dreißig – und, als würde es von einem Zeitschalter getrieben, kam das Waldmurmeltier wie ein übergewichtiger, pelziger Jack-in-the-Box aus seinem Loch in dem hohlen Stumpf hervor. Fletcher, der nicht länger gegen den quälenden Fortgang seiner Gedanken ankämpfte, indem er sich auf ein geräuschloses Vorwärtskommen im Wald konzentrierte – seine Gedanken hatten gewonnen –, schlug erfolglos nach dem Schwarm von Mücken, der sich um seinen Kopf versammelt hatte. Die schnelle Bewegung ließ das Tier in Panik wie ein Stein zurück in seinen hohlen Baumstumpf fallen.

Fletcher nahm es kaum wahr. Dies war sein Abschied von den Wäldern. Er war über die flachen Hügel gekommen, von denen aus Ross auf ihn geschossen hatte. Der verschlungene Pfad seiner Rückkehr würde ihn ein letztes Mal die Brandfläche hinauf an der verkohlten Fichte vorbeiführen. Heute nacht würde er zum letzten Mal in der Hütte schlafen.

Rotdrosseln zwitscherten und trieben auf den wehenden Rohrkolben im Brackwasser am Rande des Sumpfes. Ein Pärchen heiserer Krähen flatterte von einem aufgedunsenen Karpfen auf, der die Luft mit seinem süßlichen Todesgestank erfüllte. Ein Achtenden-Hirsch, noch im Bast, krachte durch das Unterholz.

Ein Achtender-Hirsch, das glänzende Geweih frisch aus dem Bast, schwamm in fünfzehn Metern Entfernung durch den Fluß. Old Charlie beugte sich nach vorn, um Fletch am Arm zu packen und in die dunkler werdende Abenddämmerung zu deuten. Er wurde immer mehr zum Indianer. Sein langes, weißes Haar war nach Art der indianischen Krieger geflochten. Er trug traditionelle, perlenverzierte Hirschfellmokassins. Den Sommer über hatten sie, nachdem sie auf einen Birkenbestand gestoßen waren, an den Wochenenden, wenn Fletch nach West Newton kommen konnte, gemeinsam dieses Kanu aus Birkenrinde gebaut.

Der Hirsch kämpfte stromaufwärts gegen die Strömung an, seine Schultern arbeiteten, um den Brustkorb mit jedem Schlag aus dem aufgewühlten Wasser zu heben. Die Aufregung schnürte Fletchers Brust zusammen. Seitdem ihm der alte Indianer erzählt hatte, wie es ihm als Junge gelungen war, hatte er die einzelnen Schritte in Gedanken durchgespielt.

»Wir müssen es versuchen, Charlie!« schrie er.

Charlie tauchte sein Paddel fest ein, und das zerbrechliche Boot schoß vorwärts wie ein Pfeil vom Bogen. Es war das erste Mal, daß sie mit dem Kanu ausgefahren waren. Morgen würde Fletch den *Burlington Zephyr* nehmen und zu seinem zweiten Jahr am College zurückfahren. Sie hatten ausprobieren wollen, ob die verharzten Nähte zwischen

den überlappenden Borkenplatten wasserdurchlässig waren.
Aus Birkenborke machte man die leichtesten und schnellsten Kanus, sagte Charlie, aber wenn sie durchlöchert oder leck waren, liefen sie schnell voll Wasser und verloren ihre Schwimmfähigkeit. Dieses war dicht.
Der Hirsch warf wilde Blicke über seine Schulter, geriet über das näherkommende Kanu in Panik.
Fletch sagte laut: »Wir wollen dir nicht weh tun, alter Junge.«
Es fing an zu dämmern. Vor dem rosafarbenen Chinook-Himmel taumelte ein Trupp seßhafter Stockenten mit hundert Stundenkilometern stromabwärts, auf dem Weg zur Nachtruhe im Schutzgebiet. Charlie brachte das Kanu stromabwärts neben das Wild. Fletch legte sein Paddel auf den Boden, kauerte sich mit den Händen an den Dollborden hin, um das Boot vor dem Umkippen zu bewahren, wenn er sein Gewicht verlagerte.
»Jetzt!« schrie Charlie.
Der Junge langte über den Hirsch hinweg und packte mit der linken Hand das Geweih auf der anderen Seite, zögerte, packte das vor ihm liegende Ende mit seiner rechten Hand, dann stieß er hart nach unten, damit ihn die Hebelkraft aus dem Boot und auf den Rücken des Tieres schnellen ließ.
Der Hirsch wurde von dem zusätzlichen Gewicht unter Wasser gedrückt, aber er kam gleich wieder hoch, strampelte heftig, wand seinen kräftigen Hals und versuchte, das unerwartete Gewicht abzuschütteln. Fletcher klammerte sich mit Händen und Knien fest, als ob es um sein Leben ginge, die arbeitenden Schultern zwischen seinen festgepreßten Knien, das Geweih hart und knorrig und unnachgiebig zwischen seinen Fäusten.
Der alte Indianer hatte das Kanu zurückfallen lassen, um zu verhindern, daß der Hirsch ihn in seiner Panik auf die Hörner nahm. Über das Schnauben des Tieres hinweg konnte Fletch Charlies Schrei hören: »Yahoo! Reite ihn, Cowboy!«
Sie bewegten sich schnell auf die Seite von Wisconsin zu,

wo der helle Streifen einer länglichen Sandbank vom Ausbaggern im letzten Jahr zurückgeblieben war. Zum ersten Mal fragte sich Fletch, wie er wieder herunterkommen konnte, ohne aufgespießt zu werden. Das hatte Charlie nicht gesagt. Er versuchte, die Art jeder Bewegung des Tieres unter ihm zu *fühlen. Da!* Eine Schulter hatte mit unerwarteter Festigkeit unter seinen Hufen geruckt.

Fletch hatte das Geweih schon losgelassen, um sich seitwärts ins Wasser zu stürzen, als sich der Hirsch daraus erhob. Ohne sich umzusehen, tauchte der Junge, so tief er konnte, schwamm unter Wasser schnell direkt hinaus in die Strömung.

Als sich seine Lungen anfühlten, als müßten sie bersten, kam er an die Oberfläche und blickte zurück zur Sandbank, an der ihn die Strömung schnell vorbeitrieb. Der Hirsch war weit davon entfernt, anzugreifen. Ohne einen Blick zurück, floh er ins Unterholz und schüttelte sich dabei wie ein nasser Hund.

Beim nächsten Mal, als er das Kanu aus Birkenborke sah, hatten die Leute vom Armenhof den Boden herausgeschlagen, damit der alte Indianer es nicht für einen weiteren Fluchtversuch benutzen konnte.

Im dünnen Licht des Morgengrauens schloß Fletcher seine Hütte zum letzten Mal ab. Er legte den Schlüssel für Victor unter den üblichen Stein, fuhr mit dem alten Toyota 4×4 weg, ohne einen Blick zurückzuwerfen.

Abgesehen von Kleidung und Toilettenartikel und Campinggerät hatte er nur Charlies wunderbar bearbeitetes, altes Bärenfell mitgenommen. Old Charlie, der in dem weichen, gegerbten Pelz immer irgendwie präsent war, würde ihm auf seinen Reisen vielleicht ein Trost sein.

Mit drei Gewehrschüssen hatte Ross ihm alles genommen. Er war ungeheuer wütend, aber er wußte nicht, was er daran tun konnte. Wenn er an Ross herankommen wollte, würde er es durch Nicole tun müssen. Sie hatte offensichtlich ihre Wahl getroffen. Wie bei Terrys Tod. Damals hatte sie ihn fallengelassen, jetzt ließ sie ihn fallen.

Er wünschte, er könnte das auch, sie vollkommen aus seinen Gefühlen und Empfindungen ausschließen. Aber er konnte es nicht, selbst wenn er den Verdacht hatte, daß Hinterlist ein Teil ihrer Natur war. Vielleicht weil sie auf dieser Erde der letzte Rest von Terry war.

Im Moment jedenfalls war Fletcher – wie Charlie – am Ende *seines* Lebens, kein Jäger mehr, weder von Menschen noch Tieren noch von irgend etwas anderem, das auf dieser Erde lebte.

Darum hatte sich David Ross gekümmert, im Auftrag von Gary Westergard.

Vielleicht würde irgendein Abenteuer unterwegs das alles ändern. Vielleicht war das der Grund, warum er wegfuhr.

36

Als am 14. Juli um 10.03 abends New Jerseys 115 Stimmen Westergard elf mehr als die 1967 gaben, die er für eine Nominierung im ersten Wahlgang benötigte, saßen Gary und Edith Händchen haltend auf der Couch vor dem großen Bildschirm des Farbfernsehers in ihrer Hotelsuite. Er küßte seine Frau und nahm sie in den Arm, Gefühle wallten auf: Stolz, Unruhe, Triumph, Furcht, eine ungeheure Erregung.

Schließlich stand er auf. »Komm mit, Liebling.« Unbewußt sprach er Nicole nach: »Sie wollen ihren Wikinger, den Eroberer.«

Der Tag seiner Eroberung hatte ganz prosaisch um 6.45 Uhr mit einem Arbeitsfrühstück in der feudalen Brasserie des Fairmont begonnen.

»Die letzten Korrekturen fehlen noch, aber ich glaube, die wichtigsten Punkte haben wir abgedeckt«, sagte David Ross über den zwanzigsten Entwurf zur Annahme der Nominierung. »Wirtschaftliches Wachstum, Wohlstand, Jobs, Gerechtigkeit, Menschenwürde, Chancengleichheit, Frieden, Sicherheit, Freiheit.«

Unter der Erdoberfläche, im höhlenartigen Moscone Convention Center, erklärte Kent Jarvis einer Gruppe von Reportern die Taktik für eine Nominierung im ersten Wahlgang.

»Da fünfundachtzig Prozent der Lenkung dieses Plenums aus der Gerüchtekontrolle bestehen, haben wir die Hälfte unseres Parteitagbudgets in das Kommunikationssystem investiert, damit wir unsere Leute im Moscone Center jederzeit erreichen können.«

»Wie erreichen?« wollte ein Zeitungsreporter mit einem altmodischen Notizbuch in der Hand im gleichen Moment wissen, als ein jüngerer, modischerer Kollege mit einem winzigen Minirekorder dazwischenfragte: »Was für Gerüchte?«

»Oh, zum Beispiel steht Mondale wieder von den Toten auf, um sich nominieren zu lassen.« Für den älteren Reporter fügte er hinzu: »Man kann draußen im Plenum nichts machen, also überwachen wir die vierzehn zentralen Delegiertensucher von hinter der Bühne. Sie stehen mit paarweise agierenden Gruppenleitern in Verbindung, von denen jeder dreihundert Delegierte im Plenum des Parteikonvents beobachtet.«

»Klingt wie ein Haufen Häuptlinge für nichts besonders viele Indianer«, kommentierte der junge Reporter.

»Willst du Delegierte pflegen, mußt du ihnen Titel geben«, gab Jarvis mit einem zynischen Grinsen zurück.

Nicole hatte eine weitere Gruppe früh aufgestandener Medienleute, meist von Fernsehen und Radio, im Pressezentrum des Convention Center zu betreuen.

»Wir wollen, daß der Parteitag der Startblock für die allgemeine Wahl ist, und nicht die Ziellinie der Vorwahlen.«

»Wollen Sie damit sagen, Westy kann seine Murmeln alle *heute abend* sammeln?«

»Stellen Sie sich auf den ersten Wahlgang ein.«

Zwanzig Minuten nach seiner Nominierung im ersten Wahlgang stand Westergard im Plenum des Parteikonvents. Das Moscone Center war ein Meer von WESTY-Plakaten und dreifarbigen Fahnen, das Toben der Menge schallte von der hohen Decke zurück wie Brandung, die gegen eine Kaimauer schlägt. Das Gefühl, das er dabei hatte, war alles auf der Welt wert. Absolut alles.

»Morgen werde ich die Nominierung annehmen«, erklärte er nach zehn Minuten Tumult vom Podium herab. »Heute abend – nun, heute abend möchte ich Ihnen nur sagen, daß mein Herz – angefüllt ist. Von Freude. Von Dankbarkeit. Von Nähe zu Ihnen allen, die so hart dafür gearbeitet haben, mich hierherzubringen. Danke.«

Die Menge tobte. Er war drin. Er war der Auserwählte.

Wer war er? fragte sich Fletcher, als er mit nackten Füßen und Beinen in der Dunkelheit auf dem kurzen, graugrünen Büffelgras stand, das frühe Siedler für ihre Grassodenhäuser verwendet hatten. Er hatte die Plane und den Schlafsack ausgepackt, seine Hose ausgezogen und die Schuhe zu einem Kissen hineingewickelt – und wurde von einem weiteren Anfall sinnloser Gewissensprüfungen heimgesucht. Er schüttelte den Kopf.

»Zur Hölle damit«, sagte er laut.

Er ließ sich neben dem 4 × 4 in seinen Schlafsack gleiten, lag da und starrte in die Nacht. Der Wagen stand unter einer einzelnen Pappel geparkt, weit ab vom Highway mit seinen rasenden Überland-Sattelschleppern und den aufdringlichen Streifenpolizisten mit ihren ausdruckslosen Augen. Unter dem Neumond war es sehr dunkel. Eine warme Brise seufzte über das Weidelang von Wyoming hinweg.

Ein Rudel von Koyoten begann eine abrupte Serenade von Bellen, Heulen und Pfeifen. Fletcher döste weg, als die Mäuse und Ziesel ihr Rascheln und Quieken wiederaufnahmen.

Der Maultierhirsch war überrascht, als ihm Fletchers erster Schuß das linke Vorderbein zerschmetterte. Dreibeinig lief er ein paar Schritte, blieb stehen, verwirrt von seiner plötzlichen Schwäche. Das unerprobte Gewehr schoß tief, so daß der zweite Schuß in die linke Hüfte traf und ihn umwarf. Als er sich wieder hochkämpfte, schlug ihm Fletchers nächster Schuß zu hoch in den Hals und verfehlte das Rückgrat.

»Um Gottes willen«, sagte der Führer angewidert. »Jetzt langt's aber wirklich.«

Er war Mitte Dreißig, hager und drahtig, mit einem Gesicht, das Sommersonne und Winterwind zerfurcht hatten. Als er sein eigenes Gewehr hob, griff Fletcher das Tier an, Tränen der Demütigung in den Augen. Sechzehn Wochen Training als Schütze schienen ihn nur für die grobe Feuerkraft des M-1 fähig gemacht zu haben.
Der Hirsch stand mit gespreizten Beinen und ruhigem Blick unter dem gewaltigen Gewicht des nahen Todes. Fletcher durchschlug seine Drosselvene mit einem schnellen Ruck seines Messers. Das Tier fiel auf die Vorderbeine, dann auf die Seite, Arterienblut färbte das zerdrückte Alkaligras beinah schwarz. Fletch, der sich noch immer für die Rohheit seines Tötens schämte, rollte den toten Hirsch auf den Rücken, um ihn auszuweiden.
Der Führer keuchte heran, etwas langsamer gefolgt von Fletchs Vater, der sich noch von seinem Herzanfall im vorangegangenen Jahr erholen mußte.
»Hey«, sagte der Führer fast wütend. »Das ist mein Job.«
Aber Fletcher, der das tote Tier längst zwischen dem Rumpfwülsten am Ansatz der Genitalien aufgeschnitten hatte, riß den Hirsch so leicht von der Leiste bis zum Brustkasten auf, als würde er einen Briefumschlag aufschlitzen. Sein Zeigefinger an der Rückseite der aufrechten Schneide verhinderte, daß sie in die Innereien stach.
»Und meiner ist das Schießen, ich weiß«, sagte er knapp, das Gesicht dunkel aus Ekel vor sich selbst. »Aber es sieht so aus, als wenn das mehr ist, als ich schaffen kann, also kann ich genauso gut das hier machen.«
Mit feindseligem Schweigen zogen sie ihn gemeinsam ab. Eine Stunde später, nachdem Fletcher etwas spät mit dem geliehenen Gewehr ein paar Schüsse zum Einrichten abgefeuert hatte, waren sie wieder auf der Jagd. Als sie um eine wilde Geröllfläche herumgingen, packte er den Führer am Arm, aber der schüttelte ihn ab. Der Führer hatte den großen Maultierhirsch, oben an der Kammlinie in dreihundert Meter Entfernung schon entdeckt.
»Zu weit weg ohne Fernrohr. Selbst *ich* könnte ihn von hier aus nicht treffen. Wir fahren rum, kommen von hinten.«
»Halten Sie einfach den Jeep an«, sagte Fletchs Dad.

Nach einem angespannten Augenblick machte der Führer ein leidendes Gesicht und hielt. Fletch stieg aus. Es schien zu stimmen. Diesmal kannte er sein Gewehr. Er feuerte einen Schuß, einen Brusttreffer, ohne Stütze, ruhig wie ein Stein. Leichter als ein Hundert-Meter-Schuß mit einer .22er bergab ohne Fernrohr auf ein Streifenhörnchen, oder?

Der Hirsch stürzte vorwärts von dem Kamm, rollte und kugelte die Geröllhalde herunter, um mit einem klappernden Hagel loser Steine von ihren Füßen zu landen. Fletch mußte tatsächlich beiseite treten, damit er nicht umgeworfen wurde.

»Du wirst schlampig«, sagte sein Vater erfreut. »Normalerweise läßt du ihn gleich hinten in den Jeep fallen.«

»Du meine Güte!« rief der Führer. »Dreihundert Meter bergauf, ohne Fernrohr? Den hier zieh' ich ab.«

Alle drei saßen halb betrunken am Lagerfeuer. Am Morgen fuhr sein Vater zurück nach Minnesota, und der Führer fuhr Fletch hinunter nach Cheyenne, von wo aus er mit dem Bus nach San Francisco fuhr – und eine Woche später nach Korea.

Schweißnaß setzte er sich auf. Die Brise hatte sich gelegt, die Nacht war still und drückend. Er warf den Schlafsack auf. Der Traum war zum Alptraum geworden. Bis zu dem Zeitpunkt, als ihn Terrys Tod dreißig Jahre später in die Wälder getrieben hatte, war sein ganzes Töten auf Menschen in Korea beschränkt gewesen – und er war verdammt gut darin gewesen.

Korea. Zum ersten Mal seit Inchon wünschte er, er hätte eine Flasche, um sich zu betrinken, weil er jetzt nicht einmal mehr Menschen jagen konnte.

Nicht einmal einen Menschen.

David und Nicole kamen zum ersten Mal gemeinsam zum Höhepunkt, seitdem sie Minnesota verlassen hatten. Als ihre Herzen wieder langsamer schlugen, merkte sie, daß unglaublicherweise noch eine weitere Heilung begonnen hatte. Vielleicht war es unvermeidlich. Seitdem sie sich entschlossen hatte, David vor ihrem Vater zu schützen – wenigstens zum Teil, weil ihr Vater niemals vor irgend jemandem oder irgend etwas Schutz brauchte –, war eine solche Heilung unvermeidbar.

Wer wußte schon, wie sie sich vielleicht an Davids Stelle verhalten hätte? Sie kannte diesen Hunger nach Erfolg, die Angst vor dem Versagen. Und schließlich hatte sie sich für ihn entschieden. Beinhaltete das nicht ein Akzeptieren dessen, was er war? Was er getan hatte?

Sie sah zu ihm hinüber. Er schlief. Hatte er ihre Wärme oder ihr Gefühl geteilt, oder war es für ihn immer noch hauptsächlich Sex? Am Ende schlief sie wieder ein und dachte, daß das, was sie jetzt fühlte, was David fühlte, selbst was ihr Vater vielleicht fühlte, nicht mehr wichtig war. In sechzehn Stunden würde Garys Rede zur Annahme der Nominierung das Leben aller für immer verändern.

»Meine amerikanischen Mitbürger. Demütigen Herzens nehme ich Ihre Nominierung an, den jetzt folgenden Kampf zu führen.«

Er fühlte, wie ihm die erste Geräuschwelle durch Leisten und Eingeweide fuhr. Es war, was Sex sein sollte, aber niemals war. Dies war der Flammenpunkt der Atomexplosion.

»Da dieses Rennen das offenste in der Geschichte der amerikanischen Politik gewesen ist, sollte jetzt eine Zeit der Genesung folgen, der Aussöhnung innerhalb unserer Partei.«

Ein weiteres Donnern unterbrach seine Worte. Das machte ihm nichts aus. Er hatte alle Zeit der Welt.

»Aber heute abend, meine Freunde, gehören die Vorwahlen der Vergangenheit an, und da draußen legt die republikanische Partei – fett geworden in all den Jahren politischer Macht – ihre Rüstung an und schärft ihr Schwert wie ein korrupter, mittelalterlicher Adelsmann, der leichte Beute sucht.«

Wieder ohrenbetäubendes Dröhnen. Keine Gesichter, nur Münder. Keine Stimmen, nur Geräusche. Mehrfache Orgasmen von Geräuschen für ihn allein.

»Statt dessen werden die Republikaner im November ein Desaster erleben. Warum? Weil nicht weniger als das Leben unserer großartigen Nation auf dem Spiel steht. Wir dürfen also nicht scheitern. Wir *werden* nicht scheitern.«

Der Donner der Geräusche, *der Donner!* Er *war* die Geräusche. Er *war* die Gesichter. Er war die Partei. Er war Macht.

»Weil wir Demokraten genau das sind – *Demokraten!* Sehen Sie uns an, die wir hier versammelt sind, aus jedem Staat der Union, von jeder Rasse der Erde. Dies ist unser Schild gegen den Elitismus des Feindes.«

WESTY! Das Dröhnen tausender Kehlen bestätigte seine Vorstellung, bestätigte *ihn*! WESTY! Er war ihrer aller Anfang, ihrer aller Ende, ihr Erwählter. WESTY! Er würde sie aus dem Zwielicht atomaren Schreckens in die Sonne des Schicksals führen. WESTY!

»Hier sind wir zusammengekommen. Schwarz und weiß und braun und rot, jung und alt, hier geboren oder in der ersten Generation, aus Stadt und Land, männlich und weiblich. Vom Porsche zum Pflug, von der Badewanne zum Wasserloch, vom Hochhaus zur Bruchbude, vom See zur glitzernden See.« Das Donnern erfüllte ihn: Er war eine Trommel, von der ihre Bedürfnisse widerhallten. Sie hatten ihm ihre Macht gegeben, niemand würde ihn aufhalten. Niemand *konnte* ihn aufhalten. Niemand hatte das Recht dazu. In seinen Händen lag die Menschheit, nur er konnte sie retten.

»Heute abend bringen wir Ihnen den neuen politischen Realismus. Den Realismus, der besagt, daß wir Amerikaner unsere Zukunft wiedererlangen können, ohne unsere Vergangenheit zu verlieren. Lassen Sie die Republikaner für das kämpfen, was längst vorüber ist – da gehören sie hin. Wir werden für das kämpfen, was möglich ist – denn *das* ist es, was *uns* gehört!«

Hier unterbrachen sie ihn mit Applaus und zustimmenden Rufen bei fast jedem Satz. Seine Ohren waren taub vom Eigenlob.

»Wir sind weiser, als sie es sind, stärker als sie es sind. Sie konzentrieren sich auf vergangene Auszahlungen an die Reichen der Erde – wir konzentrieren uns darauf, die Reichtümer der Erde für zukünftige Generationen zu *retten*.«

WESTY! Und wieder WESTY! Sein eigener, lieblicher Name, im Chor gerufen, als würden mittelalterliche Krieger den Namen ihres Lehnsherren während einer der blutigen Mann-gegen-Mann-Schlachten jener Zeit preisen. Der Donner der Zustimmung, der Donner menschlicher Bedüfnisse.

Ja, Gott, der Donner! O Gott, die Macht!

»Es war der ehrliche, aufrichtige Harry Truman, der sagte, daß ein Präsident in der Lage sein muß, ja oder nein zu sagen – meistens aber nein. Aber für einen heutigen Präsidenten müssen die Worte heißen: ›Schluß damit.‹«

Selbst durch das statische Rauschen des mittelmäßigen Radios im Pickup hörte Fletcher den dicken Brei aus Trugschlüssen und das Donnern des Beifalls, den sie hervorriefen.

»*Schluß damit* ist, was ich zu den aufgeblähten Verteidigungsausgaben der Militärs sage. *Schluß damit* ist, was ich zu den Steuererleichterungen für die großen Tiere sage. *Schluß damit* ist, was ich zu den Fürsprechern von Subventionen unter den Kongreßabgeordneten sage, die die Schatzkammern unserer Nation plündern.«

Dieses geistlose Donnern der Zustimmung, *das* war der Grund, warum Fletcher sich in Gruppen niemals wohl gefühlt hatte. Gruppen wurden so schnell zur Menge, die noch schneller zur Masse wurde. Das heute bewundernde WESTY konnte morgen das haßerfüllte NIGGER oder JUDE oder ITAKER werden.

»Unser großer Präsident Lincoln forderte einst die Regierung des Volkes, durch das Volk und für das Volk. Was uns die Republikaner gegeben haben, ist die Regierung der Mächtigen, durch die Einflußreichen für die Wohlhabenden. Nun, ihr amerikanischen Bürger, wir werden uns damit nicht mehr zufriedengeben! Wir, das Volk...«

Die Platitüden von dem Mann, mit dem er gearbeitet, getrunken, Mädchen aufgegabelt hatte, gingen weiter, ein Mann, den er unterstützt, für den er gestimmt hätte. Ein Mann, der ihn als Helden verehrt hatte und ihn jetzt...

»Als Präsident beabsichtige ich, die wahren amerikanischen Werte wieder geltend zu machen. Stärke zu Hause, Stärke im Ausland. Zu Hause das Defizit senken, die Zinsen senken, unsere Export erschwinglich machen.«

Dieser gottverdammte Hurensohn, der Platitüden über die noblen Dinge deklamierte, die er als Präsident tun wollte, hatte Fletchers Schwiegersohn dazu überredet, einen Mordversuch gegen ihn zu unternehmen! *Warum?*

»Im Ausland will ich die Sowjets auf mehr Übereinkommen im Nuklearbereich drängen, weil unsere beiden Nationen diesen Planeten zerstören und alles Leben von der Erdoberfläche tilgen können. Es war der große Präsident John F. Kennedy aus unserer Partei, der gesagt hat, daß wir niemals aus Angst heraus verhandeln dürfen, aber auch niemals Angst vor Verhandlungen haben sollten...«

Oder war es nur Fletchers Neid? Früher als Held verehrt, jetzt ein Krüppel und Versager. Ein Mann, der seine Frau ungerächt sterben ließ, ein Mann, der sich gegen einen Angriff nicht wehren konnte, nicht einmal *sich selbst* rächen konnte.

Nein. Es kochte alles in ihm hoch. Plötzlich wußte Fletcher, daß er wütend war, nicht reumütig. Blindwütig.

Er wollte einen Drink. *Brauchte* einen Drink.

Vielleicht viele Drinks.

Vielleicht würde es eine verrückte Nacht werden.

37

Es war eine verrückte Nacht.

Cottonwood war ein Ost-West-Nord-Süd ausgerichtetes Gitternetz, flach wie ein Pfannkuchen, den der diagonale Schrägstrich eines Highways durchtrennte. Es gab eine Kirche und eine Tankstelle und Motels und Geschäfte und Häuser, eines davon ein altes, überladenes, zweistöckiges Gebäude, das vielleicht einmal stolz und einsam zwischen den im Präriewind raschelnden Pappeln gestanden hatte.

Nur gab es jetzt im ganzen Ort keine Pappeln mehr.

Aber es gab eine Bar, Carrothers Big Game Bar. Fletcher parkte davor, neben einem neuen Caddy mit getönten Scheiben. Drinnen saßen drei Leute vor dem Farbfernseher: Beifall und Tränen von Frauen, die auf den Gängen des Moscone Center tanzten, weil eine aus ihren Reihen, Della Weinberg,

Ex-Bürgermeisterin von San Francisco, einstimmig als Gary Westergards Kandidatin für die Vizepräsidentschaft nominiert worden war.

»Bürgermeister des Jahres«, sagte ein Mann Anfang Dreißig auf Fletchers Seite der Bar. »Die ist ein guter Vize.«

Er war wohlproportioniert und gutaussehend, mit der durchtrainierten Statur eines Athleten und den Augen eines unbarmherzigen Rivalen. Mit seinen engen Hosen und dem gestreiften, kurzärmeligen, italienischen Sporthemd sah er wie ein Zuhälter aus.

»Die blöde Kuh«, sagte die braunhäutige, junge Frau neben ihm.

»Halt's Maul, Maria«, sagte er.

Die Wände der Carrothers Big Game Bar waren mit Jagdtrophäen bedeckt. Wapitis und Elche und Gabelantilopen, ein geschorener Bison, Koyoten und Dachse, ein Puma und ein Rotluchs und ein zähnefletschender Wolf, zwei schwarze Bären und ein stehender Grizzly, das Maul aufgerissen und die riesigen, klauenbesetzten Arme ausgestreckt.

Die neue Vizepräsidentschaftskandidatin versuchte erfolglos, sich Gehör zu verschaffen. »Meine lieben Mitbürger... Meine lieben Mitbürger...«

»Die Nadel hängt«, sagte die gelbbraune Frau, als Fletcher vorbeihinkte. »Leg 'ne andere Platte auf.«

Sie war vielleicht Anfang Zwanzig, wahrscheinlich vollblütige Indianerin – gelbbraune Haut, kräftige Nase und hohe Wangenknochen, vollkommen glattes, schwarzglänzendes Haar, tiefliegende, feuchte, schwarze Augen mit dem wilden Blick eines Raubtieres. Eher gutaussehend als schön, und dennoch war sie auf eine geschmeidige und vollbusige Weise sehr weiblich. Außerdem sah sie sehr betrunken aus.

»Halt's Maul. Ich will ihr zuhören.«

»Ich will ihr zuhören«, äffte sie ihn nach. »Wozu, Arnie? Du weißt doch, daß sie alle nur das Spiel mit der Macht spielen.«

Er drehte sich mit halberhobener Hand zu ihr um. »Halt's Maul, hab' ich gesagt.«

Sie legte sich mit übertriebener Geste die Hand auf den Mund. Fletcher setzte sich drei Hocker weiter. Sie kleidete sich nicht indianisch, eher kitschig wie ein Casinomädchen: enge Satinbluse, die Brustwarzen ohne Büstenhalter zeigten, glitzernder Minirock, der bis zur Rundung ihres Hinterns hochgerutscht war. Schließlich kam der Fernseher zu Wort.

»Meine lieben Mitbürger, willkommen in der Zukunft. Ich bin Della Weinberg. Heute abend ist mein Herz voll vom amerikanischen Traum...«

»Und dein Mund ist voll Elchscheiße«, sagte Maria. Sie nuschelte die Worte leicht. Fletcher lachte.

Arnie warf ihm einen feindseligen, taxierenden Blick zu. »Wer waren Pocahontas Eltern?« fragte er und gab dann selbst die Antwort. »Dummfick-Indianer.« Er wandte sich ab, beugte sich zu Maria hinüber und höhnte: »Squawfrau nix beherrschen Feuerwasser.«

Ein wütender Blick huschte über Marias Gesicht. Della Weinberg sagte im Fernsehen: »Der große Amerikaner Martin Luther King hat einmal zu uns gesagt: ›Es gibt Augenblicke, die nicht mit Worten auszudrücken sind, nur mit der unhörbaren Sprache des Herzens.‹ Hier von diesem Podium herab möchte ich Ihnen sagen...«

»Ich bin Buck.«

Fletcher schüttelte die dargebotene, knorrige Hand des Barkeepers. Buck war der Typ des angegrauten Mannes aus den Bergen mit einem rauhen Bart und grauem Haar bis auf die Schultern. Seine blitzenden, blauen Augen sahen aus, als könnten sie einen Mann mit einem beiläufigen Blick für immer aufsaugen.

»Sind diese Trophäen nicht das Scheußlichste, was Sie je gesehen haben?«

Großwild war nicht das einzige Ziel des Sportsmannes gewesen. Es gab Brachhühner und Regenpfeifer und spitzschwänzige Waldhühner, Sumpflandhabichte und Präriefalken und Turmfalken, kurzohrige Eulen und Höhleneulen und Ohrenlerchen und Wiesenlerchen und Krähen und Elstern und Klapperschlangen und Eselhasen und Füchse und Präriehunde und Mäuse und sogar Wühlmäuse und eine winzige Spitzmaus.

»Wer war Carrothers? Ein Tierpräparator?«

Buck grinste. »Die Carrothers waren die ersten Siedler und

haben diese Stadt gegründet. Und 'ne Menge Geld gemacht. Was soll's sein?«

»Gib ihm einen Tequila«, sagte Maria mit ihrer sorglos nuschelnden Stimme. Sie deutete auf Arnie. »Auf den zahlungskräftigen Kunden hier.«

Buck holte eine Flasche Cuervo Gold hervor, stellte vor Fletcher ein volles 5-cl-Glas mit Salz und einer Limonenscheibe hin.

»Auf der Durchreise?«

»Auf der Durchreise«, sagte Fletcher.

»Nicht schnell genug«, sagte Arnie mit herausfordernder Stimme.

Fletcher drehte sich um und sah ihn an, mehr Neugier als Reaktion. Arnie war zwanzig Jahre jünger, mit bösartigem Mund und Haar, das nur von einem Experten frisiert sein konnte, weil es so perfekt unfrisiert aussah. Wieder war sein Blick voller Hohn.

»Keine Angst, alter Mann. Ich schlag' keine Krüppel.«

»Söhnchen«, sagte Fletcher und fühlte sich stark und verwegen, noch bevor er einen Drink genommen hatte. »Paß auf, daß mein graues Haar und das kaputte Bein keinen Feigling aus dir machen.«

Das Indianermädchen stieß ein unterdrücktes Lachen aus. Sie orderte noch einen Tequila. Arnie krallte eine Hand um die wohlgeformte innere Rundung ihres Oberschenkels und drückte zu. Schmerz trat ihr ins Gesicht.

Aber nicht in ihre Stimme. »Autoerotik, so ist Arnie.«

»Eisenbahn«, sagte Buck eilig, um die Spannung zu durchbrechen. »Grandpa Carrothers war zuerst hier, hat ihnen das Land mit dem Durchfahrtsrecht verkauft, den Bahnhof gebaut, später die Schule gebaut und die Kirche. Hat 'ne Menge Geld verdient. Der Sohn noch mehr. Der Enkel, der hat gejagt.«

Fletcher leckte sich das Salz vom Knöchel, nickte dem Mädchen schweigend mit dem Tequila zu, stürzte ihn hinunter, lutschte an der Limone. Der Tequila brannte wie der erste, den er vor so vielen Jahren mit Old Charlie getrunken hatte.

»Sieht aus, als hätte er so ziemlich alles gejagt«, sagte er.

»Ja. Frauen auch, unten in Denver. Seine Frau hat's rausgefunden, hat ihn 'ne Stange Geld gekostet. Er hat mir diesen Laden im Mai neunzehnhundertzweiundfünfzig verkauft. Ich hab' nie bereut, daß ich ihn gekauft habe. Nach amerikanischer Art.«

»Nach amerikanischer Art«, stimmte Della Weinberg im Fernsehen zu. »Halte dich an die Regeln, arbeite hart und erwarte, deinen Anteil der Segnungen dieser großartigen Nation zu bekommen. Aber die Republikaner ...«

»... haben Tiere geschossen, die man nirgendwo anders als hier in der Gegend findet.« Buck drückte nachdenklich ein Auge zu und pflichtete sich selbst energisch nickend bei. »Nehmen Sie den Schädling oben über dem Coors-Schild zum Beispiel. Was sehen Sie?«

»Der amerikanische Traum«, sagte Della Weinberg.

»Den häßlichsten Eselhasen aller Zeiten.«

»Und was hat er auf seinem Kopf?« wollte Buck wissen.

»Die Erde, wie wir sie vorgefunden haben, grün und fruchtbar und unverschmutzt von ihren Plünderern«, sagte Della Weinberg.

Ein Paar Antilopenspieße waren direkt von seinen Ohren an den Kopf geklebt und sahen aus, als wären sie dort gewachsen.

»Hörner«, sagte Fletcher mit größtmöglicher Abscheu in der Stimme.

»Ja. Hörner. Der ist ein Betrüger. Kreuzung aus Eselhase und Gabelantilope. Sie werden nirgendwo einen anderen zu sehen bekommen, wenn Sie diese Gegend hier verlassen.«

»Und so verabschiede ich mich mit all meiner Liebe«, sagte Della Weinberg.

»Darauf trink' ich einen«, sagte Fletcher.

Buck schenkte ihm noch einen Tequila ein und drückte auf die Fernbedienung, um den Fernseher auszumachen. Fletcher kippte seinen Drink. Er brannte nicht so sehr wie der erste. Er schmeckte. Er schmeckte gut.

»Stell wieder an«, befahl Arnie vom anderen Ende der Bar.

»Stell wieder an«, machte Maria ihn nach.

Fletcher zuckte mit den Schultern. Buck stellte den Fernseher wieder an. Eine berühmte, schwarze Gospelsängerin setzte zu der ›Battle Hymn of the Republic‹ an. Alle sangen.

Die Kamera schwenkte auf Westergard. In seinen Augen standen Tränen. Fletcher wandte sich ab.

»Autoerotik«, sagte Maria betrunken in sein Ohr.

»Scheiße, komm hierher«, sagte Arnie vom anderen Ende der Bar.

Maria saß auf dem Hocker neben Fletcher und sah ihn mit ernsten, schwarzen Augen an. Er hatte an diesem Tag wenig gegessen, und er spürte, wie der Tequila in ihm zu dem Schmerz in diesen Augen sprach.

»Arnie fährt mich nach Chicago. Von Vegas. In seinem Caddy mit getönten Scheiben. Er steht auf Autoerotik.«

»Ich warne dich, Miststück.«

Maria drückte die feste, runde Seite ihrer Brust gegen Fletchers Arm. Er konnte die Hitze ihres Körpers wie von einem aufgeheizten Hochofen durch die dünne Bluse spüren.

»Er will immer, daß ich ihm einen blase, wenn er durch die Wüste fährt. Autoerotik. Das ist der Preis dafür, daß er mich aus Vegas rausholt. Er sagt, es gibt ihm das Gefühl...«

Die Rückseite von Arnies Hand machte ein Geräusch, als würde sich auf der einen Seite ihres Gesichts ein Schuß lösen.

»Ich hab' dich gewarnt, Miststück«, sagte er.

Maria stand aufrecht und herausfordernd vor ihm. Aus einem Nasenloch lief ein schmales Rinnsal von Blut.

»Mach das noch mal«, sagte sie heiser. »Davon hab' ich nichts gemerkt.«

Fletcher warf sich an ihr vorbei, um den nächsten Hieb mit seinem Unterarm abzublocken. Der dritte war ein harter, linker Schlag unter sein Herz. Sein Hocker rutschte weg und ließ ihn gegen die Bar kippen. Ein tückischer Tritt verfehlte seinen Kopf nur, weil Maria kreischend auf Arnies Rücken gesprungen war. Er setzte einen Handballen unter Arnies Nase und ließ den Kopf nach hinten schnellen. Seine Handfläche war blutverschmiert.

Arnie lange nach einem Hocker, als Fletcher torkelnd auf die Beine kam, gespreizte Finger tappten auf der Suche nach einer Stütze an der Bar. Buck schien in dem Streit keine Partei zu ergreifen, aber die Hand ertastete eine verschlossene Bierflasche, die einen Moment vorher noch nicht dagewesen war.

Die Flasche explodierte gegen Arnies hübsches Äußeres wie der Hocker gegen Fletchers Kopf. Blut trübte seinen Blick. Er spürte nicht, wie er vorn an der Bar herunterrutschte, aber er hörte Marias Stimme, als er das Bewußtsein verlor.

»Wir müssen ihn hier sofort rauskriegen...«

»Verdammt richtig!« rief Old Charlie aus.

Beinah schuldbewußt sah er sich im Junizwielicht auf der verlassenen Veranda um, dann streckte er eine klauenartige, blaugeäderte Hand aus, um die Viertelliterflasche zu nehmen, die Fletcher ihm anbot. Er trug abgelegte Kleider, sein Haar war kurzgeschoren. Der Armenhof war ein abblätterndes, weißgerahmtes Haus etwa zwei Kilometer außerhalb von Kellogg, und er stand unter einer Eichengruppe, fast einen Kilometer Sandweg vom Minnesota Highway 63.

Charlie setzte die Flasche an, und sie machte gluckgluckgluck. Fletch hatte ein hohles Gefühl in der Magengrube, als er die Furcht in Charlies Augen sah und die Geschwindigkeit, mit der die Flasche zwischen seinen Beinen verschwand, als sich die Tür mit dem Fliegenfenster knarrend öffnete.

Draußen war es klar und dunkel. Die Sterne sahen aus, als wären sie nah genug, um hinaufgreifen und sich eine Handvoll nehmen zu können. Irgendein Indianermädchen zerrte ihn mit überraschender Kraft rückwärts über den Gehweg, die Hände von hinten unter seine Arme gelegt. Charlies Tochter vielleicht? Nein. Charie hatte keine Tochter.

Eine weißgekleidete Aufseherin mit dem Schatten von Hormonhaaren auf der Oberlippe sah sie mit mißtrauischen Augen durch das zwischen ihnen liegende Fliegengitter der Tür an, die sie festhielt. Aber sie sprach zu Charlie mit der zuckersüßen Stimme, mit der Dummköpfe alte Leute ansprechen.

»Haben wir denn einen *schönen* Besuch, Mr. Smith?«

»Ganz toll«, sagte Fletch eilig. Er spürte Tränen hinter seinen Augenlidern, aber er blinzelte sie schnell weg.

Schnelle, kräftige Hände durchsuchten seine Hosentaschen. Er hörte, wie die Schlüssel zu seinem Wagen klimperten.
Er schaffte gerade: »Wa...?«

»Mr. Smith wird jetzt wohl hereinkommen müssen. Nach Einbruch der Dunkelheit darf kein Bewohner mehr draußen sein.«
Als sich die Tür nach einer Pause quietschend schloß, sagte er: »Mein Gott, Charlie, warum läufst du nicht einfach wieder weg?«
»Ich lauf' immer wieder weg, sie fangen mich immer wieder ein. Die machen diesen alten Indianer fertig.«

Die Tür knallte. Er wurde halb über den kalten Vinylsitz des 4×4 geschoben. Sein Kopf schmerzte. Seine Hand war feucht von irgend etwas, das im Straßenlicht schwarz aussah.

Charlie sagte verdrossen: »Morgen fährst du rauf nach Alaska. Spot ist weggelaufen. Sie haben unser Kanu kaputtgemacht.« Wieder reckte er feige den Kopf, dann kippte er ihn für das verstohlene Gluckern der Flasche nach hinten. Er packte Fletchers Arm. »Ich will nach Hause.«

Der Motor des Pickups wurde angelassen, der Wagen ruckte vorwärts. Eine warme, kräftige Hand auf seinem Rücken besänftigte ihn. »Ruhig, alter Knabe. Gleich hab' ich was gefunden, wo wir untertauchen können. Du kannst es schaffen...«

»Keiner kann was machen«, sagte Charlie, dann wiederholte er gereizt: »Kanu kaputtgemacht und der Hund, wie heißt er gleich, der ist weggelaufen, und jetzt gehst du weg nach Alaska...«

Der Tequila machte ihn keineswegs blau, sondern machte ihn nur depremiert. Oder sonst irgendwas. Schuldbewußt sagte er: »Ich bin in drei Monaten wieder da, Charlie.«

»Zum Teufel mit Charlie«, sagte das Mädchen. »Ich hoffe nur, du hast einen Erste-Hilfe-Kasten in diesem Matchsack da.«

Der Raum war sehr heiß, und das Licht der Nachttischlampe schmerzte in seinen Augen, also machte er sie zu, um es auszusperren. Was seine übliche Methode war: Wenn eine Sache schwierig wird, sperr sie aus. Betrink dich zum erstenmal in zwanzig Jahren, weil du Garys Triumph in dieser Welt, in der du ein Versager bist, nicht ertragen kannst.

Er und Gary hatten sich in der Nacht betrunken, als Old Charlie...

Als Terry starb, betrank er sich nicht mehr. Als er nach Hause kam und sie unter der Erde lag, hatte er getrauert und getobt und gehaßt – und dann hatte er das Haus verschenkt, um in die Wälder zu gehen, um alles auszusperren. Oder einzusperren. Jetzt, fünf Jahre später, war er wieder weggelaufen. Vor etwas weggelaufen, das er nicht ertragen konnte. Oder weggekrochen. Dreihundert Meter durch den Wald gekrochen, nachdem man dreimal auf ihn geschossen hatte. Ein- oder zweimal war er dabei ziemlich gut gewesen.

Worüber zum Teufel dachte er nach? Ein ehrgeiziger Scheißkerl aus Kanada, der ihm eine Gehirnerschütterung verpaßt hatte? Da tat ihm wirklich der Kopf weh.

»Mein Kopf tut weh«, sagte er dumpf.

»Schscht«, sagte die weiche Stimme eines Mädchens.

Überraschend geschickte Finger machten irgend etwas an der Seite seines Kopfes, wo der Schmerz sein Zentrum hatte.

Sein Knie tat weh. Seine fehlenden Finger taten weh. Ausreden. Woher wollte er eigentlich wissen, daß Gary David Ross zu dem Anschlag angestiftet hatte? So würde er doch kein Tier verfolgen, oder? Warum ließ er sich nicht von den Spuren sagen, was wirklich passiert war?

Eine Schlägerei war passiert. Er fing an, sich zu erinnern. Eine Schlägerei in einer verrückten Bar voll toter Tiere. Kampf. Wut. Zorn. Und eine Brust, die gegen seinen Arm gedrückt wurde. Eine Brust, die jetzt zehn Zentimeter von seiner Nase entfernt war, nackt, schweißbedeckt, die Brustwarze leicht aufrecht.

»Maria?«

»Sei still. Du blutest wirklich schlimm.« Er spürte eine Schere, die schnippschnipp machte. »Du wirst eine ganze Weile ziemlich albern aussehen. Du solltest es nähen lassen, aber ich will versuchen, die Seiten mit Heftpflastern zusammenzukleben.«

»Wo sind wir?«

»Motel. Ich hoffe, du hast zwölf Dollar für das Zimmer.«

»Du hoffst ziemlich viel. Warum bist du hier?«

»Arnie bringt mich jetzt bestimmt nicht mehr nach Chicago.«

Arnie. Schlägerei. Die Wut, die er für Westergard und David Ross und Nicole empfand, hatte er in diese Schlägerei mit dem aalglatten Mann in der Bar übertragen. Wie gewöhnlich siegte die Wut über die schwächeren Empfindungen. Es lag ein grimmiges Vergnügen darin, zu schlagen und geschlagen zu werden. Während des kurzen Kampfes war er wieder *lebendig* gewesen. Ohne zu zögern, ohne Bedauern, ohne Mitleid, ohne Schuldgefühle.

»Er hätte es getan, wenn du ihm nicht auf den Rücken gesprungen wärst.«

»Halt still.« Ein blutiges Handtuch fiel auf den Boden. Schnippschnipp. Meliertes Haar fiel auf das Kissen neben Fletchers Kopf. »Ich hoffe, du hast keine Gehirnerschütterung. Man kann eine Gehirnerschütterung nicht verbinden. Wie fühlst du dich?«

»Als wenn ich eine Schlägerei gehabt hätte.«

»Erinnerst du dich nicht? Du hattest eine Schlägerei.«

»Natürlich erinnere ich mich. Je mehr ich mich erinnere, desto mehr spüre ich, daß ich eine Schlägerei gehabt habe.«

»Gut. Hier, versuch das mal.«

Sie beugte sich vor, eine einfache Bewegung, und ihre dunkle Brustwarze war in seinem Mund und fing schon an, hart zu werden. *Bettes Brustwarze war in seinem Mund! Und wurde hart.*

Fletcher wandte seinen Kopf hastig ab wie ein Baby, das

die Flasche verweigert. Ein gekränkter Ausdruck lag auf seinem Gesicht.

»Ich habe meine Frau verloren«, sagte er ausdruckslos. »Seitdem...«

Maria zog sich schnell zurück. »Tut mir leid, Mann.« Ihre Stimme klang schwach. Sie brauchte einen Moment. »Wann hast du – hat sie...?«

»Vor fünf Jahren.«

Unerwartet platzte sie vor Lachen heraus. »Du willst mir sagen, du wolltest seit fünf Jahren nicht ein einziges Mal...«

»Kann nicht.« Er machte eine unbewußt veranschaulichende Geste auf seine Leistengegend, zuckte. »Nichts – da.«

Sie nickte. »Du kannst also nicht. Oder willst nicht. Die Schlägerei hat mich geil gemacht.« Sie zuckte mit den Schultern. »Das hat mich schon immer in Schwierigkeiten gebracht.« Sie machte eine Pause. »Ich weiß nicht, wie du heißt.«

»Hollis Fletcher. Hal.«

»Ich werde dich Fletch nennen.« Sie streckte ihm eine Hand hin. »Maria Amore.« Sie kicherte wie ein Teenager. »Ich dachte, du und dieser Charlie, von dem du immer geredet hast, vielleicht...«

»Charlie war ein alter Indianer«, sagte Fletcher. »Ein Freund. Mein bester Freund.« Die Wirkung der Tequilas ließ nach, seine Prellungen und Kratzer und die klaffende Wunde an seinem Kopf begannen zu brennen und zu stechen. »Er ist schon fast vierzig Jahre tot.«

»Charlie wie?«

»Seven Bears.«

»Yeah«, sagte sie mit plötzlicher Verbitterung. »Ich hab' auch mal auf den ›Bisonbullenfurz im Dickicht‹-Quatsch gestanden. Das ist alles Scheiße.«

»Nicht für Charlie«, sagter. »Wie ist dein indianischer Name?«

»Ich hab' keinen.«

»Wie war er, als du noch einen hattest?« beharrte er.

»Navajos erzählen niemandem ihre geheimen Namen.« Nach einer langen Pause sagte sie beinah unhörbar: »Für das *dinah* – das Volk – war ich Daughter-of-Horseman. Horseman war der Name von meinem Daddy.« Ihr Blick suchte die Weite.

»Horseman.« Sie warf ein blutiges Handtuch auf den Boden neben das Bett. »Alles vorbei.«

Sie glitt herunter und ließ Schweißspuren am Kopfbrett zurück. Fletchers Kopf auf dem Kissen war auf einer Höhe mit ihrer Hüfte. Sie trug nur ein paar hauchdünne Strumpfhosen mit einem hochgeschnittenen, spitzenbesetzten Schlüpfer, und er konnte den warmen, animalischen Geruch ihres Geschlechts ein paar Zentimeter vor seiner Nase riechen. Es ließ ihn unberührt. Er hätte weinen mögen, weil es so war.

Sie hatte einen Viertelliter Whiskey in ihrer Handtasche gefunden. Sie brach den Verschluß auf. »Da wir doch nur reden werden, erzähl mir von Charlie.«

Sie reichten die Flasche hin und her, wie er und Charlie es getan hatten, und er sprach mit ihr, wie Old Charlie im Zwielicht auf der Veranda des Armenhofes mit ihm gesprochen hatte, mit kraftlos gewordener Stimme und langen Pausen zwischen den Sätzen.

Maria war der erste Mensch, mit dem er über den alten Indianer hatte reden können, ohne sich irgendwie wie ein Verräter vorzukommen. Aber selbst ihr konnte er nicht erzählen, wie es schließlich zu Ende gegangen war. Jedenfalls *noch* nicht.

38

Es gab keine Möglichkeit, das Dokument fertigzuschreiben, damit David und sie es durchgehen und ihm den letzten Schliff geben konnten, nicht vor dem Parteikonvent der Republikaner im nächsten Monat in Miami. Bis dahin würden sie nicht wissen, ob der Vizepräsident oder der Senator Garys Gegner sein würde.

Inzwischen gab es Reden, die umrissen werden mußten, während Gary sechs Tage in Gunflint Lodge an der kanadischen Grenze war und Starraugen angelte. Er und Della

Weinberg würden dann auf einem Gewerkschaftstreffen in New York, einer Versammlung der Urban League in Cincinnati und einem Mark Twain Festival in Hannibal, Missouri, auftreten. Es war wichtig, daß die Wähler sie als Team betrachteten. Ihre Reden mußten kämpferisch und direkt gegen den bisher unbekannten Feind gerichtet sein.

Besorgt legte sie die Blätter weg, die sie sich gegen den nackten Bauch gehalten hatte. Sie hatte ihren Vater nicht ans Telefon bekommen können. Sie schnitt eine Grimasse und zündete sich eine Zigarette an. Vielleicht eine kurze Fahrt nach Cochrane? Nur hin und gleich wieder zurück, um ihre immer noch vorhandenen Schuldgefühle darüber zu beruhigen, daß sie David ihm vorgezogen hatte?

Im Haus begann das Telefon zu klingeln. Einen Augenblick lang war sie in Panik: Es waren schlechte Nachrichten von ihrem Vater. Oder war es Angst, daß er irgendwie herausgefunden hatte ... Ach, Schluß damit. Daraus sprach nur das schlechte Gewissen. Wahrscheinlich war es eines der Kinder, oder irgendwas mit dem Wahlkampf.

Sie schob die Papiere beiseite, drückte ihre Zigarette aus, hob sich von der rustikalen Chaiselongue aus Sandelholz und ging nach drinnen. Das Linoleum in der Küche fühlte sich unter ihren nackten Füßen kalt an. Beim vierten Klingeln nahm sie das Wandtelefon ab.

»Mami?«

Merkwürdigerweise war Nicole, seitdem sie wieder für den Wahlkampf arbeitete, ›Mami‹ anstelle von Nicole geworden. Aber Katies Art zu telefonieren, hatte sich nicht verändert: Eine atemlose Hetze von aufgeregt geplapperten Worten.

»Ich-ruf-nur-an-um-zu-fragen-ob-ich-bei-Michelle-essen-darf-aber-ich-hab'-es-schon-getan-also-ist-es-wohl-etwas-spät-um-zu-fragen-oder?«

»Gehen wir davon aus, daß ich ja gesagt habe, Liebes. Ist Iris irgendwo in der Nähe?«

Das war sie.

»Nicole? Gute Neuigkeiten! Norman hat mich darüber in Kenntnis gesetzt, daß wir offiziell erfreut wären, beide Kinder aufzunehmen, wann immer du weg sein mußt. Jetzt geh da raus und hol den Sieg für Westy!«

»Vielen Dank euch beiden, Iris.« Sie zündete sich noch eine Zigarette an. »›Hol den Sieg für Westy.‹ Nicht schlecht. Vielleicht solltest du bei uns als Werbetexterin anheuern.«

Iris ließ ein tiefes, kehliges Lachen hören. »Du kennst mich doch, Herzchen.« Die Überreste ihres schleppenden, texanischen Akzents traten hervor. »Wenn ich zwischen Politik und Pickeln wählen sollte, würde ich die Pickel nehmen. Die kann man wenigstens ausdrücken, und dann sind sie weg.«

Ihr Vater war fortgegangen. Der Wald hatte bereits damit begonnen, sich die Hütte zurückzuholen. Das erste Gras zeigte sich auf dem Weg zur Vorderseite der Hütte. Ein Eichhörnchen war unverschämt langsam, als es von der kleinen Veranda vor dem Haus herabsprang. Die Fensterläden waren zu, die Tür verschlossen. Sie nahm den Schlüssel unter dem Stein hervor und spürte einen Ruck in ihren Eingeweiden, als sie sah, daß das Bärenfell auf dem Bett fehlte. Wenn es weg war, dann auch er.

Diese Erkenntnis erzeugte einen kleinen Knoten der Angst in ihrem Magen. Sorgfältig verschloß sie die Hütte wieder und legte den Schlüssel unter den Stein zurück. Warum fuhr er einfach weg, ohne mit ihr darüber zu sprechen?

»Vielleicht hatte er Angst vor dem, was er Ihnen zu sagen hatte.«

Nicole war von der Hütte direkt zu Victors Klinik gefahren. Sie gingen nebeneinander über den abgeschlossenen Hof, der den Patienten einen freundlichen Anblick bot, während sie auf den Doktor warteten.

»Was soll das bedeuten?« sagte sie kalt.

»Sie können sich keinen möglichen Plan vorstellen?«

Victor war bis an die Grenze der Unverschämtheit förmlich. Der Knoten der Angst zog sich in ihrem Magen fester. Sie *konnte* sich einen solchen Plan vorstellen. Einen einzigen.

»Nein, natürlich nicht«, sagte sie.

Einige Augenblicke lang ging Victor schweigend, die Hände hinter seinem Rücken verschränkt. Gesenkter Kopf und schlaksiger Gang verliehen ihm eine bemerkenswert storchenähnliche Erscheinung. Sie merkte, daß er auf seine eigene Art ein starker, vielleicht harter Mann war. Anachronistische Allgemeinärzte, die unter primitiven Umständen in abgelegenen Waldgebieten Notfälle zu behandeln hatten, mußten wahrscheinlich stark und hart sein.

»Ich habe herausgefunden, daß der Mann, der auf Ihren Vater geschossen hat, eine Stunde nach dem Anschlag zwei-acht neun-drei-sieben-sechs-sechs in Minneapolis angerufen hat.«

Ein Kolibri mit rubinroter Brust schoß vorwärts und seitwärts über ihre Köpfe hinweg wie ein farbenfrohes Stück Häcksel im Wind. Nicole fühlte, wie ihr ganzer Körper zitterte. Niemals in ihrem Leben hatte sie so sehr eine Zigarette gebraucht.

»Ich weiß nicht, wem die Nummer gehört«, sagte Victor mit beinah feindseliger Präzision. »Als ich bei Ihnen angerufen habe, weil ich Ihren Vater suchte, habe ich eine andere Nummer gewählt. Aber Ihr Vater hat sie offensichtlich erkannt.«

»Ist das die Nummer, wegen der Sie versucht haben, ihn bei uns zu erreichen?«

»Ja. Natürlich hatte sie für mich zu der Zeit keine Bedeutung.«

»Und jetzt?«

»Jetzt? Sie sind hier, oder?«

»Gehen Sie doch zum Teufel!« platzte sie heraus und überraschte beide damit, sich selbst aber noch mehr. Er blieb stehen, um ihr direkt ins Gesicht zu sehen. Keine Gewehrmündung konnte kälter sein als seine Augen. Er überraschte sie sogar noch mehr.

»Und Ihre Seele soll in der Hölle schmoren, Lady, für das, was Sie dem armen Mann angetan haben.«

Er ließ sie am Rande des Abgrundes stehen, während sie versuchte, ihre Tränen wegzublinzeln. O Gott. O Gott. Was hatte sie getan? Was hatte David getan?

Und was tat Fletcher? Wohin war er gefahren? War er irgendwo da draußen über die Schwere ihres Verrates in tiefste Verzweiflung gestürzt? Oder zielte er selbst jetzt besessen von Rache durch das Wohnzimmerfenster auf Davids nichtsahnenden Kopf?

Als sie sich wild und instinktiv nach einem Telefon umsah, von dem aus sie ihren Mann anrufen und warnen konnte, dachte ein anderer Teil von ihr: O Gott, wo ist mein armer Vater?

Fletcher und Maria verbrachten vier Tage in dem Motel in Cottonwood, bevor sie weiterfuhren. Die ersten dreißig Stunden hatte keiner von beiden das Zimmer verlassen, nicht einmal für die Mahlzeiten. Maria hatte Jimmy, den minderjährigen Sohn des Besitzers, zu McDonald's geschickt, um Junk Food zu holen. Sie erklärte Fletcher, daß Arnie sie suchen würde, und daß er ein gefährlicher Mann war.

»Warum sollte er suchen?«

Sie zuckte mit den Schultern. Die Anspannung legte eine leichte Rötung auf ihr Gesicht. Unter der ruppigen Las-Vegas-Oberfläche war sie ein eher naives Mädchen von dreiundzwanzig Jahren.

»Um uns weh zu tun. Sehr weh zu tun. Du hast ihm das Gesicht mit dieser Bierflasche ziemlich schlimm zugerichtet, und wie alle Zuhälter liebt er sein Gesicht. Also wird er richtig wütend sein. Aber ich glaube nicht, daß er uns findet. Jimmy ist in mich verliebt, er wird sagen, daß wir nicht hier wohnen.«

»Woher wissen Frauen solche Sachen? Über Jimmy?«

»Woher weißt du, was für ein Tier du verfolgst?« Sie brachte ihn zum Lachen, als sie hinzufügte: »So sind wir Raubtiere nun mal, Mann.«

Er sagte: »Wenn ich Arnies Gesicht schlimm genug zugerichtet habe, wird er auf dem Weg nach Cheyenne oder Denver oder irgendwohin sein, wo er einen guten Schönheitschirurgen findet.«

»Du hast ihm die Nase richtig plattgehauen.« Sie kicherte, plötzlich das kleine Mädchen, das sich ihre eigene, scharf geschnittene, indianische Nase mit einem Finger plattdrückte. »Platter als meine. Und das Glas hat ihm ziemlich die Wangen zerschnitten.«

»Mensurnarben«, sagtre Fletcher und fügte bei ihrem leeren Blick hinzu: »Duellnarben. Von Aufnahmeriten.«

»Das auch«, sagte sie und brachte ihn wieder zum Lachen.

»Als du mich zum erstenmal gesehen hast, Fletch, hast du da gedacht, daß ich eine Hure bin?«

»Hab' ich nicht und tu' ich nicht.«

Abrupt stand sie vom Bett auf und ging ins Badezimmer. Als sie herauskam, waren ihre Augen rot. Sie blieb vor ihm stehen.

»Ich bin es gewesen, so was ähnliches. Deswegen hab' ich Arnie benutzt, um aus Vegas wegzukommen. Ich wollte ihn in Chicago abservieren.«

»Warum Chicago?«

»Weil es nicht Vegas ist. Vielen Dank jedenfalls, daß du es nicht gedacht hast. Selbst wenn du dich getäuscht hast.«

»Ich hab' mich nicht getäuscht«, sagte Fletcher.

Was sie wieder ins Badezimmer laufen ließ, um mehr Taschentücher zu holen.

Als sie unterwegs waren, ließen sie sich treiben. Manchmal nahmen sie Motelzimmer, teilten ein Bett, aber nicht ihre Körper – nach der ersten Nacht war Maria keusch wie eine Nonne –, manchmal bogen sie einfach vom Highway ab und warfen ihre Schlafsäcke aus.

Für Fletcher war es eine Rückkehr in alte Zeiten. Nach Korea und seiner Zeit am College für ein Ingenieursdiplom – plötzlich wollte er Dinge aufbauen, anstatt sie in die Luft zu sprengen – war er durch den Westen gezogen, von einer Baustelle zur anderen. Zuerst allein, dann mit Terry, bis sie Nicole erwartete. Das war ihre beste Zeit gewesen. Die Zeit, in der sie sich am nächsten gewesen waren. Aber mit Nicole war ein erhöhter Sinn für Verantwortung gekommen. Er hatte langfristige Überseejobs angenommen, weil es soviel Geld gab, und ziemlich bald waren sie zu einer Art des Lebens geworden.

»Aber sie hat sich nie beschwert«, sagte er laut.

»Terry?«

Keiner von ihnen war überrascht, daß zwei Menschen des Schweigens, der Einsamkeit, durch die Umstände unerwartet dazu gebracht, über alles und jeden zu sprechen, die Gedanken des anderen erahnen konnten.

»Sie war einfach immer für mich da, wenn ich zurückkam.« Vor ihnen überspannte der ungeheure Regenbogen eines dahinjagenden Gewittersturmes die Prärie von Horizont zu Horizont. »Dann war sie es ganz plötzlich nicht mehr.«

»Es wäre auch passiert, wenn du dagewesen wärst«, sagte Maria.

»Aber ich war es nicht.«

Er hatte ihr erzählt, daß man auf ihn geschossen hatte, wer es getan hatte, und von wem er glaubte, daß er darum gebeten hatte, und daß er sich nicht sicher war. Er hatte ihr sogar erzählt, was er für Nicoles Verrat hielt.

»Nicht weil sie zu David anstatt zu mir hält. Sogar die Bibel sagt einer Frau, daß sie das tun soll, wenn sie heiratet. Aber sie hätte es mir sagen sollen, *irgendwas*. Anstatt mich weitersuchen zu lassen, während sie wußte, wer es gewesen war.«

Abrupt sagte sie: »Ich hätte es *meinem* Daddy erzählt. Er war Schafhirte, hatte Weiderechte draußen in der Gegend vom Chaco Canyon. Wir hatten einen runden Stein-Hogan mit einem alten, gußeisernen Ofen und einem Ofenrohr, das oben durch ein Abzugsloch führte. Ich weiß noch...«

Sie fiel in Schweigen, überwältigt von der Erinnerung. Fletcher sagte: »Ich dachte, es gibt keinen persönlichen Landbesitz unter den Navajos.«

»Gibt es eigentlich auch nicht, aber wenn man Weiderechte hat und die Ecken mit kleinen Steinhaufen markiert, dann respektieren es alle.«

Sie waren in den Gewitterregen hineingefahren. Wasser spritzte von den Wischern. Durchscheinende Lichtmuster von Wasserprismen spielten auf ihrem Gesicht. Ihre Augen glänzten vor Erinnerung.

»Ich bin da so gerne gewesen. Es gab nur weites Land. Man lebte nach der Sonne, und im Winter schliefen die Schafe bei dir im Hogan, um dich warm zu halten...«

Das Gewitter war vorbeigezogen. Grell schien die Sonne auf den Pickup herunter, und die Reifen sangen auf dem dampfenden Teer.

»Daddy ist gestorben, als ich elf war. Ma hat meine Schwester May und mich in die HUD-Unterkunft in Window Rock gebracht.« Langsam stieß sie ihren Atem aus. »Ich habe es versucht – Highschool, sogar ein Jahr am Community College in Flagstaff. Wenn wir in dem Hogan geblieben wären, vielleicht...« Sie zuckte mit den Schultern. »Sind wir nicht. May ist nach L. A. gegangen, ich bin unanständig geworden.«

»Du bist doch nicht unanständig«, sagte Fletcher und meinte es wirklich so. Die Sonne schien hinter einer dahintreibenden Gewitterwolke und umgab ihre schwarze Seele mit Silber. Sie seufzte.

»May hat einen Mexikaner namens Martinez geheiratet. Er pflegt die Rasen der Anglos in Beverly Hills und...« Sie kicherte. »May. May wollte Babys – viele Babys. Ich wollte bunte Lichter. Wenn du im Reservat an bunte Lichter denkst, dann meinst du Las Vegas.«

Fletcher nickte und erinnerte sich an frühere Zeiten. »Es ist schwül und schreiend, aber irgendwie immer noch eine Westernstadt.«

»Ich konnte nicht singen, ich konnte nicht tanzen, ich war zum Kellnern zu faul, aber ich mußte etwas tun, was ich gut konnte und irgendwie auch gerne machte, also – da bin ich.« Sie zog eines ihrer Clownsgesichter. »Aber manchmal wünschte ich...«

»Es ist nie zu spät, zurückzugehen«, sagte Fletcher vorsichtig.

»Für mich schon.«

»Als Terry tot war, bin ich zurückgegangen.«

»Und Nicoles Mann hat auf dich geschossen.« Abrupt fügte sie hinzu: »Ich hätte *ihn* umgebracht, wenn ich deine Tochter wäre.«

39

David hatte wie ein Verrückter an dem Dokument gearbeitet, aber es war ihr Triumph, ihrer allein. *Ihre* Ideen, *ihre* Vorstellungen, *ihre* Überzeugungen – *ihr* Dokument, bis hinunter zu den Autorennamen, unter denen sie als erste genannt wurde. Wenn Gary tat, was sie umrissen hatte, wäre sie die Königsmacherin: Er wäre Präsident. Sie wußte es mit unumstößlicher Sicherheit. Das Hochgefühl war besser als Religion, besser als Liebe, besser als Sex, besser als alles. Als alles andere.

PERSÖNLICH UND VERTRAULICH
An: Garrett Westergard
Della Weinberg
Von: Nicole Ross
David Ross

Im folgenden finden Sie eine Analyse Ihrer gegenwärtigen politischen Lage und dessen, was wir als die strategischen Voraussetzungen des Wahlkampfes für die bevorstehenden, allgemeinen Wahlen betrachten. Da Vizepräsident Arbor als Ihr Gegner bestätigt worden ist, müssen wir jetzt damit beginnen, Verbindlichkeiten in Form von Terminplanungen, Medienkontakten und Organisation einzugehen.

Politische Wahlkämpfe sind traditionsgemäß *un*organisiert und chaotisch, aber sie müßten es nicht sein. Die einzelnen Punkte dieses Memos mögen einfach und selbstverständlich sein, aber das ist auch Schachstrategie: Verteidige dich, greife deinen Gegner an. In beiden Fällen benötigt eine einfache, grundlegende Strategie eine äußerst komplexe Tätigkeit zur erfolgreichen Ausführung.

Einführung

Wie verteilen wir unsere begrenzten Geldmittel für die allgemeinen Wahlen? Die Tatsachen, mit denen wir arbeiten müssen:

1) Wir haben zwischen dem Labor Day und dem Tag der Wahlen höchstens fünfundvierzig aktive Wahlkampftage.

2) Wir haben nicht mehr als 29,4 Millionen Dollar zur Verfügung.

Wenn wir unseren politischen Zielen entsprechen wollen, müssen wir einen präzisen und realistischen Rahmen und einen Mechanismus schaffen, um diese begrenzten Mittel mit maximaler Bewegungsfreiheit am effektvollsten einzusetzen.

Image
Ihr Aufstieg war so aufsehenerregend, so unerwartet, daß Ihr politisches Image bisher weder voll entwickelt noch von besonderem Tiefgang ist. ›Neues Gesicht‹ und ›Außenseiter‹ beschreibt Sie noch immer am besten. Für eine amerikanische Wählerschaft, die chronisch von ihrer Regierung und deren Führer entfremdet ist, sind dies keine abschätzigen Begriffe. Sie deuten auf eine neue, engagierte Führung hin, unverdorben von rein politischen Überlegungen. In der Zeit bis zum Labor Day müßten wir in der Lage sein, ein Image zu formen, das alle falschen Eindrücke korrigiert und Ihre wahren Stärken hervorhebt.

Strategische Voraussetzungen für die allgemeine Wahl
Fünf Voraussetzungen sind die Grundpfeiler unserer Strategie:
1) *Wir müssen 270 Wahlmännerstimmen gewinnen*
Wir dürfen uns nicht von Umfragen und Erhebungen verführen lassen, die 270 aus dem Blick zu verlieren, während wir wie verrückt um die 400 und einen Erdrutsch kämpfen. 270 Wahlmännerstimmen machen Sie zum Präsidenten. Und Sie sind hier, um Präsident zu werden.
2) *Schon früh im Wahlkampf müssen wir Arbor in solchen Staaten herausfordern, die als traditionell republikanisch gelten*
Wenn wir Arbor eine verläßliche Gegend oder politische Staatengruppe absprechen, dann sprechen wir ihm die rechnerische Basis für eine Mehrheit von Wahlmännerstimmen ab. Ohne eine solche Basis fehlt ihm eine klare Strategie für den Sieg. Indem wir früh im Wahlkampf in den zwanzig Staaten angreifen, die er für sein Kerngebiet hält, können wir Arbor dazu bringen, Zeit und Geld in Staaten zu investieren, die er längst für sich gewonnen hat, während er solche ignoriert, die er noch gewinnen muß.
3) *Die Staaten im Westen und im Mittleren Westen sind unsere Basis und dürfen nicht aufgeteilt oder gefährdet werden*
Wir dürfen Arbor nicht mit uns machen lassen, was wir mit ihm vorhaben. Wenn wir in Schlüsselstaaten wie Minnesota, Wisconsin und Michigan früh Zeit investieren, um die Führung zu festigen, können wir unseren Wahlkampf

später darauf beschränken, gelegentlich ›Flagge zu zeigen‹, während wir uns hart um die umkämpften Staaten wie Texas, Illinois, New York, Pennsylvania und Iowa bemühen.

4) *Garrett Westergard und Della Weinberg müssen ihre unterschiedlichen Stärken ausspielen*
Westergard muß als erster Kandidat der Liste überall zum Wahlkampf antreten, und er spielt die führende Rolle in der Verteidigung unserer Basis. Weinberg muß die Gegenden des Landes und die Teile der Wählerschaft bearbeiten, in der ihre Qualifikationen am stärksten Beachtung finden. Dazu gehören große Städte (Gouverneur des Jahres), Liberale, Minderheiten (Frauen, Schwule, Latinos, Orientalen, Schwarze), Regierungsangestellte und Sozialhilfeempfänger, und ganz entscheidend (da die Vorwahlen dort unsere Schwäche gezeigt haben) ihren Heimatstaat Kalifornien.

5) *Wenn wir bis Mitte Oktober einen ausreichenden Vorsprung erreicht und uns die Flexibilität in der Verteilung der Mittel für unsere Strategieziele bewahrt haben, dann können wir die Absichten unseres Wahlkampfes erweitern*
Die Grundlage unserer Strategie besteht darin, 270 Wahlmännerstimmen zu bekommen. Wenn unsere Erhebungen zeigen, daß dies bis Mitte Oktober möglich ist, dann können wir unsere Zeit und die verbliebenen Mittel dafür verwenden, ein umfassenderes Mandat als nur einen einfachen Sieg zu erringen. Ein erdrutschartiger Triumph würde es uns leichter machen, wirkliche und effektive Veränderung in der Regierung hervorzurufen, wenn wir erst einmal im Weißen Haus sind.

Kent Jarvis las seine Kopie des ›persönlichen und vertraulichen‹ Memos kurz vor Mitternacht, und er war so aufgebracht, daß er zu dem Lichtkeil hinunterstürmte, der auf den dunklen Flur des Parlamentsgebäudes hinausleuchtete. Maggie Fenton sah von ihrem Computer auf. Ihr Erstaunen entblößte zwei Nagezähne unter ihrer wackelnden Kaninchennase.

»Aber Mr. Jarvis, was ist...«

Schon riß er die Tür zum Privatbüro auf.

»Und?« fuhr Westergard ihn an, als er von seiner Arbeit aufblickte.

Die Monate des Wahlkampfes hatten an dem Fleisch, das er mit den Jahren zugelegt hatte, gezehrt. Mit der fast fanatischen Tiefe seiner eisblauen Augen, seinen zerfurchten, skandinavischen Zügen und den Hockeyspieler-Schultern hätte Westergard ebenso gut ein fundamentalistischer Priester als auch ein Präsidentschaftskandidat sein können. Sein Parteitagssieg im ersten Wahlgang hatte ihm mehr als Mut gemacht: Er hatte ihm Rechtschaffenheit verliehen. Jarvis' Wut brach den Bann.

»Scheiße, was glaubt sie eigentlich, wer sie ist?« schrie er. Er warf das Memo auf Westergards Schreibtisch, als wäre es das Fell eines besiegten Feindes, und verstreute die Papiere in alle Richtungen. »Miyamoto Musashi beim Schreiben von *Musashi*?«

»Eigentlich ein ziemlich treffender Vergleich«, sagte Westergard mit überraschender Milde. »Ich habe Sie erwartet, Kent. Sie sind mein Wahlkampfleiter, und Nicole ist...«

»Ja, verflucht noch mal! Sie versucht, meinen Job zu...«

»Ist ihre Analyse richtig?«

»Was für einen scheiß Unterschied...«

»Ist das hier hervorragend?«

»Es ist mir egal, was...«

Westergard brüllte plötzlich: »Verflucht noch mal, Mann, ist das eine Analyse, mit der man die Wahl gewinnen kann oder nicht?«

Jarvis' reges Hirn hatte mit etwas Verspätung wieder zu arbeiten begonnen und suchte nach Möglichkeiten, die nahe Katastrophe zu seinem eigenen Vorteil umzudrehen.

»Ist es«, gab er schließlich zu.

»Gut. Dann führen Sie sie als Wahlkampfleiter aus.«

»Aber ich bin derjenige, der...«

»Haben Sie aber nicht.« Diese eisblauen Augen ließen ihn über den Tisch hinweg erschauern. »Sie konnten es nicht. Ich konnte es nicht. Niemand außer ihr. Sie hat einen vollkommen politischen Verstand. Wollen Sie sagen, wir sollten das fallenlassen? Die Machtspiele unter den Mitarbeitern sollen uns davon abhalten, diesen Verstand auszunutzen?«

»Naja, nein, aber...«

»Die Präsidentschaft, Kent!«

Westergard kam um den Schreibtisch herum. Er strahlte Macht und Besorgnis aus. Einen strahlenden Moment lang stellte Jarvis sich ihn beinah als Ritter in glänzender Rüstung vor und war verblüfft von der Gewißheit, daß dieser Mann um jeden Preis gewinnen *mußte.*

»Niemand ist für diesen Wahlkampf wichtiger gewesen als Sie, Kent. Ich weiß, daß mein Vertrauen in Sie nicht an der falschen Stelle ist.«

»Ich werde Sie nicht im Stich lassen, Gouverneur.« Aber die Reinheit des Augenblicks war schon verwässert, durch den Filter des Eigeninteresses gesiebt. »Es war nur, weil ihr Name draufstand, nachdem sich der Rest von uns ein Jahr lang im Wahlkampf den Arsch aufgerissen hat. Aber ich habe eine Menge Ideen, um die Analyse in den zwei Wochen bis zum Labor Day umzusetzen. Morgen fahr' ich rüber nach Chicago...«

Morgen würde ihm Sharkey eine Frau suchen, die wie Nicole aussah. Aber in diesem Augenblick hatte Westergard recht: Sie machte ihren Job hervorragend. Dieser ungewöhnliche Dienst, der ihn für den Gouverneur unentbehrlich machen würde – konnte er etwas mit ihr zu tun haben, ihrem Mann, ihrem Vater? Es gab da ein Geheimnis, das er irgendwie durchschauen mußte. Wissen war Macht.

Inzwischen hatten sich zwei Worte des Guv in seinen Gedanken vereint. *Fallenlassen. Ausnutzen.*

Nicoles Arbeit lag auf ihren angewinkelten Knien, ihre Stirn war faltig vor Konzentration, eine Zigarette glimmte vergessen im Aschenbecher neben dem Bett. David betrachtete sie stolz. Er war es gewesen, der darauf bestanden hatte, daß ihr Name auf dem Dokument zuerst genannt wurde. Aber jetzt spürte er wie einen Schock, daß er sich in seine Frau verliebt hatte.

Sie saß in ihrem rüschenbesetzten Nachthemd aufrecht unter der Decke, vollkommen darin vertieft, einen komplizierten Staatenschlüssel zu schaffen, der sich auf drei Kernfaktoren stützte – Größe, Potential, Bedürfnisse – und dem

Gouverneur ermöglichte, Wahlkampfzeit und -geld auf optimale Weise einzuteilen. Natürlich hatte er geglaubt, sie zu lieben, als sie geheiratet hatten. Er war ganz versessen darauf gewesen, sie zu besitzen, und er hatte geglaubt, das wäre Liebe.

Nach der schrecklichen Zeit ihrer Entdeckung, als sie wieder zueinandergefunden hatten, hatte sich ein gewisser Funke entwickelt. Etwas Vergängliches, eher ein momentaner Traum von der Liebe als die Liebe selbst.

Aber jetzt war er verliebt. Verknallt. Stolz auf sie, ja, dankbar und erstaunt über ihre Versöhnlichkeit, ja. Und unter all den Gründen war etwas Bleibendes, das er nie zuvor gekannt hatte.

Sie sah auf, bemerkte seinen Blick und lächelte.

»Was fasziniert dich so?«

»Du«, sagte er.

Sie gab ein ironisches Glucksen von sich. »Was du nicht sagst.«

Sie kehrte zu ihrer Arbeit zurück. Er ging zum Fenster, schob die Vorhänge soweit auseinander, daß er auf den Hof hinaussehen konnte. Licht, das von der Straße her durchschien, fiel auf ihre selten benutzten Sandelholzliegen, die nebeneinander auf der Veranda standen. Die symbolische Nähe der leblosen Möbel gefiel ihm.

Sie *war* faszinierend, unberechenbar. Daß sie ihn von Cochrane aus angerufen hatte, um ihn zu warnen, daß sein Vater seine Identität als Angreifer kannte und verschwunden war.

»Ich habe eingesehen, daß er niemand ist, der jemanden aus dem Hinterhalt tötet«, sagte sie hinter ihm.

Er zuckte zusammen. »Wer?«

»Mein Dad. Er *pirscht* sich an seine Beute heran. Er schlachtet sie nicht.«

Er fühlte, wie ihm Röte in die Wangen stieg. Er war vom Schlachten ausgegangen. Aber sie stellte keine Vergleiche an, sie analysierte nur.

»Warum pirscht er sich nicht an mich heran?«

»Stolz. Er müßte dich erst warnen, bevor er dich verfolgt. Außerdem müßte er für sich erst mal eine befriedigende Erklärung finden, warum du es getan hast.«

»Um dem Gouverneur zu gefallen.«

»Nicht genug – warum sollte *Gary* seinen Tod wollen? Ich habe mit ihm ein bißchen darüber gesprochen – die Vorstellung, daß er eine Gefahr für den Wahlkampf darstellen könnte, ist für ihn nur ein Witz.«

»Nicht für den Guv.« Ross ließ den Vorhang zufallen und begann, seinen Bademantel auszuziehen. Nicole betrachtete ihn mit einem seltsamen Gesichtsausdruck.

»Du hast keine Angst mehr, angegriffen zu werden, oder?«

»Nein. Du hast mir gesagt, es ist nicht nötig.«

Mit verwunderter Stimme sagte sie: »Du liebst mich, ja?«

»Ja«, sagte er. »Ich liebe dich.« Und wußte, daß er es so meinte.

»Schade, daß du nicht deinen Pyjama mit den kleinen, roten Herzen trägst.«

Er hatte ihn seit – seit dem Abend des Anschlags nicht mehr getragen, als sein Verlangen nach ihr nur Lust gewesen war, das Verlangen danach, sich durch seine Stöße in ihren Körper seiner eigenen Existenz zu versichern.

Er war unter dem Bademantel nackt. Er sah auf seine Brust herab und machte ein übertrieben erstauntes Gesicht.

»Sieh dir das an!« jammerte er. »Ich bekomme Rote-Herzen-Ausschlag!«

Sie lächelte ihn an, während sie den Knoten löste, der ihr Negligé zusammenhielt.

40

Morgengrauen, 5. September. Labour Day. Der Tag, an dem die Kandidaten traditionsgemäß den letzten Anlauf für die Präsidentschaft nehmen.

Entsprechend Nicoles Ratschlag verteidigte Gary Westergard den heimatlichen Grund und Boden gegen die republikanischen Philister. Della tat das gleiche drüben in San Francisco. Erneut prüfte er sein Äußeres im Schlafzimmerspiegel, dann ging er hinunter, um auf den Wagen zu warten. Heute keine Limousine. Und weder Anzug noch Krawatte. Nur einer von vielen Söhnen der Mühsal, mit schwieligen Händen, auf dem Weg zum Arbeiter- und Bauernpicknick.

Edith wartete an der Eingangstür, ihr Haar teuer frisiert, aber das Kleid aus bedrucktem Kattun und der Mantel gegen die morgendliche Frische aus schlichtem Stoff. Sie nahm Westergards große Hand in ihre beiden kleinen.

»Ja, Liebling. Der Anfang vom...«

»Vom Anfang«, sagte er. »Ich möchte, daß du weißt...«

Aber der Autokorso war eingetroffen. Ein Mann vom Secret Service wünschte ihnen einen guten Morgen und führte sie im kühlen, menschenleeren Morgengrauen zu den Wagen hinab. Jarvis stieg aus dem zweiten. Der erste war vom Secret Service, die beiden dahinter für die Presse. In seiner Freizeitkleidung sah Jarvis aus wie ein übellauniger Bär.

»Machen wir uns auf, die Blaumänner und die Weißkittel zu ehren«, sagte er säuerlich. »Wenn jemand wagen würde, die Rednecks als Rotärsche zu bezeichnen, dann könnte dies ein *wahrlich* amerikanischer Feiertag werden.«

Er schien eine harte Nacht gehabt zu haben. Die Knöchel beider Hände waren aufgeschlagen. Westergard, dem es nicht gefiel, wenn seine Leute tranken, machte im Geiste eine Notiz, um Johnny Doyle darauf anzusprechen: Sie waren zusammen in Chicago gewesen, um das für morgen früh vorgesehene Händeschütteln in der Hochbahn und die sorgfältig eingeprobte Stehgreifrede vorzubereiten.

»Wir verlassen das Picknick nach dem Sackhüpfen, aber noch vor dem Softballspiel«, sagte Jarvis. »Beim AFL/CIO-Stock-Car-Rennen in St. Paul werden Sie im Führungswagen zwei Runden um den Kurs fahren und dann versuchen, zwei gute, alltägliche, ganz normale Amerikaner zu finden, die nicht zu bescheuert aussehen, damit man sich mit denen das Rennen ansehen kann. Von da aus fahren Sie nach Fort Snelling zur Präsentation der Aktiven Vietnamveteranen...«

Die Suche nach dem Gral.

Nicole schreckte mit einem Schuldgefühl – dem Überbleibsel der schuldbeladenen Träume von ihrem Vater – aus dem

Schlaf hoch, weil sie glaubte, verschlafen zu haben. Sie schüttelte sie von sich. Schließlich hatte er schon früher eine nicht gerade glückliche Affäre aus seinem Leben gemacht, lange bevor sie ihren Teil zu seinem Kummer beigetragen hatte.

David sang unter der Dusche. Es hatte eine Zeit gegeben, als sie nicht geglaubt hatte, daß einem von ihnen jemals wieder zum Singen zumute sein würde. Die Mannschaft war bei ihrem zweiundzwanzigseitigen, zahlenmäßigen Staatenschlüssel für den optimalen Einsatz von Wahlkampfzeit und -geld ganz aus dem Häuschen gewesen. Sie hatte einen Mann, der sie liebte. Sie hatte einen Führer, an den sie glaubte – als Liebhaber ging ihr Gary nicht länger durch den Kopf – und einen Wahlkampf, in dem sie eine entscheidende, wenn nicht lebenswichtige Rolle spielte. Selbst Jarvis schien akzeptiert zu haben, daß sie ihren Job gut machte.

Sie langte nach der ersten Zigarette des Tages, disziplinierte sich aber, um aus dem Bett zu rollen und es mit frischen Laken zu beziehen. Das war ein Muß für den Fall, daß Davids Mutter aus Sioux Falls heraufkam, um Iris mit den Kindern abzulösen.

Sie hatten nicht gehört, daß die Dusche abgestellt worden war, aber als sie sich vornüberbeugte, um die Tagesdecke auszubreiten, schlang David – nur mit einem Handtuch bekleidet – seine Arme um sie und drückte sich gegen ihren Hintern.

»Nein, das wirst du nicht tun!« rief sie und machte sich schnell von ihm frei. »Ich habe bis halb fünf Millionen Sachen zu tun, und da ist keine Zeit, für einen schmutzigen, alten Mann...«

»Du mußt zugeben, Liebes...« Ross ließ sein Handtuch fallen. Er stellte sich in Pose. »Ein *großartiger*, schmutziger alter Mann.«

Eine Zeitzone weiter westlich schwang Fletcher die Beine aus dem Bett und massierte sein kaputtes Knie. Er roch frisch durchlaufenden Kaffee und gebratenen Schinken. West Newton.

Für den nächsten Monat sollte dies sein Zuhause sein. Die Hotelbesitzer, die ihren Urlaub jedes Jahr nach den Touristen und vor den Jägern nahmen, hatten sie gebeten, eine Weile für sie einzuspringen. »Ihr habt ehrliche Gesichter« – einfach so.

Maria tauchte mit einer Tasse Kaffee auf. Sie setzte sich neben ihn auf das Bett. »Um wieviel Uhr bist du gestern abend schlafen gegangen?«

»Nach zwei.« Man hatte ihnen gesagt, sie sollten ›Notfall‹-Zimmer für den lokalen Wochenendaufriß bereithalten. »Ein paar Cowboys hatten unten im Wild-West-Saloon Glück bei zwei Touristenladys.«

Nicht denken. Nicht erinnern. Er schlürfte vorsichtig an der heißen, schwarzen Brühe. Einfach leben, von einem Tag zum anderen. Gleichgewicht. Möglicherweise würde ihm einfallen, was er mit sich anfangen sollte, und er würde Maria die Hälfte von allem Geld geben, was er hatte. Sie war ihm viel eher eine Tochter als Nicole es jemals gewesen war.

»Und du?« fragte er mit dieser seltsamen Telepathie, die zwischen ihnen war.

»Zurück nach Vegas? Möglicherweise?« Eine Frage, keine Erklärung.

»Vielleicht sonstwohin«, sagte er.

»Vielleicht«, stimmte sie zu.

Die Büroklingel läutete. Jemand wollte abreisen und unterbrach das weitere Gespräch. Das war okay. Gleichgewicht.

6. September: Das Händeschütteln in der Hochbahn von Chicago entpuppte sich als Alptraum. Lausige Vorarbeit von Doyle und Jarvis hatte sie zu einem Bahnhof gebracht, auf dem mehr Presseleute als Menschen waren, und am Ende jagte Westergard Wähler über den Bahnsteig, als wären sie wohlhabende, kränkelnde Verwandte, die ihr Testament noch nicht gemacht hatten.

7. September: Brooklyn College. Westergard war gezwungen, den vorbereiteten Text fallenzulassen, weil es kein Rednerpult gab und das P.-A.-System nicht funktionierte. Schnappte sich ein Megaphon – das funktionierte auch nicht. Vermied es gerade noch, von der Bühne herunterzufallen, gut für eine Menge Lacher, aber nicht für viele Stimmen.

9. September: Eine weitere Beinah-Katastrophe: Abtreibung auf der Tagesordnung für eine Wahlversammlung in

der Our-Lady-Of-Sorrows-Kirche in Philadelphia, aber anstelle von Instruktionen zur Abtreibung hatte ihm irgendein Idiot einen ACLU-Text gegeben, der reduzierte Steuerfreibeträge für Kirchenbesitz forderte. Nicole rettete den Tag mit einer Seite hastig aus dem Stehgreif zusammengestellter Anmerkungen zum Ökumenismus von Papst Johannes Paul II., dem ersten polnischen Papst in der Geschichte.

12. September: Polish Hill in Pittsburgh, ein großer, ethnischer Triumph für Westergard als Resultat von Nicoles Anmerkungen vom neunten. Er schaffte es in seinem rotweißen ›Polenpower‹ – Sweatshirt in die Sechs-Uhr-Nachrichten, wobei Bischof Ryszard Orzeszkowa, der Erzbischof von Pittsburgh, ihn auf beide Wangen küßte.

19. September: Das Allerletzte. In Green Bay, Wisconsin, stand er fast eine Stunde lang vor einem Fabriktor und wartete auf den Schichtwechsel. Es gab keinen: Kein einziger Arbeiter, weder pro noch contra, tauchte auf. Am selben Tag wurde er beim Highschool-Football-Training in Dubuque, Iowa, von einem abgefälschten Paß am Kopf getroffen.

Das Treffen in Westergards Motelsuite im Ramada Inn von Tupelo, Mississippi, begann um zehn Uhr abends und war erst lange nach Mitternacht zu Ende. Er kochte vor Wut.

»Ich möchte wissen, was zum Teufel mit meinen Frontmännern los ist. Jedesmal wenn ich irgendwo auftauche, ist keiner da, mit dem ich reden kann. Und ich meine *Sie*, Kent, und *Sie*, Johnny.«

»Wir müssen den einheimischen Bürgern gefallen, dann liefern sie uns keine ...«

»Wir denken einfach nicht weit genug im voraus«, unterbrach Nicole. In ihren handgearbeiteten, schwarzgrauen Herrenhosen und der dazu passenden Anzugjacke mit schmalem Revers sah sie einfach umwerfend aus. »Was wir brauchen, sind mehr Wahlversammlungen. Mehr Reden. Nicht so viele visuelle Auftritte wie Händeschütteln vor Gurkenfabriken.«

Westergard nickte. »Ein Forum für substantielle Bemerkungen, die die Wähler auf möglichst zwingende Weise ansprechen.«

»Wir *müssen* der Wählerschaft den Kandidaten aus der Nähe zeigen«, sagte Nicole im Stehen. »Aber im Kommunikationszeitalter bedeutet das die Flimmerkiste. Politik im Wahlbezirk ist tot.«

»Nein, ist sie nicht, verdammt noch mal.« Jarvis wurde böse. »Der Guv muß *in natura* da draußen sein...«

»In den Medien wäre besser«, sagte Ross trocken.

Nicole unterstützte ihn. »Wir brauchen einen Medienberater, dessen einziger Job es ist, *alle* Print-, Radio- und Fernsehwerbung des Guv zu entwerfen und herzustellen. Halten Sie trotzdem an Ihren traditionellen Wahlkampfauftritten fest – die Schulhallen, die Fabriktore, die Zusammenkünfte im lokalen Rathaus – aber nicht, um Stimmen zu fangen. Nur um den Hintergrund für die Medienberichterstattung zu liefern.«

»Berichterstattung *worüber*, verdammt noch mal?« wollte Jarvis wissen. Er wurde wieder rot im Gesicht. »Händeschütteln? Schwanzrütteln?«

»Über die substantiellen Bemerkungen, von denen der Gouverneur gesprochen hat. Wir schneidern ihm seine Worte und Vorstellungen entsprechend der Bedürfnisse der...«

»Wir schneidern?« wollte Westergard wissen. Seine Stimme besaß diese unheilvolle Zurückhaltung, die einen größeren Wutausbruch ankündigte.

»Die *Thesen* werden immer Ihre sein«, verbesserte sich Nicole hastig. »Aber die *Worte* – und *wann* Sie sie sagen – werden von dem Medienberater zugeschnitten.«

»Niemand wird mich als etwas verkaufen, was ich nicht bin.«

»Das versucht auch niemand.« Ihre Stimme war beschwichtigend. »Aber kann nicht jemand die Themen und Qualitäten des Kandidaten herausstreichen, für die sich die Wähler am meisten interessieren – und Sie dahinlenken?«

»Teufel, wir zahlen hochqualifizierten Meinungsforschern höllische Mengen an Geld für Daten«, sagte Ross. »Die müssen wir nutzen.«

Wieder Nicole: »Ich gebe zu, daß mein Vorschlag verdammt radikal ist, aber ich habe das Gefühl, als wenn etwas Radikales passieren müßte.«

Am nächsten Tag verkündete Westergard, daß Ross für die »Zusammenstellung und Vorbereitung von Auftritten« verantwortlich und Nicole die Medienberaterin des Wahlkampfes wäre. Wenn er der Situation ins Gesicht sah, dann würde er zum Erreichen seines Zieles alles tun müssen, was er gezwungenermaßen zu tun bereit war.

T is for the trips to tourist cabins,
H is for the hell that's in your eyes . . .

»Scheiße, ich hab' gehört, du bist in Alaska!« schrie Gary über die Musik hinweg, in Fletchers Gegenwart selbst hart in Sprache und Pose.
»Bin gerade zurück. Geh' in zwei Tagen wieder aufs College.«

E is for the ease with which you laid me,
R is for the ›reck‹ you made of me . . .

»Wie war's da oben?«
»Wüst und wild.«

Put them all together they spell Mother --
And brother that's what I'm about to be.

Mit seinem alten 41er Ford die Alcan hinauf. Dachte, es wären dreitausend Kilometer bis Fairbanks, fuhr dreitausend Kilometer und war immer noch in Idaho. In Fairbanks zwei Wochen im Obdachlosenasyl, kein Job, drei Tage nichts zu essen, in einer Kiesgrube geschlafen. Schließlich doch noch einen Job gefunden, aber trotzdem den ganzen Sommer über in der Kiesgrube gewohnt. Auf dem Rückweg acht platte Reifen in zwei Tagen – ohne Reserverad und Wagenheber. Gestern abend zu Hause angekommen und, Scheiße, heute rausgefunden, daß Old Charlie wieder auf dem Armenhof war.
»Gott, was für eine Sauerei!« rief Gary mit seiner gerade übernommenen, hartgesottenen Stimme. »Aber ich schätze, da gibt es nichts, was du tun kannst.«

»Ich kann ihn befreien.«

Als er es sagte, merkte Fletcher, daß er es jetzt würde tun müssen. Was Gary betraf, so war dies seine große Chance. Den Moment nutzen, sich dem Vorbild, dem er nacheiferte und von dem er schon Hockey und Football übernommen hatte, ebenbürtig erweisen.

»*Wir* können ihn befreien.«

»Er wurde bei beidem besser, als ich es jemals war«, sagte Fletcher nachdenklich zu Maria. Sie hatten vor dem Fernseher gesessen, während sie auf Gäste warteten, aber die Wahlnachrichten hatten ihn auf seine Geschichte gebracht.

»Bei beidem was?«

»Hockey und Football. Besonders Hockey. Gary war in dem Olympiateam, das sechsundfünfzig die Russkis geschlagen hat.«

Und bei Fletcher, um Old Charlie mit Gewalt vom Armenhof zu befreien.

Sie hockten in den Büschen neben dem Sandweg. Der Halbmond lieferte ihnen blasses Licht für ihr Vorhaben.

»Zwei Dinge müssen wir tun«, flüsterte Fletch feierlich.

Gary kicherte. »Wass'n?« Er war genauso wenig an den harten Schnaps gewöhnt wie Fletcher es vor einem Jahr gewesen war.

»Sei *still*. Und laß verdammt noch mal Old Charlie einen Drink übrig.«

Charlies Zimmer lag im zweiten Stock, aber davor stand eine Eiche, und das Fenster war einen Spalt weit offen. Mit unterdrückten Flüchen und aufgeschlagenen Knöcheln kletterte Fletch den Baum hinauf, während Gary unten im Halbdunkel Wache hielt. Fletch schob sich den dicksten Ast entlang. Er hing mit einer Hand darunter, die Füße festgeklammert und konnte die andere Hand gerade eben unter das Fenster schieben und es nach oben drücken. Es quietschte, aber es bewegte sich.

Old Charlie tauchte auf, um ihnen zu sagen, daß sie still sein sollten, Panik in den Augen.

»Wenn die euch hören, lassen sie mich nie mehr draußen auf der Veranda sitzen.«

»In einer Stunde sitzt du auf deiner eigenen Veranda, Charlie!«

Das war der Moment, in dem sich seine Füße lösten. Plötzlich hing er an einer Hand unter dem Ast.

»Fletch!« Gary am Boden unter ihm.

»Scheiß drauf!« rief Fletch. »Frontalangriff.« Und er ließ los.

Er landete sechs Meter tiefer auf einem Haufen, kam stolpernd auf die schmerzenden Füße, wobei Gary ihm zu helfen versuchte, trampelte im Kreis umher. Charlie winkte ihnen verzweifelt, daß sie weggehen sollten. Er verschwand zur Vorderseite des Gebäudes, als würde er um sein Leben laufen.

Er war ziemlich betrunken.

Abgehärtet von einem Sommer, in dem er Zweihundertfünfzig-Liter-Fässer auf dem Hafengelände der Standard Oil in Fairbanks bewegt hatte, brach er mit Schwung durch die Tür, riß sie aus den Angeln, glitt auf ihren Überresten in den Eingangsflur, kam wieder auf die Beine und stürmte die Treppe hinauf wie Teddy Roosevelt am San Juan Hill.

»Yeaaahooo!«

Inzwischen hatte sich Charlie, barfuß unter dem formlosen Nachthemd, mit dem sie ihn ins Bett schickten, vom Kampfgeist anstecken lassen: Er stürmte die Treppe hinunter, während Fletch sie hinaufstürmte. Auf halber Höhe stießen sie zusammen, stürzten abwärts und rissen Gary die Beine weg, als er gerade durch die Eingangstür hereinplatzte. Lichter gingen an. Mit dem zerbrechlichen Indianer in ihrer Mitte hasteten sie hinaus, als hinter ihnen eine Stimme laut zu schreien begann.

»Was machen Sie da? Sie können doch nicht ...«

»Charlie geht weg, kommt nie mehr zurück«, tönte der alte Indianer.

Auf dem Weg nach West Newton fuhr Fletch zweimal in den Graben. Der Vierradantrieb holte sie wieder heraus. Aus der Tür der Hütte gähnte ihnen Dunkelheit und der Geruch von Moder entgegen, als sie von den Scheinwer-

fern angestrahlt wurde. Kein Spot. Über ihnen schrie eine Eule. Sie konnten ihren eigenen Atem sehen.
»Kommen Sie denn allein klar?« fragte Gary besorgt.
»Charlie kommt überall klar, wo er ist!« Fletch hatte dem alten Indianer einen Arm um die Schultern gelegt. »Er ist gerissen. Stimmt's, Charlie?«
»Das bin ich«, sagte Charlie weise. »Gerissen, hast du noch mehr von diesem Whiskey in der Flasche?«
»Wenn du diese Leute von dem Heim wieder hier siehst...«
»Mich werden sie nicht finden«, prahlte Charlie.
Fletch hatte vergessen, daß er ans College mußte, und er versprach, in ein oder zwei Tagen wieder herzukommen. Sie ließen Charlie mit dem letzten Schnaps allein zurück, halb betrunken unter dem kalten Mond.

Die Zehn-Uhr-Nachrichten fingen an. »Ich kann mich nicht mehr an viel erinnern, was den Rest der Nacht betrifft«, erzählte Fletcher Maria. »Gary war nicht so betrunken wie ich, also ist er nach Rochester zurückgefahren.«
Fletch erinnerte sich an eine weitere Flasche, beide waren betrunken und wurden aus der Rainbow Dance Hall rausgeworfen und hatten zwei Mädchen bei sich im Jeep und lagen später mit einem der Mädchen in einem Motelbett. War sie auch nackt? Oder gab es Streit?
Nur Fragmente. Jemand sagte etwas von Liebe, und dann... Was dann? Waren sie weg?
»Was dann?« fragte Maria mit einem Kichern in der Stimme. Sie liebte es, wenn Fletch Geschichten aus seiner Jugend erzählte.
»Nichts mehr. Ich erinnere mich nicht.«
Stimmte nicht ganz – beinah erinnerte er sich in diesem Augenblick, aber dann war es wieder weg. Irgend etwas war passiert, klar, irgend etwas – Folgenschweres? Konnte sich nicht erinnern. Wachte am Morgen auf dem Boden zwischen Bett und Wand auf, ganz allein und immer noch splitternackt. Mädchen weg, Gary weg, Schnaps weg, nur noch eine leere Flasche auf dem Boden. Jemand hatte sich in der Toilette übergeben und nicht gespült.

»Furchtbare Kopfschmerzen.« Er lachte Maria kurz an. »*Daran* erinnere ich mich. Wollte nach Hause, als die Sonne schon aufgegangen war und bin direkt in ein Kornfeld gefahren. Hab' die Straße verfehlt. Immer noch betrunken.« In den Zehn-Uhr-Nachrichten erklärte ein Fernsehgesicht die Regeln der nachfolgenden Präsidentschaftsdebatte. Fletcher nickte ihm zu. »Westergard hab' ich seit dieser Nacht nicht mehr gesehen.«

»Was war mit Old Charlie?«

»Ich hab' ihn nie wiedergesehen.« Sie hatte gelacht, aber der dumpfe Klang seiner Stimme ließ ihre Augen düster werden. »Als im Oktober die Entenjagd begann, haben sie ihn in der Hütte in sein Bärenfell gewickelt gefunden. Tod durch Erfrieren – er war zu schwach gewesen, um für Feuerholz in den Wald zu gehen.«

Als er sich daran erinnerte, war ihm zum Weinen zumute. Maria legte ihre Arme um ihn. Sie hob eine Augenbraue und deutete auf sein Bett. »Dieses Bärenfell?«

»Ja. Mein Vater hat es für mich geholt. Sie haben mir das von Charlie erst erzählt, als ich Weihnachten nach Hause gekommen bin. Nach dem Semester hab' ich das College abgebrochen – bin zur Armee gegangen und in Korea gelandet.«

Sie hielt ihn noch immer umschlungen. »Weißt du, Old Charlie – zum Teufel, Fletcher, so würde ich es mir auch wünschen.«

»Aber verstehst du, eigentlich wollte er *nicht*. Er wäre gern in dem Heim für alte Leute geblieben, aber er wollte vor mir nicht schlecht dastehen.«

Im Fernseher redete Gary Westergard vor einer Gruppe von Latino-Wanderarbeitern, die an einer Straßenecke von L. A. auf einen Farmlaster warteten, über Jobs und Obdachlose. Maria deutete mit dem Kopf auf den Apparat.

»Es ist nicht fair«, sagte sie.

»Ich kann damit leben.«

»Er nicht. Was deine Tochter dir angetan hat.«

Beinah sagte er: Du bist meine Tochter. Aber der Moderator sagte, daß sich der Gouverneur nach der Diskussion zwei Tage im El Tovar Hotel am Südrand des Grand Canyon erholen würde.

»El Tovar?« sagte Maria. »Da hab' ich einen Sommer lang als Dienstmädchen gearbeitet. Ich weiß alles über ...« Abrupt hörte sie auf zu reden.

Ihre Blicke trafen sich und hielten nachdenklich aneinander fest.

Den Kandidaten auf die Diskussion vorzubereiten war wie ein Hockeyteam, das Schlagschüsse auf den Tormann übt: ein unpersönlicher Schnellfeuer-Schlagabtausch. Nicole fand es nicht länger ungewöhnlich, daß sie in ihm nur noch den Kandidaten sah. Er war objektiviert worden, entpersönlicht, für sie alle fast zum Gott erhoben – wahrscheinlich sogar für sich selbst.

Jarvis: »Neuntwichtigstes Thema. Arbor sagt, die Republikaner hätten das Erbe von zweiundvierzig unausgeglichenen Budgets der letzten fünfzig Jahre angetreten. Sie sagen ...«

»Hören Sie auf, sich in die amerikanische Flagge zu hüllen. Das hat bei Reagan funktioniert, aber das werden wir hier heute abend nicht durchgehen lassen. Wir ...«

Nicole: »Langatmig.«

»Wer war denn in den letzten vier Jahren im Weißen Haus?«

»Besser.«

Crandall: »Zweitwichtigstes Thema. Arbor sagt, die Republikaner hätten den größten Kreuzzug gegen illegale Drogen gestartet, den dieses Land jemals gesehen hat. Sie sagen ...«

»Ein Pflaster gegen Blutsturz. Während des Kreuzzuges haben Crack und Kokain die Ausmaße von Epidemien angenommen. Ich schlage vor ...«

Ross: »Sparen Sie das aus, wir haben die Vorschläge noch nicht fertig ausgearbeitet. Siebtwichtigstes Thema: Arbor sagt, daß wir zum erstenmal in der Geschichte einen Vertrag zum Abbau strategischer Nuklearwaffen auf beiden Seiten des Vorhangs haben. Sie sagen ...«

»Ein von diesem Land nicht ratifizierter Vertrag, dank der vorhersehbaren Opposition im Kongreß durch Mr. Arbors konservative Kumpane.«

Quarles: »Ein Reporter spricht die Iran-Contra-Affäre und Arbors immer noch ungeklärte Rolle darin an. Sie sagen ...«

»Ich möchte einen Cheeseburger.«

»Großartig. Das sichert uns die Ronald-McDonald-Wähler – leider sind das die Zwölfjährigen. Sie sagen...«

»Ich sage, das ist der dreizehnte Punkt unseres Wahlkampfes, der allerletzte. Die Umfragen zeigen, daß nur noch neunundzwanzig Prozent der Wähler etwas davon hören wollen. Vierundsechzig Prozent haben es satt.«

»Es ist zwei Uhr nachmittags, und dieser Mann ist ein Krieger – ein *hungriger* Krieger«, sagte Nicole. »Laßt uns *alle* einen Cheeseburger essen.«

»Laßt die anderen Torte fressen«, knurrte Jarvis.

Alle lachten. Militärische Beobachter hatten zu dem neckischen Geplänkel ihrer Diskussion gesagt: Sie sind guten Mutes.

41

Nicole saß auf dem Mezzanin, das die Eingangshalle des El Tovar Hotels überblickte, aß einen Muffin, trank Kaffee und las im *Atlanta Herald* über die erste Präsidentschaftsdebatte dieser Stadt. Der Gouverneur war früh am Morgen zu einem Eselsritt hinunter zum südlichen Rand des Grand Canyon aufgebrochen und hatte ihr auf diese Weise unerwartet Freizeit verschafft.

DEBATTE: K. O. NACH EINEM SCHLAG?

›Chesty Westy‹ sprang gestern abend gegen ›Gentlemen George‹ in den Ring und verpaßte ihm eine blutige Nase. Gleich von der ersten Runde an war es eine wilde Rauferei.

Das ausgedehnte Hundert-Zimmer-Hotel, das man 1905, als die Eisenbahn von Santa Fe ihre Dienste bis zum Rand des Canyon ausdehnte, auf rohe Findlinge und Kiefern aus Oregon gebaut hatte, war rustikal und dennoch luxuriös, historisch und dennoch modern, mit geräumigen Zimmern, die hübsch eingerichtet waren. Der Kaffee dampfte in einer schweren Zinnkanne. Es gab richtige Sahne. Sie verteilte eine der besten Erdbeermarmeladen, die sie jemals probiert hatte, auf einem Muffin und las weiter.

Das Hotel war im rechten Winkel zum Rand des Canyon gebaut, anstatt an ihm entlang, wie man es heute tun würde. Westergards Partei hatte einen ganzen Flügel besetzt und abgeriegelt. David, noch immer im Pyjama, stand am Fenster, als sie hereinkam. Ihr Zimmer sah auf das Hopihaus aus Adobeziegeln herab, in dem Gebrauchsgegenstände der Indianer verkauft wurden.

Sie stellte das Tablett mit dem Kaffee und den Muffins auf das ungemachte Bett und sagte: »Ich geh' Geld ausgeben im Souvenirladen.«

Ross ließ sich die Muffins schmecken. Er winkte ihr mit einer Kaffeetasse. »Ich spring' unter die Dusche und treff' dich dann unten.«

Jarvis war frustriert und ärgerte sich über Nicole, als er die breiten Steinstufen von der weitläufigen Veranda herunterging und dann stehenblieb, um einen verkrüppelten Hausmeister in Arbeitskleidung des Hotels und einer bis knapp über die Augen gezogenen Harvey-Motel-Arbeitskappe, mit Eimer und Wischlappen bewaffnet, vorbeihinken zu lassen. Jarvis konnte diese verfluchte Nicole nicht aus seinen Gedanken verbannen. Medienberaterin. Wenn der Guv es schaffte, wer würde dann auf einem Kabinettsposten enden? Mit Sicherheit Madame Minister.

Schließlich saß er auf dem steinernen Geländer des Canyonrandweges und starrte über die Szenerie. Regen, Schnee, Hitze, Frost, Wind und der Colorado River waren nötig gewesen, um sechs Millionen Jahre lang die Gipfel und Spitzen, die Klippen und Kuppen zu gestalten. Rot und grün und rosa und blau, Schiefer und Kalkstein und Sandstein, abgetragen von den Elementen, um ein riesiges Stück von zwei Milliarden Jahren versteinerter Geschichte offenzulegen.

Aber die schaurige Schönheit des 1500 Meter tiefen Abgrundes war an Jarvis vergeudet. Seine Augen sahen nur die fliegendreckgroßen Punkte und Staubfahnen am Boden des Canyons: Der Eselstreck des Gouverneurs, der den

Bright Angel Trail hinuntertrabte. Ob diese verfluchte Nicole bei ihm war, um sich wie gewöhnlich lieb Kind zu machen?

Er brauchte eine von Sharkeys Frauen, um Hand an sie zu legen, das war es. Wie eine Reaktion auf seine Verbitterung spürte er eine sanfte Berührung am kleinen Finger. Er sah hinab und riß seine Hand mit einem erschrockenen Grunzen weg. Ein Ziesel oder eichhörnchenähnliches Tier hockte ein paar Zentimeter von seiner Hand entfernt und machte *chit-chit-chit*. Füße und Bauch waren gelblich eingefärbt. Als Jarvis nicht reagierte, fing es an, mit seiner winzigen Pfote wütend auf den Stein zu schlagen.

Um Himmels willen, war das verfluchte Vieh tollwütig, daß es so direkt auf ihn zukam? Das Lachen einer Frau ließ seinen Kopf herumfahren.

»Keine Angst. Es ist nur böse auf Sie, weil Sie ihm keine Erdnuß oder ein Stück Schokolade gegeben haben.«

»Angst?« Sofort war er streitlustig. Er mochte es nicht, wenn Weiber über ihn lachten. Diese Niggerhure in Boston hatte gelacht, und sie hatte gesehen, wie weit sie damit gekommen war. »Ich sollte den kleinen Scheißer von der Mauer werfen.«

Die Frau stand neben ihm. Sie sah indianisch aus oder so ähnlich, langes, schimmerndes, schwarzes Haar, das auf ihrem Rücken zu einem einzelnen, schweren Zopf geflochten war. Hatte sogar eine Decke über eine Schulter geworfen wie eine Squaw in den alten Western. Gute Figur, soweit er das sehen konnte, viel Holz vor der Hütte.

Aber es war das Gesicht, das ihn ansprach. Ein wirklich indianisches Gesicht, Hakennase, dunkle Augen, kühn und herausfordernd. Stolz, stolz wie nichts Gutes. Er spürte es in seinen Lenden. Er wollte das Gesicht demütigen, Furcht und Schmerz in diese Augen legen.

»Das ist ein gestreiftes Klippeneichhörnchen«, sagte sie. »Die sind zahm, weil die Touristen vom Hotel sie ständig füttern.«

»Du Fremdenführer, Pocahontas, oder Teil des Abendprogramms?« Sie hob spöttisch eine Augenbraue, daß er weitersprach: »Sie wissen doch, der große Indianertanz, der heute abend für den Gouverneur veranstaltet wird.« Sie sah immer noch verwirrt aus. »Kennen Sie ihn – Gary Westergard? Der Präsident werden will?«

Sie zuckte mit den Schultern. Himmel, nicht mal Interesse daran! Vielleicht konnte er... Nein. Ganz ruhig. Wenn er hier draußen bei den Hinterwäldlern etwas mit einem Indianerweib anfing, tauchte vielleicht der ganze verdammte Stamm auf, um ihn zu skalpieren. Aber diese Herausforderung in ihren Augen... Eine sexuelle Herausforderung? So eine könnte ihn kommen lassen, ohne...

»Ich bin Westergards Wahlkampfleiter«, sagte er.

Ihr Oberschenkel berührte seinen beinah. Sie legte eine Erdnuß auf ihre flache Hand, das Eichhörnchen nahm sie.

Einschmeichelnd sagte sie: »Dann müssen Sie wirklich wichtig sein.«

»Wichtig genug«, räumte er stolz ein.

Ihr Knie berührte seines. Ihre Augen waren direkt. Ihre Stimme war sanft. »Erzählen Sie mir davon.«

Zu seiner eigenen Überraschung tat Jarvis dies tatsächlich. Ausführlich.

Nicole mußte einem uniformierten Hausmeister ausweichen, der den Boden des Geschenkladens aufwischte. Er bewegte sich mit dem zögerlichen Gang eines lahmen Hundes, den Kopf gesenkt. Lahm wie ihr Vater.

Sie schob die Schuldgefühle von sich. Der Laden war lang und schmal, mit einer Reihe von Bodenauslagen am hinteren Ende. Die gläsernen Vitrinen an der Wand stellten Keramik und Skulpturen der Stämme in und um den Grand Canyon aus – Hopi, Navajo, Havasupai, Paiute, Hualapai. Die Geschichtenerzähler, sitzende Figuren, von Kindern belagert, weckten plötzlich ihr Heimweh nach den Kleinen. Außerdem waren sie erstaunlich teuer, weit außerhalb ihrer Möglichkeiten.

Andere Vitrinen stellten silbertürkisen Schmuck aus, das meiste davon Hopi, aber mit einigen außerordentlich feinen, eingelegten Zuni-Armreifen, Halsketten, Broschen. Wiederum weit oberhalb ihres Preisniveaus.

Nicht alles war indianisch. Am hinteren Ende des Ladens standen originale, dreißig Zentimeter große Duncan Royale

Skulpturen von Schlüsselfiguren der Nikolauslegende. Der St. Nicholas von Bari aus dem vierten Jahrhundert, der originale St. Nick, sowie der Schutzheilige Rußlands, in bischöfliche Roben gekleidet mit drei Beuteln Gold in der Hand. Der Weihnachtsmann, eine viel finsterere Figur als der teiggesichtige, deutsche Knecht Ruprecht oder der gewöhnliche Heiligabend-Weihnachtsmann.

Wer Nicole jedoch erstarren ließ, war der Schwarze Peter, St. Nicks Gegenstück, der ein schwarzes, ledergebundenes Buch bei sich trug, für alle Kinder, die sich gegen die Wünsche ihrer Eltern vergangen hatten. Er trug schwarze Handschuhe bis zu den Ellenbogen, schwarze Kavalierstiefel, in die schwarze Pantalons gestopft waren, ein schwarzes Trikot mit Messingknöpfen, darüber einen wallenden, schwarzen Umhang. Offensichtlich eine Satansfigur: Aus dem Kopf wuchsen ihm zwei schwarze Hörner, umrankt von wilden, verschlungenen Weinreben.

Aber es war das Gesicht, umrahmt von dickem, schwarzem Haar, das sie bannte. Von der Kälte gerötete Wangen, kräftige Nase, tiefliegende Augen, braun, hypnotisch, beinah fanatisch unter schweren, runzligen Augenbrauen. Abgesehen von einem mandschurischen Oberlippenbart und einem hervorspringenden Vollbart war die Ähnlichkeit mit ihrem Vater unheimlich, fast erschreckend.

Sie hob den Kopf und sah in Fletchers lebensechtes Gesicht, einen Meter weit entfernt.

David blieb stehen, als wäre er gegen eine Wand gelaufen. *Fletcher! Hier!* Um ihn zu töten.

Überwältigt von Entsetzen, das schlimmer als der schlimmste Alptraum war, rannte er, ließ die Tür des Souvenirladens leise hinter sich zufallen. Wenn er in diesem Augenblick überhaupt an Nicole dachte, dann hoffte er, sie würde ihn solange hinhalten, daß *er* fliehen konnte. Er nahm immer zwei Stufen auf einmal: die 357er Magnum war in seinem Koffer in ihrem Zimmer.

»Warum, Nicole? Warum hast du ...?«

Unerwarteterweise war sie entsetzt. In den Wochen, seitdem sie ihn zuletzt gesehen hatte, war er irgendwie zu einer beinah satanischen Figur geworden, wie der Schwarze Peter. Oder war es nur ihr Schuldgefühl? In seiner Stimme lag Schmerz, aber auch Wut, und plötzlich *wußte* sie warum. Einfach so.

»Weil er allein keine Chance gegen dich hatte.«

»Du hättest mir doch einfach sagen können, daß ich – aufhören soll.«

»Hättest du?«

»Ein paarmal hätte ich es fast getan – *damals.* Aber jetzt ...«

Sie tat einen Schritt in seine Richtung, und schließlich sah sie, daß sowohl Schmerz als auch Haß in ihm war. »Er ... Ein schwacher Mensch, kannst du das nicht sehen? Er dachte – es war seine große Chance. Er hatte Angst, mich zu verlieren, Angst – zu verlieren. Ein Niemand zu sein.«

Jarvis sagte: »Und nach der zweiten Debatte übernachten wir in diesem Laden in Palm Springs, ein Kurhotel, in dem sich schon Al Capone erholt und es mit den Weibern getrieben hat. Nicht mal die Presse wird wissen, wo wir sind. Aber ...«

»Sie treiben es gerne mit den Weibern?« fragte sie sanft.

Himmel noch mal, bei der könnte er ihn hochkriegen, er wußte es genau, ohne irgendwelche Gewalt. Er wandte sich ihr zu.

»Wie wär's mit heute abend? Komm in mein Zimmer, wir können ...«

Aber ihr Kopf kam urplötzlich hoch, als hätte sie das Bellen von Hunden in der Ferne gehört. Sie schlug seine Hand beiseite und sprang mit der gleichen geschmeidigen Bewegung auf die Füße.

»He, verdammt, warte ...«

Sie war weg, lief schnell und leise über das Gras, steuerte auf den öffentlichen Parkplatz hinter dem Hopihaus zu. Sie lief wie ein Krieger, Knie hoch, die Arme ausgeholt, der schwere, schimmernde Zopf tanzte und hüpfte gegen ihr Kreuz.

»Verfluchte Nutte, warte einen ...«

Oh, diese Nutte, diese Hure, diese gottverfluchte *Hure*! Wenn er die jemals in die Finger bekommen sollte, dann würde er ihr Schmerz zufügen, würde sie zum Schreien bringen, würde diese Verachtung von ihrem Gesicht tilgen, diesen Hohn aus ihren Augen.

»Wer bist du, daß du sagen kannst, eine Liebe wäre nicht gut genug?« fragte Nicole herausfordernd. Sie war ängstlich, aber noch wütender. »Was für eine Liebe hast du Mom jemals wirklich gegeben?«

»Nicht genug, und ich habe dafür bezahlt, seitdem sie tot ist. Du liebst ihn also, aber trotzdem mußtest du ihn nicht vor mir beschützen.« Zum erstenmal trat ein höhnischer Unterton in seine Stimme. »Verdammt, dafür hat er doch den guten, alten Gary.«

»Gary weiß nichts davon! Überhaupt nichts!«

»Lüg mich nicht noch mehr an, Nicole. Er ist derjenige ...«

»Alles, was er je gesagt hat, war, daß du etwas wüßtest, was ihn daran hindern könnte, Präsident zu werden. Er hat nur laut gedacht, er wollte nicht, daß irgend jemand dich tatsächlich verletzt.«

»Ross hat es also ganz von selbst getan.«

»Ich habe dir doch gesagt, daß er schwach ist!« rief sie und rang beinah ihre Hände. »Wenn schwache Männer in den falschen Momenten mutig werden, dann tun sie das Unangemessene, das sie selbst am meisten fürchten.«

Fletchers Wut wuchs. Seine Augen blitzten. »Diesmal hat er recht. Ich werde den Hurensohn umbringen.«

»Nein, nein, das darfst du nicht ...« Im Augenwinkel sah sie draußen vor dem Laden eine der uniformierten Wachen des Hotels. In endgültigem Verrat schrie sie so laut sie konnte: *»Hilfe! Wache!«*

Er wirbelte von ihr weg und zur Tür hinaus, schlug dem Wachmann, der an der Klappe seines Pistolenhalfters herumfummelte, einen Handballen ins Gesicht, und hatte mit dem federnden Gang eines verwundeten Wolfes die Eingangshalle durchquert, bevor der Wachmann mit dem Hintern zuerst auf dem Boden gelandet war. Niemals zuvor hatte Nicole jemanden sich so schnell bewegen sehen.

Ein verbeulter 4×4, der mit quietschenden Reifen um die

kreisförmige Auffahrt schleuderte, ließ Jarvis zur Seite springen. Die Squaw saß hinter dem Steuer, das Gesicht starr, die Augen leer. Sie stieg auf die Bremse, damit sich der verkrüppelte Wartungsmonteur mit dem Kopf voran in die offene Tür stürzen konnte, dann gab sie Gas. Genau wie Bonnie und Clyde. Zu spät kam ein Secret-Service-Mann mit der Waffe in der Hand die Stufen heruntergelaufen.

»Haben Sie die Nummer erkannt?«

Als Jarvis den Kopf schüttelte, warf der Mann die Waffe weg und riß das Walkie-Talkie aus seinem Gürtel. Jarvis sammelte die heruntergefallene Kappe des Flüchtigen auf. Keine Zulassungsnummer, und er wußte nicht, was zum Teufel drinnen passiert war, aber etwas war Jarvis gelungen: Ein Blick in das Gesicht des flüchtenden Mannes. Es war Hal Fletcher. Nicoles Vater.

Nicole hatte sich schließlich von den Sicherheitsleuten befreit. Irgendein verrückter Mann hatte sie im Souvenirladen angesprochen und ihr eine unzusammenhängende Geschichte erzählt wie der ›Alte Matrose‹ – sie hatte bewußt den literarischen Vergleich gewählt – und der hatte ihr solche Angst gemacht, daß sie schließlich schreien mußte.

Nichts von einer Bedrohung für Westergard.

Nichts davon, daß es ihr Vater gewesen war.

David kauerte am Fuß des Bettes, das Gesicht in die Hände gelegt. Auf der Bettdecke neben ihm lag diese Waffe, die ihm gehörte, offen und bereit, geladen zu werden, aber die Kugeln waren noch auf der Decke verstreut. Sein Gesicht war vom Weinen rotäugig und aufgedunsen.

»Ich hab' ihn da bei dir gesehen und bin weggelaufen.«

»Ist schon okay, Liebling«, sagte sie sanft.«

»Du verstehst nicht. Ich habe nicht einmal versucht, dich zu retten. Ich bin einfach weggelaufen. Ich hatte zu große Angst vor ihm.«

Sie nahm seinen Kopf in die Hände und drückte sein Gesicht an ihr Herz. »Ich hatte auch Angst vor ihm, Liebling.« Nach einer langen Pause sagte sie mit einer Stimme, die wie ein Seufzer klang: »Er will dich umbringen, David.«

»O Gott.« Sein Körper war bei ihren Worten steif geworden. Ein langer Schauer durchlief ihn. »O Gott, was sollen wir tun?«

»Alles hängt davon ab, ob sie das Nummernschild gesehen haben.«

Maria hatte den 4×4 von der Straße in einen lichten Kiefernwald gelenkt, sobald sie an der Abbiegung zur Klinik vorbeigefahren waren, so daß sie die Rangerstation am südlichen Eingang des Parks passieren konnten. Fletcher sagte nichts. Vorsichtig fuhr sie in einen seichten Wasserlauf hinab und dann mit heulendem Motor die gegenüberliegende Seite hinauf.

»Hast du deine Tochter gesehen?«

Anstatt zu antworten, fragte er: »Wie kommt es, daß du im richtigen Moment da warst?«

»Ich wußte einfach, daß du Ärger hattest.«

»Für mich ist sie gestorben«, sagte er. »Ich bin für sie gestorben.« Nach einem langen Augenblick fügte er hinzu: »Ich habe ihr gesagt, daß ich ihn töten werde.«

Sie waren wieder zu ebener Erde. Mit dem Vierradantrieb konnten sie unter den Bäumen bis zur Dunkelheit quer durchs Gelände fahren, sich dann in Richtung Osten halten, um auf die U. S. 180 nach Flagstaff zu treffen.

Wie auf einen Einwand hin sagte er: »Du müßtest das verstehen, vielleicht noch besser als ich. Ich weiß, daß Old Charlie es verstanden hätte.«

»Das Herz des Feindes verzehren, um seinen Mut zu erlangen.«

Er atmete tief ein. Sie verstand. Kiefernzweige kratzten über die Seite des Pickup.

»Hier trennen sich unsere Wege. Bis jetzt war es Gerede. Jetzt ist es real.«

Sie schüttelte den Kopf. »Du kannst es ohne mich nicht schaffen.«

»Das werde ich müssen.«

»Nein.« Sie warf ihm einen triumphierenden Blick zu. »Ich weiß, wo sie nach der nächsten Debatte sein werden.«

42

Zwei Abende vor der zweiten Debatte fand der Kandidat heraus, daß Fletcher am Grand Canyon gewesen war. Er war in einer Suite eines der Motels in der I-5, mit Blick auf den Stockton Deep Water Tunnel, und Edith weihte ein Krankenhaus in Carmel ein, weil der neue Bürgermeister von San Francisco die Rechnung am Hals hatte: Ein Rekordhaushaltsdefizit von 172,4 Millionen Dollar. Mit Weinberg auf der Liste stand Kalifornien plötzlich auf dem Spiel.

»Bürgermeisterin des Jahres!« schnaubte Westergard Jarvis an. »Ich hätte Jackie Jefferson als Vize nehmen sollen.«

»Glauben Sie wirklich, daß dieses Land dafür bereit ist, einen schwarzen, linken Prediger aus Chicago nur einen Herzschlag von der Präsidentschaft entfernt zu sehen?«

»Er hätte nicht Kalifornien verspielt.«

»Das hat Della auch noch nicht.«

Nicole war die feinfühligste und gleichzeitig dynamischste – außerdem *kreativste* – Mitarbeiterin, aber was kontinuierliche Dienste betraf, war Jarvis länger dabei als sonst irgend jemand. Westergard war mit ihm vertraut wie mit einem Paar alter Schuhe. Er lehnte sich in die Couch zurück und massierte seine Augenlider mit den Fingerspitzen. Kalifornien konnte der Tie-Break dieser Wahl sein, aber das konnte auch ein guter Eindruck bei der nächsten Debatte schaffen. Er spielte beide Möglichkeiten durch, und es strengte ihn an.

»Sagen Sie mir noch mal den Plan für morgen, Kent.«

»Mitarbeiterfrühstück um acht in einem privaten Raum des Motel Coffee Shops. Mittags Wahlversammlung und Rede im Pacific Memorial Stadium. Es werden schätzungsweise ...«

»Die Wasserschutzrede, richtig? Die Feuchtgebiete im Norden gegen landwirtschaftliche Bewässerung im Valley und ...«

»Genau die ist es.« Jarvis, der hart gekämpft hatte, um etwas Zeit mit dem Guv allein zu haben, war dabei, ihm seinen Schachzug unterzuschieben. »Keine besonders gute Rede, aber ...«

Westergard kam eilig hoch, die Augen aufgerissen.

»Was stimmt damit nicht?«

»Man kann Nicole und David nicht dafür verantwortlich machen, nicht nach dieser furchtbaren Szene mit ihrem Vater im El Tovar. Ich glaube...«

»Das war ihr *Vater* im El Tovar? *Hal Fletcher*?«

Jarvis brachte es fertig, verwirrt auszusehen. »Hat sie Ihnen das nicht erzählt? Ich dachte...« Er zuckte geschickt mit den Schultern. »Es wäre nicht gut für den Wahlkampf, wenn es an die Medien rausginge, aber ich dachte, Sie...«

Westergard war schon am Telefon, ein bedenklich selbstgerechter Blick in den Augen.

»Wie konntest du mir das *antun*, Nicole?«

Westergard schritt im Zimmer auf und ab, wütender als Nicole ihn jemals erlebt hatte, die Lippen zu einem weißen Strich zusammengepreßt, die rechte Faust schlug wiederholt in seine Linke. Nur die drei waren in der Suite, denn sie hatte sich geweigert, irgend etwas zu besprechen, solange Jarvis dabei war.

»Ich habe es dir nicht erzählt, weil es eine Sache zwischen meinem Vater und mir war. Ich habe nicht geglaubt...«

»Du hast mich die ganze Zeit über angelogen, und auch jetzt lügst du mich an. Deine Lügen schaden diesem Wahlkampf.« Westergard blieb stehen und deutete mit einem Finger auf sie, als wäre dieser geladen. »Ich muß die Wahrheit wissen.«

Da war er also, der Augenblick, den sie gefürchtet und von dem sie geglaubt hatte, sie würde sich ihm niemals stellen müssen. Einen Moment lang haßte sie ihren Vater. Durch das Fenster konnte sie die sich bewegenden Lichter eines Frachters im Wendebecken am Getreidehafen südlich des Kanals sehen.

»Die Wahrheit ist...« und David unterbrach.

»Die Wahrheit ist, Gouverneur, daß ich versucht habe, Hal Fletcher nach diesem Treffen im April letzten Jahres umzubringen, als Sie gesagt hatten, er wäre eine Gefahr für Ihre Absichten, Präsident der Vereinigten Staaten zu werden.«

»Sind Sie *wahnsinnig*?«

»Nein. Bin ich nicht.« Es war kein junger Hund mehr in

ihm, kein Betteln. »Vielleicht war ich es damals, ein bißchen, aber...«

»Ihr seid raus, beide«, fuhr Westergard sie an. Er hatte seine Fassung wiedergefunden. »Wer seine persönlichen Affären denen des Wahlkampfes voranstellt, hat keinen Platz darin. Ihr beide habt das getan. Ihr habt gewissenlos gehandelt und mich belogen und meine Chance, Präsident zu werden, gefährdet, und ich will nichts mehr mit euch zu tun haben.«

Nicole war wieder auf den Beinen, mit gefährlichem Blick. »Mein Vater hat geschworen, David umzubringen. Er braucht Schutz, bis...«

»Dann geht doch zur Polizei. Natürlich werden sie rausfinden, daß David des versuchten Mordes schuldig ist...«

»Willst du, daß sie das rausfinden?« fragte Nicole eisig.

Ross legte seinen Arm um die Schultern seiner Frau. »Nicole will sagen, daß uns zu helfen, den Wahlkampf nicht weiter gefährdet, und es könnte sogar nützlich sein.« Plötzlich war eine überraschende Stärke in ihm. »Ein ehrenhafter Mann würde uns helfen, das ist das anständige...«

»*Ehrenhaft! Anständig!* Sie besitzen die Frechheit, über...«

»Sagen Sie mir, Sie wären nicht glücklicher, wenn Fletcher tot wäre.«

»Ja, Gary«, sagte Nicole. »Sag uns, du möchtest, daß die Polizei meinen Vater befragt. Sag uns, du möchtest, daß die Medien eingeweiht werden.«

Westergard machte eine müde Geste. »Zwei Tage vor der Debatte tut ihr mir das an. Also gut, ihr bekommt eure Antwort morgen früh. Jetzt geht mir aus den Augen.«

Jarvis war ein roher Diamant, das stimmte, aber er war Westergards Diamant. Nicht wie Nicole. Sie hatte heute abend ihr wahres Gesicht gezeigt. Keine Sorge um ihn und den Wahlkampf, nur um ihre eigenen Probleme. Durch Ihren Leichtsinn und ihre sorglose Mißachtung hatte sie den Wahlkampf kompromittiert und gefährdet.

Wenn er daran dachte, daß er sie für einen Ministerposten in Erwägung gezogen hatte!

Jarvis sagte: »Oberflächlich betrachtet, Guv, würde ich Ihnen zustimmen. Schmeiß sie raus, laß sie für sich selbst sorgen. Aber – falls sie zum Schutz zur Polizei gehen *sollten*...«

Er drehte selbst eine Runde durch das Zimmer, blieb einen Moment lang stehen, um sich die Schiffe auf dem Kanal anzusehen, genau wie Nicole es getan hatte. »Das könnte Sie ganz schön reinreißen.«

»Aber ich habe Ross nicht bedrängt, *irgend etwas* zu tun. Sie waren an dem Tag da. Sie sind ja auch nicht losgelaufen und haben sich eine Waffe gekauft. Ich habe nur aus einer Laune heraus meine Sorge geäußert, und Ross hat es als...«

»Jedenfalls«, sagte Jarvis, »glaube ich, daß es einen Ausweg gibt.«

Plötzlich setzte sich Westergard, als wären seine Knochen sämtlich zu Gummi geworden. »Gott sei Dank. Was sollen wir tun, Kent?«

»Wir lassen sie verschwinden.«

»Verschwinden?«

»Wir verstecken sie, wo er sie nicht finden kann. Die Debatte ist in zwei Tagen, die Wahl zwei Wochen danach. Verstecken Sie sie fürs erste, mit der Abmachung, daß sie nach der Wahl mit Ihrem Segen auf sich allein gestellt sind.«

Er war verzweifelt darum bemüht, daß es einen Sinn machte, damit er sich auf das große, das einzig wahre Thema konzentrieren konnte: die Präsidentschaft.

»Wo sollen wir...«

»Ich mach' das schon, Gouverneur. Überlassen Sie das alles mir.«

Westergard schüttelte feierlich seine Hand. »Gott segne Sie, Kent. Sie sind meine gute rechte Hand. Ich werde das nicht vergessen.«

Jarvis ging den Flur zu seinem Zimmer hinunter, als könnte er auf dem Wasser wandeln. *Ja!* Es war verdammt wahr, daß Westy es nicht vergessen würde. Jarvis würde das nicht zulassen. Jetzt konnte er sogar den Gipfel seines Ehrgeizes vor sich hin flüstern.

Außenminister.

Denn Nicole und ihr Versager von einem Ehemann würden nicht mehr zwischen ihm und dem Licht stehen. *Er* würde den Rest des Wahlkampfes leiten – natürlich entlang der Vorgaben, die sie entwickelt hatte, denn sie besaß ja einen hervorragenden politischen Verstand, aber sie würde zwischen den Wasserlilien herumpaddeln. Buchstäblich. Er wollte sie im Delta verstecken. Da draußen gab es Hunderte von Kilometern an Wasserwegen, Sümpfen, Kanälen, Buchten, Flüsse, breite Wasserstraßen – alle untereinander verbunden. Auf einem Hausboot konnten sie sich ewig verstekken. Wenn sie wieder im Umlauf waren, wäre Kent Jarvis längst in Washington und würde an seiner Robe für den Antrittsball nähen.

Er blieb abrupt auf dem Flur vor seinem Zimmer stehen, den Schlüssel in der Hand, zwei Worte kollidierten in seinem Kopf wie Bowlingkugeln.

Ausnutzen. Fallenlassen.

Nicole war eine sehr kluge Frau. Eines Tages könnte sie ein Comeback erleben. Aber hier war ihr alter Herr mit dem wilden Blick, der wie eine unkontrollierte Kanone herumlief und ihren Mann umbringen wollte, und da war Kent Jarvis, der einzige, der wissen konnte, wo man diesen Mann suchen mußte. Konnte er diese beiden explosiven Elemente irgendwie zusammenbringen? Zumindest würde er die Augen und Ohren offenhalten.

Er drehte den Schlüssel im Schloß und ging in sein Zimmer.

Als er Arbor im Walnut Street Theater ein paar Blocks von der Philadelphia Independence Hall entfernt die Hand schüttelte, dachte Westergard: Neunzig Minuten sind vier Jahre. Das war die Gleichung, der sie sich beide gegenübergestellt sahen.

George Arbor war ein humorloser Mann mit starrem Gesicht und einer Krawatte, in der man sich beerdigen lassen konnte, dazu einem dieser unzerstörbaren Anzüge, die mit einem Schweißbrenner zugeschnitten zu sein schienen. Er sah aus wie ein pensionierter Highschooldirektor. Aber als ehemaliger Leiter des FBI und momentaner Vizepräsident wußte er, wo eine Menge politischer Leichen begraben waren.

»Die erste Frage geht an Gouverneur Westergard«, sagte Jane Pauley, die Moderatorin, mit ihrem sachlichen Tonfall aus dem Mittleren Westen.

»Gouverneur«, sagte ein Fernsehjournalist. »Der Vizepräsident hat behauptet, daß Sie sich für einseitige Abrüstung und gegen das Star-Wars-Programm einsetzen. Würden Sie uns Ihren Standpunkt zu diesen Themen erklären?«

Als er die Welle von Kraft im Augenblick des Angriffs spürte, die ihm im Wahlkampf den Spitznamen ›Chesty Westy‹ eingebracht hatte, begann er: »Die sprachliche Ungenauigkeit des Vizepräsidenten kommt nur noch der gedanklichen Unzulänglichkeit des Vizepräsidenten gleich...«

Man hörte Gelächter entlang der überfüllten Bar des Layons Steakhouse in Palm Springs. Fletcher nippte an seinem Bier.

»Ich glaube, es ist in unserer aller Sinne, wenn wir am Leben bleiben, aber ich habe mich nie gegen das Star-Wars-Programm gewandt. Bis zu dem Augenblick, an dem die Sowjets aufhören, Unterhändler als Waschlappen abzutun, glaube ich, daß es das beste ist, leise aufzutreten und einen großen Knüppel bei sich zu tragen – einen großen *nuklearen* Knüppel.«

»He, der ist witzig!« rief die Frau auf dem Hocker nebenan. »Bei dem Arbor schlaf' ich ein.«

»Du denkst immer nur ans Schlafzimmer«, sagte ihr Begleiter.

»Fletcher, Tisch für zwei Personen«, sagte der Lautsprecher.

Er und Maria waren hier, weil sie herausgefunden hatte, welches fantastische Kurhotel früher einmal Al Capone gehört hatte. Sie hatten ihr blutiges Roastbeef aufgegessen und waren mit Kaffee und Dessert beschäftigt, als die Debatte zu Ende ging.

Als zwei Männer in papageienbunten Sporthemden an ihrem Tisch vorbeigingen, sagte einer: »Und wer, glaubst du, hat gewonnen?«

»Die Dodgers«, sagte der andere, und beide lachten.

43

Es war buchstäblich ein Hausboot, ein Haus auf einem Schleppkahn, mit Wohnzimmer, Küche, Toilette, Dusche und einem Schlafzimmer mit kojenartigen Doppelbetten übereinander. An ihrem ersten Abend draußen im Delta machten sie nach Einbruch der Dunkelheit an einem Baum fest, der aufs Wasser hinausragte, und als sie am Morgen aufwachten, fanden sie sich von der Schräglage des Bootes gegen die Schotten unter dem Fenster gedrängt. Die Flut war gegangen, als der Nebel gekommen war, und hatte sie auf Grund laufen lassen.

Am nächsten Abend hörten sie sich die Debatte im Radio an und waren sich einig, daß Westergard gewonnen hatte. David hatte seine 357er im Hosenbund stecken und trug das Hemd darüber, um sie zu verbergen.

Nicole sagte: »Wenn das Ding von selbst losgeht, werden wir nur noch Zimmergenossen sein.« Er hörte auf, die Pistole bei sich zu tragen.

Am nächsten Abend liebten sie sich zum erstenmal an Bord des sanft schaukelnden Bootes, in etwa so, als würde man es auf einem Wasserbett treiben.

Am nächsten Morgen fuhren sie weiter, und Nicole, die am Ruder war, blickte bei jeder Biegung des Disappointment Slough, des ›Enttäuschungs-Sumpfes‹, aus der Panoramafrontscheibe – wobei der Sumpf niemals enttäuschte: Ein Schwarm von Spießenten, ein Lagerschuppen, der halbwegs ins Wasser gesackt war, drei kleine Mädchen, die von einem Pier sprangen und dabei nur ihr weißblondes Haar trugen.

David sagte: »Jarvis hat uns aber wirklich hier rausgebracht, wo uns kein Gott finden kann.«

»Während er sich selbst einen Ministerposten angelt, wenn Gary die Bonbons verteilt.«

Aber Jarvis hatte sie wirklich überrascht. Hastings Crandall hätte David bei Sonnenuntergang in die Gaskammer gebracht, aber Jarvis war nur zielstrebig gewesen, hatte das Hausboot und Proviant und Decken und Bettzeug und Benzin organisiert.

»Der Guv möchte den Kontakt halten, für den Fall, daß

sich die Lage ändert, also werde ich zu bestimmten Zeiten das Münztelefon am Auftankdock in Terminous anrufen.«

Was zu dem Zeitpunkt nichts bedeutet hatte, aber jetzt sagte David, nachdem er die Karte der Wasserwege, die im Hausboot gewesen waren, studiert hatte: »An einer Gabelung in etwa einer Meile Entfernung sollten wir links fahren.«

»Backbord«, sagte Nicole. Mit der Maschine, die hinter ihr ›gadunk gadunk‹ machte, war sie Mark Twain, der die *Delta Queen* lenkte.

»White's Sumpf. Nach der Karte führt er uns nach Terminous. Was offenbar ein kleiner Handelsort unter der Zugbrücke ist, wo Cal Twelve den Mokelumne River kreuzt.«

»Aye, aye, Käpt'n.« Sie zwinkerte ihm aufreizend zu. »Findest du nicht auch, daß es wie in den zweiten Flitterwochen ist?«

David packte das Steuerrad und lenkte sie in einen winzigen Sumpf hinein, der als Sackgasse endete, wo sie am schlammigen Ufer den Anker werfen und die Türen verschließen konnten. Es war sehr romantisch, sich auf dem Weg nach Terminous zu lieben. Im hellen Tageslicht.

Terminous. Das Ende der Reise. Für sie jedenfalls, zumindest bis nach der Wahl. Dann...

Darum konnten sie sich später Sorgen machen.

Es war schwierig, sich im Kur- und Badehotel Desert Palms Sorgen zu machen. Es war Westergards letzter Moment der Entspannung, bevor zwei harte Wochen mit Wahlreden begannen, die mit einem letzten Versuch in Kalifornien endeten, und er nutzte es nach Kräften. Er lag auf dem Riesenbett in der aus Steinen herausgehauenen Capone Suite und beobachtete mit halbgeschlossenen Augen, wie Edith sich abschminkte.

»Was wirst du zur Ernennung tragen?« fragte er träge.

Sie lachte seinem Spiegelbild in dem verzierten Toilettentisch aus Rosenholz zu. Alle Möbel waren antik, das Dekor Art Deco.

»Bringt das nicht Unglück? Davon zu reden?«

»Die Wahl verlieren, *das* würde Unglück bringen.«

Sie würde eine großartige First Lady abgeben. Besser als...

Und als hätte sie seine Gedanken gelesen, fragte sie sanft: »Fehlt es dir, daß Nicole nicht mehr da ist, um dich zu beraten, Gary?«

»Nein.« Er löste seine verschränkten Arme hinter dem Kopf und setzte sich auf. Er sprach mit unerwarteter Leidenschaft. »Sie hat mich betrogen. Sie und dieser Ehemann haben beinah den Brunnen für uns alle vergiftet.«

»Ich habe nie verstanden, was dieser Fletcher eigentlich weiß.«

»Zu wissen *glaubt*«, sagte Westergard schnell, und verbarg die Anspannung in seiner Stimme. »Das habe ich auch nie rausgefunden.«

Eine verlegene Stille entstand. Hatte ihr jemand seinen unvorsichtigen Kommentar auf diesem schicksalhaften Mitarbeitertreffen im April vor achtzehn Monaten erzählt? Aber sie sagte nur: »Kommst du ins Bett, Liebling?«

»Erst noch einen Sprung in den Hotelpool.«

Er ging ins Badezimmer, um seine immer noch feuchten Badehosen zu holen. Heute abend wollte er einfach nur für sich sein. Die Sache mit Nicole hatte viele Dinge aus der Vergangenheit wieder hochgebracht. Diese betrunkene Nacht kam ihm immer wieder mit Gewalt ins Bewußtsein wie...

Nein. Er zwang seine Gedanken, von der Erinnerung abzulassen. Der Junge jener Tage war nicht der Vater des heutigen Mannes, jetzt nicht, niemals.

Als er mit einem der großen, flauschigen Handtücher über der Schulter herauskam, lag Edith schon mit Tuchmans *Distant Mirror* im Bett. Sie schloß es um einen Finger herum und lächelte ihn freundlich an. Er beugte sich vor und küßte sie auf die Stirn.

»Schlaf gut, meine Liebe.«

Sie kicherte schläfrig. »Und laß dich nicht von den Wanzen beißen.«

Maria hatte Fletcher kurz nach Sonnenuntergang, als die schimmernden Lichter die Bewegungen verbargen, knapp einen Kilometer südlich des erleuchteten und bewachten Tores des Desert Palms Kurhotels abgesetzt. Sie hatten den alten Wagen auf ihren Namen in Phoenix gekauft. Der Pickup war an dem Tag nach ihrer Flucht aus dem El Tovar an einen Gebrauchtwagenhändler in Flagstaff verkauft worden.

»Ich glaube immer noch, daß ich mitkommen sollte.«

»Wir haben doch alles besprochen. Das ist ein Ein-Mann-Job.«

»Himmel«, sagte sie. »Ich dachte, *ich* wäre ein Indianer.«

Als er über die Lehmziegelmauer stieg, glitt er alarmierend leicht in ein koreanisches Nachtsichtgerät. Alarmierend, nicht überraschend: Abgesehen von der Beute, unterschied es sich nur wenig von Old Charlies erst kürzlich verbesserter, nächtlicher Pirschkunst. In der nächsten Stunde hätte er drei Agenten vom Secret Service ausschalten können: Einen im Tamariskwäldchen unten am Picknickplatz, einen zweiten auf einer Fläche von leicht heruntergetrampeltem, kalifornischem Rasen nahe dem Tennisplatz, den dritten in den Ziersträuchern entlang des Schwimmbeckens.

Außerdem sah er, wie Jarvis mit zwei hübschen Mädchen am Empfang redete. Secret-Service-Männer, die sich auf dem Dach der Capone-Suite ablösten, wie es die Bodyguards des Gangsters früher einmal getan hatten. Pete Quarles trat auf einen Stein neben einem ›Sonnenloch‹, das zum Solosonnenbaden angelegt war, und hüpfte nackt und fluchend auf einem Fuß herum.

Aber keine Nicole. Kein Ross.

Das Spielcasino aus Capones Tagen war zum Casinorestaurant umgewandelt worden. Plüschige Wandteppiche, ein riesenhafter Kamin, ein großer, klobiger Eßtisch, der einem mittelalterlichen Mönchskloster alle Ehre gemacht hätte. Ein bequemer Ast zeigte ihm Leute, die buntgescheckte Salate und Lachs Aphrodite und russischen Kaulbarsch in Orange und Kalb à la Gandolf und Huhn à la Gabriel und Tournedos Savoy und Käsekuchen mit Erdbeeren und Pekannußkuchen mit Schlagsahne.

Er sah weder Nicole noch Ross.

Viel später kam Gary Westergard in Badehosen aus der Capone Suite, wechselte ein paar Worte mit dem Agenten vom Secret Service, der an dem Nebeneingang Wache schob, dann lief er über den Gehweg zum Pool. Fletcher folgte ihm. Leise.

Wie alles im Desert Palms war auch der geheizte Pool mit dem natürlichen Mineralwasser kunstvoll erdacht und wunderschön ausgeführt. Ein blauer, sanft abfallender Betonboden, der von dreißig Zentimeter bis einen Meter fünfzig Tiefe reichte, zwischen dekorativen Felsen und Sträuchern und umgeben von Umkleidekabinen in Form polynesischer Hütten. Der natürliche Wasserfall schoß in regelmäßigen Abständen von oben herab und ergoß sich über ein von Menschenhand erbautes Kliff in den Pool. Je näher man diesen Fluten kam, desto heißer wurde das Wasser.

Westergard trieb in leicht dampfenden achtunddreißig Grad und ließ seine Poren aufweichen. Heute abend hatte er den Pool für sich allein, wirklich ein Segen: Die Vergangenheit hatte Besitz von ihm ergriffen. Nicole fehlte ihm trotz ihres Verrates. Seine Aufmerksamkeit sprang wie ein Floh zu einer anderen Überlegung. Wie zum Teufel hatte Fletcher die Sicherheitszone im El Tovar so leicht durchbrochen? Sie hatte immer gesagt, ihr Vater wäre ein Geist in verschiedener Verkleidung. Jetzt glaubte er ihr.

Wieder hüpfte der Floh. Falls die Medien jemals von Fletcher erfahren sollten... oder von dem, was Ross getan hatte, um Fletcher loszuwerden... oder am allerschlimmsten, was er selbst gesagt hatte, daß *Ross* auf ihn losgegangen war...

»Hallo, Gary.«

Eine nie vergessene Stimme riß seinen Kopf herum.

Fletcher stand nur ein paar Meter entfernt bis zu den Hüften im Wasser. Sein nackter Körper glänzte im weichen Licht der laubbedeckten Lampen um den Pool. Körperlich hatte er sich seit jener betrunkenen Nacht, in der sie Old Charlie vom Armenhof befreit hatten, nur wenig verändert – abgesehen von einer langen, weißen Narbe auf seinem Brustkorb, wo ihn Ross' Kugel getroffen hatte. Aber sein Gesicht war düster, unnachgiebig.

»Ich will Ross.«

Der Kandidat spürte Wut in sich aufsteigen. »Er ist nicht hier. Sie haben die Wahlkampfmannschaft verlassen.«

Das war nicht der Held seiner Jugend. Das war Mr. Nobody, das Wrack eines Mannes, der nichts war, nichts besaß außer der Frechheit, Westergards großen Traum von der Präsidentschaft zu bedrohen.

»Ich könnte um Hilfe rufen, weißt du. Der Secret Service...«

»Und du wärst tot, wenn sie hier ankommen.«

Wut durchfuhr ihn. Wut über die Jahre schlafloser Nächte, die Jahre der Schuldgefühle und des Ekels vor sich selbst, den die Präsidentschaft sicher für immer zum Verstummen bringen würde.

»Drohst du mir? Du wagst es, mir zu...«

»Gütiger Gott, Gary, wir sind zwei Männer, die reden.« Fletchers Gesicht wirkte in der Dunkelheit leicht erstaunt. »Du bist nicht Galahad vom Gral, und ich bin nicht der Schwarze Ritter...«

Aber das war es genau, was sie beide waren. Mit einem unhörbaren Schrei von Wut warf sich Gary Westergard auf sein früheres Idol, seine Finger suchten nach dem Hals, um...

Er war dabei, zu ertrinken. O Gott, ertrinken! Sein Kopf unter Wasser, Hände von furchtbarer Kraft, die ihn dort festhielten, während er um sich schlug. Wasser in seinen Augen, seinem Mund, lief seine Nase hinauf, um...

Hustend und keuchend kam er hoch zu dem wirren Rufen und den trappelnden Füßen der Secret-Service-Leute. Der Geysir brach aus – spritzend, dampfend, verbergend, verwirrend. Kräftige Taschenlampen zerschnitten die Dunkelheit, fanden den Kandidaten hockend und hustend, sprangen über den Bereich des Pools, tanzten, um die Böschungen aus Laubwerk zu durchdringen.

Umsonst. Sie fanden feuchte, verschwindende Fußabdrücke auf den Steinen hinter dem Wasserfall, aber da war Fletcher schon wieder in seinen Kleidern und über die Mauer und weg.

44

Es war weit nach Mitternacht, und sie aßen Marias Lieblingsgericht, frittiertes Steak mit Butter, in einem Vierundzwanzig-Stunden-Café auf halbem Weg zwischen Palm Springs und L. A. Zwei Stunden vorher war er auf dem Gelände des Desert Palms gewesen.

Maria beugte sich vor, um ihre Meinung zu äußern und geriet dabei mit ihrem Ärmel in die Soße. Sie hatte ein bißchen getrunken, als sie darauf wartete, ob Fletcher nun kommen würde oder nicht.

»Wenn du jetzt aufgibst, wirst du niemals...« Sie warf ihre Hände in die Luft. »Verzehre das Herz deines Feindes! Scheiße!«

»Sie waren nicht im Desert Palms, sonst hätte ich sie gesehen. Gary wußte nicht, wo...«

»Warum hast du statt dessen nicht *ihn* ertränkt? Er ist es doch, der alles angefangen hat.«

Fletcher winkte ab. »Er hat nur laut nachgedacht. Ross hat den Rest erledigt.«

»Ross und deine Nicole«, sagte sie giftig.

»Ich habe dir gesagt, daß du mehr meine Tochter bist als...«

Sie platzte heraus, daß die Leute sich umdrehten: »Ich will nicht deine Scheiß-Tochter sein! Ich will...« Sie sah sich um und schwieg. »Ein Stück von diesem klebrigen Zeug zum Nachtisch. Apple Crisp.«

Fletcher lachte. Bei ihr konnte er nicht anders.

Als sie wieder im Motel waren, mixte sie ihnen zwei sehr dunkle Drinks mit Eis und Seven-Up aus dem Automaten, der draußen stand. Er nahm einen großen Schluck und spürte sofort, wie er Hemmungen löste, Wahrheiten zeigte.

»Du willst also einfach aufgeben. Einfach so.«

Er zuckte mit den Schultern und trank aus. »Was kann ich sonst tun, als aufgeben?«

»Wenn es das Geld ist, ich kann immer Geld verdienen...«

»Nicht so. Nicht, solange du bei mir bist.«

Als sie den Blick in seinen Augen sah, ließ sie den Gedanken fallen. »Jedenfalls, irgend jemand weiß, wo sie sind.«

»Niemand, an den wir rankommen könnten.«

»Ich bin an Jarvis rangekommen, deshalb wußte ich von Desert Palms.« Sie trank und nickte wissend. »Er ist die Sorte Mann, die immer alles wissen muß.«

Fletcher stand auf und mixte ihnen zwei neue Drinks. Weitere folgten. Eine Stunde verging. Es war sehr heiß in dem Motelzimmer. Sie fingen an, Kleider abzulegen, wie es während ihrer Reise zum zwanglosen Umgang geworden war. Jahrelang hatte er fast nichts getrunken. Jetzt, nach dem dramatischen Bruch in seinem Leben, nahm er die Gewohnheiten seiner Jugend wieder auf. Er beendete ein Kapitel seines Lebens mit dem Trinken, genauso wie er eines mit der Jagd beendet hatte.

Abrupt fragte er: »Wenn du nicht meine Tochter sein willst, was *willst* du denn sein?«

Sie warf sich auf ihn, drückte ihn kichernd aufs Bett, nutzte dabei die Gelegenheit, sich fest an ihn zu drücken. Er rollte sie von sich.

»Maria, du bist nicht einmal halb so alt wie ich. Und ich hab' es dir schon gesagt – seit Terry kann ich nicht...«

»Nur die Ruhe, Mann.« Auch sie wurde plötzlich ernst. »Aber ich kann nicht ewig leben, ohne mal rangenommen zu werden.«

»Maria, wenn ich könnte...«

»Ja, ja, ich weiß.« Sie war in BH und Slip, er in seinen Shorts. Er sah ihre geschmeidige Schönheit und wünschte plötzlich, er könnte die Hitze der Leidenschaft noch immer spüren. Aber selbst mit ihr zu raufen hatte keine Reaktion hervorgerufen.

Er schlief ein, wachte später wieder auf, Maria ganz dicht neben ihm und fühlte ihr Gesicht in der Mulde seines Nakkens. Sie spürte, daß er aufwachte, und rückte so weit ab, daß sie ihm ins Gesicht sehen konnte.

»Wenn du wüßtest, wo er ist, würdest du doch hingehen und ihn töten, ja?« fragte sie mit schläfriger, aber fast flehender Stimme.

In seinem Kopf hämmerte es, seine Zunge war dick, er hatte Schwierigkeiten, klar zu sehen. »Warum ist das für dich so wichtig?«

»Du mußt etwas tun, sonst wirst du niemals – kommst du niemals über...«

Sie schloß die Augen und schwieg. Ihr Atem wurde ruhiger. Dann rollte eine einzelne Träne unter ihrem geschlossenen Lid hervor und lief ihr über die Wange. Langsam dämmerte er in den Schlaf.

Als er wieder halb zu Bewußtsein kam, kauerte Maria über ihm, nackt, die Brüste reife Früchte, ihr Hintern warme Melonen, die seine Hände in der Dunkelheit ermutigten. So schön, so fraulich.

Etwas verspätet bemerkte sein schwerfälliges Hirn, daß sie mit einer Hand seinen Schwanz knetete, während sie mit der anderen sanft, aber geschickt die Hoden umfaßte. Zu seinem Erstaunen, beinah zu seinem Entsetzen, hatte sie ihn schon fast hart, fast steif bekommen. Was gar nicht sein konnte. Es konnte einfach nicht sein, schrie lautlos sein Verstand. Nein! Nein, er konnte Terry nicht untreu werden...

Ich liebe dich, Fletch.

Nein! Es durfte nicht sein. Es war ein Dogma seiner Existenz, daß mit Terry auch seine Sexualität, seine Männlichkeit, sein *Recht* auf sexuelle Erlösung gestorben war. Er versuchte, sich aufzubäumen, sie abzuwerfen, aber sein Körper verweigerte die Befehle eines benebelten Verstandes. Der Körper wußte es besser.

Fletcher, ich muß, ich liebe...

Sie bearbeitete ihn mit beiden Händen, er konnte spüren, wie seine Hoden von unverbrauchtem Samen schwollen. Sie auch. Sie schwang sich zwischen seine gespreizten Beine und nahm ihn in den Mund.

Jetzt kannst du mich nicht mehr aufhalten, ich liebe...

O Gott, niemand hatte jemals zuvor... Doch. Einmal. Unbekanntes Mädchen in der Nacht, als sie Old Charlie gerettet hatten...

Sie knetete seine Eier, forderte, was in ihnen war.

Da war es. Sein Körper zuckte und bäumte sich ruckartig auf. Oh, ohohoh, wieder ergoß er sich.

Er brach in Tränen aus.

Und dennoch ergoß er sich wieder, Garys Mund wie außer sich um...

Nein, das unbekannte Mädchen ist nicht...

Nein. Maria...

...als Gary sich zwischen Fletchs Beinen losriß, das Gesicht verzerrt vor Entsetzen über das, was er gerade getan hatte, floh ins Badezimmer, Fletch betrunken, sich nur dunkel bewußt, verdräng es, muß eines der Mädchen gewesen sein, verdräng es, wußte gar nicht richtig, was vor sich ging, verdräng es...

...die Geräusche des Erbrechens in der Toilette, werd' ohnmächtig.

...werd' ohnmächtig.

Fletcher wachte mit vernichtenden Kopfschmerzen auf, allein in einem schweißfleckigen Bett in einem billigen Motelzimmer, das vom Licht des Morgengrauens durch billige, heruntergelassene Rolladen golden war.

War es passiert? War es...

Herr im Himmel, sieh hin, sag es. Damals Gary.

Ein kleines Wunder, daß Garys Unterbewußtsein einen Weg gefunden hatte, Ross mit einer Waffe in der Hand hinauszuschicken, um Fletcher von der Erde zu wischen, ohne zu wissen, daß er es getan hatte. Wie lange hatte dieses Wissen in ihm gegärt? Ein Leben lang, verschärft durch das Bohren der Reporter in jedem Ereignis im Leben eines Kandidaten.

Wie lange würde es jetzt, da es in sein eigenes Bewußtsein durchgedrungen war, in Fletcher gären?

Konnte jetzt nicht daran denken. Vielleicht nie. Jetzt Maria.

Maria, sie gab ihm... Wünschte sich, daß er...

Er rollte aus dem Bett, setzte sich auf den Rand, Kopf in den Händen, stöhnte. Wieso verdiente er ein solches Geschenk des...

Des Lebens.

Warum? Sie war weiser als er.

Taumelnd kam er auf die Füße, ging hinüber zur Toilette, wußte es, mußte aber sichergehen. Ja. Rucksack weg. Wankte ins Badezimmer. Ja. Zahnbürste, Toilettenartikel. Weg.

Weg.

Maria.

Es war leicht für sie, mit einem Trucker nach Vegas zu trampen. L. A.?

Wenn Vegas, dann für immer. Sie hatte ihre Wahl getroffen. Wenn L. A., dann gab es für ihn etwas zu tun. Er hatte einen Namen in L. A. May Martinez. Ihre Schwester. Er mußte an L. A. glauben.

Sie hatte ihn wieder zum Leben erweckt, ihn dann mit der Suche nach seinem gestohlenen Ich zurückgelassen. Die suchende Bestie. Gott, sein Kopf schmerzte.

Außer daß seine Suche jetzt Maria galt. Er schien nicht in der Lage zu sein, allein zu suchen. Erst Nicole. Als sie sich zurückgezogen hatte, war er ziellos getrieben, bis er zu Maria kam. Ohne ihren Ansporn würde er wieder treiben.

Schwer setzte er sich wieder aufs Bett. Zum zweitenmal innerhalb weniger Stunden weinte er.

»Guv, ich sag' es nicht gern, aber Sie sind dabei, es zu verpatzen«, sagte Jarvis in Louisville, Kentucky. Es war das lausige Ende eines lausigen Tages auf Wahlreise durch Buffalo, Baltimore, Atlanta und schließlich Louisville.

»Ich weiß nicht, was Sie meinen«, sagte Westergard steif. »Ich dachte, die Wahlversammlung in der City Hall lief ausgesprochen gut. Viertausend Leute...«

»Ja, der Hammer von Louisville«, sagte Jarvis trocken. »Aber diese Sache, die Sie über die Steuern gesagt haben...«

»Keiner hat es gemerkt.«

»Bis jetzt.«

Der Aristokrat in Westergard schreckte vor Jarvis' Vertraulichkeit zurück, wohl wissend, daß er selbst die Tore dazu geöffnet hatte, als er das Problem mit Nicole und Ross in Kents Hände gelegt hatte.

»Ich muß nur mal eine Nacht ausschlafen, das ist alles.«

»Ich hoffe, Sie haben recht, Guv. Wir sehen uns morgen früh.«

Als er mit dem Fahrstuhl hinauf zu seiner Suite fuhr, endlich für ein paar Augenblicke allein, wußte er trotz seiner ablehnenden Antwort, daß Kent recht hatte. Fünf Tage vor der

Wahl standen Kalifornien und siebenundvierzig entscheidende Wahlmännerstimmen auf dem Spiel, und seine Gedanken wanderten umher, während er eigentlich fieberhaft und konzentriert an seinem Ziel arbeiten sollte.

Das Problem war Fletcher. Der zu ihm gekommen war und Informationen gefordert hatte, der ihm nach all den Jahren die Erinnerung an jene Nacht mit Gewalt ins Gedächtnis gerufen hatte. Gott, wie sehr er diesen Mann haßte.

Und er konnte mit niemandem darüber sprechen. Edith würde einen solchen Moment der Schwäche niemals verstehen. Jarvis? Bei dem Gedanken wurde ihm ganz schwindlig. Er wünschte, er hätte es einfach ausradieren können, wie Fletcher es offenbar getan hatte. Fletcher, der an allem schuld war. Er war ein idealistischer Jugendlicher gewesen, der den älteren Jungen als Helden verehrte, war von ihm betrunken gemacht worden, aufgerüttelt von dem Drama um Old Charlie, dann hatte sich der betrunkene Fletcher nackt auf dem Bett ausgestreckt und war ohnmächtig geworden, als die Mädchen davongelaufen waren. Gary mit ihm allein, wollte so gern wie er sein, wollte er *sein*...

Gott, wie er den Mann haßte! Wenn Fletcher den Tod finden würde, wäre auch seine Scham tot.

Plötzlich fiel ihm auf, daß er Fletchers Tochter verführt hatte, weil irgendein versteckter Teil seines Unterbewußtseins hoffte, daß die Verführung Fletcher erniedrigen, ihn auf die gleiche Weise lächerlich machen würde wie einen betrogenen Ehemann. Ein lächerlicher Fletcher, den er aus seiner Erinnerung streichen, aus seiner Seele herausbrennen konnte. Aber nicht den ganzen Fletcher, nicht den Fletcher seiner Scham.

Eine Zeitlang hatte die Affäre mit Nicole funktioniert, Fletcher war zurückgetreten, hatte ihm nichts bedeutet, aber dann war er umgekehrt dazu verführt worden, Nicole für sich allein zu sehen.

Schließlich eine vielversprechende Umfrage, ein paar Drinks zuviel, und dann hatte er plötzlich viel zu verlieren, und die unterbewußte Angst war ihm herausgerutscht, und der ehrgeizige Ross hatte sich darauf gestürzt und...

Der Fahrstuhl hielt an. Er stieg aus und ging den Flur zu ihrer Suite hinunter, vor der ein Agent vom Secret Service stand, der aussah, als würde er viel gähnen. Ordne deine Gedanken, dein Gesicht, wie du auch dein Leben ordnen mußt, dein wütendes Ich.

Sein ganzes Leben hatte er auf Disziplin aufgebaut. Disziplin war das, was ihn jetzt retten würde. Den Wahlkampf retten. Die Präsidentschaft.

Jeden Morgen fuhr Fletcher den zerbeulten, rostigen, alten Chevy von seinem billigen Motel in der Innenstadt von L. A. in die kühlen, weitläufigen, stillen Straßen von Beverly Hills, auf der Suche nach einem Verwalter mit Namen Martinez, der eine Frau namens May hatte. Am dritten Tag fand er ihn an der Loma Vista, einer Straße oberhalb des Sunset, die so steil war, daß sie bergab mit Schildern bepflastert war, auf denen die Warnung stand: Im 1. GANG FAHREN – 40 KM/H. Es gab sogar eine mit Sand aufgefüllte Ausweichstelle für durchgegangene Lastwagen am Fuße der Straße, wo sie bei der Doheney als Sackgasse endete.

Er war hier, weil ein Verwalter an der Beverly gesagt hatte, daß er mit einem ›Typen, Mann‹ namens Izzy Martinez gearbeitet hatte, der drei Gärten an der Loma Vista ›machte‹.

Fletcher parkte an der Straße hinter einem alten Pickup voller Mähmaschinen, Seilen und einer Leiter, Plastiksäcken mit geschnittenem Gras, einer Baumsäge mit einem Grinsen voller Reißzähne. Ein Latino mit Arbeitshandschuhen hievte einnen der Rasenmäher von dem Transporter. Er sah sehr gut aus, mit klaren Augen und glänzendem, schwarzem Haar im Fünfziger-Jahre-Schnitt. Er richtete sich auf und nickte schüchtern, als Fletcher sich näherte.

»*Senor.*«

»*Habla ingles?*«

»*Si.*« Er grinste. »Klar.«

»Izzy Martinez?«

Das Lächeln verschwand. Das Gesicht wurde verschlossen.

Fletcher sagte: »Mein Name ist Fletcher.«

Er wartete. Nach einer Ewigkeit sagte der Latino: »Sie hat viel von Ihnen erzählt, Mann, aber ich weiß nicht, wo sie ist.

May auch nicht. Sie kam, ist einen oder zwei Tage geblieben, wissen Sie, dann hat sie irgendwas in der Zeitung gesehen und ist verschwunden. Vor zwei Tagen.«

Da erst merkte Fletcher, wie wichtig sie in seinem Leben geworden war. Sie hatte ihn von den sinnlosen Erinnerungen und Schuldgefühlen befreit, ihn mit Gewalt wieder in das Land der Lebenden zurückgeholt, ihn nicht aufgeben lassen.

»Hat sie was angedeutet? Irgendwas?«

Izzy zuckte nachdrücklich mit seinen Schultern. »Hat gesagt, sie will anrufen, das war alles. Prima Puppe, aber ein bißchen *loca,* wissen Sie?«

Fletcher hinterließ seine Nummer für May, falls Maria anrufen sollte.

Irgendwas in der Zeitung. Das konnte nur etwas über Westergards Wahlkampf gewesen sein. Was hatte sie vor?

45

Morgen war Wahltag. Die letzte Gallup-Meinungsumfrage gab Arbor ein Prozent Vorsprung. Harris gab dem Guv ein Prozent Vorsprung.

»Scheiße, das hat beides nichts zu sagen«, sagte Jarvis zu Hastings Crandall. Sie waren im Lageraum, der im fünfzehnten Stock des unglaublich eleganten Beverly Hills Marquis eingerichtet worden war.

»Ich glaube ›statistisch unerheblich‹ ist der Ausdruck, den sie benutzt haben«, sagte Crandall. Auf der anderen Seite des Raumes plärrte ein Fernseher. Jarvis setzte sich mit einem Filzschreiber und einem gelben Schreibblock hin, um sich ein paar Szenarios für die morgige magische Zahl von 270 Wahlmännerstimmen auszudenken, aber sein Kopf wollte nicht richtig funktionieren. Er war zu nervös, zu angespannt. Der letzte Augenblick nach einer halben Million Wahlkampfkilometer.

Wenigstens hatte sich der Guv wieder im Griff. Scharf und hart und knapp, als hätte man die Stromspannung weit hochgedreht. Er war oben im Norden von Kalifornien, irgendwo an der Küste bei Mendocino, sprach über Arbeitslosigkeit und kritisierte die neuesten Regierungsvorschläge zur Ölgewinnung vor der Küste. Heute nachmittag San Francisco. Morgen abend eine letzte, landesweite Livesendung aus Burbank.

Er hatte Jarvis schließlich doch von Fletcher in Palm Springs erzählt. Der Bursche war fast zu bewundern. Mutig wie ein Wolf, hatte dem Guv wahrscheinlich mit dieser Sache aus der Vergangenheit – was es auch sein mochte – einen Schlag versetzt, obwohl der Guv es nicht zugegeben hatte.

Er stand auf, um zu gehen – fünfundvierzig Minuten bis zum Kontrollanruf bei Nicole und Ross – und eines der Telefone fing an zu klingeln. Er griff danach, dann sah er, daß Crandall schon abgenommen hatte.

Als er wartete, um zu sehen, ob es für ihn war, dachte er: Wenn die Wahl erst einmal vorüber wäre, sich das Auge der Öffentlichkeit abgewandt hatte... Vielleicht eine Indianerin, vielleicht eine wie Fletchers Hure am Grand Canyon. Die hatte ihn eine Zeitlang richtig angemacht.

Crandall legte auf, drehte sich auf seinem Stuhl herum und sah ihn an. Er hatte nicht die leiseste Ahnung.

»Irgendeine Helferin unten in der Halle, die nach dir fragt. Sagt, sie hat einen Packen Flugblätter, die du haben wolltest. Ich kann...«

»Ich geh' schon. Das Rumsitzen hier macht mich sowieso verrückt.«

Er war ein bißchen neugierig geworden: Er wußte, daß er keine Anweisung für Flugblätter ausgegeben hatte. Vielleicht irgendso eine Reporterin, die sich einen interessanten Blickwinkel mit menschlichem Aspekt ausgedacht hatte?

Eine kleine Frau mit langem, schwarzem Haar wartete mit dem Rücken zu ihm am Empfang. Sie trug einen Mini und Strümpfe mit einer Naht auf der Rückseite der Beine. Umwerfende Beine.

»Ich bin Kent Jarvis...«

Sie drehte sich um. Es war die Squaw aus dem El Tovar. *Fletchers* Squaw. In seinem Kopf rotierte es. Was machte sie hier?

»Sie haben was mit Flugblättern zu tun?« Er lächelte, hielt sie hin.

»Das habe ich nur gesagt, damit Sie runterkommen.«

Er sah die ganze Sache mit atemberaubender Deutlichkeit vor sich. Sie wußte nicht, daß er Fletcher am Grand Canyon erkannt und gesehen hatte, daß sie den Pickup gefahren war. Also schickte Fletcher sie her, damit sie Ross' Aufenthaltsort aus ihm herausbrachte. Es war ein simples Spiel. Aber andererseits mußten Überlebende wie Fletcher nicht raffiniert sein. Sie mußten nur überleben.

Was wäre, wenn er sich einfach darauf einließe und ihm Ross auslieferte? Er könnte sich zwei Tage überlegen, ob er eine Falle stellen wollte – oder es sie einfach ausfechten lassen. Egal, wer gewann, würde der Guv nicht dabei gewinnen? Aber es mußte raffiniert sein, sonst würde das Raubtier die Falle wittern. Er hielt die Arme der Squaw, als wären sie aus Smaragden.

»He, es ist wirklich schön, Sie wiederzusehen! Warum kommen Sie nicht in fünfzehn Minuten in mein Zimmer, okay? Neunzehnhundertzweiundzwanzig. Wir können ein bißchen die Abgeschiedenheit genießen.«

Sie hatten die Abgeschiedenheit etwa zwei Meilen von Terminous entfernt in einem kleinen Kanal des Sumpfes nördlich der Zugbrücke gefunden. Es gab da eine kleine Insel, hinter der sie ankern und zu dieser Jahreszeit fast vollkommene Isolation finden konnten.

Es war Wartezeit. Bücher lesen und Tiere und Vögel beobachten. Mengen von Wasservögeln, täglich kamen mehr von ihnen, von den beginnenden Winterstrürmen aus Kanada die pazifische Fluglinie entlang in den Süden getrieben. Am liebsten mochte sie die Bläßhühner. Beim ersten Anzeichen von Gefahr schwangen sie sich übers Wasser, kreischten und liefen über die Oberfläche wie dicke Matronen, die man in der Unterwäsche erwischt hatte. Wenn ihre stummeligen Flügel sie schließlich in die Luft gehoben hatten, begannen sie sofort mit ihrem Landeanflug, platschten fünfzig Meter von dort, wo sie abgeflogen waren, wieder aufs Wasser.

Außerdem gab es drüben in den Binsen entlang des Nordostufers eine Kolonie von Bisamratten in einem runtergekommenen Bau, der aussah, als wäre er von der Landefläche eines Lastwagens gekippt worden. Auf diesen großen Haufen verschlungener Binsen und Zweige schwang sich in der Dämmerung morgens und abends ein fettleibiger, kleiner Wächter, um die Rinde von den zarten Zweigen abzuziehen und den seltenen Fahrzeugen hinterherzuschimpfen, die auf dem steinernen Uferdamm vorüberfuhren, der die Glassrock Road über die Fluthöhe erhob.

Sie hatten darüber gesprochen, sich loszumachen, aber hier hatten sie wenigstens eine Rettungsleine – die Anrufe von Jarvis –, und sie konnten mit Sicherheit nicht nach Hause zu den Kindern fahren, solange Fletcher irgendwo unterhalb des Horizonts wütete. Sie konnten wegen der nicht zu beantwortenden Frage, *warum* Fletcher sie bedrohte, auch nicht um Polizeischutz bitten.

Festgefahren. Im Augenblick festgefahren.

Inzwischen war es Kontrollzeit, was bedeutete, daß sie ›gadunk gadunk gadunk‹ mit Motorkraft aus ihrem Zufluchtsort in Richtung Terminous fahren mußten. David war draußen auf dem Vorderdeck und säuberte den Grill vom Barbecue am Abend zuvor.

»Was passiert nach der Wahl?« rief Nicole.

Er kam heran und lehnte im offenen Durchgang, eine Hand am Türrahmen. Sein Mißgeschick hatte sie auf eine Art und Weise zusammengebracht, die sie selbst vor einem Monat nicht für möglich gehalten hätte.

»Das werde ich Jarvis heute am Telefon lieber mal fragen.«

Sie drehte das Ruder hart backbord. Mit schwerfälliger Erhabenheit bog der kastenförmige Kahn unter der Zugbrücke in den Kanal, der sie nach Terminous bringen würde.

»Ich mach' das«, sagte sie. »Ich bin dran.«

Als der Pier von Terminous hinter der Biegung des Kanals in Sicht kam, sagte er: »Okay, ich tank' auf, wenn du es machst.«

Das Schachbrett war in seinem Kopf aufgebaut wie ein Match gegen Karpov. Deshalb hatte er fünfzehn Minuten zu ihr gesagt. Er brauchte Zeit, um die Requisiten aufzubauen.

Es klingelte. Über ihrem Minirock trug sie eine schwarze Kunstlederjacke. Sie versuchte, es nicht zu zeigen, aber Jarvis' Zimmer schüchterte sie offensichtlich ein. Der Korb mit auserlesenen Früchten auf dem Kaffeetisch, die beheizten Handtuchhalter im Badezimmer, die flauschigen Badetücher und die Parfumseife, der schwere Teppich, die zueinander passenden Mäntel und Slipper im Schrank – alles mit dem Monogramm des Hotels versehen.

Schließlich überwand sie sich und fragte: »Was kostet so ein Zimmer?« Sie schien kleiner, verletzbarer als in ihrem Element am wilden Rand des Canyons in Arizona. Die Verletzbarkeit lockte ihn jetzt an, erregte ihn.

Er lachte in sich hinein. »Wenn Sie fragen müssen, können Sie es sich nicht leisten.«

Aber sie wandte ihm diese Adleraugen zu. Nichts Verletzbares in ihnen. »Sie bezahlen doch sowieso nichts dafür, oder?«

»Nein«, sagte er tonlos.

Aber du wirst dafür bezahlen, Nutte, dachte er. Irgendwie wirst du mir dafür bezahlen.

Er hoffte, das Notizbuch neben dem Telefon würde sie noch mehr beeindrucken als das Zimmer. In den Minuten, bevor sie heraufgekommen war, hatte er das Wort TERMINOUS aufgeschrieben, zweimal unterstrichen, darunter ›Mokelumne River‹ und ›CA-12 (über Stockton)‹, mit einem künstlerisch wirkenden Kreis darum. Schließlich stand da noch der Name ROSS und die Nummer des Münzfernsprechers am Pier von Terminous.

Das sollte genügen, es sei denn, sie war vollkommen bescheuert. Er ging an ihr vorbei zum Badezimmer und sagte: »Da sind ein paar Godivapralinen neben dem Telefon.«

Er hätte gern gesehen, ob sie sich auf das Notizbuch stürzte, aber jede Frau mit einem solchen Raubtiergesicht wäre viel zu wachsam, um nicht zu merken, daß eine Tür offengeblieben war. Er gab ihr fünf Minuten, putzte sich die Zähne, wusch seine Hände, spülte die Toilette und ließ das Wasser laufen. Als er ins Schlafzimmer zurückkam, saß sie auf dem Bett, und die letzte Godiva verschwand gerade in ihrem Mund. Das Notizbuch wirkte unberührt.

»Gott, sind die gut!« rief sie.

Er war ratlos. War sie am Ende doch nur eine gierige, kleine Teenagerhure, die nur das Verschlingen von Pralinen im Kopf hatte?

»Ich muß noch einen Anruf machen, dann gehen wir.«

Er nahm das Notizbuch mit zum anderen Telefon auf der gegenüberliegenden Seite des Zimmers. Gottverflucht! Er wußte nicht, wie er reagieren sollte. Er hatte sie aus einem Grund hierhergebracht, einem einzigen – um Fletcher etwas zukommen zu lassen. Aber sie war nur eine Fotze, die kein durchtriebenes Spiel spielte.

Was irgendwie den Wunsch in ihm weckte, sie gleich hier und jetzt zu nehmen, hart und böse, zum Teufel mit der Gefahr. Denn bei der hier konnte er ihn hochkriegen, Teufel, er war schon fast soweit. Aber er konnte sie nicht anrühren. Sie konnte immer noch eine Verbindung zu Fletcher sein – und sie waren im Wahlkampfhauptquartier. Um Himmels willen, ganz ruhig!

Er wählte die Vorwahlnummer und den Anschluß in Terminous. Heute war es Nicole. Sie nahm beim ersten Klingeln ab.

»Ja«, sagte Jarvis. »Alles in Ordnung, Nicole?« Er nannte ihren Namen ganz bewußt, damit das Indianermädchen ihn hörte.

Nicole sagte ja. Dann fragte sie: »Wie bald nach der Wahl können wir ein persönliches Gespräch mit dem Gouverneur haben?«

»Persönlich?« Sie war außerhalb des Machtapparates, und er wollte, daß es so blieb. »Das wird der Guv nicht wollen.«

»Aber ich will es, klar?«

»Okay, Nicole«, sagte er unschlüssig. »Ich rede mit ihm und sage übermorgen Bescheid. Wahltag. Zwölf Uhr mittags.«

»Abgemacht. Zwölf Uhr.«

Er legte auf und sah zu dem Indianermädchen hinüber. Sie saß noch immer auf dem Bett und starrte vor sich hin, ein leerer Blick auf ihrem Gesicht. Kein Gedanke in ihrem Kopf. Keine Verbindung zu Fletcher. Kam wahrscheinlich nur her, um sich an ihn heranzumachen und tat noch nicht mal das.

Dafür wirst du bezahlen, Nutte.

Bevor er darüber nachdachte, durchquerte er das Zimmer, ballte seine Faust und schlug sie vom Bett. Dann nahm er seinen Fuß, damit sie nicht schreien konnte. Er bremste sich gerade noch. Er konnte nicht alles zurückhalten: er ejakulierte auf ihren bewußtlosen Körper, bevor er sie irgendwie unbeobachtet zur Feuertür und auf die Treppe hinausschleppte. Dort ließ er sie zurück, sitzend gegen die Wand gelehnt.

Sie sah ziemlich schlimm aus, aber zum Teufel, irgend jemand würde sie bald finden. Wer würde schon glauben, was sie sagte?

Als er mit dem Fahrstuhl zum Lagerraum hinunterfuhr, merkte er, daß er gar nicht hatte aufhören wollen. Was verdammt noch mal ziemlich unheimlich war, aber...

46

Fletcher folgte den Schildern KRANKENABTEILUNG, vorbei an anderen Besuchern, Ärzten, Krankenschwestern, Patienten, die mit leeren Augen und den unteren Enden der Hosenbeine unter den Fersen ihrer Pantoffeln umherschlurften, aber keinen von ihnen sah er. Er ging, als wollte er seine Fäuste gegen die Wände schlagen.

Seine Schuld. Alles seine Schuld. Er hätte wissen müssen, daß sie in Westergards Hauptquartier gehen und versuchen würde, die Information zu bekommen, die er brauchte. Er hätte selbst dort hingehen sollen, um...

Maria Horseman war in M-Sieben. Es war ein Vierbettzimmer, Maria rechts am Fenster. Er zog den weißen Vorhang an seiner halbmondförmigen, metallenen Deckenschiene zu.

Einer ihrer Arme lag in Gips, und unter dem Krankenhemd war ihr Körper in Bandagen gewickelt. Das bißchen, was man von ihrem Gesicht sehen konnte, war purpurfarben, beinah schwarz. Das eine Auge, das man sehen konnte, war zu geschwollen, um zu sagen, ob sie es öffnen konnte oder nicht. Er spürte, wie in seinen Augen Tränen schwammen.

Als er die unversehrte Hand sanft in seine nahm, glänzte irgend etwas zwischen den geschwollenen, verklebten Lidern.

»Fletch?«

Er nickte, dann merkte er, daß sie ihn vielleicht gar nicht sehen konnte. Er drückte ihre Hand und sagte: »Ja.«

Irgend etwas ging auf ihrem auberginenfarbenen Gesicht vor sich, und er merkte, daß sie zu lächeln versuchte. Ihre Lippen waren aufgerissen und geschwollen. »In meiner Jakkentasche... Stück Papier...«

»Das ist jetzt nicht wichtig, Maria, ich...«

»Ist es doch. Da sind sie. Telefonnummer und alles. Er wird mittags am Telefon sein am... Wahltag. Sie sind auf einem Hausboot...«

Er ignorierte sie und fragte: »Das – wer?«

»Jarvis.«

Er zwang sich dazu, leise zu sprechen. »Warum?«

»Es gefällt ihm.« Lange Pause. »Pervers. Dabei geht ihm einer ab. Ich – hab' mich so dumm gestellt, daß er es – geglaubt hat...«

Er blieb, bis sie ihn baten zu gehen. Er hatte Ross auf einem silbernen Tablett. Aber was sollte er mit ihm tun? Es schien nicht mehr wichtig zu sein. Später zu ihm. Jetzt Jarvis.

Morgengrauen am Wahltag. Das Indianermädchen schien vom Hotel gefunden worden zu sein, dachte Jarvis, und dann hatten sie es wohl zum nächstgelegenen Krankenhaus gefahren. Sie konnte nicht geredet haben. Offensichtlich war sie wirklich nicht von Fletcher geschickt.

Auch Gary Westergard dachte flüchtig an Fletcher, bevor es irgendwelche bedeutsamen Wahlergebnisse gab, über die man das I Ging werfen oder die Karten legen oder in die Kristallkugel sehen konnte. Nur Lappalien und Langeweile, als die ersten Rückmeldungen eintrudelten.

Also griff der Verstand nach allem Möglichen, und seiner griff sich kurz Fletcher. Dann versuchte er, den Flügelschlag des Schicksals in sich zu spüren, aber nichts geschah. Kind des Schicksals oder ein Mann, der sich übernahm? Nein. Das nicht. Er war dazu bestimmt, Präsident zu sein. Und wenn er es war, würde Fletchers Einfluß verschwinden. Dann gab es keinen Grund mehr, das Sicherheitsnetz für die Verräter zu halten. Und wenn Ross dann etwas zustieß, nun, dann passierte es eben. Es war nicht mehr seine Angelegenheit, dann nicht mehr.

Fletcher saß den ganzen Morgen bei Maria, arbeitete etwas von der Schuld ab, daß er nicht immer für Terry dagewesen war, als sie ihn gebraucht hatte. Dann sprach er auf dem Gang mit dem Arzt.

Füße und Fäuste, sagte ihm der Arzt. Glücklicherweise nichts Ausgefallenes wie Knüppel, Messer oder Sodaflaschen. Nur altmodische Prügel. Gips an ihrem gebrochenen Arm und Schlüsselbein, ein angebrochenes Schienbein, in einem der Handgelenke ein bleibender Metallstift, der ihr wahrscheinlich Schwierigkeiten mit einer Arthritis einbringen würde, wenn sie älter war. Zwei gebrochene Rippen. Milz geprellt, aber nicht gerissen.

»Noch ein oder zwei härtere Schläge, und sie hätte es nicht überlebt. Wenn er so weitermacht, wird er eines Tages jemanden umbringen.«

»Es sei denn, jemand bringt ihn zuerst um.«

Der Arzt sah ihn angeekelt an. »Harter Bursche, was?«

»Nein. Nur wütend.«

Kurz vor Mittag schlief Maria wieder ein, und er ging zu der Reihe von Telefonzellen im Erdgeschoß. Er hatte es die ganze Nacht über durchdacht. David war endgültig und für immer vor ihm sicher. Er würde die Information, für die Maria so teuer bezahlt hatte, auf eine Weise nutzen, die ihr nicht gefallen würde, aber es mußte Schluß sein.

Nach fünf Jahren des Selbstmitleids und der übersteigerten Schuldgefühle wegen Terry, hatte er den Wald buchstäblich hinter sich gelassen. Ross hatte ihm das Jagen genommen, das stimmte, und es würde ihm fehlen. Aber es mußte noch andere Lebensweisen geben, als Tiere zu töten.

Also rief er Ross an, um ihm zu sagen... Was? Lebwohl und alles Gute? Er schien für Fletcher durchschaubar zu werden, unbedeutend. Er gehörte zu Nicole. Sie hatte das Richtige getan, zu ihm zu stehen. Denn auch sie wurde durchschaubar. Sie verschwand wieder in den längst vergangenen Zeiträumen, die sie in seinem Leben eingenommen hatte, abgesehen von den kurzen Wochen, als sie gemeinsam nach seinem Mörder gesucht hatten.

Nicole wanderte in dem kleinen Kramladen umher, der Terminous war, während David hinaus zum Münztelefon auf dem Pier ging, um auf Jarvis' Anruf zu warten. Man mußte so einen Laden, in dem Angelwürmer aus Plastik neben Tootsie Rolls ausgestellt waren, einfach mögen.

Sie konnte spüren, wie die ganze Sache an Schwung verlor. Ziemlich bald schon würde sie die Kinder wiedersehen. Sie hatten sie ein paarmal angerufen, aber es war schwierig, am Telefon etwas Wichtiges zu sagen.

Als sie daran dachte, sah sie durchs Fenster, wie David draußen auf dem Pier plötzlich nach dem Hörer griff.

»Sie sind spät, Jarvis«, sagte er.

»Hier ist Fletcher, ich wollte dich nur wissen lassen...«

Mit einem wilden Schrei knallte Ross den Hörer auf. Er wirbelte im Kreis herum, wie ein Mann, der von einem Schwarm Bienen attackiert wird. Nicole kam vom Laden her zu ihm gelaufen. Sie legte ihre Arme um ihn, er brach an ihrer Brust beinah zusammen.

»David? Was ist los?«

»*Er* war es.« Er machte eine unverständliche Geste. »Er. Dein Vater. Am Telefon.« Er packte ihren Arm, versuchte sie zu ihrem Hausboot zu zerren. »Wir müssen...«

»David!« Sie riß sich los. »Stop! Du bist panisch. Das war seine Warnung. Bei Tageslicht wird er uns nicht angreifen.«

»Ja, du hast recht, du hast recht.« Seine Augen waren fiebrig, seine Bewegungen ruckartig und fieberhaft, aber seine Stimme war fast wieder normal. »Es – geht schon wieder. Es war nur, wie ich seine Stimme so gehört habe...«

Nicole wandte sich dem Telefon zu. »Zum Teufel mit Kent, ich werde Gary anrufen.«

»Wie...? Worum willst du ihn denn bitten?«

»Um alles, was nötig ist, um meinen Vater aufzuhalten.«

47

Westergard wurde von dem Anruf im Lageraum vollkommen überrascht. Wie konnte sie es wagen, ihn am Wahltag anzurufen, wenn er sie wie ein venezianischer Doge aus seinem Königreich verbannt hatte?

Er fragte sie: »*Wer* hat angerufen?«

»Mein Vater, verdammt. Er wird herkommen und David töten, wenn nicht...«

»Schon gut, schon gut, beruhige dich.«

»Ich laß mich nicht hinhalten, Gary.«

Bei Gott, er wurde nicht damit fertig! Während er sprach, waren seine Augen auf die Fernsehmonitore gerichtet. Langsam kamen bedeutsame Ergebnisse herein, es hatte sie zwei Stunden gekostet, ihn zu erreichen, drüben im Osten war es später Nachmittag. Jemand war dafür verantwortlich. Der Anruf hätte niemals durchgestellt werden sollen. Der Gedanke ärgerte ihn.

»Nicole, ich werde nicht dafür geradestehen...«

»Ich auch nicht.« Ihre Stimme klang leer und tödlich. »Es ist mir egal, was du tust. Ich will Schutz für meinen Mann.«

Er seufzte: »Bleib beim Telefon. Kent wird dich zurückrufen.«

Fletcher fuhr mit seinem verrosteten, alten Chevy nach Norden, obwohl es dafür keine Notwendigkeit gab. Es würde Davids Seele gut tun, wenn sie noch ein bißchen länger schmorte, aber nicht zu lange. Er hatte den gequälten Schrei des Mannes gehört, als der Hörer aufknallte. Auch Nicole hatte geschmort. Sie hatte den Ehemann ihrem Vater vorgezogen und würde dazu stehen – *Weil er allein keine Chance gegen dich hätte.*

Er fühlte sich so erleichtert, wie er es seit den Schüssen auf ihn nicht mehr gewesen war. Irgend etwas in ihm hatte ›Freiheit‹ geschrien, als der Hörer aufgelegt war. Jetzt mußte er es nur noch haltbar machen, als würde er Fixierer auf eine Kohlezeichnung sprühen.

Während der Fahrt ließ er seine Gedanken zu jener Nacht vor beinah vierzig Jahren zurückwandern. Jetzt, vom Kater befreit und in der Lage, objektiv zu denken, konnte er sehen, wie es passiert war.

Gary, jung, beeinflußbar, aus behüteten Verhältnissen, wollte ein Mann unter Männern sein. Ebenbürtig. Wollte dazugehören.

Und Raufbold Fletcher, älter, voller Abenteuer, scheinbar vom elterlichen Druck befreit – der perfekte Held zum Anbeten. Zu starke Identifikation, und er mißdeutete Anziehungskraft und Bewunderung als Liebe. Beide waren betrunken, und Fletcher fiel nackt in Ohnmacht . . . Was es nicht leichter machte, das zu akzeptieren.

Die Ironie dabei war, wie weit ihre Wege seitdem auseinandergelaufen waren.

Für Fletcher war diese Zeit der Höhepunkt gewesen. Jung, ruppig, in beiderlei Hinsicht ausgelassen. Seitdem ein stetiger Rückzug vom Leben. Wandte sich immer weiter ab. Immer Jobs in Übersee, gab seiner Frau und seinem Kind nur Geld, nicht seine Gegenwart. Als Terry starb, wandte er sich völlig ab. Nahm bereitwillig eine vergangene Lebensweise wieder auf, wurde ein Halbparasit, der nur von verborgenen Fähigkeiten lebte, die für die Welt nicht länger von Belang waren.

Dagegen Gary eine steigende Kurve auf dem Diagramm. Anwalt, Lehrer, Politiker, Gouverneur, möglicherweise Präsident – dem Radio nach stand das Rennen Kopf an Kopf. Aber Sieg oder Niederlage, er hatte sich fest dem Leben verpflichtet. Also konnte die Vergangenheit sterben.

Vielleicht schuldete er auch Gary einen Schlußstrich. Wenn er mit Nicole und Ross gesprochen hatte, wollte er vielleicht versuchen, ihn zu treffen und ihm zu sagen . . . Ihm was sagen? Glückwunsch? Alles Gute? Viel Glück?

Jarvis konnte es nicht glauben. Die Squaw war am Ende doch Fletchers Frau gewesen. Jetzt schlugen die Ereignisse, die er in Gang gesetzt hatte, auf ihn zurück. Was er niemals erwartet hatte: Daß der verfluchte Fletcher sie anrief und *ihnen sagte, daß er auf dem Weg war.*

Halt still, Ross, ich will dich ermorden.

Wie schaffte er es, daß der Guv nicht herausfand, was er mit dem Mädchen gemacht hatte?

In die Offensive gehen. Es gab keine andere Möglichkeit. Die Männer nehmen, die er brauchte, rauf ins Delta fliegen. Vor Fletcher am Hausboot sein. Bereit sein, zu tun, was getan werden mußte.

Aber zuerst mußte er den Gouverneur davon überzeugen, daß dies alles nötig war.

Westergard war nervös und ungeduldig. Während sein Leben auf dem Bildschirm in der Suite entschieden wurde, war er hier oben in dem leerstehenden Ballsaal auf dem Dach, wo es keine Möglichkeit gab, belauscht zu werden. Er saß Kent auf einem Stuhl gegenüber – beinah berührten sich ihre Knie – und er versuchte verzweifelt, den einzigen schmuddeligen Zwischenfall seines Lebens daran zu hindern, ihm das zu nehmen, was rechtmäßig ihm gehörte. Wenn man von solchen Dingen sprach, war man – wie Shakespeare gesagt hatte – ohne Worte.

»Wir müssen uns schnell entscheiden«, sagte Jarvis. »Fletcher ist wahrscheinlich schon auf dem Weg dorthin.«

Westergard sagte: »Aber gütiger Gott, Kent, was ist, wenn ich die Wahl sowieso verliere?«

»Wenn wir nicht reagieren, wird es wahrscheinlich rauskommen, und die Leute werden glauben, daß Sie Ross angewiesen haben, Fletcher zu töten. Das wird Sie zerstören, Gouverneur – nicht das, was in der Vergangenheit passiert ist.«

Hilflos sagte er: »Wo können Sie Männer finden, die...«

»Es gibt da jemanden in Chicago, den ich anrufen kann und der noch andere kennt.«

»Er wird niemals erfahren, daß ich...«

»Er kann es nicht. Keiner von ihnen. Ich halte meinen Kopf hin, wenn irgendwas schiefgeht.«

Westergard stieß einen langen Seufzer aus. »Sie würden das – das für mich tun, Kent? Für mich?«

»Und für unser Land.« Und dafür, Außenminister zu werden.

Es lief also alles darauf hinaus, dachte Westergard: Was war das Leben eines einzelnen Menschen wert?

Er wußte – *wußte* –, er konnte der größte amerikanische

Präsident des zwanzigsten Jahrhunderts sein. Soviel zu geben! Soviele Ideen! Aber konnte er jemals wirklich erfolgreich sein, wenn er sich immer über die Schulter sehen mußte?

Also – der Tod des Einzelnen gegen den größeren Nutzen. Wenn man es so will, was war dann ein Einzelner gegen das Wohl von Millionen? Milliarden, wenn er die Ausbreitung der Atomwaffen aufhalten konnte.

Er stieß einen tiefen Seufzer der Entschlossenheit aus. »Machen Sie Ihren Anruf, Kent.«

Jarvis sah keinen Grund, ihm zu sagen, daß er Sharkey schon angerufen hatte, der ihm die Namen von ein paar lokalen Zuhältern gegeben hatte, die bereit waren, sich darauf – *einzulassen*. Natürlich für einen gewissen Preis.

Sie hatte also die Ermordung ihres eigenen Vaters heraufbeschworen. So sei es. Aber trotzdem...

Wie durch Telepathie sagte David: »Liebes, wir könnten immer noch einen Schritt machen und allein weglaufen.«

»Wohin? Er würde uns irgendwann einholen. Er ist besessen.«

»Vielleicht wird er wieder unbesessen.«

»Das Risiko laß ich dich nicht eingehen«, sagte sie wütend.

Im letzten Licht hatten sie das Hausboot gegen den steinernen Anlegeplatz laufen lassen und ihren Anker um einen der Steine gehakt, so daß er auch dem Gezeitenwechsel standhielt. Jarvis hatte darauf bestanden, daß er direkt vom Anleger auf das Boot steigen konnte.

Der Nebel war hereingekommen, seltsam dumpf verstärkte er dennoch jedes Geräusch von außerhalb. Die Vorhänge waren zugezogen, die Coleman-Laterne war vollgepumpt und zischte ihr freundlich blasses Licht hervor. Das Radio murmelte Wahlneuigkeiten, die ihnen jetzt traurig belanglos vorkamen. Alles hing an den großen acht: New York, New Jersey, Illinois, Pennsylvania, Ohio, Michigan, Texas, Kalifornien. Überall im Land war es zu knapp, um etwas zu sagen.

Ungeduldig dachte sie: Was ist das schon gegen eine Bisamratte, die im Licht des frühen Morgengrauens am Boot vorüberschwimmt? Oder einen weißen Reiher vor einem vergehenden, rosafarbenen Sonnenuntergang?

Oder die Katastrophe mit ihrem Vater auf Leben und Tod?

David sagte: »Es ist komisch, aber jetzt habe ich ständig dieses Gefühl, als würde ich ihn treffen wollen, um ihm zu sagen, daß es mir leid tut. Aber gleichzeitig bin ich zu Tode erschrocken.«

O Gott, wenn einer von ihnen sterben muß, Mann oder Vater, laß es meinen Vater sein. Ich nehme es auf mich.

In gegenseitigem Einverständnis standen sie auf und lagen sich in den Armen. Sie hielt ihn, die Augen geschlossen, ihre Körper wiegten im Gleichklang. Jetzt konnte sie es sich sagen: Sie liebte ihn.

Das war der Augenblick, in dem jemand mit einem dumpfen Schlag vom Anleger an Bord des Bootes sprang und es mit seinem plötzlichen Gewicht leicht zum Schwanken brachte.

Ross riß die 357er Magnum aus seinem Gürtel und warf sich mit einer unüberlegten Bewegung zwischen sie und die Gefahr hinter der Tür. Jetzt, in diesem letzten Moment, war alles so einfach. Er mußte diese Frau mit seinem Leben verteidigen. Ja, wie einfach! Wie erhebend! Wie grundlegend!

Eine schwere Faust schlug an die Tür. Als er die Magnum spannte, ging ihm verrückterweise eine Zeile aus *Macbeth* durch den Kopf:

Hör sie nicht, Duncan, 's ist ein Grabgeläut
Das dich zu Himmel oder Höll' entbeut.

Dann bellte Jarvis' ebenso dröhnende Stimme: »Ich bin es, Kent. Himmel noch mal, laßt mich rein. Hier draußen ist es höllisch kalt.«

Er fühlte sich geschwächt vor Erleichterung und nachlassender Spannung, als er zur Tür ging und das Schloß aufschob. »Die Kavallerie ist da«, sagte er mit alberner Stimme zu Nicole. Jarvis trat schnell ein und schloß die Tür wieder hinter sich.

Jarvis sah aus, wie sie sich fühlten: überdreht, erschöpft, fast fiebrig. »Mein Gott«, sagte er, »bin ich froh, daß wir vor ihm hier sind.«

»Wir auch«, sagte Ross. Er war begeistert.

Aber Nicole war beinah wütend. »Was ist passiert? Wir sind hier fast gestorben. Wir haben euch schon vor Stunden erwartet.«

»Der verfluchte Nebel.« Seine Zähne klapperten beinah, seine Augen schienen von angestauter Aufregung hervorzutreten. »Wir mußten dem Piloten dazubezahlen, damit er das Flugzeug landet. Erbsensuppe.«

»Wo sind die anderen? Du allein gegen meinen Vater...«

Er machte eine Geste. »Da draußen – auf Wache. Warten.« Dann sah er den immer noch gespannten Revolver, vergessen in Ross' Hand. »Um Himmels willen, gib mir das Ding, bevor es losgeht.«

Mit einem eher schüchternen Lächeln drehte Ross die Magnum um und legte sie mit dem Kolben zuerst in Jarvis' Hand.

48

Der dichte Nebel hatte auf der I-5 bei Stockton einen Unfall mit sieben Autos verursacht und hielt den Verkehr bis nach Manteca hin auf. Niemand wurde getötet, aber die Highway Patrol brauchte drei Stunden, um den quergestellten Sattelschlepper aus dem Weg zu räumen, der alles angefangen hatte. Es war nach drei Uhr morgens, als Fletcher auf dem Parkplatz in Terminous hielt und im Nebel hinaus auf den verlassenen Pier ging. Die Luft war kalt und feucht vom Dunst, aber sauber: Nach L. A. ein Segen. Am Pier waren keine Hausboote festgemacht, aber dort war das Münztelefon, über das er mit David gesprochen hatte.

David, wo bist du?

Er ging zum Wagen zurück. Konnte ebenso gut in der Gegend herumfahren und nach Hausbooten suchen, die in den Sümpfen vertäut waren. Wenn er um diese Jahreszeit welche sah, dann war es wahrscheinlich ihres. Wenn er sie erst einmal gefunden hatte, würde er das erste Tageslicht abwarten, bis er sie begrüßte: Er wollte nicht von einem nervösen Ross erschossen werden, bevor er ihm sagen konnte, daß es vorbei war.

Es war sehr schnell vorbei.

3:28: CBS sprach Hawaii Westergard zu.

3:30: NBC gab Mississippi an Westergard.

3:31: Der gleiche Sender brachte es auf den Bildschirm: WESTERGARD GEWÄHLT. Von seiner Suite aus konnte der Gouverneur den Jubel und das Rufen am anderen Ende des Ganges im Lageraum hören.

3:33: ABC tat das gleiche.

3:37: CBS zog nach.

All die Jahre, die Arbeit, die Kilometer, das Geld, all das hatte sich ausgezahlt. Westergard drückte seine Frau mitten im Gedränge von herumspringenden, kreischenden Helfern und Freunden an sich. Nur Jarvis war nicht da, um den Triumph mit ihnen zu teilen, und eigentlich vermißte ihn nur Westergard. Aber schließlich hatte Westergard den Bemühungen seines neuen Außenministers viel zu verdanken.

Im frühen Morgengrauen begann Jarvis, sich besser zu fühlen. Von jetzt an konnte er die Erfahrung auskosten, und ihm war nicht mehr nur übel vor dem Abgrund, der sich zu seinen Füßen öffnete. So fühlte es sich also an. Jetzt wußte er es.

»Da ist er!« rief er.

Von dem grasbedeckten, kleinen Hügel aus hatte er mit dem Feldstecher einen guten Blick auf das Hausboot in vierhundert Metern Entfernung und auf den alten, blauen Chevy, der gerade hundert Meter davor am Steindamm zum Stehen gekommen war. Die Wagentür öffnete sich, und Fletcher trat ins Zwielicht hinaus.

Jarvis setzte den Feldstecher ab und nahm den Hörer des Autotelefons auf. Die beiden Zuhälter aus L. A., die Sharkey ihm empfohlen hatte, öffneten ihre Hintertüren, stiegen aus und holten ihre Waffen unter den Armen hervor. Ihre modisch schwarzen, köchellangen Jimmy'Z-Mäntel gaben ihnen in dem wilden Sumpfland ein unwirkliches Aussehen.

»Es wird Zeit, Babe«, sagte der Größere. Eine Narbe vom Augenwinkel zum Ohr gab ihm das leicht entstellte Äußere einer Tonskulptur, die zu lange im Brennofen geblieben war.

Der Hübsche nickte, ein kokettes Schlürfen von Champagner. »Zeit, unser Geld zu verdienen«, stimmte er mit dem Anflug eines Lispelns zu.

»Hier spricht Kent Jarvis, Stabschef des gewählten Präsidenten Garrett Westergard«, sagte Jarvis in das Autotelefon. »Ich brauche sofort eine Verbindung mit der Polizei...«

Fletcher stand auf der Straße und starrte im zunehmenden Morgengrauen auf das Hausboot. Keine Anzeichen von Bewegung, aber seine Nackenhaare hatten sich aufgerichtet. Er schnüffelte die Luft. Nichts. Nur Sumpf und Feuchtigkeit. In der Mitte des Kanals tauchte ein Fisch mit gedämpftem, faulem Platschen aus dem Wasser auf. Drei Wildenten pfiffen vorbei, drehten hart ab, als sich seine große, deutlich sichtbare Gestalt wieder zu bewegen begann, langsam, präzise, auf seine leicht ungleichmäßige Art.

Augen unruhig in alle Richtungen. Gefahr. Irgendwas stimmte nicht. Er blieb auf der Steinmauer direkt oberhalb des Bootes stehen und sah hinunter.

»Nicole!«

Keine Antwort.

»Nicole! David! Ich bin's, Fletcher.«

Keine Antwort. Keine Bewegung.

»Ich bin unbewaffnet. Ich möchte an Bord kommen.«

Keine Antwort. Kein Rucken der Gardinen. Kein leichtes Plätschern einer Welle weitab vom Boot, das die nervöse Bewegung von jemandem zeigen konnte, der angespannt drinnen wartete.

Einschußloch in der großen Windschutzscheibe vorn an der Kabine, wo das Ruder sein mußte. Von drinnen geschossen.

Irgendwas stimmte ganz und gar nicht.

Fletcher bewegte sich. Einem plötzlichen, unerwarteten Impuls folgend sprang er mit ungeheurer Beweglichkeit von

Stein zu Stein auf das Deck des Hausbootes. Im vergangenen Jahr hatte er gelernt, die verkürzten Sehnen in seinem linken Knie auszugleichen.

Noch eine Kugel durch die Tür, die Splitter ebenfalls außen. Er konnte den Tod riechen.

Er öffnete die Tür und ging hinein. Er fürchtete keinen Hinterhalt. Nichts auf diesem Kahn lebte.

Ross lag mitten im Raum in der klassischen Todespose auf dem Rücken, Arme ausgestreckt und die Beine leicht gespreizt. Man hatte ihn einmal in die Brust geschossen. Schwerkalibrige Waffe. Gestank von geleertem Darm und Blase.

Fletcher konnte Nicole nicht direkt ansehen, noch nicht – nur indirekt, wie durch das Glas einer Brille, die man putzt. Statt dessen fiel er neben Ross' Leiche auf ein Knie und preßte ihm zwei Finger gegen die Innenseite seines Handgelenks. Immer noch ein leichter Hauch von Körperwärme. Vor ein paar Stunden. Er stand auf.

Eine Python 357er Magnum lag neben der Leiche am Boden. Fletcher blieb stehen, schnüffelte, ohne sie zu berühren. Kordit. Er kniete sich wieder hin, sah hinein. Alle Kammern leer.

Da erst konnte er sich aufrichten und dazu bringen, seine Tochter anzusehen. Lieber Gott. Jesus Christus. Er fiel neben der Leiche auf seine Unterarme und Knie. Die schöne Brautente war zerschmettert, ihr helles Gefieder in Blut und Urin getränkt.

Nicole war rückwärts gegen das Schott neben der Couch gestoßen worden, war in der gleichen, locker ausgestreckten Stellung gestorben wie ihr Mann. Fingernägel gebrochen, unter zweien sah man Haut. Hatte zu kämpfen versucht, erfolglos. Kopf schräg, Augen offen und schon glasig, Zunge aus dem Mundwinkel.

Der Kopf der Hirschkuh war am Stamm einer Eiche verkeilt, und ihre Augen waren schon glasig. Die heraushängende Zunge war blutbespritzt.

Sie hatte den ganzen Rest der Kugeln abbekommen. Magen,

mit Pulverimprägnierungen drumherum. Beide Brüste. Mons veneris. Keiner von ihnen nötig, nachdem der Bauchschuß sie getötet hatte.

Haß. Soviel Haß, der speziell auf sie gerichtet war.

Das Entsetzen über ihren Tod verschloß ihm die Kehle und erstickte seinen Atem. Seine eigenen Schußwunden schmerzten unerträglich. Einen Augenblick lang wurde ihm beinah übel. Er berührte sie nicht. Er konnte es nicht.

Nicole. Sein eigen Fleisch und Blut. Der letzte Rest der Liebe, die Terry und er geteilt hatten. Von dieser Welt gegangen. Der kalte Wind durchfuhr ihn, der kalte Wind, der ihn am Leben hielt, während andere starben. Ließ Dinge in ihm erstarren, erweckte andere zum Leben. Eisige Kohle begann in seinen Eingeweiden zu brennen, Mitleid und Reue starben in seinem Hirn.

Sieh es. Saug es auf. Fühl es.

Das ist dein Fehler, Fletcher. Sie waren der Faustpfand für den Ehrgeiz und den Wahn eines Mannes, für den Haß und den Neid eines anderen Mannes, aber du, Fletcher, du hast es alles in Gang gebracht. Du hast sie zerstört, indem du sie verfolgt hast. Sieh es. Versteh es. Saug es auf. Aber vergiß niemals:

Es war Westergard, der die Befehle gegeben hat.

Willst du mir drohen? Du wagst es, mir zu...

Es war Jarvis, der sie ausgeführt hat.

Wenn er so weitermacht, wird er eines Tages jemanden töten.

Jarvis hatte auf ihren Körper masturbiert, als sie schon tot war.

Als sie schon tot war, bis...

Abscheu ließ ihn würgen. Die Zeit wollte nicht vorangehen. Der Mensch war weder gefallener Engel *noch* aufrechter Affe. *Gefallener* Affe.

Langsam kam er wieder zu sich, sein Verstand begann wieder zu arbeiten.

Warum tot? Und David, *warum* – abgesehen vom Spaß daran?

Weil man ihrer beider Tod an diesem Ort zu dieser Zeit benutzen konnte, um Fletcher eine Falle zu stellen. Fletcher, der legendäre Überlebende. Fletcher, sehr schwer zu töten.

Aber Nicole und David – sie waren leicht zu töten. Und man konnte Fletcher für ihren Tod verantwortlich machen. *Würde ihn verantwortlich machen.* Und dann...

Dann könnte man auch Fletcher töten. In einer Schießerei. Ende der Geschichte. Jeder, der von Gary Westergards Scham wußte, wäre tot, außer Jarvis – zu sehr darin verwikkelt, um jemals selbst zu einer Bedrohung zu werden, so konnte Jarvis sein Mitwisser sein, ohne jemals zu erfahren, was der Präsident in jener betrunkenen Nacht vor so langer Zeit getan hatte, um die Dinge...

Der *Präsident*!

Und sollte Fletcher durch unvorstellbares Glück dem Tod durch ihre Hände entgehen, dann wäre er nur noch Freiwild für jeden Gesetzeshüter im Lande, der schnell genug schoß. Würde niedergeschossen werden, ohne eine Chance zu reden...

Der erste Schuß zersplitterte das Schott hinter ihm.

Fletcher fiel flach auf seinen Bauch, auf Ellbogen und Knie schlängelte er sich den Durchgang zum Achterschiff hinunter, als die Salve von Kugeln über ihm abprallte. Polizeisirenen in der Ferne. Er langte nach oben, öffnete die Hintertür, stieß sie auf, schob sich wie ein Aal aufs Deck hinaus, ohne überhaupt nachzusehen, ob Gefahr bestand.

Er mußte *jetzt* handeln oder nie. Kopfüber vom Heck des Schiffes wie ein Otter, der sich in den Strom gleiten läßt. Eisiges Wasser schloß sich über seinem Kopf. Er wußte schon, wohin er wollte.

Scheiße, jetzt war es schwieriger, dachte Jarvis. Sie hatten geplant, ihn zu töten, kurz bevor die Cops da waren. Sauber: Drei Leichen, eine Waffe. Ein Mörder, zwei Opfer.

Er hat sie erschossen, Officer, dann hat er das Feuer auf uns eröffnet. Wir haben das Feuer erwidert. Er wurde getroffen und ging, kurz bevor Sie angekommen sind, zu Boden. Ja, seine eigene Tochter. Er hatte sie bedroht, ihren Mann bedroht. Vor einem Jahr hat ihn im Norden von Minnesota ein Jäger ziemlich schlimm verletzt, und er hatte die fixe Idee, daß sein Schwiegersohn es nach Absprache mit seiner Tochter gewesen war. Hoffnungslose Paranoia.

Es konnte immer noch funktionieren, aber er mußte sichergehen, daß Fletcher bei dieser Kraftprobe mit der Polizei getötet wurde.

Der uniformierte Hilfssheriff neben ihm nahm sein Megaphon zur Hand.

»WIR WISSEN, DASS SIE DA DRIN SIND! KOMMEN SIE MIT ERHOBENEN HÄNDEN RAUS! SIE HABEN DREISSIG SEKUNDEN!«

Zwölf Minuten später, nach dem Einsatz von Tränengas, stürmten sie hinein.

Außer den Leichen war niemand da.

»Über das Achterschiff und dann ins Wasser, aalglatt«, meldete einer der Hilfssheriffs.

»Er muß im Sumpf untergetaucht sein«, sagte ein anderer.

»Fordern Sie mehr Männer an«, sagte Jarvis. »Holen Sie Hubschrauber. Zwei Mitarbeiter aus dem Stab des gewählten Präsidenten sind ermordet worden, und das hat Mr. Westergards höchste Priorität.«

In der Abenddämmerung stieg der Wachposten der Bisamratten auf das Dach seiner Behausung, um die letzten Männer der Suchmannschaft zu beschimpfen. Zwei von ihnen, schlammbedeckt und müde, verjagten ihn, indem sie sich auf sein Zuhause setzten und eine Zigarette rauchten, bis es zu dunkel war, um die Hand vor Augen zu sehen.

Nun, Sir, höchstwahrscheinlich hat er einen Krampf bekommen und ist in dem eisigen Wasser ertrunken. Oder, was weniger wahrscheinlich ist, er hält sich noch immer irgendwie auf der kleinen Insel oder in den langen Binsen versteckt – aber zwei Dutzend Männer haben alles dutzendmal durchgekämmt. Oder – was vollkommen unwahrscheinlich ist, mit all den Hubschraubern, die den ganzen Tag über Patrouille geflogen sind – er hat es bis zum Hauptkanal geschafft und ist weg.

Nein, Sir, diese Taucher werden seine Leiche morgen finden.

Einer von ihnen hatte einen Ghettoblaster. Während sie über Fletcher sprachen, murmelte er seine Wahllitanei herunter. Nicoles politische Weisheit hatte sie überlebt: Kämpfe um die 270 Wahlmännerstimmen, nicht um den 400-Stimmen-Erdrutsch. Westergard hatte 297 geschafft. Arbor 241.

In der allgemeinen Wahl eine knappe Stimmenmehrheit: 50,1 Prozent zu 48,0 Prozent. Kein Mandat, aber ein Sieg.

Ein Fragment aus der überschwenglichen Annahmerede des Siegers: »Ein kleiner Sieg, aber er gehört uns. In den nächsten vier Jahren werden wir dir ans Herz wachsen, Amerika.«

In einer dazugehörigen Geschichte unterbrach die Dunkelheit die Jagd nach...

Die Männer des Suchtrupps versauten sich ihre Hosenböden im Schlamm und hievten sich müde auf die Beine, um nach Haus zu ihren Frauen und dem vertrockneten Abendbrot zurückzukehren, das viel zu lange im Ofen geblieben war. In den Nachrichten des Abends waren sie eine Sekunde lang Teil der Geschichte.

Fletcher, bis an Augen und Nase im schlammigen Boden des Bisamrattenbaus begraben, hörte alles einen Meter über sich. Er war vom Hausboot direkt hierhergeschwommen, größtenteils unter Wasser, um dann abzutauchen und sich mit dem Kopf zuerst durch den klebrigen Schlamm und das Wasser bis in die Luft der Behausung zu drängen und zu winden.

Dann hatte er sich in sich selbst zurückgezogen, hatte aufgehört, seine Anwesenheit zu vermitteln, wie Old Charlie es ihm als Jugendlichem gelehrt hatte. Während der starren Stunden seiner Wache hatte er sich erst in einen Fisch verwandelt, dann in ein Bläßhuhn, dann in die Bisamratten selbst. Er war der graue Wolf mit dem federnden Gang gewesen, der er immer hatte sein wollen, der Wolf, der ihm auf dem Weg die Brandfläche hinauf beigestanden hatte – oder durch seine Halluzinationen – in jener verschneiten Nacht in Minnesota vor einem Jahr.

Da er nicht mehr anwesend war, kehrten die Bisamratten zurück. Einer hatte ihm seinem Schwanz unabsichtlich um die Nase gelegt. Er atmete durch den Mund, bis sich das Tier bewegte. Sie waren seine Beschützer. Die erfahrenen Spurenleser, die am Nachmittag kamen, ignorierten den

Bisamrattenbau, weil seine Bewohner zu Hause waren – was sie offensichtlich nicht wären, wenn es einen Eindringling gäbe.

Der Suchtrupp war weg. Das Licht war aus. Seine Beschützer flohen, als der Mensch in ihm zurückkehrte. Zwanzig Minuten Muskelspannung und -entspannung befreiten seinen Körper schließlich von dem eisigen Schlamm, der ihn umgab. Er kam neben der Behausung hoch, erschöpft und schnaufend in der Dunkelheit. Seine Zähne klapperten vor Kälte, aber er wußte, daß sich das Wasser wärmer anfühlen würde als die Luft.

Sein Wagen war natürlich beschlagnahmt. Aber irgendwo riß sich ein vertäutes Ruderboot los und trieb durch die Nacht. Trieb ihn kilometerweit weg.

Diese Taucher würden morgen mit leeren Händen auftauchen.

Er konnte zu absolut niemandem Kontakt aufnehmen, den er kannte. Nicole und David waren weg. Victor würde weiterhin mit seiner kleinen Klinik florieren. Maria Horseman würde aus dem Krankenhaus entlassen werden und ihr Leben umgestalten. Zuzugeben, daß sie Daughter-of-Horseman war und nicht Maria Amore, war der erste riesige Schritt gewesen.

Wie sich Fletcher am Ende eingestanden hatte, wer *er* war.

Schließlich doch ein Jäger. Schlicht und einfach ein Jäger. Mit der Jagd seines Lebens noch vor sich.

49

20. Januar. Der Tag des Amtsantritts. Im District of Columbia waren es minus sieben Grad unter milchigem Himmel. Wind-Chill-Faktor fünf darüber. Es würde auf der fußballfeldgroßen Bühne, die man auf der Osttreppe des Capitols aufgebaut hatte, kalt werden.

Allerdings nicht so kalt wie das Herz des gewählten Präsidenten. Als er sich über den Widerstand der Sicherheitsleute gegen seinen Plan, in einem offenen Wagen zu fahren, hinwegsetzte, gab ihm der Secret Service, kurz bevor sich der Autokorso in Gang setzte, ein Telegramm. Das Telegramm war in Idaho aufgegeben worden, aber wie sie eilig herausfanden, gab es alle paar Stunden Flüge von Idaho an die Ostküste. Er fuhr in einem geschlossenen Wagen.

In dem Telegramm stand: HERZLICHEN GLÜCKWUNSCH AN EINEN TOTEN PRÄSIDENTEN.

Unterzeichnet war es nur mit: FLETCHER.

HEYNE BÜCHER

BLAUE KRIMIS

Mords-spannung vom Autorenpaar A.B.S.!

Ole, Dole, Doff
02/2213 - DM 6,80

Kurz und schmerzlich
Originalausgabe
02/2226 - DM 6,80

Double Feature
Originalausgabe
02/2199 - DM 6,80

Déjà vu
Originalausgabe
02/2240 - DM 7,80

Wilhelm Heyne Verlag München